NA ESCURIDÃO

SÉRIE *INTO DARKNESS*

NA ESCURIDÃO

NAVESSA ALLEN

Tradução
Beatriz Guterman

ALTA BOOKS
GRUPO EDITORIAL
Rio de Janeiro, 2025

Na Escuridão

ALTA NOVEL é um selo da EDITORA ALTA BOOKS do Grupo Editorial Alta Books (Starlin Alta Editora e Consultoria Ltda.)

ISBN: 978-85-508-2537-3

Translated from original Lights Out. Copyright © 2024 by Navessa Allen. ISBN 9781638932239. First Published in the United States by Zando.This translation is published and sold by arrangement with Sandra Dijkstra Literary Agency and Sandra Bruna Agencia Literaria, the owner of all rights to publish and sell the same. PORTUGUESE language edition published by Starlin Alta Editora e Consultoria Ltda., Copyright © 2025 by Starlin Alta Editora e Consultoria Ltda.

Impresso no Brasil – 1ª Edição, 2025 – Edição revisada conforme o Acordo Ortográfico da Língua Portuguesa de 2009.

ATENÇÃO: esta obra aborda diversos temas sensíveis.
Para mais detalhes, verifique a página 05.

Dados Internacionais de Catalogação na Publicação (CIP)
(BENITEZ Catalogação Ass. Editorial, MS, Brasil)

A428e
1.ed. Allen, Navessa
Na escuridão / Navessa Allen ; tradução Beatriz Guterman. - 1.ed. - Rio de Janeiro : Alta Books, 2025.
384 p.; 13,5 x 20,5 cm.

Título original: Lights out.
ISBN 978-855-508-2537-3

1. Erotismo na literatura. 2. Romance norte-americano. I. Guterman, Beatriz. II. Título.

03-2025/128 CDD 813

Índice para catálogo sistemático:
1. Romances : Literatura norte-americana 813
Aline Graziele Benitez - Bibliotecária - CRB-1/3129

Produção Editorial: Grupo Editorial Alta Books
Diretor Editorial: Anderson Vieira
Vendas Governamentais: Cristiane Mutüs
Gerência Comercial: Claudio Lima

Coordenadora Editorial: Illysabelle Trajano
Produtora Editorial: Beatriz de Assis
Tradução: Beatriz Guterman
Copidesque: Nathalia Marques
Revisão: Denise Himpel
Diagramação: Natalia Curupana

ALTA BOOKS
GRUPO EDITORIAL

Rua Viúva Cláudio, 291 – Bairro Industrial do Jacaré
CEP: 20.970-031 – Rio de Janeiro (RJ)
Tels.: (21) 3278-8069 / 3278-8419
www.altabooks.com.br – altabooks@altabooks.com.br
Ouvidoria: ouvidoria@altabooks.com.br

Editora
afiliada à:
abdr
ASSOCIADO CBL Câmara Brasileira do Livro

ALERTA DE CONTEÚDO

Na Escuridão é uma comédia romântica dark sobre perseguição e possui temáticas sensíveis. Aconselha-se cautela, já que esse livro contém:

Cenas e descrições de sexo explícito (incluindo sexo anal)

Consumo de álcool

Menção a estupro

Abuso infantil (lembrança)

Conteúdo médico

Sangue e vísceras (dentro de ambiente hospitalar)

Menção a assassinos em série e seus crimes

Pequena descrição de tiroteio em massa

Perseguição

Invasão de privacidade

Invasão de propriedade

Câmeras escondidas

Hacking cibernético

Roubo

Canibalismo Acidental (lembrança)

Morte

Acidente de carro (lembrança)

Morte de pai/mãe

Práticas sexuais contendo:

Asfixia

Uso de facas

Uso de armas

Sentimento de medo

Jogo de caça/caçador

Uso de máscaras

Consentimento dúbio

Para todos aqueles que
têm coragem de
tomar o controle

01

ALY

A GAROTA NOVA NÃO ESTAVA SE SAINDO MUITO BEM. Quando entrei na sala de descanso, encontrei-a encolhida em uma das cadeiras baratas de plástico, encarando o nada. Seu uniforme hospitalar estava todo amassado, o coque frouxo se desfazia em direção a um dos lados de sua cabeça, os fios loiros se soltando como se ela estivesse puxando os cabelos. Sob as luzes fluorescentes, sua pele parecia sem vida e pálida.

As outras duas enfermeiras estavam lhe dando amplo espaço, dirigindo-lhe olhares nervosos como se estivessem com medo de que ela vomitasse ou desmaiasse. Ou, pior ainda, se demitisse como muitos outros fizeram.

Só por cima do meu cadáver.

Precisávamos dela. Eu não tinha mais como pegar plantões consecutivos de 15 horas ou acabaria tendo um burnout.

Respirei fundo e fui até ela, abaixando-me ao seu lado para que eu pudesse fugir da zona de respingos caso ela vomitasse. Ela nem pareceu me notar. Era um mau sinal.

— Oi, você é a Brinley, né? — falei, mantendo a voz baixa e calma. Era o mesmo tom de voz que eu usava para falar com crianças doentes.

Ela pestanejou e virou-se para mim, seus olhos estavam vidrados, como se não estivesse realmente me vendo. Estava prestes a entrar em estado de choque. Tenho experiência; via isso em pelo menos um paciente em quase todos os meus plantões.

Merda, ela ia mesmo se demitir.

Dei uma viradinha para o lado, mas mantive o olhar fixo em Brinley.

— Cobertor?

O som de passos indicou que alguém estava atendendo ao meu pedido, então me voltei para frente novamente e depositei toda a minha atenção na nova enfermeira. Um de meus colegas me contou as fofocas sobre ela. De acordo com ele, Brinley era enfermeira há três anos e recentemente fora transferida de um pronto-socorro de cidade pequena. Era sua primeira vez trabalhando em um centro de trauma.

Algumas pessoas se saíam bem em um pronto-socorro normal, mas não aguentavam quando vinham para cá. Nosso hospital ficava no centro da cidade, em uma metrópole conhecida por suas altas taxas de criminalidade. Não passávamos um plantão sequer sem testemunhar as piores situações possíveis: esfaqueamentos, estupros, ferimentos por arma de fogo, vítimas de abuso, sobreviventes de acidentes de trânsito horríveis, e o que mais puder imaginar.

Esta noite havia sido especialmente difícil, até mesmo para mim, e eu já vira tanta merda que era raro algo me impressionar. Poderia ser traumático para alguém novo no centro como Brinley, era um azar este ter sido seu primeiro plantão sem supervisão.

Vi um cobertor pelo canto do olho. Peguei-o sem me virar e o coloquei sobre os ombros de Brinley. Ela se mexia feito uma marionete, os braços trêmulos unindo as pontas e puxando com mais força.

— O peito dele... — disse ela, tão baixo que quase não consegui discernir as palavras — o centro inteiro simplesmente... não estava lá.

Ah, então ela havia lidado com o ferimento de tiro à queima-roupa. Era surpreendente o homem sequer ainda estar vivo quando chegou aqui, e terrivelmente triste porque não havia quase nada a ser feito em casos como esses. Uma parcela muito grande do coração, pulmões e outros órgãos vitais estavam dilacerados para que houvesse alguma chance de sobrevivência. Fiquei sabendo que ele faleceu pouco depois de dar entrada. Se Brinley o atendeu, deve ter ficado encharcada com o sangue. Fazia sentido estar usando um uniforme diferente do de mais cedo, e seu cabelo ainda parecer úmido pelo banho que teve que tomar.

— Nada que você fizesse teria ajudado — falei.

Ela fungou, e seus olhos finalmente pareceram olhar para mim.

— Eu sei, mas... *caramba*. Acho que nunca vou conseguir esquecer aquela cena.

Não se preocupe, amanhã você vai ver algo igualmente traumático, e isso vai substituir essa lembrança, pensou uma parte sombria de mim, mas eu jamais diria algo do tipo em voz alta.

— Alguém já te falou que temos terapeutas? — perguntei.

Ela assentiu.

— No terceiro andar, certo?

— E se estiver em um plantão noturno e precisar conversar com alguém, temos uma central de atendimento 24 horas.

Nosso hospital poderia até nos sobrecarregar, mas fazia um ótimo trabalho ao colocar a saúde mental dos funcionários em primeiro lugar. Tínhamos contato com a mesma quantidade de trauma que soldados enfrentam na linha de frente, e as taxas de transtorno pós-traumático e burnout eram altíssimas por causa disso.

Eu conversava com um dos terapeutas de plantão regularmente. Era uma das poucas coisas que me mantinha relativamente sã enquanto o sistema de saúde ruía a minha volta e tantas pessoas se demitiam que corríamos o risco de enfrentar uma falta de pessoal.

— Não tenho o número da central — disse Brinley, uma lágrima solitária escorrendo por sua bochecha.

Essa era uma coisa boa. Com lágrimas eu sabia lidar. Lágrimas significavam que ela já estava processando a situação e o risco de entrar em estado de choque estava passando.

— Em qual armário colocou suas coisas? — perguntei. — Vou pegar seu celular e anotar o número.

Vinte minutos depois, ela estava de pé com uma xícara quentinha de chá de camomila. Adicionei a central de atendimento nos contatos do celular dela, que parara de tremer e suas bochechas tinham um pouco mais de cor. Só havia mais uma enfermeira conosco na sala, substituindo as duas outras que não ajudaram em nada. A enfermeira chamava-se Tanya, uma mulher negra elegante na faixa dos 40 e poucos anos que trabalhava em centros de trauma praticamente desde que Brinley nascera. Tanya era minha colega favorita. Agia bem sob pressão, tinha uma excelente postura ao lidar com os pacientes e sabia mais sobre como tratar pessoas em situações de emergência do que grande parte dos médicos com quem trabalhávamos.

Ela estava perto da janela ao lado de Brinley, conversando baixinho, uma de suas mãos no ombro da mulher mais nova. Comecei a ouvir, mas desviei a atenção enquanto juntava minhas coisas e as de Brinley, tendo certeza de que Tanya sabia as palavras certas a usar para tirá-la de uma crise.

— Você foi muito bem — ouvi-a dizendo. — E eu não estou puxando o saco para que se sinta melhor. Já vi enfermeiras com mais experiência paralisarem em noites assim, mas você se manteve firme e fez o que tinha de ser feito. — Ela se virou para mim. — Me ajuda aqui, Aly.

Pendurei a bolsa de Brinley no ombro e me juntei a elas.

— Ela tá falando sério — falei. — Pelo que vi, você arrasou. E é completamente normal surtar um pouco depois. A adrenalina sobe muito e seus níveis de cortisol provavelmente enlouqueceram. Não tem problema entrar em um pequeno surto de estresse. Acontece comigo também quando temos uma noite muito ruim.

Brinley empalideceu.

— Achei que essa noite tinha sido muito ruim.

Oh-oh. Melhor recuar um pouco.

— E foi — falei. — O que quis dizer é que não presenciei a pior parte desta vez. Acho que foi você e o Mallory.

Ela soltou uma respiração trêmula.

— Ah. Entendi.

Tanya voltou-se para ela.

— Agora a Aly vai te dar uma carona para casa. O expediente dela também acabou.

Brinley olhou para nós.

— Mas meu carro está aqui.

Tanya assentiu.

— Aham, mas não achamos que você deve dirigir agora.

Ela pareceu ver o sentido naquilo.

— É, acho que tem razão.

— Não se preocupe, dei uma olhada na sua agenda. Vamos cumprir a mesma escala amanhã, então te trago de volta. Você estacionou na vaga de funcionários?

Ela assentiu.

— Seu carro deve ficar seguro lá. Precisa pegar alguma coisa nele?

— Acho que não? — respondeu depois de franzir a testa.

Tanya tirou o chá de suas mãos.

— Então, é melhor vocês irem embora enquanto conseguem.

— Valeu — murmurei para ela, que assentiu.

Não era raro ficar preso em horas extras de trabalho se ficasse tempo demais no hospital após o fim do turno, já que sempre havia alguém procurando um par a mais de mãos ou mais pessoas eram necessárias para ajudar a estabilizar um paciente. Brinley não estava em condições de fazer nada disso, e eu já havia cumprido quatro horas extras. Era hora de dar o fora.

Conduzi Brinley até a saída, e fomos pelos fundos para evitar esbarrar com mais alguém. Ela caminhou em silêncio, mas sua aparência estava bem melhor do que quando a encontrei, o que era um bom sinal.

— Você mora com alguém? — perguntei.

— Com meu namorado.

— Ele está em casa? — Eu não queria deixá-la sozinha caso não estivesse.

— Aham. Mandei mensagem para ele quando meu plantão terminou e me sentei e, bem. Você viu.

— Conversar a respeito ajuda. Não sei se é um tópico sensível para seu namorado, mas contar a ele sobre o que passou essa noite pode aliviar sua mente.

— Não sei, não — disse ela, com a voz cheia de incerteza.

— Não precisa entrar em detalhes. Fala só o básico. E eu também adicionei o meu contato no seu celular, além da central de atendimento terapêutico, então pode me ligar quando quiser.

Ela me lançou um olhar de alívio.

— Valeu. Eu não acho que ele entenderia, sabe?

Concordei. Eu sabia, sim. Ao contrário de Brinley, eu era solteira... ou quase, mas mesmo quando tive parceiros mais sérios, não falava a respeito com eles. Nunca namorei sério — estava muito focada na minha carreira para fazer isso agora — e falar sobre um dia ruim ou como foi triste perder um paciente parecia o tipo de coisa a ser dita para um companheiro. Na maior parte das vezes, eu desabafava com terapeutas ou outras enfermeiras, e pela expressão de Brinley, estava claro que ela seria igual. Os civis, como chamávamos aqueles que não trabalhavam na área de saúde ou emergencial, quase nunca entendiam.

A caminho de casa, conversamos sobre assuntos mais amenos, como a nova série que todos estavam assistindo, para nos distrair da noite que enfrentamos. Quando deixei Brinley em sua casa geminada, o sol já começava a surgir sobre a cidade, refletindo nos arranha-céus à distância e pintando as nuvens em um gradiente macabro que ia do roxo escuro de hematomas recentes ao vermelho de sangue recém-derramado.

Caramba, como eu estou mórbida hoje, pensei, desviando os olhos do céu.

Passei tanto tempo tentando ajudar e distrair Brinley que nem havia conseguido processar a merda que foi a minha noite. Atendi um cara que levara três facadas, uma mulher com o pulso quebrado, nariz ensanguentado e um marido com cara de culpa que não a deixava responder às nossas perguntas, e um bebê de 2 anos com um caso tão grave de VSR que precisou ser levada para o hospital infantil de helicóptero.

O pior caso foi o do sem-teto com queimaduras de frio. Não por ser algo sério — eram queimaduras relativamente amenas e ele não perdeu nenhum dedo —, mas porque ninguém na minha escala queria entrar em seu quarto por causa do cheiro e reclamavam tão alto no corredor que ele provavelmente escutou. Isso quebrou meu coração e me deixou puta, então mandei todos darem o fora e cuidei dele eu mesma.

Era esse tipo de caso que me atormentava agora, não os extremamente sangrentos, mas os tristes. Eu me obcecava por eles. Onde estava a família daquele homem? Estavam procurando por ele? E a mulher que estava sendo violentada pelo marido? Conseguiria escapar antes que ele a ferisse mais uma vez?

O caminho até em casa passou como um borrão conforme esses pensamentos ocupavam minha mente, e sem nem perceber, já havia chegado na garagem. A rua estava tão escura que minha casa estava iluminada apenas pelos pisca-pisca. Já estávamos na segunda semana de janeiro, mas alguns vizinhos ainda tinham as decorações natalinas penduradas, então eu não estava preocupada em retirar as minhas. Ver aquelas luzinhas piscando alegremente na escuridão que precedia o amanhecer era exatamente o reforço que eu precisava — qualquer coisa para manter a escuridão afastada.

Desliguei o motor e desci do carro. Minha casa não era grande coisa, era uma casinha estilo *craftsman* de dois quartos em um bairro relativamente seguro, mas era minha e eu tinha muito orgulho do trabalho que fiz reformando-a e dando um toque pessoal ao espaço. A fachada era de um azul-turquesa antigo e claro, o acabamento era em um branco quente, e a pequena varanda da frente parecia festiva e convidativa graças à placa de boas-vindas natalina e à árvore de Natal que brilhava com festões e outras decorações.

Do lado de dentro estava igualmente decorado. Eu já não tinha mais nenhuma família próxima, e encher minha casa inteira de decorações temáticas era a forma que encontrava para me distrair do fato de que passava os feriados sozinha ou trabalhando todos os anos.

Um miado alto cortou o ar quando fechei a porta e tirei os sapatos.

Bem, eu não estava totalmente sozinha. Eu tinha o Fred para me fazer companhia. Ele devia estar em um sono profundo quando cheguei, porque seu miado começou distante e foi aumentando de volume e tom conforme ele corria na minha direção, como uma ambulância acelerando na rodovia.

Cara, ele reclama alto quando está bravo, pensei. Se continuasse assim, meus vizinhos começariam a pensar que eu o machucava.

— Caramba, Fred — falei quando meu gato frajola de pelos compridos apareceu no corredor. — Tá tudo bem. Só cheguei algumas horas atrasada dessa vez.

Peguei-o no colo quando ele chegou até mim, virando-o de costas para poder enfiar o rosto na sua barriga fofinha. Quando eu era criança, minha mãe chamava isso de "terapia de pelos". Ao chegar de um longo dia de trabalho, antes de falar comigo ou com meu pai, ia direto até um gato e o agarrava até ele começar a reclamar. Isso sempre fazia com que se sentisse melhor, então passei a fazer o mesmo desde que Fred apareceu no meu quintal, um filhotinho encharcado e choramingando, procurando abrigo de uma tempestade. Não sei se foi porque ainda era bem novinho quando comecei a fazer isso com ele, mas Fred aguentava bem a terapia de pelos, ronronando e amassando pãozinho no meu cabelo.

Eu provavelmente parecia uma maluca para quem não é fã de gatos, mas não estava nem aí. Por princípio, eu não confiava em ninguém que não gostasse de gatos, então esse tipo de gente nunca estaria por perto para me julgar de qualquer forma.

Coloquei Fred no chão quando fiquei satisfeita e ele me seguiu conforme eu ia para o quarto me trocar. Era de se esperar que estivesse cansada depois de um plantão longo, mas estava bem desperta. Provavelmente porque eu aprendera a cair no sono instantaneamente e sempre que as coisas ficavam calmas eu encontrava um lugar para tirar um cochilinho renovador de cinco minutos. O hospital ficou estranhamente calmo da meia-noite à 1h e dormi por todo esse período. Tanya depois me contou que uma das enfermeiras do setor — alguém que trabalhava em um setor especializado nos andares de cima — havia comentado que as coisas estavam tranquilas quando foi buscar os resultados de um exame, e isso nos deu azar. As enfermeiras de pronto-socorro sabiam bem que não deveriam dizer essas coisas.

Tomei um banho, vesti o pijama mais confortável que tinha, me servi de uma taça grande de vinho e me aconcheguei com Fred no sofá. Pensei em ligar a TV e me distrair um pouco, mas eu não havia conferido o celular nenhuma vez durante o expediente e as notificações das redes sociais me chamavam.

Cedendo ao inevitável, abri meu aplicativo favorito e comecei a rolar a tela. Havia os vídeos esperados de animais fofos fazendo coisas fofas, pessoas sendo idiotas e se metendo em problemas, histórias sobre ex, e pessoas musculosas posando no espelho da academia. Mas, principalmente, havia as fotos sedutoras. Especificamente, fotos sedutoras de homens usando algum tipo de máscara. Minha obsessão por eles começou no início do outono, quando esse subgênero de vídeos ficava em alta a cada ano, graças aos fãs de livros picantes e observadores com tesão, como eu.

Com uma das mãos, acariciei a orelha de Fred. A outra estava ocupada curtindo os vídeos de homens fantasiados, vestindo uniformes militares futurísticos e alguns até mesmo usando fantasias completas de filmes de terror. Eu guardava meu botão de favorito para as máscaras de crânio. Eu babava quando apareciam sem camisa. Se tivesse uma faca e um pouco de sangue falso, começava a seguir na mesma hora.

Meu criador de conteúdo favorito era um usuário cujo nome era "o.homem.sem.rosto", porque possuía tudo que eu mais amava: uma máscara personalizada diferente de todas as outras, que era sexy e assustadora, além de ser musculoso, usar uma boa iluminação, fazer uma ótima seleção musical e ter uma compreensão inata de como seduzir o público e nos fazer implorar por mais. Eu tinha uma lista nos favoritos dedicada apenas para os vídeos dele, e sempre voltava lá e os reassistia quando precisava me distrair de um plantão ruim.

Como hoje.

Bebi o último gole do vinho — caramba, eu perdia totalmente a noção das horas quando ficava no celular — e me levantei para buscar mais uma rodada. Fred pulou do sofá e foi se aninhar em sua casinha de feltro ao lado da TV, tendo atingido seu limite de aconchego. Na cozinha, conferi sua água e comida — as duas tigelas ainda estavam praticamente cheias — e coloquei o resto do vinho na taça. Quando eu terminasse, teria tomado metade de uma garrafa.

É, logo eu ficaria embriagada e, com sorte, cansada. Só tinha dez horas até meu próximo plantão, e precisava recuperar o sono perdido durante o aumento de movimento costumeiro dos feriados no hospital.

Enrolei-me em um cobertor e me sentei, então abri os meus vídeos do Homem Sem Rosto, como passei a chamá-lo. Era difícil escolher um favorito, mas se alguém colocasse uma arma na minha cabeça, seria aquele em que ele estava deitado no sofá, sem camisa, com a cabeça descansando no braço e o ambiente iluminado por uma luz vermelha.

Ele estava visível apenas da cintura para cima, a pele coberta por tatuagens, os músculos tensos conforme seu braço se movia de modo ritmado, sugerindo que estava se masturbando, mas sem mostrar o suficiente para ser banido do site.

Eu nunca me decidia para onde olhar quando o assistia. Para a forma como seus bíceps tencionavam e relaxavam a cada vez que se tocava? Ou a forma como seu peito arfava como se ele estivesse prestes a gozar? Ou devia parar de olhar para a tela e imaginar sua mão estimulando seu membro ereto?

Ele começava o vídeo fitando o teto. Bem perto do final, virava a cabeça para encarar diretamente a câmera, e mesmo que eu soubesse que uma máscara não poderia demonstrar expressões, era como se a dele pudesse. Como se aqueles buracos escuros de seus olhos estivessem olhando diretamente para a minha alma, e aquela boca maliciosa chamasse meu nome enquanto ele gozava. O vídeo acabava bem quando ele virava a cabeça, e era constrangedor pensar na quantidade de vezes em que eu pausara bem antes de isso acontecer para poder encarar aqueles olhos por mais alguns segundos.

Como seria estar ali enquanto ele filmava? Ser aquela em que ele pensava enquanto se dava prazer? Ou ainda melhor, chegar em casa um dia e encontrá-lo ocupando esse sofá enquanto me esperava no escuro, coberto de sangue, a luz refletida no metal de sua faca?

Pensar nisso me fez estremecer com uma mistura de desejo e medo. Eu queria isso de uma forma que provavelmente não era saudável, mas depois da quantidade de coisas assustadoras que eu vira trabalhando no centro de trauma, e até mesmo antes disso, durante minha adolescência problemática, era natural que meus gostos começassem a pender para algo sombrio.

Talvez Tyler use para mim, pensei.

Certo, Tyler. O cara que eu estava pegando há quase um ano.

Quase me esqueci dele. Não que ele fosse imemorável — era bonito e transava bem — mas quando as coisas ficavam apertadas no trabalho, eu costumava me perder nele, e isso estava acontecendo bastante por causa da crise de falta de funcionários no hospital.

Quando foi a última vez que ficamos? Deve ter sido no mínimo antes do Natal. Ou seja, já estava mais do que na hora de um encontro casual. Amanhã eu faria o último plantão da semana e então teria dois deliciosos dias de folga. Havia jeito melhor de passá-los do que embaixo de um homem que sabia onde ficava o clitóris?

Terminei o vinho, sentindo-me embriagada com a possibilidade de ter uma experiência com um homem mascarado na vida real. Antes que eu pudesse pensar melhor, fiz uma captura de tela do meu vídeo favorito e enviei para o Tyler junto com uma mensagem.

Vou ter dois dias de folga a partir de sexta. Quer vir aqui e trazer uma máscara dessas? Juro que vou fazer valer a pena.

A resposta dele só chegou algumas horas após o início do meu próximo plantão porque ele estava dormindo como uma pessoa normal quando enviei a mensagem.

Senti um aperto no coração quando li o que escreveu.

Caramba, gata. Ainda tá viva? Achei que tinha me dado um perdido. Faz dois meses. Vou rejeitar o lance da máscara. Não me anima e, de qualquer forma, tô saindo com uma pessoa.

Dois meses? Fazia tanto tempo assim? Dei uma olhada na nossa conversa e, que merda, fazia mesmo. Talvez fosse hora de marcar outra sessão de terapia e pedir dicas para balancear a vida pessoal com essa carreira.

Porque eu, obviamente, não estava conseguindo.

02

Josh

— Tudo bem aí, cara? — perguntei ao meu colega de apartamento. Tínhamos pausado nosso videogame há uns cinco minutos para ele mandar uma mensagem e eu já estava ficando entediado.

Tyler se jogou ao meu lado no sofá.

— Tudo, tive que dar um fora naquela garota com quem eu estava saindo, a Aly.

Franzi o cenho.

— Achei que tivesse feito isso há meses.

Ele balançou a cabeça e passou a mão pelo cabelo loiro-escuro, flexionando o bíceps e virando-se para dar uma olhada nos músculos.

Dá um tempo, quase falei, mas mantive a boca fechada. Não tinha ninguém aqui para o Tyler impressionar, mas ele sempre fora convencido e fazia poses sem nem mesmo perceber. Era quase um tique nervoso a essa altura, então ele provavelmente estava mais incomodado com a questão da Aly do que dizia.

— Achei que ela tinha me dado um perdido — falou —, mas provavelmente ficou ocupada com o trabalho de novo.

Virei para a TV e tentei agir com naturalidade.

— Ela é enfermeira de pronto-socorro, não é?

Eu já sabia a resposta para essa pergunta, além de vários outros fatos, como onde morava, onde tinha feito faculdade, que notas tirou e qual era seu horário atual de trabalho. Sabe como é, coisas normais que as pessoas descobriam sobre as antigas ficantes do colega de apartamento.

— É — disse Tyler. — Passei dois meses sem ter notícias dela e olha a maluquice que me mandou.

Ele tirou o celular do bolso, desbloqueou a tela e jogou ele para mim. Peguei no ar e olhei para baixo, congelando assim que me deparei com a tela.

Merda.

Estava acontecendo. O dia que eu temia desde que criei uma conta secreta nas redes sociais tinha chegado. Minha vida na internet estava colidindo com a real, e eu estava prestes a ser descoberto.

Fica de boa, cara, falei para mim mesmo. Tyler me observava e eu não podia deixá-lo perceber o quanto estava nervoso. Mas, caralho, Aly tinha um fetiche por máscaras e entre todas as imagens que poderia ter enviado ao meu colega, escolheu logo essa. Pigarreei.

— Você nunca disse que ela gostava desse tipo de coisa. — O que era estranho, já que Tyler tinha o costume de me contar os mínimos detalhes de sua vida sexual, mesmo que eu implorasse para que ele guardasse aquilo para si mesmo. Ele soltou uma risadinha.

— Não sabia que gostava, então é ótimo eu estar saindo com a Sarah, porque não gosto. Só quero meter, gozar e dar no pé. Não tenho interesse em fazer joguinhos.

Uma pena para quem transava com ele.

— Sei bem como é — menti, virando o celular como se para observar a imagem e, ops, meu dedão saiu de controle. — Merda. Apaguei a mensagem sem querer.

Tyler deu de ombros.

— Sem problemas. Não preciso ter a foto de um cara sem camisa no celular.

Um cara sem camisa, pensei enquanto devolvia o telefone. Então ele não tinha prestado muita atenção na foto, porque se tivesse, teria reconhecido as tatuagens. As minhas tatuagens. Uma garota com quem ele transava tinha enviado uma imagem de um dos meus vídeos, e eu estaria rindo se não fosse o medo de ser descoberto e a adrenalina correndo em minhas veias.

— Tá pronto? — perguntou, levantando o controle.

— Claro.

Ele deu play no jogo e voltamos a atirar em tudo que se movia. Tentei me concentrar na tela à minha frente, mas só conseguia pensar naquela mensagem. A Aly queria dar para alguém de máscara.

Eu só tinha visto ela uma vez, mas ficou na memória. Foi no verão, no início de uma manhã depois de ela passar a noite na cama de Tyler, sem dormir. Eu também fiquei acordado, xingando a falta de isolamento acústico do nosso apartamento até que achei meus fones com abafador de ruído e os reprimi com música.

Meu sono era sempre péssimo, então não esperava ver ninguém acordado quando finalmente desisti e levantei para fazer café horas depois. A porta de Tyler se entreabriu bem quando a máquina apitou que o café estava pronto. Virei de lado, esperando me deparar com meu colega, mas vi uma mulher em vez dele. Uma mulher alta, o que era um azar já que ela estava usando uma das camisetas de Tyler, que mal cobria sua virilha. Meus olhos logo foram atraídos por suas longas pernas. Tyler tinha conhecido ela na academia, e ela tinha a aparência de alguém que puxava peso regularmente: coxas grossas, panturrilhas torneadas, e pelo que eu conseguia ver, seus braços eram igualmente musculosos.

Levantei o olhar ao perceber que estava encarando e me arrependi no mesmo momento. Aly era uma gata. Não que eu esperasse diferente, Tyler sempre saía com gente atraente. Porém, mais do que bonita, ela era marcante, tinha um queixo pontudo, lábios carnudos que pareciam ter sido bem aproveitados na noite anterior, um nariz que minha mãe diria ser claramente italiano, e olhos grandes e escuros. Seu cabelo castanho estava uma bagunça, caindo sobre os ombros em fios ondulados e emaranhados.

Seu sorriso quando nossos olhares se encontraram foi quase ofuscante.

— Por favor, me diz que fez o bastante para nós dois.

Grunhi afirmativamente e virei de costas para ela.

Ela tentou fazer conversa fiada comigo e eu não fui grosso nem nada, mas mantive distância e o rosto virado enquanto dava respostas curtas, e ela parou de falar bem rápido. Para compensar, servi o café primeiro para ela e depositei a caneca no balcão, onde ela alcançaria. Então, coloquei um pouco na minha xícara e dei o fora de lá.

Tyler não tinha contado a ela quem eu era. Sabia que não deveria, mas eu não podia permitir que ela observasse meu rosto por muito tempo e começasse a se perguntar quem eu lembrava. Eu me parecia demais com o maldito do meu pai, e um documentário sobre ele tinha acabado de ser lançado na Netflix. Do jeito que eu era azarado, Aly teria visto.

O verão inteiro tinha sido difícil graças ao documentário, e eu mal saí de casa por causa disso. Sempre que meu Querido Papai aparecia nos jornais, alguém me parava na rua ou no supermercado e dizia "Não sei se alguém já te falou antes, mas você é igualzinho a um cara sobre quem eu estava lendo a respeito ontem". Ou tinham escutado um podcast obre ele. Ou assistido a um episódio sobre crimes reais cujo foco eram os muitos de seus crimes.

Com a estreia do documentário, uma nova onda de interesse surgiu e passei meses trabalhando até tarde para garantir que ninguém encontrasse a mim, minha mãe ou padrasto. Todos queriam uma entrevista exclusiva com os membros sobreviventes da família de George Marshall Secliff, e às vezes adotavam medidas ilegais para nos encontrar. Foi por isso que entrei no ramo do hacking quando ainda estava no ensino médio. Queria dar um jeito de desaparecer com qualquer vestígio nosso na internet, e aprendi tudo que pude para fazer isso acontecer.

Essas habilidades tinham rendido frutos no longo prazo. Agora, eu trabalhava para uma empresa de cibersegurança desenvolvendo códigos que impediam que hackers invadissem empresas da lista Fortune 500 e roubassem o dinheiro dos clientes. Isso permitia que eu trabalhasse de casa, em horários flexíveis, deixando espaço no dia para que pudesse explorar outros hobbies.

Como postar fotos sedutoras para todos os outros fãs de máscaras por aí.

Eu não namorava muito pelo mesmo motivo pelo qual ficava em casa. Apesar de ter o cabelo mais escuro do que o do meu pai e usá-lo mais curto do que ele, éramos praticamente idênticos. Não era tão ruim quando eu era mais jovem e ainda tinha feições infantis. Ser um garoto magrelo me salvara. Porém, agora que eu tinha um corpo de adulto e idade próxima à do meu pai quando foi preso, eu era uma cópia dele.

Uma das primeiras perguntas que eu fazia a uma mulher com quem dava *match* em um aplicativo de namoro era se ela gostava de conteúdos de crimes reais. Se dissesse que sim, eu bloqueava na hora e partia para a próxima. Eu só dava uma chance para aquelas que diziam odiar "toda essa nojeira". Nas raras vezes em que eu me encontrava e ficava com alguém, só continuava com a pessoa por no máximo algumas semanas. Terminava tudo quando parecia que elas estavam se apaixonando ou ficavam com aquela expressão que dizia estarem tentando se lembrar de onde me conheciam.

Até os espelhos tinham se tornado um problema agora, porque eu não conseguia olhar para um sem imaginar meu próprio reflexo contorcido de raiva enquanto socos me atingiam. Tinha assistido a documentários sobre homens violentos e sempre me surpreendia quando os familiares diziam não ter ideia do que o pai/marido/tio fazia no tempo livre.

Meu pai era um monstro maldito, e não tinha como esconder. Ele só tinha conseguido se safar por tanto tempo porque atacava mulheres marginalizadas, era bonito e conseguia atuar bem por curtos períodos. O suficiente para convencer as prostitutas que via a entrarem em seu carro.

De forma similar ao seu ídolo, Ted Bundy.

O único espelho no nosso apartamento era o do banheiro social e eu matinha a cabeça baixa sempre que estava lá para evitá-lo. Pois é, meu rosto era um problema, e por isso eu achava a ideia de usar uma máscara tão atraente. Passei anos obcecado por isso e finalmente achei a desculpa perfeita para usá-la quando uma reportagem sobre o aumento de contas postando fotos sedutoras apareceu no meu feed de notícias. Era um artigo de opinião arrogante sobre a psicologia por trás da tendência, mas ignorei toda essa besteira e fui direto para os vídeos que estavam na matéria.

Eu poderia fazer isso, percebi, a ideia me atingindo feito um raio. Ali estava uma forma de finalmente entrar em uma rede social, exibir o corpo que me esforcei tanto para conquistar e satisfazer o desejo que todo ser humano tinha de interagir com outras pessoas. Além disso, tinha herdado algumas coisas do meu pai, e uma delas era o desejo de ser admirado. Eu tinha reprimido isso pela maior parte da minha vida, mas recentemente meu terapeuta estivera tentando me convencer de que era normal buscar fama e reconhecimento. Nossos cérebros primitivos buscavam isso porque, quando ainda abríamos as cabeças uns dos outros com ossos de mamute, ser popular significava estar seguro e protegido dentro da caverna.

Quando finalmente decidi que não tinha problema satisfazer meus desejos, comprei equipamentos de filmagem de alta qualidade na internet, passei horas desenhando e imprimindo uma máscara personalizada em uma impressora 3D e assisti a diversos vídeos no YouTube sobre produção cinematográfica antes mesmo de criar uma conta nas redes sociais.

E não contei a nenhuma alma viva a respeito. Nem para o Tyler, que era meu melhor amigo desde que eu me entendia por gente.

— Cara, você tá um lixo hoje — falou quando nós morremos no jogo. Mais uma vez.

— Merda, foi mal. Minha mente tá no trabalho — menti.

Ele jogou o controle na mesinha de centro com mais força do que o necessário.

— Que seja. Cansei. Preciso ir pra academia antes que fique lotada.

Ele se levantou e foi para o quarto. Tyler podia ser um otário e um completo canalha, mas também era a única pessoa que não me abandonou assim que meu pai foi preso. Por baixo do exterior de babaca, ele era um bom amigo e extremamente leal. A ideia de nos mudarmos para essa cidade e começarmos tudo do zero quando as pessoas da faculdade descobriram quem eu era foi dele. O que ele falou foi: "Eles que se fodam. Vamos dar o fora", então a princípio não achei que estivesse falando sério, até que preencheu a papelada de transferência e começou a procurar por apartamentos perto da faculdade.

Em vez de pedir transferência como ele, parei com os estudos. Sentia que àquela altura minha jornada escolar tinha sido cumprida e nenhum dos professores podia me ensinar mais nada sobre hacking. Prossegui com o aprendizado na internet e estudei sem parar, até sentir que estava pronto para entrar no mercado de trabalho. Só me candidatei a um cargo — o que eu possuía agora — ao hackear um grande conglomerado de mídia e mostrar à empresa para a qual trabalho agora como consegui burlar seus métodos de segurança.

Eles me pagavam uma bolada para estar sempre um passo à frente de possíveis ameaças cibernéticas, o bastante para que eu comprasse a câmera amadora mais cara do mercado sem pensar duas vezes e conseguisse pagar nosso aluguel pelos próximos dois anos.

Ouvi uma gaveta sendo fechada no quarto de Tyler, e entendi isso como um sinal para me levantar. Meu celular estava na escrivaninha, e eu estava me coçando para pegá-lo. Precisava abrir o vídeo que Aly tinha mandado e tentar encontrá-la entre os comentários. Ela tinha um fetiche por máscaras. Ou, pelo menos, gostava da ideia o bastante para pedir que alguém usasse uma para ela.

Até aquele ponto, eu tinha ignorado todas as mensagens privadas pedindo para me encontrar presencialmente e dar vida às fantasias. Eram estranhos da internet. Poderia ser qualquer pessoa, e não queria aparecer na casa de uma oitentona quando esperava uma gostosa na faixa dos vinte.

Aly não era uma estranha. Eu a conhecia. Mais do que eu deveria, é claro, mas por causa dos genes que herdei do meu pai, pra mim era difícil entender o conceito de limites.

Ela estivera na minha casa, o único santuário que eu ainda tinha. A necessidade de proteger minha identidade e manter a mim e Tyler em segurança era forte o bastante para que eu fizesse uma pesquisa digna de FBI sobre qualquer um que Tyler recebia aqui. Por sorte, ele entendia essa minha compulsão e sempre avisava com antecedência quando planejava receber convidados. Normalmente, eu parava de me preocupar ao perceber que a pessoa não era uma ameaça para nenhum de nós dois, mas o meu interesse por Aly permaneceu muito além do que provavelmente deveria.

Peguei o celular da escrivaninha, sentei na cama e abri minha conta. O vídeo do qual Aly tinha feito a captura de tela era um dos meus mais populares, com mais de 3.4 milhões de visualizações. A parte ruim era que eu precisaria procurar em meio a milhares de comentários se quisesse alguma chance de achá-la, e mesmo isso seria como um tiro no escuro. A maioria das pessoas eram bem anônimas na internet. Seria típico da minha falta de sorte se Aly fosse uma delas. Queria poder desenvolver um código para encontrá-la, mas essa parte do trabalho exigia interferência manual, então me encostei na cabeceira da cama e comecei a rolar a tela, procurando um sinal dela entre os nomes e avatares.

Uma hora tinha se passado quando me endireitei rapidamente, o dedo pairando sobre o nome de usuário "aly.aly.esta.aqui". Puta merda, era ela? Abri o perfil e, como esperado, estava privado. Aproximei-me, forçando os olhos. Seu avatar era uma foto de perto de uma mulher de cabelo castanho. Fiz uma captura de tela e usei o programa de inteligência de artificial que tinha no celular para ampliá-la e corrigir a resolução até ver uma imagem nítida de Aly, certo de que era ela.

Só para ter certeza absoluta, abri o computador e invadi a conta dela, usando todos os truques existentes para cobrir meus rastros e impedir que ela fosse alertada. O endereço de IP que ela usou para criar a conta era daqui, e ao explorar um pouco mais, descobri que vinha do bairro onde ela morava.

Eu a encontrei. Aly não só tinha um fetiche por máscaras, mas havia gostado tanto dos meus vídeos que deixara um comentário.

"*Senhor, eu estou no trabalho. Como ousa?*"

Será que tinha deixado mais algum?

Entrei na minha conta pelo computador e digitei algumas linhas de código para encontrá-la em meio aos meus comentários. Os resultados foram tantos que fiquei tonto. Ela tinha curtido, salvado e comentado em quase todos.

Todo o sangue do meu corpo foi direto para o pau, criando um volume na minha calça. Isso não era nada bom. Eu não deveria estar aqui desejando a ex... sei lá o que do meu amigo. Não era ex-namorada. Nunca levaram a coisa tão a sério a ponto de dar nome ao relacionamento, e

Tyler tinha saído com outras pessoas ao mesmo tempo que estava saindo com Aly. O que significava que eu não estava quebrando nenhum código dos caras, certo? Só diversas leis de privacidade e mais um monte de normas sociais, mas nunca me importei muito com isso. Tyler era o meu único amigo. Eu não queria correr o risco de perdê-lo por causa de uma mulher, mesmo que essa mulher estivesse atormentando meus sonhos desde que eu a vira pela primeira vez.

O que os olhos não veem, o coração não sente, pensei. E não era como se eu tivesse feito alguma coisa. Qual era o problema em um *stalking* de leve? Ela tinha feito o mesmo comigo.

Meus olhos foram parar no primeiro comentário que a busca encontrou.

"Acordei às duas da manhã do nada por causa desse vídeo? Fui invocada?"

Abri um sorriso, balançando a cabeça. É claro que ela também seria engraçada. Como se ser gostosa e provavelmente indisponível não fosse ruim o bastante.

Continuei lendo. Os comentários dela iam de engraçadinhos a totalmente safados.

"Queria agradecer ao algoritmo por me trazer aqui."

"Estou na sexta temporada desse vídeo."

"É, isso aqui me deixou maluca cedo demais."

"O jeito que eu andaria de QUATRO pra ele."

"Bum. Meus ovários já eram."

"Eu morreria nesse filme de terror. Todo mundo fugiria e eu correria direto pro perigo."

Eu me afastei da mesa do computador. Ah, eu estava ferrado. Porque aquele último comentário mexeu comigo mais do que os outros e agora só o que eu conseguia fazer era me imaginar correndo atrás dela e a fodendo quando finalmente a pegasse.

Era assim que começava? Com uma fantasia quase inocente de arruinar uma mulher onde ninguém poderia ouvi-la gritar? Pioraria a partir daqui, e meus desejos progrediriam para além de querer comê-la enquanto a asfixiava um pouco? E depois disso, iria querer apertar ainda mais seu pescoço até ver a vida deixar seus olhos enquanto a penetrava com vontade?

Meu membro amoleceu na hora, o que considerei um bom sinal. A ideia de realmente machucar a Aly não me excitava, então talvez eu não estivesse tão perdido quanto sempre temi.

Aproximei a cadeira da mesa novamente e li o restante do que ela tinha escrito, o que levou um tempo já que havia mais de cem resultados na busca.

Menos de um minuto se passou até que meu pau estivesse ereto para ela novamente. Vários dos comentários eram sobre chegar em casa e me encontrar esperando por ela e logo minha mente se encheu de ideias de como atender sua fantasia.

O que aconteceria se eu realmente invadisse a casa dela?

A realidade é que ou ela atiraria em mim ou sairia correndo atrás da polícia e então minha vida acabaria quando eu fosse preso e as manchetes começassem a gritar que sou igualzinho ao meu pai.

Mas eu não estava vivendo a realidade no momento. Meus pensamentos eram pura fantasia, então não consegui deixar de me imaginar invadindo e a Aly reagindo exatamente como disse que faria. Indo de quatro até mim. Implorando para que eu a fodesse enquanto segurava uma faca contra sua garganta.

"*É trágico como esse homem sempre aparece no meu feed mas nunca em cima de mim*", provavelmente era minha nova frase favorita de todos os tempos.

Gemi e apalpei minha ereção por cima da calça. As coisas que faria com essa mulher se ela permitisse. Atenderia cada pensamento lascivo e sombrio que já teve. E eu não precisaria temer que seu desejo se transformasse em medo embaixo de mim porque, com o rosto coberto, esse risco não existia. Pela primeira vez na vida, eu estava livre do medo de ser descoberto ou reconhecido.

Esse pensamento me excitava quase tanto quanto Aly.

Recostei na cadeira e coloquei a mão dentro da cueca, segurando a base do meu membro. Como seria invadir a casa dela? Eu sabia que conseguiria. Além de saber hackear, eu era muito bom em espreitar durante a noite. Sempre fui notívago, principalmente agora, quando tinha menos risco de me verem na escuridão do que sob a luz do dia. Eu fazia compras no mercado 24 horas. Me exercitava às duas da manhã, quando não tinha ninguém na academia do condomínio.

Acariciei meu pau enquanto me imaginava arrombando a fechadura de Aly. Aprendi a fazer isso quando era adolescente, para invadir a sala do meu terapeuta e ler o que ele havia escrito sobre mim — o que foi um erro, já que não estava preparado para o que encontrei, mas pelo menos adquiri uma nova habilidade no processo. Poderia fazer um melhor uso dela agora, invadindo a casa da Aly no meio da noite enquanto ela estivesse trabalhando no hospital.

Esfreguei o dedão na cabeça da minha ereção quando cheguei na ponta, cobrindo-o com meu fluído antes de deslizar a mão para apertar a base novamente. Meus olhos se fecharam conforme imaginava Aly parada na soleira da porta, desgrenhada e cansada depois de uma noite longa, seus olhos se arregalando ao perceber que não estava sozinha.

— Quem está aí? O que você quer? — Escutei-a perguntando com uma voz trêmula.

Na minha imaginação, apontei a faca para ela em resposta.

Você.

Ela colocou as mãos para o alto.

— Pegue o que quiser e vá embora. Por favor, não me machuque.

Balancei a cabeça e virei a ponta da faca para o chão em uma ordem clara. Ela se ajoelhou como uma boa garota. Andei até ela, vendo seu peito subir e descer conforme me aproximava. Seus olhos deixaram a faca e passaram a observar meu peito nu, coberto de sangue, e o preto de suas pupilas tornou-se castanho à medida que o medo começou a se transformar em tesão.

Parei bem em frente a ela, olhando para seu rosto erguido, me deliciando com a vulnerabilidade de sua posição. Com muito cuidado, coloquei a ponta da minha faca abaixo de seu queixo e levantei seu rosto enquanto libertei meu pau. Seu olhar foi para as órbitas oculares da minha máscara e ela ficou sem ar, então seus lábios se abriram e se aproximou, envolvendo a cabeça do meu pau com aquela boca deliciosa, e...

Caralho. Eu ia gozar.

Peguei alguns lenços de papel da caixa ao lado e coloquei-os dentro da calça a tempo de encharcá-los. Ter Aly na minha frente, com medo e excitada ao mesmo tempo? Era o que eu queria. Muito. Fazia tempo que eu não desejava tanto alguma coisa.

Tudo o que eu precisava fazer era descobrir uma forma de fazer isso acontecer sem acabar sendo preso.

A RUA DE ALY AINDA ESTAVA ILUMINADA para o Natal e, surpreendentemente, esse foi o maior obstáculo que precisei enfrentar ao planejar minha aventura. Uma semana tinha se passado desde que vi a mensagem dela para o Tyler. Sete dias tentando me convencer a desistir dessa loucura, ao mesmo tempo em que treinava arrombar fechaduras, pesquisava se Aly possuía sistemas de alarmes de segurança — não tinha, o que era inaceitável — e dirigindo pelo bairro à noite para me familiarizar.

Claramente, a parte do meu cérebro que permanecia racional não conseguiu fazer com o que o resto de mim tivesse bom senso, porque aqui estava eu, nas sombras em frente à porta dos fundos de Aly, tentando recuperar o fôlego depois de ter causado um pequeno apagão na rua e correr até os fundos da casa dela para desativar as luzes traseiras antes que a energia voltasse.

Apoiei a cabeça contra o revestimento de vinil e fechei os olhos. Eu ia ser pego. Ia ser pego e aparecer nas manchetes internacionais, e por causa de quem era meu pai, nenhum júri acreditaria que essa era minha primeira invasão. Pensariam que eu tinha planejado algo muito mais perverso e me mandariam para a cadeia pelo resto da vida por causa de algo tão estúpido.

Só porque eu queria foder uma garota enquanto usava uma máscara.

Eu deveria ter ido para casa. Me afastado da parede, entrado no carro, ido embora e esquecido do fetiche por máscaras da Aly. É o que um cara normal teria feito. Um cara com a cabeça no lugar. Mas pelo jeito eu não era nenhuma dessas coisas, porque assim que os pensamentos de ir embora surgiam, um "NÃO!" firme os interrompia.

Talvez estivesse na hora de aceitar o fato de que eu não era normal, e nunca seria. Eu queria coisas que a maioria não desejava, ansiava por escuridão e perversão em vez de luz e amor. Estive lutando contra minha natureza desde sempre e estava cansado.

Cansado para caralho.

Seria muito mais simples ceder para variar. Um alívio, na verdade. Tentei tanto consertar e reprimir as coisas que aprendi serem anormais, mas depois de mais de uma década de terapia e remédios, os pensamentos e desejos que a maior parte da sociedade considerava problemáticos permaneciam.

Aqui estava minha chance de finalmente colocá-los em prática. Eu havia me preparado o máximo possível. Minha pele estava coberta dos pés à cabeça, então não teria nenhum vestígio de células epiteliais que uma equipe forense pudesse encontrar. Apenas um dos vizinhos de Aly possuía um sistema de segurança, e hackeei a rede para conferir se alguma das câmeras tinha visão para o quintal dela. Não tinham. Mas só para o caso de ter deixado algo passar, usei uma balaclava para esconder o rosto. As botas que eu estava calçando eram um número maior do que eu costumava usar, e revesti as solas para não deixar nenhuma marca. Só o que faltava era entrar, fazer o que precisava fazer, e sair.

Respirei fundo e me virei em direção à porta. A lua só estava meio cheia, mas com ela e as luzes natalinas, consegui achar a maçaneta. Tirei a mochila e peguei meu mini kit de arrombamento. As ferramentas de metal refletiram a luz da lua quando as peguei e comecei o trabalho.

Minha personalidade às vezes tendia para um comportamento obsessivo e eu treinei isso tantas vezes que só precisei de um minuto para destrancar a porta. Girei a maçaneta, rezando para que não fosse tão fácil, e respirei aliviado quando a porta não cedeu, presa por uma tranca. Ainda não seria o bastante para impedir a mim ou a um assaltante, e Aly precisava de uma segurança melhor do que essa.

Fiquei de fazer uma encomenda anônima para ela enquanto deixava o kit de arrombamento de lado e pegava os ímãs caros que comprara na internet. Abrir a tranca levaria muito mais tempo do que a porta. Eu poderia muito bem ter chutado a porta ou usado outro método destrutivo para conseguir entrar, mas não queria causar danos à propriedade de Aly ou facilitar para que alguém repetisse meus passos, o que significava que eu precisaria agir da forma mais lenta e difícil.

O suor se acumulava na minha testa à medida que os minutos se passavam. Sempre que um barulho parecia próximo demais eu congelava, meu coração martelando no peito enquanto eu me perguntava se estava prestes a ser pego. Quase saí correndo quando ouvi o som repentino de uma sirene policial, mas em vez de se aproximar, ela seguiu na rua paralela à de Aly e depois foi embora.

Precisei de um minuto inteiro depois disso para relembrar como respirar.

Isso era uma loucura completa. Uma insanidade. E mesmo assim, não conseguia impedir a mim mesmo enquanto levantava os ímãs e continuava a trabalhar na tranca.

Depois do que pareceu uma pequena eternidade, os ímãs funcionaram e a tranca se abriu. Apoiei a testa na porta e soltei um suspiro trêmulo, com tanta adrenalina percorrendo minhas veias que meu corpo todo tremeu com a necessidade de eliminá-la. Eu ainda temia que isso acabaria em um desastre, mas a pura sensação de fazer algo tão perigoso e ilegal era mais emocionante do que qualquer coisa que eu já tinha sentido, inclusive quando pulei de paraquedas.

Era isso que meu pai sentia? Essa mesma emoção o impulsionava tanto quanto seus desejos sádicos mais profundos?

Balancei a cabeça e me endireitei. Poderia pensar nessa merda mais tarde. Agora, precisava entrar.

Girei a maçaneta e abri a porta com cuidado. A única coisa que não consegui descobrir na internet era se Aly tinha algum bicho de estimação. Não ouvi latidos enquanto estava mexendo nas fechaduras, mas isso não significava que não havia um cão de guarda treinado para ficar em silêncio esperando por mim lá dentro. Claro, eu poderia ter acabado com essa preocupação perguntando para o meu colega de apartamento — Tyler estivera aqui algumas vezes, então saberia a resposta — mas não queria que ele pensasse que eu estava interessado em uma de suas ex, principalmente a Aly.

Estava escuro nos fundos da casa, com apenas uma luz suave emanando da sala, onde a árvore de Natal de Aly se encontrava imponente e totalmente iluminada na janela. Era o suficiente para discernir os arredores e perceber que não havia nenhum cachorro pronto para atacar.

Fechei rapidamente a porta atrás de mim e a tranquei.

Um uivo demoníaco cortou o ar.

Merda! Então Aly tinha um cachorro possuído no fim das contas, e ele ia rasgar minha perna e espalhar sangue por toda a casa para os policiais encontrarem.

Segurei a maçaneta e estava pronto para fugir dali quando uma coisinha pequena e peluda entrou na sala e parou na minha frente.

Um gato. Aly tinha um gato.

Nós nos encaramos na escuridão. Apesar dos pelos longos em preto e branco, ele era bem magrelo. Se as coisas ficassem feias, eu poderia enfrentá-lo.

— Não mexe comigo — alertei.

Como resposta, ele se virou de lado e ficou nas pontas dos pés, eriçando-se como um gambá.

Não pude deixar de sorrir. O gato podia até ser pequeno, mas parecia ser valente, e eu admirava isso.

Nunca tive um animal de estimação. Todos sabiam que assassinos em série começavam com pequenos animais e eu não queria a tentação, caso fosse mais parecido com meu pai do que achava. Tinha medo de que se adotasse um, ou não sentiria nada por ele — o que significaria que eu não possuía os instintos protetores ou ataque de fofura que a maioria dos donos de animais pareciam sentir — ou todos os meus maiores medos se confirmariam e eu daria uma olhada para o animal e pensaria "presa".

Conforme os segundos se passavam, permaneci grudado ao capacho, esperando que algum desejo agressivo me dominasse. Tudo o que senti foi uma leve apreensão. Gatos tinham garras, não é? E se ele pulasse em mim e me arranhasse o suficiente para sangrar? Até uma gota seria suficiente para identificar alguém.

De repente, o gato relaxou e caminhou na minha direção.

Caralho. O que ele estava fazendo?

Dei um passo para trás e pressionei o corpo contra a porta, estranhamente encantado pela forma como seus olhos brilhavam na escuridão. Seria tão fácil matar essa criatura pequena e fofa, mas eu não tinha nenhuma vontade de machucá-lo. Isso era um bom sinal, certo? Ou será que essa experiência era tão nova que qualquer reação horrível que eu teria normalmente estava atenuada?

— Sem arranhar — falei para o gato.

Ainda havia a chance de que um desejo monstruoso por sangue estivesse despertando indetectável sob a superfície, e se ele me atacasse, esses instintos assassinos poderiam vir à tona e me forçar a fazer algo terrível. Fui ensinado a não confiar em mim mesmo, e esse parecia o cenário perfeito para descobrir de uma vez por todas o quanto eu e meu pai éramos parecidos.

O gato caminhou até os meus pés, despreocupado. Continuei parado no lugar, esperando o desfecho inevitável, mas em vez de me morder, o gato cheirou minha calça e pressionou a testa contra minha canela, ronronando tão alto que parecia um motor ligando.

Respirei aliviado e me agachei para dar uma olhada melhor nele. A coisinha era até que... fofa, com manchas brancas acima dos olhos que pareciam sobrancelhas. Agora, estavam unidas conforme o gato semicerrava os olhos e se esfregava na minha perna como se quisesse ser acariciado. Será que já considerei algo fofo antes? Talvez a melhor pergunta fosse, será que já me permiti achar?

— Foi mal se eu fizer merda — falei, levantando a mão para coçar entre as orelhas do gato e depois acariciar suas costas como tinha visto outras pessoas fazerem na TV. Era a primeira vez que eu fazia carinho em um animal e meus dedos tremiam. Por sorte, era pela adrenalina e não pelo desejo de estrangular o bichano de Aly.

Crise evitada. Pelo menos por enquanto.

Até agora, eu havia aprendido duas coisas cruciais sobre mim mesmo esta semana: eu não queria machucar Aly e nem seu gato. Talvez eu não fosse um psicopata no fim das contas. Eles não se importavam com nada além de si mesmos. Mas isso não excluía a possibilidade de sociopatia. A maior parte dos sociopatas era capaz de se importar com algumas poucas pessoas. Eram suas raras exceções, pelas quais desenvolviam um amor intenso e devoto enquanto não sentiam absolutamente nada por outras pessoas. Eu me importava com minha mãe, com meu padrasto e com Tyler. Eram aqueles com quem podia contar e eu mal pensava sobre os outros. Mas será que isso era causado por um transtorno de personalidade ou porque eles eram os únicos que tinham conquistado minha confiança?

Balancei a cabeça e me levantei, ignorando o miado irritado do gato quando parei de acariciá-lo. Eu não estava aqui para fazer amizade com um animal. Meu tempo era curto, e quanto mais eu enrolasse, maior era o risco de ser pego. Eu poderia pensar sobre minha saúde mental depois.

Eu tinha um vídeo a filmar e uma câmera a posicionar.

Tinha chegado a hora de descobrir se Aly realmente queria chegar em casa e encontrar um homem mascarado esperando por ela na escuridão.

03

Aly

Todo mundo nessa merda de cidade estava maluco. Ou, ao menos, era o que parecia essa noite. Já víamos uma boa quantidade de acidentes em um plantão normal, mas esse estava diferente. Havia perdido a conta do número de pacientes que atendi nas últimas sete horas que haviam se machucado fazendo algo tão idiota que até uma criança saberia que não deveria tentar.

Será que começaram uma nova *trend* nas redes sociais que eu ainda não tinha visto? Ou será que aquele programa antigo em que caras batiam com carrinhos de supermercado nas coisas estava popular de novo? Esse nível de estupidez tinha que ter uma explicação. Não podia ser mera coincidência.

Estávamos no meio de um pequeno momento de calmaria, o que não era incomum tão tarde da noite, e eu estava aconchegada na minha cadeira da sala de descanso tentando ficar confortável enquanto tomava mais um copo de café. Metade do meu plantão já havia se passado, e se a segunda parte da noite seguisse o mesmo caminho da primeira, eu precisaria de toda a cafeína do mundo para me manter em pé.

Tanya entrou na sala e seguiu direto para a janela, tão concentrada no céu noturno que achei que ela nem tinha me notado.

— E ainda não é nem lua cheia — murmurou ela.

Eu me endireitei na cadeira.

— Então, não são só os meus pacientes?

Ela se virou para mim e balançou a cabeça negativamente, as longas tranças caindo sobre os ombros.

— Não, tem algo de errado com a cidade essa noite.

Trocamos um olhar preocupado e então desviamos os olhos. Coisas assim aconteciam às vezes, padrões estranhos que me faziam pensar que os seres humanos eram mais conectados do que percebíamos. Em uma semana qualquer, poderíamos ver um aumento nas vítimas de acidentes de trânsito sem que nada como tempo ruim ou congestionamento pudesse explicar a intensificação. Na próxima, poderíamos receber mais vítimas de violência doméstica do que o normal, e na seguinte, mais ferimentos de tiro.

Tanya e eu já havíamos conversado sobre isso algumas vezes, nos perguntando se os seres humanos possuíam uma espécie de mente coletiva, ou se isso tinha algo a ver com correntes magnéticas, ou talvez nosso subconsciente estivesse recebendo os mesmos sinais sutis do mundo ao redor.

Até comentei com um dos policiais que costumava dar plantão aqui, e em vez de me achar esquisita, ele concordou comigo, dizendo que testemunhava algo similar com os colegas. Uma onda de pessoas que não possuíam nenhuma conexão evidente umas com as outras cometiam praticamente o mesmo crime em uma semana. Na seguinte, era um novo grupo fazendo outra coisa.

Contei isso para Tanya depois, e ficamos tão assustadas que agora simplesmente evitamos o assunto, como se conversar a respeito pudesse causar uma nova onda de bizarrice.

— Como a Brinley estava? — perguntei. Tanya havia trabalhado com ela na noite passada, ficando de olho em nossa colega como eu fizera na noite retrasada.

Tanya se afastou da janela e foi até a cafeteira.

— Bem. Graças a Deus. Acho que tem razão, ela vai conseguir continuar com a gente. A primeira noite ruim só a chocou.

— Nada como uma prova de fogo para testar a determinação de alguém — falei.

Tanya terminou de servir o café e virou-se para mim, apoiando o quadril na bancada enquanto dava o primeiro gole.

— Não seria ruim se tivéssemos mais funcionários para dividir o fluxo de pacientes.

Eu me animei ao ouvir isso.

— Falando nisso, você vai naquela feira de profissões mês que vem? — O hospital costumava montar estandes em feiras de profissões de ensino médio e eventos locais de recrutamento em uma tentativa de atrair mais pessoas para a área de saúde. Poucas realmente acabavam vindo trabalhar aqui, mas víamos qualquer melhora nos números como uma vitória.

Tanya assentiu.

— Quer vir com a gente? Conta como plantão e aí você poderia pegar um pouco de sol pra variar? — Ela me observou pela borda da caneca, levantando uma sobrancelha. — Você anda bem pálida recentemente.

Revirei os olhos.

— Espero que o discurso que vai fazer na feira seja melhor do que isso.

— Tá dentro ou não? Não me faça levar alguém como a Donna — disse depois de soltar um risinho.

Nós duas estremecemos. Donna era uma das enfermeiras que estivera aqui com Brinley semana passada. Tinha uma péssima postura ao lidar com os pacientes e nenhum instinto natural para a função de cuidadora. Era provável que levá-la para a feira de profissões afastaria as pessoas da nossa área mais do que aproximaria.

— Tudo bem, eu vou — respondi.

Tanya suspirou de alívio e tomou outro gole de café.

Um silêncio pairou entre nós, mas era um confortável, então nós duas o aproveitamos. Algumas noites, nós nos sentávamos e conversávamos entre os atendimentos, fofocando. Em outras, como essa, nós duas ficávamos presas nos próprios pensamentos, tentando recuperar o fôlego em meio a um plantão puxado.

O pager preso ao quadril de Tanya apitou e ela xingou baixinho quando deu uma olhada nele.

— Resultados de exames — falou, terminando o resto do café e saindo da sala em passos largos.

Dei uma olhada no meu próprio pager quando ela saiu. Também estava esperando o resultado de exames de dois pacientes e fiquei surpresa do meu ainda não ter tocado. Talvez eu pudesse subornar Vern, minha amiga técnica do laboratório, a me colocar na frente da fila dela.

A data no topo do pager chamou minha atenção. Hoje era quinta-feira. O que significava que teria um novo vídeo do Homem Sem Rosto. Ele postava toda terça, quinta e sábado sem falta. Como diabos eu tinha esquecido?

Pulei da cadeira e fui até meu armário. Ter a sala de descanso só para mim era um pequeno milagre e eu não perderia essa chance de assistir ao vídeo novo em paz.

— Anda logo — murmurei enquanto digitava a senha do armário com impaciência. A porta poderia abrir a qualquer momento, e então eu perderia essa oportunidade e teria que esperar até o próximo momento de tranquilidade ou o fim do plantão para assistir.

Abri o armário e tirei o celular da bolsa. Meus dedos voaram enquanto eu o trazia para perto, clicando no ícone da minha rede social favorita e indo direto para a barra de pesquisa. A página do perfil dele preencheu minha tela um segundo depois e uma sensação quente invadiu meu corpo quando vi as capas dos vídeos já conhecidos dele em várias poses e estágios de nudez.

Caralho, como ele era gostoso.

Minha respiração acelerou enquanto encarava o telefone, os mamilos enrijecendo sob o uniforme. Eu era como um cão de Pavlov para ele, mas, em vez de babar com a perspectiva de comida, ficava molhada em outro lugar com a expectativa de prazer. Isso não podia ser normal... essa reação automática a ele, como se eu estivesse preparada e pronta para foder só de dar uma olhada no perfil dele. Precisava parar de me masturbar vendo os vídeos dele, ficar excitada tão rápido estava começando a se tornar um problema. Principalmente agora, quando eu não teria tempo para aliviar minha vontade repentina e seria perturbada por pensamentos a seu respeito pelo resto da noite.

Eu provavelmente deveria ter largado o telefone e deixado para ver o vídeo sedutor mais tarde, de preferência na solidão do meu quarto, onde eu tinha acesso fácil a um vibrador, mas lá se foi meu dedo, abrindo o vídeo mais recente como se tivesse vida própria. Deveria ser um bom, porque fora postado há poucas horas e já possuía mais de cem mil visualizações.

Aproximei o celular do rosto e assisti enquanto uma música assustadora começava a tocar. Tudo o que eu via era escuridão até que a câmera subiu, revelando a máscara do Homem Sem Rosto caída em algum lugar. A câmera se afastou mais e... puta merda! Estava em uma cama, e eu tinha um cobertor igual!

Pausei o vídeo e soltei um gemido sofrido. Ah, não. Não, não, não. Eu não deveria ter começado a assistir isso aqui. Minha boceta se contraiu ao ver a máscara em um lugar que poderia ser minha cama, pulsando de uma forma que só o maior vibrador ou uma boa transa poderiam aliviar.

Para enquanto ainda dá tempo, pensei. Assistir ao resto do vídeo só poderia resultar em tortura, mas apesar de saber o quanto eu ficaria desconfortavelmente excitada pelo resto da noite, não pude deixar de levantar o celular mais uma vez e dar play.

A música voltou a tocar e uma mão masculina entrou em cena, as unhas bem cortadas, tatuagens contornando o dorso e indo até cada um dos dedos. A câmera se afastou mais um pouco, soltei uma respiração trêmula quando um antebraço musculoso foi revelado, coberto de tatuagens e veias, e, caramba, por que antebraços me afetavam tanto? Seria porque eu podia imaginar os músculos flexionando enquanto aquela mão larga prendia as minhas acima da cabeça? Ou, melhor ainda, tensionando-se com força pouco reprimida enquanto longos dedos envolviam minha garganta?

A mão pegou a máscara, os dedos se dobrando nas órbitas oculares antes de arrastá-la lentamente para fora da câmera enquanto uma voz masculina dolorosamente grave cantava sobre cometer pecados na cama. A seleção musical do Homem Sem Rosto era sempre perfeita, capaz de transformar até um vídeo simples como esse em algo provocador. E era ainda pior dessa vez porque não conseguia parar de imaginá-lo filmando no *meu* quarto.

De repente, a câmera foi para cima e eu respirei fundo. Lá estava ele, refletido em um espelho, exibindo toda a maravilha que era ele sem camisa, uma das mãos segurava o celular enquanto se filmava, a outra abria o cinto lentamente. Pausei o vídeo mais uma vez para aproveitar tudo. Ele era perfeito — talvez não para todo mundo, mas com certeza para mim — com músculos grandes conquistados no que devem ter sido horas de academia, definidos e tonificados em todos os lugares certos, grandes e fortes em outros.

Queria passar a língua no vale entre seu peitoral, adorar seu abdômen e passar um tempo ímpio memorizando a entrada de seu quadril.

Mais do que qualquer coisa, queria substituir suas mãos pelas minhas, abrir seu cinto, libertar o que parecia ser um pau respeitável, se o volume em suas calças fosse algum indício, e passar o resto da noite fazendo com ele coisas que fariam até o Diabo corar.

Um barulho soou no corredor, lembrando-me de que eu tinha pouco tempo. Dei play no vídeo e assisti aos últimos segundos, me deliciando com a forma lenta e controlada que ele retirava o cinto e enrolava-o no punho enquanto respirava profunda e pesadamente, o peito se movendo. Por que isso era tão sexy?

Provavelmente porque você está imaginando ele respirando assim enquanto amarra o cinto nos seus pulsos para restringir seus movimentos, sua safada.

Caramba, eu estava completamente obcecada por esse homem, e nem sequer o conhecia, não fazia ideia de qual era sua aparência por baixo da máscara e nem de como era sua voz. Ele nunca falava nos vídeos.

Talvez fosse esse o encanto. Sexo safado com um homem gostoso, anônimo e que não falava? Tô dentro. Já estava farta de ouvir vozes de homens.

Algo no canto do espelho chamou minha atenção, e pausei novamente, logo antes de o vídeo acabar. O fundo de seus vídeos eram sempre escuros e desfocados, mas eu podia jurar que estava vendo a ponta da minha penteadeira, junto com a bagunça das minhas maquiagens e presilhas de cabelo abandonadas.

Devo estar maluca se cheguei ao ponto de ver algumas formas borradas e substituí-las pelos meus móveis e pertences.

De qualquer forma, esse era oficialmente meu novo vídeo favorito. Porque, fosse uma coincidência ou meu cérebro me enganando, era fácil demais imaginar que havia sido filmado no meu quarto. Jesus, as coisas que eu faria comigo mesma enquanto assistiria a isso nos próximos dias e semanas. Ele acharia bizarro se soubesse o quanto eu o desejava? Ou ficaria excitado?

Meu pager apitou, afastando-me tão rápido dos meus pensamentos que quase derrubei o celular. Antes de enfiá-lo de volta no armário, salvei o vídeo nos comentários e digitei rápido "*Tenho um cobertor igual. Isso poderia ter sido filmado no meu quarto. Boraaaa!*" sabendo que todas as outras pessoas com quem interagi várias vezes antes nos comentários do Homem Sem Rosto veriam e morreriam de inveja até eu entrar de novo.

NOVE TORTURANTES E LONGAS HORAS DEPOIS, entrei na minha garagem e desliguei o motor do carro, descansando a testa no volante. A noite tinha sido uma merda. Uma merda completa. Encerrada com a perda de uma paciente de ataque cardíaco que achávamos estar estável. Além de tudo, ela era jovem, nem havia chegado aos cinquenta, o marido e filhos adolescentes amontoando-se ao redor da cama ao início do segundo ataque cardíaco, assistindo com horror enquanto os tirávamos dali e tentávamos, sem sucesso, salvar sua vida.

Eram noites como essa que me faziam querer desistir. Eu havia entrado nessa carreira para salvar as pessoas, e cada morte parecia uma derrota pessoal. Como se a culpa fosse minha por não terem sobrevivido, por causa de um sinal que não percebi ou exame que não pensei em fazer.

Racionalmente, eu sabia que isso não tinha como ser verdade. Não era como se eu os tivesse tratado sozinha. Trabalhava com mais diversas enfermeiras, especialistas e médicos, e esses sentimentos provavelmente eram causados por um luto persistente pela minha mãe, mas isso não melhorava as coisas e nem diminuía a culpa que me consumia sempre que perdíamos um paciente.

Fiquei de tocar no assunto na próxima sessão de terapia e saí do carro. Fred veio correndo e miando até mim quando entrei, e eu o peguei no colo e o abracei por mais tempo do que de costume, tentando usá-lo para me ancorar e fazer meu cérebro pensar em coisas mais felizes.

Coloquei-o no chão quando começou a se contorcer e fui direto para a cozinha. O vinho me chamava. Eu havia evitado beber desde que mandei aquela mensagem vergonhosa para Tyler, mas, se tinha um dia que eu precisava de álcool, o dia era hoje.

O relógio do forno piscava marcando meia-noite, o que me fez parar de repente. A energia deve ter caído no meio da noite. Minha casa estava um forno e a empresa de eletricidade não mandara mensagem como geralmente faziam quando ficávamos sem luz, então deve ter sido uma pequena falha, algo que não durou o suficiente para demandar um aviso.

Dei de ombros e fui até a cozinha, Fred se esfregando nas minhas pernas como se estivesse convencido a me fazer tropeçar. Ele permaneceu colado aos meus tornozelos, por algum motivo mais pegajoso do que o normal, enquanto eu pegava uma garrafa nova de vinho branco e me servia de uma taça grande. Acho que devo ter ficado fora mais tempo do que esperado mais uma vez, meu plantão de 12 horas se transformando em 16. Amanhã seria meu dia de folga e eu o compensaria.

Agora, eu precisava de vinho e um tempo sozinha com meu celular e vibrador.

Era de se pensar que todo o sangue e trauma que vi essa noite me distrairiam do meu desejo, mas eu já estava tão acostumada que só me afetava no momento. Assim que tive um tempo para mim mesma, as imagens daquela máscara no que poderia ter sido meu cobertor voltaram a ganhar destaque na minha mente. O tesão era uma resposta natural a eventos traumáticos, o corpo queria um lembrete de que estava vivo depois de estar tão próximo da morte, e há muito tempo eu havia parado de resistir.

— Eu sei, carinha — falei, me abaixando para fazer carinho atrás da orelha de Fred. — Só preciso de uns dez minutinhos. — A essa altura, só levaria isso.

Expulsei ele do quarto, acendi a luz e congelei.

Tinha algo na minha cama.

Tinha algo na minha cama que eu não tinha deixado lá.

O vinho começou a se mover na taça conforme meus dedos tremiam, mas não consegui me forçar a deixar ele de lado porque não conseguia me mexer. Estava completamente imóvel, paralisada no lugar por um medo crescente. Alguém havia entrado na minha casa? Ainda estava aqui? Merda, era por isso que Fred estava tão insistente? Queria me alertar?

Não serei uma vítima, pensei, me obrigando a me mexer, a dar um passo para frente, colocar a taça e o celular na cômoda e me agachar enquanto abria a última gaveta para pegar a arma que tinha ali.

Morar sozinha em uma cidade grande e ver o que poderia acontecer com mulheres todas as noites havia me deixado paranoica. Eu guardava uma arma no carro e mais uma além da que eu mantinha escondida por perto. Dormia com um taco de beisebol ao lado da cama, além de spray de pimenta e facas na mesinha de cabeceira, tudo ao alcance da mão. Duas vezes por semana, fazia aula de luta com um ex-militar da marinha que não pegava leve só por eu ser a única mulher da turma. Se tinha alguém na minha casa, sairia dali direto para o necrotério.

Tentei ouvir alguma coisa quando me levantei e me aproximei da cama lentamente. Não ouvi mais ninguém, mas isso não significava que não havia alguém dentro do meu armário ou esperando debaixo da cama, pronto para agarrar meu tornozelo quando eu me aproximasse. Com isso em mente, parei a alguns passos de distância e me inclinei, congelando pela segunda vez em menos de um minuto. Havia uma máscara na minha cama.

E não era qualquer máscara.

Era a máscara *dele*.

Eu havia a encarado tantas vezes nos últimos meses que a reconheceria em qualquer lugar.

Não tinha ficado maluca e imaginado meus pertences naquele vídeo. Era mesmo minha cômoda no canto do espelho, porque ele realmente havia gravado o vídeo pelo qual passei a noite toda excitada no meu quarto.

Puta merda. O que estava acontecendo? E o que eu deveria fazer agora? Chamar a polícia? Ver se ele ainda estava aqui?

Minha visão ficou embaçada por um momento. E se… e se todo aquele sangue nos vídeos não fosse falso? E se tudo isso não fosse só um fetiche inofensivo para ele, como era para o resto de nós? E se ele fosse um tipo de assassino em série escondido em plena vista, usando sua presença online para atrair as vítimas?

Será que eu seria a próxima? Seria esse o início de algum jogo bizarro de gato e rato?

Balancei a cabeça. Se fosse o caso, eu não teria reconhecido todos os quartos em que ele se filmou provocando as vítimas? Não reconhecia. Tirando o vídeo de hoje à noite, o resto das filmagens tinha um destes três fundos: um sofá, uma parede com iluminação vermelha e uma enorme cama com lençóis pretos. Esta era a única exceção à regra.

Por que eu? Por que agora?

E por que diabos eu estava tão excitada com isso quando sabia que deveria sair correndo e gritando de casa?

04

Josh

É, EU FIZ MERDA. Uma merda *astronômica*.

A câmera que eu tinha escondido no quarto de Aly mostrava-a a vários metros de distância da cama. O uniforme azul-claro estava amarrotado depois do plantão no hospital e fios de cabelo tinham escapado de sua trança, emoldurando seu rosto em ondas bagunçadas. Seus olhos castanhos estavam arregalados, uma expressão de completa incredulidade no rosto enquanto encarava a máscara que eu deixara para ela.

Ela levantou a arma que segurava com as duas mãos enquanto olhava ao redor do quarto.

— Tem alguém aí? — perguntou em alto e bom som.

Nunca senti tanto tesão por alguém na vida. Ela parecia pronta para atirar em qualquer coisa que se movesse. Graças a Deus eu não tinha ficado lá, ou provavelmente estaria sangrando no chão dela agora.

Repassei a noite inteira na mente à procura de qualquer evidência que pudesse ter deixado para trás. Tive tanto cuidado enquanto estava lá que não achava que os policiais achariam qualquer coisa quando Aly finalmente voltasse a si e ligasse para a polícia. Mesmo quando tirei a camisa durante a filmagem, mantive a balaclava na cabeça o tempo todo, então nem um fio de cabelo me entregaria. Até fiz questão de retrancar a porta dos fundos e apagar minhas pegadas na neve que derretia.

Eu não tinha colocado a câmera no quarto dela para vê-la se trocar ou dormir como um pervertido, mas agora que pensei a respeito…

Calma aí, não. Eu precisava parar agora mesmo. Isso não daria em nada bom. Invasão de privacidade já era ruim o bastante sem acrescentar assediador à minha lista de crimes.

O motivo de eu ter colocado a câmera no quarto dela era para avaliar a sua reação e descobrir se ela falou sério em todos aqueles comentários. Ela realmente gostava da mesma merda obscura que eu ou era só uma curiosa?

A julgar pela expressão de puro horror no rosto dela, era só uma curiosa. O que significava que eu precisava começar a colocar meu plano de fuga em ação. Tinha pedidos a cancelar, planos a apagar e encobrimento a fazer. Eu tinha tomado toda a precaução possível para ocultar minha pegada digital e só conhecia três hackers no país capazes de seguir meus rastros e, talvez, se tivessem a sorte de evitar todas as armadilhas que deixei, me encontrar. Dois deles trabalhavam para a NSA e o outro estava preso, então por enquanto eu tinha confiança no meu trabalho. Além disso, duvidava que os policiais da cidade chegariam a chamar a polícia federal por causa de uma invasão domiciliar corriqueira em que nada foi destruído ou roubado.

Até meu perfil da rede social era protegido, ou tão protegido quanto possível. Qualquer um que o hackeasse seria levado diretamente para um pai com 30 e poucos anos e um fetiche secreto por máscaras em Utah. Era um cara real, chamado Carl, com um fetiche de verdade por máscaras, que também possuía um perfil onde postava fotos e vídeos sedutores, que sua esposa nem sabia da existência. Nossas tatuagens não eram iguais e seu conteúdo era diferente, mas enquanto os policiais descobriam tudo isso, eu teria tempo o suficiente para acabar com o resto dos meus traços e desaparecer.

Foi mal, Carl, mas precisei fazer alguns sacrifícios.

Eu provavelmente deveria sentir mais pena do cara do que sentia, mas, assim como eu tinha dificuldades para entender limites, o mesmo acontecia com sentir empatia. Talvez tenha sido aí que pequei com Aly. Fiquei tão empolgado com a ideia de dar vida às nossas fantasias em comum que não parei para pensar em tudo do ponto de vista dela. O que uma mulher que mora sozinha sentiria ao perceber que um estranho invadiu sua casa?

Abri uma nova aba e dividi a tela, assistindo Aly se abaixar e olhar embaixo da cama com a arma à frente do corpo enquanto eu fazia uma pesquisa rápida na internet.

Os resultados não foram promissores. É, foi aí que fiz merda. Segundo o Google, Aly provavelmente estava assustada, com raiva e sentia que sua casa estava comprometida, até mesmo violada, passando de um santuário para mais um lugar em que ela se sentia insegura.

Como eu poderia remediar um erro tão grande? Com rosas? Os homens nos filmes e séries sempre mandavam rosas. Mas não parecia o bastante. Talvez se eu mandasse várias?

Abri outra aba, parando para assistir Aly vasculhar o resto do quarto como uma mulher que sabia o que fazia. Era sexy. Apesar do aparente medo, ela se movia de forma confiante e competente, como se já tivesse sido treinada. E talvez tivesse. Talvez aquela aula de defesa pessoal que fazia tenha a ensinado a fazer isso.

Fiquei de hackear as câmeras deles e confirmar enquanto eu fazia uma compra em uma floricultura local com o dinheiro de outra pessoa. Não me sentia tão culpado em roubar — especialmente quando a vítima era um criminoso rico que recentemente tentara roubar milhões de dólares de um dos clientes da minha empresa. Eu impedi essa tentativa infantil e invadi o sistema dele sem ser notado, descobrindo várias coisas interessantes, incluindo os dados do cartão de crédito.

Na tela, Aly terminou de vasculhar o quarto e a suíte e então saiu pela porta. Aumentei o volume o máximo que podia, na esperança de ouvir caso ligasse para a polícia enquanto estivesse fora do alcance da câmera. Vários minutos se passaram em silêncio, apenas os sons suaves de movimento deixando claro que ela estava andando pelo resto da pequena casa.

Eu me xinguei por só ter instalado uma câmera no lugar de duas. O que ela estava fazendo? Como estava se sentindo? Tinha algum jeito de reverter isso ou eu já tinha perdido minha chance com ela?

— Tudo bem, Fred? — ouvi-a perguntar e passei a prestar atenção, me perguntando com quem diabos ela estava falando.

Do nada, a raiva tomou conta de mim enquanto eu esperava pela resposta de Fred. Já tinha outro cara na casa dela? Ela tinha planejado encontrá-lo lá depois do trabalho? Eu não tinha escutado nenhuma porta se abrir ou fechar, e...

— Ele não te machucou enquanto estava aqui, né? — perguntou ela.

Um miado baixo ecoou dos alto-falantes.

— Você tava tentando me avisar quando cheguei em casa, né?

Outro miado.

Ah. Fred era o *gato*. Meus ciúmes se esvaíram e abri o punho que tinha cerrado na cadeira. Uau, então tá. Essa raiva repentina era coisa nova. E provavelmente não era algo bom. Precisaria ficar atento. Eu podia até não querer ferir Aly ou seu gato, mas a ideia de outro cara lá com ela tinha me feito pensar em *matá-lo a facadas* na mesma hora.

Os alto-falantes ficaram em silêncio, e tentei aguçar os ouvidos enquanto esperava por algum sinal de que Aly estava, não sei, bem? Ou brava? Ou assustada? Podia ser qualquer coisa. Não vê-la era um problema depois de todas as noites que passei assistindo-a pelas câmeras do hospital essa semana. Ela deixava cada emoção clara com suas expressões, e eu tinha passado minhas horas insones aprendendo cada uma delas.

Por fim, ela apareceu carregando Fred em um dos braços e uma cadeira da mesa de jantar no outro, com um olhar de pura determinação. Ela colocou Fred na cama e fechou a porta do quarto, colocando a cadeira embaixo da maçaneta e se barricando lá dentro.

Eu não ia cancelar aquela compra anônima se ela dependia de uma cadeira para se proteger. Aly precisava de todo o equipamento de segurança residencial que eu comprara. Por que ela ainda não tinha um sistema instalado? O bairro dela tinha uma taxa de criminalidade relativamente baixa quando comparado com outras partes da cidade, e estava claro que ela sabia se defender, mas eu não tinha acabado de provar como era fácil para alguém realmente determinado invadir sua casa?

Eu sabia que a questão não era dinheiro. O seguro de vida da mãe dela tinha pagado pela faculdade de enfermagem e pela maior parte do depósito da casa, e ela tinha uma renda respeitável graças ao seu salário e a todas as horas extras que cumpria no hospital. Tinha simplesmente se tornado complacente?

Talvez eu tenha feito um favor ao invadir sua casa e mostrar os seus erros.

Estremeci. Credo. Chega de pensamentos como esse. Era óbvio que eu estava tentando justificar o que tinha feito e diminuir a culpa que sentia, e não deveria fazer isso, se o Google tinha me ensinado algo essa noite, era que eu tinha feito uma merda gigantesca.

Isso foi confirmado quando Aly caminhou até a cômoda e trocou a arma pelo vinho que deixara ali mais cedo, bebendo-o como alguém toma cerveja numa festa universitária. A taça tremeu entre seus dedos quando ela a abaixou e eu me encolhi. Porque, *caralho*. O medo dela me dava tesão. Eu não queria reconhecer o quanto estava excitado, mas era impossível ignorar o jeito que meu membro pressionava contra a bermuda de academia conforme Aly tremia visivelmente.

Ok, eu não queria machucá-la, mas com certeza queria assustá-la. Era um tanto perturbador, mas longe de ser o pior cenário. E, sendo sincero, isso só não confirmava algo que eu já sabia sobre mim mesmo? Fala sério, eu cobria o peito em sangue falso, segurava uma faca de açougueiro enquanto sentava no escuro e encarava a câmera como se tivesse acabado de assassinar uma família inteira.

Eu me satisfazia com todos os comentários em que as pessoas diziam que estavam ao mesmo tempo excitadas e um tanto apavoradas com meu conteúdo. Esses comentários despertavam algo dentro de mim, fazendo eu me sentir poderoso, selvagem e perigoso, como se eu pudesse dominar o mundo. O fato de que tantas outras pessoas compartilhavam desses fetiches específicos também normalizava meus desejos. Não me sentia culpado por gostar de praticar com máscaras, e nem que estava ultrapassando os limites de um território perigoso que chegava perto demais do que meu pai fizera.

Eu sentia que isso era apenas para mim. E era por isso que eu queria Aly só para mim. Não só porque ela era uma mulher linda com fetiche por máscaras que dava em cima do meu alter ego com frequência, mas porque, tecnicamente, ela tinha me *stalkeado* primeiro. Ou, de acordo com o histórico de pesquisa que encontrei ao hackear o computador dela, tinha tentado.

Como encontrar alguém a partir da sua rede social?

Quem é o homem sem rosto do TikTok?

Outras contas do homem sem rosto.

Existe algum programa de IA que consegue encontrar alguém a partir de suas tatuagens?

Viu? Foi ela quem começou. E sim, eu estava ciente de que esse argumento não valeria em um tribunal, mas eu acreditaria nisso até o fim: Aly também era um pouco problemática. O suficiente para talvez hesitar antes de me denunciar. E, se fosse muito sortudo, o bastante para entrar na onda de tudo o que eu tinha planejado para ela.

Minha atenção voltou para a tela quando ela pegou o celular e sentou-se na beira da cama. A câmera que eu tinha instalado era um equipamentozinho genial. Imitava o carregador de celular dela, com uma entrada funcional para o USB e tudo. Embora o espaço branco acima parecesse inofensivo, na realidade era uma tela de projeção com uma câmera de ângulo aberto escondida, praticamente imperceptível sem um equipamento detector profissional. Troquei o carregador por esse pouco antes de sair, verificando no celular se estava funcionando antes de sair noite adentro e causar outro apagão para acobertar minha fuga.

Apertei alguns botões e dei zoom no celular de Aly. Ela estava no meu perfil, provavelmente pronta para me bloquear ou listar todos os crimes que cometi nas mensagens privadas.

— Sabia — disse ela, enquanto rolava a página. — Cama. Sofá. Parede.

Franzi o cenho ao perceber que ela estava falando dos cenários dos meus vídeos. Eu filmava todos no quarto enquanto Tyler estava dormindo ou fora do apartamento, e esses eram os três locais que tinha usado. Até o quarto de Aly. Será que ela tinha notado a diferença?

Ela passou a mão no rosto e virou-se para Fred, que ronronava tão alto que era possível ouvir pelos alto-falantes.

— Então, ele provavelmente não é um assassino em série que usa o aplicativo para atrair suas vítimas.

Eu me retraí. Era isso que ela tinha pensado? Cacete. Essa era a última coisa que eu queria. Como eu poderia consertar isso? Fiquei com certa vontade de enviar uma mensagem me explicando, mas como isso funcionaria? *Oi, Aly, sou eu, o cara que invadiu sua casa. Estava assistindo você pela câmera que escondi no seu quarto e queria dizer que está certa. Realmente não sou um assassino em série.*

Puta merda.

Eu sabia que deveria ter discutido com minha terapeuta quando ela disse que era hora de fazer o desmame dos antipsicóticos. Eles obviamente eram necessários se uma das primeiras coisas que fiz quando saíram do meu sistema foi começar a perseguir alguém.

Levantei a mão e estava pronto para parar a transmissão do vídeo quando Aly virou na cama e finalmente deu uma olhada na máscara. Meu dedo pairou sobre o botão enquanto sua expressão se transformava em algo que eu não vira antes. Ela semicerrou os olhos, mordeu o lábio inferior de um jeito que fez com que eu me inclinasse para frente na cadeira. Um rubor bonito tingiu suas bochechas de rosa. Será que estava prestes a chorar?

Ela deu uma olhada para o gato.

— Só tem um jeito de descobrir.

Antes que eu pudesse dar zoom e ver o que estava fazendo, ela digitou algo no celular, os dedos voando pela tela antes de apertar uma última tecla. Um som de notificação se seguiu, como se tivesse acabado de enviar um e-mail ou uma mensagem.

Meu celular apitou na mesa.

Congelei.

Caralho. Será que ela tinha me mandado uma mensagem?

Com cuidado, como se o aparelho pudesse se virar e me morder, levantei o telefone. Uma notificação surgiu na tela com a mensagem: *Você recebeu uma solicitação de aly.aly.esta.aqui*. Meu coração acelerou enquanto eu desbloqueava a tela e abria a mensagem.

Talvez você ache essa mensagem uma maluquice, mas por acaso você invadiu minha casa, filmou um vídeo no meu quarto e deixou uma máscara aqui?

Merda. O que eu deveria responder? Se eu dissesse que sim, isso poderia ser usado contra mim em um tribunal. Se dissesse que não, estaria fazendo gaslighting com ela. Tinha alguma forma de fingir indiferença? Responder com uma pergunta que não confirmaria nem negaria a suspeita?

O que faria se eu dissesse sim? perguntei. Pronto. Parecia seguro o bastante.

Na tela, o aplicativo dela emitiu um som, e pude assistir em primeira mão enquanto ela lia e reagia à minha resposta. Ela mordeu o lábio inferior novamente, respirando fundo enquanto aproximava o celular. Alguns fios soltos de cabelo caíam em seus ombros, impedindo que eu visse seu perfil.

— Puta merda, ele respondeu. — A voz mal passava de um sussurro. — Ele nunca responde ninguém. Nunquinha.

Vira um pouco para a direita para eu te ver melhor, quase exigi, mas isso entregaria a câmera e agora que ela tinha começado a falar, não estava pronto para desligar a transmissão.

Ela voltou a digitar, e um segundo depois, meu celular apitou.

Depende, falou.

Do quê, Aly? respondi.

Ela respirou fundo de novo, e eu sorri. Então ela gostava quando eu usava seu nome. Será que se sentia especial ao saber que o homem de quem ela dava em cima na internet e nunca respondia a comentários ou mensagens, finalmente tinha decidido falar com alguém, e esse alguém era ela? Se fosse o caso, eu digitaria e diria o nome dela sempre que me desse a chance.

De quais são as suas intenções, disse ela.

Recostei na cadeira. Minhas intenções. Como eu deveria responder? Eram tantas opções, tantas fantasias que já imaginara com ela. Tinha aquela em que eu a acordava no meio da noite com uma faca em sua garganta, mas em vez de apontar a lâmina para ela, eu deslizaria o cabo por entre suas pernas e o usaria para estimulá-la até que enlouquecesse, provocando-a sem dar o que ela queria, independente do quanto ela implorasse e chorasse para gozar. Ou aquela em que eu a sequestraria no estacionamento do hospital, a levaria para o meio da floresta e diria para correr o mais rápido possível, porque o que eu planejava fazer quando a pegasse faria até o Diabo chorar.

Mas ela provavelmente não estava pronta para nada disso agora, e talvez ainda estivesse cogitando ligar para a polícia, então me contive em apenas instigá-la por enquanto.

Minhas intenções? Ah, Aly. Por que eu te contaria se os seus comentários me fizeram pensar que o medo é uma das partes que você gosta?

Levantei os olhos bem a tempo de ver Aly soltar o celular no cobertor e colocar a cabeça entre as mãos.

— Preciso ir muito mais para a terapia do que estou indo.

Abri um sorriso, porque eu também precisava.

Fred miou e esfregou a testa no braço dela.

— Só a terapia de pelos não vai bastar agora, carinha — disse ela, pegando-o no colo. — E foi mal, mas preciso fazer uma coisa de adulta agora, e você não pode ficar aqui.

Assisti ela indo até o banheiro e colocando Fred no chão de azulejo, desculpando-se de novo quando o prendeu lá dentro. Esperei segurando o fôlego enquanto ela voltava para a cama e pegava o celular.

Como vou acreditar que você não me machucaria? perguntou ela.

Não é pra acreditar, Aly. Sou um estranho da internet.

Ela soltou uma respiração trêmula e sacudiu o celular.

— Acha que não sei? Só quero algum tipo de garantia de que não vou virar manchete de jornal.

Deveria me sentir mal por ela, mas assim como seu medo, sua óbvia irritação só servia para me excitar. Fazia muito tempo que eu não deixava uma mulher tão frustrada. Normalmente, preferia que a frustração fosse sexual, provocando-as cada vez mais, até finalmente explodirem, mas com Aly, até essa forma leve de antagonismo me animava. Alguma coisa sobre ver uma mulher tão linda ficar mal-humorada me deixava com tesão. Talvez fosse o desafio. Eu gostava de mulheres com garra. Que não levavam desaforo para casa, falavam o que pensavam e eram independentes.

Não que eu tivesse algo contra mulheres mais mansas, só não me atraíam. Na verdade, elas me aterrorizavam, porque eram as vítimas favoritas do meu pai. Nunca nem saí com uma, muito menos levei para a cama, só por precaução, pela hipótese remota de compartilhar seus gostos. Eu me atinha a mulheres fortes, quase agressivas. Aquelas que teriam uma chance melhor de se defender caso algum dia eu… bem, era melhor não pensar nisso com Aly ainda na tela do meu computador.

Vê-la toda nervosa me fez ter vontade de recompensá-la, apesar dos meus instintos gritando para que eu tomasse cuidado. Abri a segunda metade do vídeo que filmei no quarto dela, uma que me faria ser banido da rede social se eu um dia publicasse, e antes que eu pudesse pensar duas vezes, enviei na nossa conversa, agindo por puro instinto.

Aly levou a mão à boca quando o abriu, a voz abafada enquanto gemeu.

— Puta merda.

Recostei na cadeira e aguardei, me perguntando o que ela faria com o vídeo. Era outro teste. O mais provável era que ligaria para polícia, mas na remota hipótese de que não fizesse isso, estava prestes a dar o primeiro passo para se tornar *minha*.

— Ele está colocando…? —falou.

A mão dentro da calça. Sim, eu estava, e com certeza ia parar no inferno por filmar um vídeo estimulando meu pau até ficar duro no quarto dela.

A cabeça dela caiu para frente, e um gemido baixo escapou de seus lábios. Seus olhos estavam semicerrados novamente quando ela os levantou, as bochechas coradas, e entendi o que aquela expressão significava: tesão.

Aly também tinha seus problemas. Aleluia.

Com a mão livre, ela pegou minha máscara e a colocou contra os travesseiros. Quando estava onde queria, ela se levantou, conferiu a cadeira que segurava a porta, certificando-se de que estava bem presa, e então foi até a cômoda, abriu a primeira gaveta e de lá tirou um vibrador.

Caralho.

Eu precisava fechar o vídeo.

Não fazia nem dez minutos que eu tinha dito a mim mesmo que o limite era ver Aly dormir ou se trocar. Espiá-la enquanto se masturbava era bem pior que isso, errado em tantos níveis que eu — puta merda, lá se foram as calças. Tive um vislumbre de um triangulo bem aparado de pelos antes que ela se virasse e…

Olha. Essa. Bunda.

Queria dar uma palmada. Com força o suficiente para deixar uma marca. E então eu queria mordê-la. Virá-la no meu colo e assisti-la quicar enquanto a fodia por trás. Deus abençoe seja lá quais exercícios de glúteos ela fazia na academia, porque estavam dando resultado.

Não. Isso era errado. Eu não ia assistir Aly se satisfazer com um vídeo que enviei para ela. E eu com certeza não estava colocando uma mão dentro da bermuda e apertando a base do meu pau.

Pode parar. Mão má. Não vamos fazer isso.

Na tela, Aly se deitou na cama com as pernas abertas de frente para a minha máscara, o celular em uma das mãos. Ela ligou o vibrador com a outra, e sem qualquer preliminar, posicionou-o no ápice das coxas e o enfiou fundo, arqueando as costas, e um grito que era parte dor parte prazer saiu pelos meus alto-falantes.

Bati no botão de desligar a transmissão e minha tela ficou preta. Só por garantia, empurrei a cadeira do computador para trás e me afastei da mesa, parando em frente às janelas do quarto. Minhas mãos tremiam e eu as coloquei atrás da cabeça enquanto observava o sol que nascia. Caralho, essa foi quase. A visão das costas arqueadas de Aly estavam gravadas nas minhas retinas e o grito de sofrimento dela tinha sido doce demais aos meus ouvidos. Se a assistisse por mais um segundo sequer, nunca conseguiria encontrar forças para parar.

Foi um tanto reconfortante ver que eu ainda tinha certa moralidade. Aly poderia até estar se masturbando com um vídeo que enviei a ela, mas não tinha me dado consentimento para assisti-la. Claro, também não tinha me dado consentimento para invadir sua casa, filmar um vídeo sensual em seu quarto, enviar um vídeo sexualmente sugestivo, ou assisti-la desde que chegou em casa, mas era preciso traçar limites, e importunação sexual parecia um bom lugar para começar — não importava o quanto as minhas partes mais sombrias diziam que ela não poderia se ofender com o que não sabia.

Eu já estava ficando obcecado pela Aly de um jeito doentio. Não tinha como isso acabar bem para nenhum de nós dois se não me controlasse, mas agora que ela estava na minha mira, eu parecia não conseguir me controlar, e todos os meus planos cuidadosamente elaborados de ir com calma e acostumá-la aos poucos com as coisas estava indo por água abaixo.

Eu precisava dela, e pronta ou não, estava prestes a fazê-la passar pelo teste final.

Só torcia para que isso não acabasse com nenhum de nós traumatizado ou morto.

05

Aly

O Homem Sem Rosto estivera aqui. Aqui, no meu quarto, *na minha cama*, com a mão dentro da calça enquanto se filmava. Eu deveria ter ficado apavorada por um estranho da internet ter invadido minha casa. E estava. Mesmo. Mas também nunca fiquei tão excitada na vida, e a essa altura, só precisaria de mais algumas estocadas firmes do meu vibrador antes de gritar de tanto gozar.

Aumentei a força da vibração e usei uma mão para me penetrar com o brinquedo enquanto segurava o celular com a outra, assistindo o homem pelo qual passei meses babando se estimulando nesse mesmo cobertor. Olha esses malditos músculos. A faca que ele segurava com a mão livre. A maneira como seu antebraço se enrijecia e flexionava conforme ele se masturbava. Ele era a coisa mais sexy que eu já vira e, de alguma forma, havia notado os meus comentários tarados em meio a milhares que deve receber todos os dias.

Isso fez com que eu me sentisse especial. Vista. Escolhida.

Até essa noite, eu achava mesmo que minha obsessão era só uma fase. Que era tudo papo furado e meu fetiche recém-descoberto tinha sido motivado puramente pela abundância de homens mascarados nas minhas redes sociais. Eu tinha certeza de que se uma nova *trend* ganhasse atenção, no mês seguinte eu já estaria interessada em bondage.

Ledo engano.

Agora eu já tinha entendido. Isso não era só uma fantasia passageira para mim. Era minha fantasia da vida, e o fato de que eu talvez pudesse colocá-la em prática fez com que me sentisse mais viva do que qualquer outra coisa conseguira em meses.

Mas eu não era idiota. Os anos que passei trabalhando como enfermeira de trauma haviam me ensinado que a probabilidade de isso acabar em tragédia era muito maior do que qualquer outra coisa. Eu havia vasculhado minha casa inteira, de cima a baixo, e sabia que ele não estava lá dentro. Também havia colocado cadeiras contra as portas da frente, dos fundos e do meu quarto. Eu estava o mais segura possível para o momento, e assim que esse *desejo* devastador estivesse fora do meu sistema, eu voltaria a me sentir aterrorizada e brava.

O vídeo recomeçou e aproximei mais o celular para ver de perto enquanto o Homem Sem Rosto colocava uma mão grande no abdômen e a deslizava de uma forma lentamente torturante para dentro da calça jeans desabotoada. Ele deslizou a mão para baixo primeiro, manipulando o pau da base à ponta. Gemi e imaginei como seria tê-lo nas minhas mãos, tão grande que eu mal conseguiria envolvê-lo com os dedos, duro feito aço, macio como seda e tão quente que faria meu sangue ferver.

Eu não tinha mentido nos comentários; queria andar de quatro para esse homem. Fazer nele o melhor boquete de sua vida, digno de contrair os pés, tremer as pernas, apertar os lençóis, sugar a alma e esvaziar seu saco. Eu estava quase lá só de pensar, então deixei a fantasia ganhar vida na minha mente conforme eu me inseria no vídeo, juntando-me a ele na cama e substituindo sua mão pela minha boca, engolindo aquele pau até meus olhos se encherem de lágrimas e minha boceta se contrair. Queria as mãos dele no meu cabelo, segurando até doer enquanto ele fodia minha boca.

Levantei a cabeça para olhar para a máscara, *a máscara dele*, que ele tinha deixado para mim como uma lembrancinha macabra. Era fácil demais imaginá-lo me encarando por baixo dela, assistindo-me enfiar o vibrador fundo e mantê-lo no lugar.

Eu já estava cansada de me estimular, precisava gozar tanto quanto precisava respirar. A protuberância na base do aparelho vibrou contra meu clitóris de um jeito que fez minha coluna arquear. Meu celular caiu dos dedos dormentes e fechei os olhos conforme todo o meu corpo se fundiu no ponto sensível de nervos entre minhas pernas.

Meu Deus, eu ia…

— Caralho! — gritei e gemi ao mesmo tempo quando uma luz surgiu atrás das minhas pálpebras fechadas, e um orgasmo me atravessou com violência e prazer.

Fiquei ali deitada e ofegante, atordoada e ainda excitada. Merda. Isso não era bom. Um homem tinha invadido minha casa e, em vez de chamar a polícia, eu havia me masturbado em cima de qualquer evidência restante. Não tinha como chamá-los agora. Como diabos eu me explicaria?

— E por que não nos chamou imediatamente? — perguntariam.

— Foi mal, policial. Estava ocupada demais tocando uma.

Argh. E quer saber? Eu mesma pedi por isso. Não estava jogando a culpa na vítima, eu havia literalmente implorado para que isso acontecesse. Em um comentário, até ofereci dinheiro para que ele invadisse minha casa e esperasse por mim no escuro. Como isso se sustentaria no tribunal? A defesa dele provavelmente argumentaria que tudo o que seu cliente fez foi seguir à risca minhas palavras. Eu deveria perguntar a respeito para os advogados do hospital. Como funcionária, eu era tecnicamente uma cliente deles. O que significava que eles não poderiam contar aos meus colegas sobre a maluquice de que eu gostava fora do trabalho, certo? Sigilo do cliente e tudo o mais?

Saí da cama e me limpei. Estava encharcada. Fazia muito tempo que não ficava tão molhada. Sexo normal era ok, até catártico, mas a essa altura, tinha se tornado menos excitante do que costumava ser e mais uma forma de alívio do estresse e da necessidade de intimidade física com outra pessoa — um lembrete de que as pessoas podiam causar prazer umas às outras em vez de dor.

Meu emprego realmente estava começando a afetar minha vida pessoal. Eu sabia que era uma possibilidade desde o início. A faculdade havia tentado me preparar. Quando entrei para a área, meu orientador do trabalho e outros colegas haviam me alertado do quanto a enfermagem de trauma podia afetar alguém, entrando em detalhes sobre as altas taxas de divórcio no hospital, diagnósticos de transtorno pós-traumático e problemas com vícios, mas eu não havia escutado. Fui muito ingênua e cabeça dura. Ninguém estivera presente quando minha mãe precisou e, se eu pudesse, não deixaria o que aconteceu com ela acontecer com mais ninguém.

Agora, eu estava ficando entorpecida. Vira tanta merda que minha fé na humanidade estava no fim, e eu havia perdido contato com todos que não eram meus colegas enfermeiros ou da área de emergência, porque ninguém mais entendia o que eu enfrentava diariamente. Até o sexo tinha perdido o brilho. Ou, pelo menos, o sexo baunilha. O que eu tinha acabado de fazer provava que eu precisava de uma coisa mais selvagem para me satisfazer. Algo mais sombrio e com um toque de perigo.

Um miado baixo fez eu voltar a mim. Certo. Eu havia prendido o Fred no banheiro. Eu me senti uma péssima mãe depois da noite que ele tivera. Ele provavelmente ficou escondido debaixo da minha cama e só saiu quando cheguei em casa. Ele não gostava e nem confiava na maioria das pessoas, principalmente homens (e quem poderia culpá-lo?), e fugia ou rosnava para qualquer cara que eu convidava para casa. Um estranho aparecer no território dele quando eu nem estava aqui deve ter deixado ele apavorado.

Vesti meus pijamas e deixei Fred sair. Ele passou pelo quarto e foi direto para a porta. O pobrezinho provavelmente precisava fazer xixi.

Com a tensão retornando, peguei a arma da cômoda e tirei a cadeira debaixo da maçaneta com cuidado, com um pouco de medo de ter alguém esperando para me atacar do lado de fora. Destranquei a fechadura e abri uma fresta da porta, apontando a arma. Não tinha ninguém no pequeno corredor que separava os quartos — graças a Deus — e eu havia deixado tantas luzes acesas que não vi ninguém em lugar nenhum quando coloquei a cabeça na quina do corredor e olhei para a sala integrada com a cozinha.

Ainda assim, minha paranoia estava nas alturas, e enquanto Fred corria para a caixinha de areia, vasculhei a casa uma segunda vez. Um som de notificação me fez voltar até o quarto quando acabei. Eu havia deixado o celular lá. Esquecera totalmente de responder ao vídeo que o Homem Sem Rosto me enviou.

Um rubor tomou conta das minhas bochechas. Imagina se ele soubesse o porquê. Provavelmente acreditaria ainda mais que eu havia gostado do que ele fez e que torcia por um repeteco, especialmente quando eu estivesse em casa.

Peguei o celular da cômoda e congelei. Será que eu torcia por um repeteco? Balancei a cabeça. Não. Com certeza, não. Isso seria maluquice, certo? Mas não tinha como ignorar o calor que crescia dentro de mim ou a forma como meu coração disparava com a ideia.

Meu celular apitou mais uma vez e eu olhei para ele. Duas notificações novas. O Homem Sem Rosto havia me enviado mais mensagens.

Meus dedos tremiam conforme eu desbloqueava a tela. O que ele havia dito? Será que enviara outro vídeo? E por que eu estava tão desesperada para descobrir quando deveria estar bloqueando e denunciando o babaca?

Não era outro vídeo. Apenas duas mensagens simples de fazer parar o coração.

Durma bem.

Alyssa.

Fiquei encarando a tela. Não Aly. Alyssa. Meu nome inteiro. Que eu não exibia no meu perfil, comentários ou qualquer outro lugar deste maldito aplicativo. Eu não estava nem surpresa. Ele havia invadido minha casa, então deve ter descoberto meu nome completo, e só Deus sabe o que mais descobriu sobre mim antes de vir até aqui. Ainda assim, por algum motivo, vê-lo digitar isso parecia ainda mais invasivo, e não de um jeito totalmente ruim.

O que diabos eu deveria responder? Obrigada? Vai se ferrar, seu pervertido? Se fizer algo assim de novo, vou atirar em você? Volta para cá agora, seu monstro, não pode me deixar com tanto tesão?

Era como se meu cérebro estivesse se dividindo ao meio. Por um lado, essa era a coisa mais sexy que já acontecera comigo. Por outro, era também a mais insana.

Esse realmente era o filme de terror em que eu morreria, não era?

DE ALGUMA FORMA, APESAR DO TAMANHO do medo e do tesão que eu estava sentindo, consegui pegar no sono. Eu me tranquei no quarto com Fred, colocando a caixinha de areia dele no meu banheiro e o pote de comida e água em frente à cômoda. Além disso, dormi abraçada a um taco de beisebol, com a arma bem próxima.

Estava certa de que teria pesadelos, ou pior, sonhos eróticos, mas dormi feito morta por dez horas, acordando apenas quando Fred ficou entediado com a prisão e começou a correr em círculos ao redor da minha cama.

Agora, eu estava sentada na minha pequena mesa de jantar, segurando uma enorme xícara de café com a mente a mil por hora. Parte de mim não conseguia acreditar no que havia acontecido. O Homem Sem Rosto havia invadido minha casa na noite passada. Até pensar a respeito parecia surreal. Como se eu houvesse me desconectado da realidade e estivesse vivendo em uma falha obscura da matrix que eu mesma criei.

Ele poderia ter se escondido aqui e me assassinado assim que entrei pela porta, mas não o fez. Eu ainda estava inteira e saudável, apesar de um pouco consternada, e isso tinha que significar alguma coisa, certo? Que ele não queria me matar?

Para de ser idiota, falei para mim mesma.

Certo. Pelo que eu sabia, isso tudo poderia ser como uma preliminar para ele. Talvez ele fosse como um gato brincando com sua presa, aproveitando a perseguição, assistindo enquanto eu me debatia sem piedade, esperando o melhor momento para atacar. Talvez ele fosse mesmo um assassino e fizesse isso com todas as suas vítimas. Seduzia-as na internet, flertava, invadia suas casas, talvez até transasse com algumas sem machucá-las. Eu conseguia ver claramente agora, como era fácil alguém cair nessa armadilha, baixar a guarda e dar abertura para que ele as assassinasse em série de uma forma incrivelmente sangrenta.

Bem, só por cima do meu cadáver — ops, expressão errada — que eu seria a próxima vítima. Ainda hoje, acrescentaria a loja de armas à minha longa lista de tarefas. Eles vendiam mais do que armas. Além dos objetos de defesa pessoal, possuíam equipamentos de segurança residencial. Eu compraria câmeras. Um alarme. Aquele filho da mãe teria que se esforçar para caramba se quisesse entrar aqui de novo.

Eu me remexi na cadeira, tentando ignorar o fato de que, apesar da minha nova determinação, continuava excitada desde a noite passada, minha calcinha úmida e os mamilos causando pequenos arrepios de prazer sempre que roçavam o interior do meu moletom.

Fetiche idiota, me fazendo desejar um homem que provavelmente queria arrancar minha pele e usá-la para fazer luvas.

Estremeci ao imaginar isso e tomei outro gole de café. Essa situação toda era muito frustrante. Ele queria me machucar ou não? E por que tinha me escolhido em meio a tantas pessoas dos seus comentários? Será que morava por perto? Por acaso, eu já o tinha conhecido na vida real? Esbarrado nele na minha cafeteria favorita ou me exercitado ao lado dele na academia?

Mesmo se fosse o caso, como ele havia conseguido me encontrar na internet? Precisaria saber meu nome e aparência se tinha conseguido me encontrar em meio aos seus comentários, porque eu não havia contado a ninguém, absolutamente *ninguém* da minha vida real sobre o fetiche por máscaras, e não era amiga nem seguia qualquer um que conhecia pessoalmente naquela conta.

O que aconteceu depois que ele me encontrou? Como passou de descobrir quem eu era para saber onde moro?

Mais importante do que isso, como ele havia entrado aqui na noite anterior? Nenhuma das minhas janelas estava quebrada ou destrancada, eu não tinha uma chaminé pela qual poderia descer, e a porta dos fundos possuía uma fechadura que ficava trancada por dentro. Pelo que eu sabia, ele teria que a ter arrombado para entrar. Conferi na noite anterior e não havia sinais de arrombamento. Só restava a porta da frente.

A energia caiu em algum momento da noite. Será que ele havia causado a queda de alguma forma e aproveitado a escuridão para entrar? Não. Deve ter sido só uma coincidência. Ele teria que ser um hacker dos bons para conseguir algo do tipo.

Mas pensando bem, para descobrir tudo o que descobriu sobre mim, também.

Meu celular estava com a tela para cima na mesa ao meu lado. Olhei para ele cautelosa. Será que ele estava usando-o para me observar agora mesmo? Coloquei-o para trás do porta-guardanapos, fora do campo de visão, só por segurança. Eu não tinha noção nenhuma. Havia feito algumas aulas de programação no ensino médio e faculdade. Foi o bastante para perceber que não daria certo em uma carreira no campo das ciências da computação. Eu não fazia ideia do que era necessário para hackear meu celular ou se isso sequer era possível.

Espera um pouco. O colega de apartamento do Tyler não era um gênio da computação? Será que ele conseguiria responder minhas perguntas? Eu podia já não ter mais nada com o Tyler, mas nunca tive um relacionamento sério com ele, e não terminamos mal. Eu o havia encontrado na academia outro dia e ele foi legal, acenando para mim do outro lado da área de peso livre e fazendo um joinha quando consegui um novo recorde no levantamento terra. Seria estranho pedir para que ele falasse com o colega de quarto? Como eu sequer explicaria do que precisava?

Oi, Tyler. É a Aly. Não precisa se preocupar, não continuo a fim de você, nem nada. Só preciso que seu amigo rastreie o homem daquela foto que te mandei.

Revirei os olhos. É. Acabaria muito bem.

Talvez desse certo se eu não entrasse em detalhes e oferecesse uma recompensa para o cara. Eu só havia visto o Josh uma vez, então ele não tinha nenhum motivo para fazer isso pela amizade ou bondade do coração.

Meus pensamentos voltaram-se para aquele único encontro. A única coisa que Tyler havia me dito sobre Josh era que ele era introvertido e tinha um emprego chique de segurança cibernética. Eu havia imaginado que ele fosse um cara magrelo feito um palito, baixinho e que usasse óculos, e sim, sei bem que acreditei no estereótipo hollywoodiano sobre como um "nerd" deveria ser.

Josh me fez mudar essa concepção. Porque ele era enorme, tinha pelo menos 1,80m e, apesar de estar vestindo calças largas de academia e um moletom na manhã em que esbarrei com ele na cozinha, não tinha como disfarçar que o cara era bombado. Eu só tive um breve vislumbre de seu perfil — maxilar definido, nariz aquilino, e o tipo de cílios grossos e longos que a maioria das mulheres mataria para ter — mas só aquele vislumbre foi o suficiente para ver que Josh era atraente do tipo que quebrava corações. Provavelmente tinha ascendência mediterrânea, porque sua pele tinha um certo tom de oliva, e seu cabelo era tão escuro quanto o meu. Minha mãe teria dado uma olhada nele e dito algo inapropriado sobre ele ser o homem que poderia lhe dar netos fortes e italianos.

Ele me fizera endireitar o corpo, deixando-me instantaneamente ciente do fato de que eu estava usando a camiseta de seu colega de quarto, e provavelmente tinha me ouvido transar com Tyler poucas horas antes porque não fomos tão discretos quanto deveríamos depois de dividirmos uma garrafa de vinho durante o jantar.

Nada disso importava, porque eu não precisava de Josh por sua aparência; precisava de seu cérebro. Será que pagá-lo seria incentivo o suficiente para que ele me ajudasse? E o quanto eu teria que contar sobre o que precisava? Será que poderia simplesmente pedir que encontrasse alguém sem entrar em muitos detalhes?

Eu precisava do Google para responder a todas essas perguntas.

Meus dedos foram até meu celular, mas eu hesitei, não confiando que conseguiria resistir a abrir minhas mensagens privadas novamente e ficar vidrada no vídeo que o Homem Sem Rosto havia enviado. No lugar disso, deixei o café de lado e fui atrás do meu notebook.

06

Josh

ALY ESTAVA PESQUISANDO QUAIS INFORMAÇÕES um hacker precisaria para rastrear alguém para ela.

Isso poderia se tornar um problema.

Eu a assistia lendo o artigo pela câmera de seu notebook, os olhos escuros cheios de concentração, uma pequena ruga aparecendo entre suas sobrancelhas quando começou a franzir a testa. Seu cabelo estava preso em um coque bagunçado, ela estava sem maquiagem e as roupas estavam amassadas como se tivesse acabado de sair da cama. Algo em mim se suavizou com a imagem. Eu estive tão obcecado em dar vida a uma fantasia com ela, que não tinha parado para pensar em como a realidade seria.

Fechei os olhos e me imaginei sentado em frente a ela em sua mesa de jantar, observando-a tomar café ao acordar, o cabelo bagunçado e os lábios arroxeados como consequência do que eu tinha feito com eles na noite anterior. Quase gemi ao pensar nisso. Fazia tanto tempo desde a última vez que eu tinha dividido a cama com alguém para algo além de uma rapidinha. Quando fora a última vez que eu tinha acordado com uma mulher esparramada no meu peito enquanto dormia, aproveitando o meu calor corporal? O fato de que não conseguia me lembrar provavelmente não era um bom sinal.

Tyler costumava me chamar de bicho do mato, mas até aquele momento, eu não tinha me importado. E qual era o problema se eu fosse um? Minha aversão a sair do condomínio tinha justificativa, considerando meu passado e as consequências de ser reconhecido. Porém, me imaginar em uma cena cotidiana da vida de Aly fizera com que eu repensasse minhas escolhas. O que eu estava perdendo ao me fechar para o resto do mundo? Será que ainda era necessário me proteger das pessoas e vice-versa? Eu tinha 26 anos, e tinha passado todo esse tempo sem ferir ninguém.

Será que isso significava que talvez eu nunca feriria alguém?

Meu pai tinha feito o primeiro ataque no começo da adolescência. Os podcasts que examinavam seu caso amavam falar sobre como uma infância repleta de abusos e alguns ferimentos na cabeça o tinham colocado no caminho errado. Ele transferiu o sofrimento para mim antes que minha mãe conseguisse nos levar para longe dele para sempre, mas pelo menos tive a sorte de não sofrer um trauma cerebral.

A Tríade MacDonald era antiquada, mas às vezes se mostrava uma previsão assustadoramente precisa das tendências violentas de alguém. O primeiro vértice do triângulo era a piromania. Nunca vi graça em incendiar as coisas. A segunda era incontinência urinária. Tenho uma bexiga de ferro desde novinho, e nunca fiz xixi na cama. A terceira era a que sempre me preocupara, porque nunca me atrevi a testá-la — crueldade animal — mas já que eu não tinha machucado ou sentido vontade de fazer mal ao Fred na outra noite, estava começando a ter mais certeza do que nunca de que eu não surtaria um dia e me transformaria no meu pai.

Cara, você está literalmente espionando a Aly neste momento, lembrei a mim mesmo.

É, tinha isso. Ok, então talvez eu não fosse um risco à população, mas tinha algumas características que a maior parte das pessoas — incluindo meu terapeuta, se um dia eu confessasse o que estava fazendo com Aly — chamaria de problemáticas. Pelo menos eu não estava assistindo a Aly porque queria acorrentá-la no meu porão hipotético nem nada do tipo. Só queria descobrir se ela tinha gostado ou não do que eu tinha feito, e então pararia.

Revirei os olhos. Infelizmente, eu me conhecia bem demais para acreditar na minha própria balela.

Eu não ia parar.

Aly se inclinou para frente na cadeira e começou a digitar.

É possível ter alguém me observando pela câmera do notebook?

Uh-oh.

Os olhos dela se arregalaram conforme lia o resultado da busca, então dirigiram-se para o topo da tela, encarando-me diretamente.

— Oi, linda — falei, desejando que ela pudesse me ouvir para que eu pudesse vê-la ficar pálida de medo.

É. Sem dúvidas, problemático. Eu analisaria isso mais tarde.

— Merda — resmungou Aly irritada, afastando-se da mesa.

Ela se virou e saiu do campo de visão, e observei sua bunda o tempo todo. As coisas que eu faria com aquela bunda. Eu sempre me considerei um cara que prefere peitos, mas Aly estava provando o contrário.

Ouvi ela remexendo em alguma coisa próxima até que apareceu novamente, carregando fita adesiva e tesouras. Ela cobriria a câmera.

Merda.

Decepção e frustração atingiram-me no estômago como um soco, e eu não consegui me impedir de pegar o celular e digitar uma única palavra para ela.

Não.

O celular dela emitiu um som de notificação e ela parou para olhá-lo enquanto cortava um pedaço da fita. O medo — doce e delicioso — surgiu em seu rosto, mas logo foi substituído por raiva.

— Escuta aqui, seu filho da puta — disse ela, deixando o celular de lado e colocando as mãos na mesa enquanto se aproximava. Caralho, ela ficava linda quando estava brava, seus olhos castanhos ficando quase pretos conforme os estreitava para mim. — Vou te encontrar, e aí vamos ver se vai gostar de chegar em casa e descobrir que tem alguém te esperando no escuro.

Um sentimento de adrenalina me atingiu, indo direto para o meu pau. Pelo jeito, eu gostaria bastante. Talvez eu nem tentasse impedir o hacker meia-boca que ela acabaria contratando se o resultado fosse tê-la me aguardando com uma arma ou faca. Eu seria sua vítima com prazer. Ou talvez testaria seus limites.

Eu não tinha vontade de morrer. Não era como se quisesse que ela atirasse em mim ou algo do gênero, mas queria saber quanta escuridão se escondia por baixo de sua linda máscara. Se ela quisesse me machucar um pouco, talvez eu permitisse.

Na verdade, não. Retiro o que disse. Eu preferiria resistir bastante, levar Aly ao limite e ver o quanto ela aprendeu nas aulas de defesa pessoal. Ela parecia ser do tipo que não pegava leve, e com todos os músculos que tinha e o quão bem ela provavelmente conhecia o próprio corpo com os treinos que fazia, era capaz de ela conseguir realmente me machucar, mesmo eu pesando pelo menos uns trinta quilos a mais do que ela.

Abri um sorriso. Infelizmente para Aly, eu estudo vários tipos de artes marciais desde os 11 anos. Minha mãe nos inscreveu na nossa primeira aula depois que deixamos meu pai, com a intenção de que pudéssemos nos defender caso ele um dia tentasse nos ferir novamente. Até hoje eu treinava pelo menos uma vez por semana com Tyler, que passou a fazer as aulas comigo no ensino médio.

Eu deixaria a Aly acertar alguns socos, faria com que ela achasse que tinha alguma chance, então a prenderia no chão e encontraria uma forma de convencê-la de que preferiria transar do que brigar.

Eu me recostei na cadeira e assisti enquanto ela cortava mais um pedaço de fita adesiva. Não deixei de notar a forma como a mente dela pensou logo em vingança. Ela poderia ter ameaçado me denunciar, exigido que eu não invadisse sua casa de novo ou falado que chamaria a polícia. Porém, ela não fez nenhuma dessas coisas. Será que isso significava que uma parte dela estava gostando disso tanto quanto eu? Até porque, uma pessoa "normal" teria ido à polícia. Deixaria que os profissionais me encontrassem em vez de me procurar por conta própria.

Além de Aly não ter feito nada disso, ela nem mesmo tinha mandado que eu parasse de espiá-la.

Apalpei minha ereção por cima da bermuda. Ela estava gostando do que acontecia. Podia até ainda estar tentando se convencer de que não gostava ou não deveria gostar, mas gostava. Eu simplesmente sabia. De alguma forma, encontraria uma maneira de fazê-la aceitar isso sobre si mesma.

Ela se aproximou e deu uma piscadela para câmera que me fez apertar a base do meu membro com tanta força que quase doeu.

— Te vejo em breve — ameaçou ela antes de colocar a fita adesiva.

Mais em breve do que imagina, linda, pensei quando a tela ficou preta. Na noite anterior, formulei outro plano para invadir a casa dela, mas agora tive em uma ideia melhor, uma em que ela teria tanto controle quanto eu.

Coloquei a mão por baixo do cós da bermuda e acariciei meu pau distraído, recostando na cadeia. Aly poderia ter me impedido de vê-la temporariamente, mas eu ainda tinha uma janela aberta que reproduzia a tela de seu computador. Sua próxima pesquisa no Google foi sobre como desativar completamente a câmera. Acompanhei ela seguindo os passos e soltei um suspiro aliviado quando terminou. Ela tinha cortado a transmissão de vídeo, mas não tinha desativado o microfone. Ouvi um farfalhar, me perguntando o que ela estava fazendo, até que o som baixo de uma ligação sendo feita atingiu meus ouvidos.

Para quem ela estava ligando?

Uma voz que eu conhecia bem demais atendeu.

— Aly?

Tirei a mão do meu pau. Ela tinha ligado para o *Tyler*? Que porra era essa?

E por que de repente eu tive vontade de ir até o escritório dele e dar um soco em sua cara?

Se controla, pensei. *Ele é seu melhor amigo*.

— Tyler, oi — disse Aly. — Desculpa por ligar do nada. Não vou te implorar para repensar a decisão de terminarmos nem nada, mas tenho um favor meio estranho para pedir, e se eu estiver passando dos limites, sinta-se à vontade para me mandar para o inferno.

— Tá booom? — disse Tyler. Eu reconhecia aquele tom de voz. Ele não acreditava nela. Com certeza achava que ela sugeriria que voltassem.

Aly respirou fundo.

— Acho que me lembro de você dizer que seu colega de apartamento era bom com computadores?

Ah.

Merda.

Não.

Ela não ia…

Não era possível que ia…

Tyler deu uma risadinha, parecendo aliviado.

— Ele é. Por quê?

— Será que ele conseguiria encontrar uma pessoa para mim? Na internet? Estou com um pequeno problema.

Merda!

Eu era uma ameaça, no fim das contas. Para o Tyler. Porque ia acabar com ele por ter contado tanto sobre mim para ela.

O humor sumiu da voz do meu amigo quando respondeu.

— Que tipo de problema? Você está bem?

— Hã… — disse Aly, e desejei poder ver o rosto dela. — Acho que sim? Na verdade, eu teria certeza se seu amigo conseguisse achar essa pessoa.

Eu me levantei de súbito e cruzei as mãos atrás da cabeça. Isso era ruim. Era péssimo.

— Aly. Falando sério — começou Tyler —, se alguém te ameaçou ou algo assim, deveria falar com a polícia, não com meu colega de apartamento.

— Não me ameaçaram. — Uma longa pausa. — Pelo menos, acho que não.

Inferno. Pelo que eu conhecia de Tyler, ele estava prestes a se oferecer para resolver o problema.

Bem na hora, ele disse:

— É só me falar do que precisa que eu e Josh vamos dar um jeito nisso. Nós dois vamos fazer quem quer que seja essa pessoa se arrepender de ter nascido.

— Eu consigo resolver sozinha — disse Aly, uma pontada de irritação transparecendo em sua voz. — Só preciso encontrar a pessoa. Só isso. O Josh pode me ajudar? Eu pago.

E lá se foi meu pau, criando volume na minha bermuda novamente assim que ela disse meu nome.

— Guarde seu dinheiro — falou Tyler. — Tenho certeza de que ele vai ajudar de graça.

Quase virei a mesa. Ótimo. Agora eu não teria como me livrar de ajudar a Aly. Pelo menos não sem parecer um babaca espetacular e fazer Tyler perguntar o motivo de eu ter me recusado. Seria suspeito pra caralho se eu dissesse não.

Aly soltou um suspiro.

— Valeu. Depois me avisa qual é o melhor dia para eu aparecer.

Aparecer? Aparecer aqui?

Virei a cabeça para a esquerda bruscamente, na direção do sofá característico que ficava em frente à parede e que aparecia várias vezes em meus vídeos, e então para a minha cama e para aquela cabeceira personalizada idiota que precisei encomendar em vez de ir na IKEA que nem todas as outras pessoas nesse maldito planeta. Não, eu precisava ser especial. Único.

Aly era inteligente. Deve ter chegado à conclusão de que eu morava por perto. Assim que colocasse os pés no meu quarto, eu estaria ferrado.

— Vou falar com ele depois do trabalho e te aviso — disse Tyler.

— Ok. Muito obrigada.

Eles desligaram a ligação e comecei a andar de um lado para o outro, me sentindo um animal enjaulado. Não tinha por que entrar em pânico. Eu podia dar um jeito nisso. Para começo de conversa, Aly não podia vir aqui. Isso era óbvio. Também não podia dar uma boa olhada nas minhas mãos. Minhas tatuagens eram tão características quanto meus móveis, e iam até os nós dos dedos. Por sorte, eu tinha um par de luvas sem dedos. Eu as calçaria antes que ela chegasse e, se perguntasse por que eu as estava usando, diria que estava com frio.

Parei de andar de um lado para o outro, peguei o celular e comecei a planejar tudo o que precisava para evitar ser reconhecido.

Teria que diminuir a temperatura do aquecedor para tornar convincente a mentira de que estava com frio. Teria que levar o notebook para a sala e trabalhar de lá em vez do meu computador de mesa. E sem dúvidas precisaria trocar o pai de Utah para quem eu tinha armado por alguém mais próximo se ia fingir estar me rastreando.

Meus dedos voaram pelo celular enquanto eu fazia uma lista no aplicativo de notas. Se tinha uma coisa que eu era, essa coisa era organizado.

Quando terminei de escrever tudo, me senti um pouco melhor. Isso não era um completo desastre, e pensando pelo lado bom, eu teria um motivo para passar um tempo com a Aly, saber mais sobre ela e entender melhor o que ela pensava da situação para a qual eu a tinha arrastado.

Coloquei o celular no bolso quando terminei, ainda me sentindo agitado. Eu precisava sair de lá e arejar a mente.

Com uma olhada no computador, vi que o controle de som conectado ao notebook de Aly ainda identificava barulhos, o que significava que ela não o havia fechado. Enviei o link de transmissão para o meu tablet, peguei ele junto às chaves e carteira, vesti uma calça de moletom e uma jaqueta, e saí.

Usei o bluetooth para conectar o tablet ao alto-falante do carro enquanto o motor rugia e eu esperava o aquecedor ligar, escutando Aly andar pela casa. Coloquei o celular no suporte do painel e abri a transmissão da câmera secreta para o caso de ela ir até o quarto.

Unidade móvel de monitoramento: ativada.

Senti orgulho de mim mesmo por um segundo, até que percebi como isso fazia de mim um cara bizarro. Apesar de saber que eu deveria me sentir culpado e errado pelo que estava fazendo, esse não era o caso. Tudo o que consegui evocar foi uma pontada de arrependimento, mas nem isso me fez querer parar. A essa altura, só o envolvimento da polícia ou a Aly me dando um chega para lá seria capaz de pôr um fim ao meu comportamento.

Pelo menos, era o que eu esperava.

Vinte minutos depois, eu estava passando em frente à casa da Aly uma segunda vez, rindo sozinho enquanto ela lotava minha caixa de mensagens privadas. Meu primeiro presente tinha chegado, e ela não tinha gostado.

Flores? perguntou. *Cacete, você me deu flores depois de invadir minha casa? E onde você acha que eu vou enfiar uma floricultura inteira???*

Os entregadores estão falando que é contra a política da empresa aceitarem elas de volta porque já foram pagas.

Se isso era pra ser um pedido de desculpas, não deu certo.

Tô mais puta com você agora do que na noite passada.

O último comentário chamou minha atenção. Ela tinha ficado mais irritada com as flores do que com uma invasão domiciliar? É, a Aly tinha uns probleminhas, e provavelmente nem percebia o quanto seus comentários revelavam, porque ainda tentava convencer a si mesma de que não queria isso.

Queria muito responder a ela, mas não estava falando nada porque isso poderia se aproximar muito de uma confissão de culpa.

— Não tenho nem onde colocar isso — disse Aly, alto o bastante para que tanto o microfone do notebook, quanto o acoplado à câmera do quarto captassem.

A resposta do entregador foi abafada.

— Sim, eu sei que não é problema seu, mas qual é — disse.

Minha diversão diminuiu. Ele estava sendo grosso com ela?

Continua dirigindo, idiota, falei a mim mesmo. Eu não podia parar e dar-lhe uma lição sobre educação agora. Isso arruinaria tudo. Mas talvez eu pudesse descobrir quem esses caras eram e descobrir uma forma digital de mostrar a eles as consequências de suas ações.

— Vamos fazer o seguinte — disse Aly. — Leve elas para o posto de enfermagem do hospital Prescott Memorial.

A resposta saiu abafada novamente.

— Cinquenta dólares para levá-las a dez minutos de distância? — falou. — Tá de brincadeira?

Fechei a cara. É, o tiro estava saindo pela culatra.

Um suspiro pesado saiu dos alto-falantes enquanto eu estacionava a uma rua de distância da dela.

— Vou pegar minha carteira. — Ouvi-a dizer.

Tirei o celular do suporte bem a tempo de vê-la entrar batendo os pés no quarto, parecendo enraivecida. Fred estava deitado encolhido no cobertor, curioso com todo o barulho.

Aly pegou a carteira da bolsa e parou para acariciar entre as orelhas de Fred.

— Espero que tenha mordido o Homem Sem Rosto.

Fred soltou um som agudo em resposta. Decidi acreditar que ele estava me defendendo. Não dizem por aí que os bichos de estimação têm um sexto sentido e sempre sabem distinguir as pessoas boas das ruins?

Ele não tinha nem sibilado para mim. Na verdade, não parou de me seguir enquanto eu estava lá, e no fim precisei trancá-lo para fora do quarto da Aly para poder filmar em paz. Interpretei isso como um sinal de que eu não estava tão perdido quanto achava, e uma perseguição de leve, certo, pesada, não era o suficiente para me condenar.

Aly pagou o entregador e bateu a porta da frente com tanta força que meus alto-falantes vibraram.

Legal, hein, escreveu um minuto depois. *Além de ser irritante e exagerado, acabei de perder cinquenta dólares por causa do seu presente.*

Deslizei no banco, querendo poder me desculpar, mas sabendo que não deveria. Ah, espera. Eu não sabia os dados bancários da Aly? Abri o aplicativo do banco no tablet em uma das minhas contas anônimas, e enviei cinquenta dólares a ela com o mesmo cartão de crédito roubado que usei para comprar as flores.

Sério? perguntou ela. *Acha que isso compensa toda essa confusão?*

Batuquei com os dedos no painel, irritado por não poder me comunicar com ela. Eu quase trouxe meu celular descartável, mas deixei ele em casa, dizendo a mim mesmo que ainda era muito cedo para usá-lo para mandar mensagens a ela.

Um *ding dong* alto ressoou dos alto-falantes. A campainha? Abri o aplicativo de rastreio e, realmente, meus outros presentes tinham acabado de chegar.

Ouvi uma porta se abrir e então:

— Sim?

— Tenho uma encomenda para a Alyssa Cappellucci? — falou um homem, errando seu sobrenome.

Ela não perdeu tempo corrigindo o.

— Sou eu.

— Pode assinar aqui? — pediu ele.

— Mas eu não pedi nada.

— Então está recusando a entrega?

— Hã… não? — falou.

— Então, por favor, assine aqui.

— Quem enviou isso?

— Não faço ideia — foi a resposta. — Não temos esse tipo de informação. Vai querer o pacote ou não?

— Tá, tudo bem.

Ficaram em silêncio por um momento, e presumi que ela estava assinando.

— Aqui está — disse o homem. — Tenha um bom dia.

A porta da frente foi fechada novamente, e ouvi mais sons abafados.

Meu celular apitou um segundo depois.

Me enviou alguma coisa?

Várias coisas, mas ela logo descobriria isso.

É melhor isso não ser uma bomba, ou vou voltar como um fantasma e dar um jeito de te assassinar do além.

Abri um sorriso. Aly era tão sarcástica quanto os comentários tarados deixaram transparecer, e eu adorava.

De repente, ela surgiu na tela do meu celular ao entrar no quarto. Foi direto até o Fred, pegou ele no colo e o colocou no banheiro.

— Foi mal, carinha — falou. — Mas vai ter que ficar aqui. A mamãe vai fazer uma coisa muito idiota e não quero que se machuque caso dê merda.

Ela fechou a porta enquanto ele miava em protesto e saiu do quarto.

Tentei evocar um sentimento de remorso enquanto me inclinava no banco e a escutava ouvindo os pacotes, mas estava animado demais. Além disso, não era uma bomba. É claro.

— Que porra... — falou. — O que é tudo isso? Ah, só pode estar de brincadeira.

Meu celular apitou e eu imediatamente abri as mensagens dela.

Você me enviou equipamentos de segurança residencial?

Depois de invadir minha casa?

Tá de brincadeira???

Continua, queria dizer a ela. Além de comprar travas antirroubo com alarmes que poderiam ser colocadas embaixo das portas, comprei barras de titânio que aguentariam bem mais que cadeiras para proteger as maçanetas, além de trancas que não podiam ser controladas com ímãs e um sistema de segurança residencial completo com câmeras para as portas da frente e dos fundos.

Por fim, porque uma pequena parte de mim acreditava em jogo limpo e queria igualar as coisas, comprei um detector de câmeras de alta tecnologia. Assistir a ela tinha sido divertido e alimentou um fetiche por vigilância que eu nem sabia que tinha até agora, mas seria ainda melhor se Aly decidisse que *queria* ser observada.

Ouvi mais alguns barulhos e então:

— Esse desgraçado.

Por que me enviou essas coisas? perguntou. *Para ficar mais difícil na próxima vez que tentar invadir aqui?*

Você é algum tipo de doente que gosta de um desafio?

Fora isso, você me poupou o trabalho de comprar isso mais tarde como eu planejava, mas se está esperando um agradecimento, é melhor esperar sentado.

Um minuto inteiro se passou.

— Me responde, filho da mãe! — A voz dela ecoou no meu carro.

Sei que está lendo as mensagens, imbecil. Dá pra ver a confirmação de leitura.

Antes que pudesse pensar melhor, enviei um emoji de beijinho para ela. Um dia, eu aprenderia a não ser tão metido a besta, mas esse dia não era hoje.

O resmungo que saiu dos alto-falantes em resposta foi adorável.

— É isso — falou. — Mudei de ideia. Vou chamar a polícia pra esse idiota.

Não, respondi, a mesma palavra de antes.

Isso não podia ser associado a nada que ela escrevera, e se acabássemos no tribunal, seria a minha palavra contra a dela sobre se eu tinha respondido a algo que ela disse em voz alta. Eu realmente torcia para que não chegasse a isso. Estava me divertindo demais com ela.

— Que porra é essa? — disse ela. — Você está me escutando de algum jeito? Como eu desativo o microfone do notebook?

Com certeza não sou eu que vou te contar, respondi.

— Espero que esteja se divertindo, seu filho da puta — rosnou ela.

Muito, respondi com um emoji de carinha feliz por garantia.

— Eu vou te encontrar e vou fazer você se arrepender.

Que delícia.

Um riso entrecortado saiu dos alto-falantes e o sorriso que surgiu no meu rosto em resposta pareceu cruel. Peguei ela. Aly também estava gostando disso, de certa forma. Agora, eu só precisava continuar apertando seus botões até achar aquele que a desvendaria o suficiente para fazê-la parar de lutar contra a própria natureza e se juntar a mim no caminho à escuridão.

— Não interprete mal o som que acabou de sair da minha boca — falou. — Foi só uma risada de nervosismo. Causada por estresse e uma raiva assassina.

Sexy, respondi.

Ela soltou outro riso abafado.

— Inferno. Já chega. Vou desligar o computador.

Enviei um emoji de choro.

— Você não é engraçado — falou.

Então por que não para de rir?

— *Não* estou rindo. Não de verdade.

Abri a galeria do celular, conferi mais uma vez se o fundo do vídeo estava embaçado o bastante para seu quarto não ser identificado, e então enviei um corte eliminado do vídeo de ontem, só para que ela continuasse a falar.

Ela ficou quieta enquanto assistia a mim, sem camisa, tentando me filmar no espelho, até que Fred de repente pulou na cama e começou a miar alto, se esfregando na minha mão quando não comecei a acariciá-lo rápido o suficiente.

Fazer isso era muito arriscado. O quarto podia até estar desfocado, mas minha imagem ao lado de um gato frajola seria mais difícil de justificar. A essa altura, eu estava agindo por puro instinto. Aly ainda não tinha me denunciado, e se meu instinto estava certo, as chances de que ela nunca iria eram altas.

— Não — disse Aly. — É impossível. O que você fez? Se cobriu de erva-dos-gatos? Ele odeia homens.

Agora, por que saber disso de repente fez eu me sentir tão especial?

Ele simplesmente tem bom gosto, respondi.

Enviei outro corte. Nesse, Fred se esgueirava por trás de mim antes de pular nos meus dedos pendurados, batendo neles sem usar as garras, e então correndo para fora do alcance da câmera, onde miou como se quisesse que eu brincasse de pega-pega com ele.

Aly soltou um risinho, mas logo ele foi abafado por um som de tapa, como se ela tivesse colocado a mão na boca para contê-lo.

— Isso não quer dizer nada — falou. — Gatos são sociopatas por natureza. Fred simplesmente te reconheceu com um similar.

Se eu sou o gato, o que você é? perguntei. *O rato?*

— Eu sou a porra do lobo — disse Aly, e seu computador desligou quando ela o tirou da tomada.

Merda. Pelo menos eu ainda podia contar com a câmera do quarto por mais alguns minutos. Fechei o tablet e liguei o bluetooth do celular para ouvi-la melhor pelos alto-falantes.

— Que diabos é isso?

Meu celular começou a tocar sem parar.

UM DETECTOR DE CÂMERAS???

NÃO.

CARA.

NÃO.

É MELHOR NÃO TER FEITO ISSO.

Ela foi direto para o quarto com o aparelho em mãos.

É, lá se vai minha última forma de monitorá-la dentro de casa, pensei.

Demorou menos de um minuto para que ela encontrasse a câmera escondida, e quando conseguiu, simplesmente ficou parada em frente a ela, encarando por tanto tempo que comecei a ficar nervoso.

Sem conseguir aguentar mais, peguei o celular.

Fale alguma coisa, escrevi.

Ela olhou para a tela do celular e de volta para a câmera.

— No outro dia, depois que enviou aquele vídeo. Você... — Ela fechou a boca como se não conseguisse se forçar a terminar a frase.

Aly, não, falei, me sentindo desesperado. Queria que ela sentisse medo de mim, mas não assim. *Eu parei.*

— Não acredito em você — falou, com a voz tão baixa que quase não ouvi.

Merda, eu estava começando a perdê-la, não estava?

E você não tem nenhum motivo para acreditar, digitei. *Mas mesmo assim, estou dizendo que parei.*

— Você ficou assistindo enquanto me trocava e dormia e...

Não. Meu código moral pode até não ser dos melhores, mas não é tão fodido assim.

— Por que eu deveria acreditar em você?

Suspirei, querendo convencê-la, mas sabendo que não era a coisa certa a se fazer. Pelo que ela sabia, eu era só um estranho da internet.

Não deveria, Aly.

Ela soltou um som de frustração e balançou a cabeça.

— Merda.

Enquanto eu assistia, ela tirou a câmera da tomada e, apesar de estar esperando que fizesse isso, não estava preparado para a sensação de perda que me atingiu.

Não quero machucá-la, falei, sabendo que poderia me arrepender quando tudo isso desse merda e ela finalmente me denunciasse.

Não acabou de dar a entender que eu seria uma idiota por acreditar em você? respondeu.

Acho que sim.

Seu status de "online" sumiu quando ela saiu do aplicativo.

Estava tudo bem. Eu já esperava que Aly fosse ficar brava por causa da câmera por um tempo. Ela tinha esse direito.

Mas se tudo seguisse o planejado, eu provaria que não tinha intenção de machucá-la, e que ela poderia confiar em mim.

07

Aly

Preciso parar de ficar conferindo o celular, penso enquanto abro a porta da sala de descanso.

Sempre que conseguia cinco minutos livres, entrava lá para dar uma olhada nele. Eu havia instalado o sistema de segurança ontem, com pequenos sensores em todas as janelas e vídeos porteiros nas portas. O sistema também veio com câmeras internas, mas nem a pau que eu as instalaria. Não quando o Homem Sem Rosto poderia usá-las para continuar me espiando.

Aquele desgraçado.

Não dava para acreditar que ele havia colocado uma câmera no meu quarto. Invadir já era péssimo, e mesmo que não devesse, estava quase perdoando-o por isso ontem. Afinal, eu tinha pedido para que ele o fizesse. Mas me assistir sem consentimento passou dos limites, e depois de tudo o que ele havia feito, seria burrice acreditar naquele papo de que parou, apesar do meu estranho instinto dizer que eu poderia confiar nele.

Que tipo de stalker tinha essa integridade moral? Como *esse* era o limite que traçara? Talvez eu fosse uma pessoa ruim, mas se os papéis estivessem invertidos e eu tivesse a oportunidade de assisti-lo se masturbar, não teria parado. Teria colocado a mão dentro da calcinha e me juntado à festa.

Duas notificações do sistema de segurança me esperavam quando peguei o celular no armário. Uma mostrava um guaxinim gordinho passando pela porta dos fundos, e salvei na galeria para reassistir mais tarde, porque apesar de saber que eram animais selvagens e transmitiam o vírus da raiva, sempre que eu via um deles ficava com vontade de pegá-lo no colo e encher de abraços.

O segundo vídeo era de Steve, meu vizinho estranho que morava no fim da rua e corria de madrugada até no inverno. Ele era um supermaratonista e competia em alguns dos ambientes mais extremos do planeta, e segundo ele, quanto piores as condições, melhor. Eu sabia muito sobre esse homem porque ele falava para cacete e me encurralou na última festa do bairro e passou uns bons vinte minutos tagarelando sobre sua rotina de treinos e o fato de que supermaratonistas precisavam ter mais resistência psicológica do que física. Tenho o evitado desde então. A intensidade dele é perturbadora.

Era só isso. Só dois vídeos. Assisti a mais uma dezena nas últimas seis horas, e todos eram de carros passando em frente à minha casa. Eu precisava achar um jeito de diminuir a sensibilidade da câmera ou ficaria lotada de notificações durante o dia conforme meus vizinhos diurnos viviam suas vidas.

Eu continuava esperando ir até a sala de descanso e ver o Homem Sem Rosto lindamente mascarado, tentando entrar na minha casa de novo enquanto eu estava no trabalho, mas não havia nenhum sinal dele. A parte mais perturbadora era que eu não conseguia definir se estava mais aliviada ou decepcionada. Por um lado, um estranho havia invadido minha casa e me filmado; por outro, ele estava dando vida à fantasia sombria que me perseguia tanto dormindo quanto acordada durante os últimos três meses.

O principal motivo de eu querer ter acreditado nele quando disse que não queria me machucar era a perspectiva de pôr em prática meu fetiche por máscaras. Quantas vezes eu havia sonhado em colocar aquele corpo musculoso à prova? Queria os dedos dele em volta do meu pescoço enquanto ele me fodia, de modo que eu pudesse observar as veias de seus braços conforme ele me prendia no lugar. Queria ele por trás de mim, minhas mãos segurando a cabeceira enquanto ele pressionava uma faca contra meu pescoço e mandava eu não me mexer.

Cacete, eu precisava parar de ficar tão excitada no trabalho.

Meu olhar se voltou para o celular.

Não faz isso, falei para mim mesma, o dedo pairando sobre o aplicativo da rede social. Era sábado à noite, o que significava um novo vídeo do Homem Sem Rosto. Ele era extremamente pontual e eu duvidava que me perseguir interferiria com sua programação de postagens. Eu havia conseguido me segurar até agora, mas minha força de vontade estava acabando.

— Você é muito fraca — falei enquanto abria o aplicativo e ia até o perfil dele. Como esperado, havia um novo vídeo.

— Você não precisa assistir — falei para mim mesma. Mas meu dedão estava se mexendo por vontade própria e um segundo depois, uma melodia baixa e sedutora saiu do alto-falante do celular. O Homem Sem Rosto havia voltado para o seu local habitual de filmagem e eu soltei um suspiro de alívio ao ver que não era mais um conteúdo filmado no meu quarto. Ele estava deitado no sofá, vestido em uma camiseta preta com as mangas dobradas até os cotovelos, revelando as tatuagens e os antebraços definidos com veias saltadas pelos quais eu era obcecada. Como de costume, ele segurava uma faca, brincando com ela e encarando o teto enquanto uma voz masculina sofrida cantava sobre ter o coração partido.

A cena mudou, mostrando-o sentado na cama, encostado contra uma cabeceira industrial que parecia perfeita para aguentar impacto. Ela representava sexo selvagem e duradouro, completa com o que pareciam ganchos feitos para amarrar alguém. Agora ele estava sem camisa, seu corpo grande apoiado nos travesseiros, a cabeça virada para o lado como se encarasse o vazio.

A cena mudou mais uma vez, para um local que eu nunca havia visto antes. Ele estava em frente a uma janela panorâmica, ainda sem camisa, com os braços acima da cabeça conforme se apoiava contra a parte superior da moldura. Pausei um minuto para absorver aquela visão. O corpo dele era uma verdadeira obra de arte. Ser bonito realmente tinha seus privilégios, porque olhar para ele me dava vontade de perdoá-lo por todo tipo de pecado.

Isso até eu olhar para baixo e ver que ele tinha colocado uma legenda em um de seus vídeos pela primeira vez. Estava escrito: *Quando ela está brava com você.*

Ah, não. Era melhor que esse desgraçado não estivesse falando sobre mim.

Dei play e o vídeo durou mais alguns segundos e recomeçou. Semicerrei os olhos ao prestar atenção na letra da música, cheia de arrependimento e remorso por ações passadas. Era assim que ele pedia desculpas? Teria que fazer muito mais do que isso.

Dei uma olhada nos comentários. As pessoas estavam surtando.

Quem fez isso com você??

Me passa o nome e endereço que vou dar um jeito nisso.

Não. Me recuso a acreditar que alguém ficaria brava com ele.

Meninas, saímos ao amanhecer.

Tô te dizendo que perdoaria esse homem por literalmente qualquer coisa.

— Há — falei, sem nenhum traço de humor na voz. — Você diz isso agora, mas espera só ele me assassinar e depois ir atrás de você.

Levantei a cabeça, aliviada por não ter ninguém por perto. Eu realmente precisava parar de falar tanto sozinha.

Baixei o olhar novamente e li mais alguns comentários defendendo sua honra inexistente, até que a raiva tomou conta de mim e digitei: *Quis dizer quando ela tem um bom motivo para estar brava com você?*

Eu mal havia apertado enviar quando meu celular apitou. Ele já havia visto e curtido meu comentário. Merda. Ele nunca curtia nenhum comentário. Será que alguém perceberia?

Outra notificação surgiu. *Homem.sem.rosto começou a seguir você.*

Quase derrubei o celular. Ele não fez isso.

Mais uma notificação. Alguém, que não era ele, havia respondido ao comentário.

HÃ, GAROTA, ELE CURTIU SEU COMENTÁRIO?

Outra pessoa enviou: *MEU DEUS, ELA É A ÚNICA PESSOA QUE ELE SEGUE.*

Eu me afastei do celular conforme as respostas iam chegando. Uh-oh. O que foi que eu fiz? E o que foi que ele acabou de fazer ao me destacar assim?

Meu celular começou a apitar tão rápido que parecia o começo de uma música eletrônica.

Perdoa ele, seu monstro.

Como ele é na vida real?

Vocês estão namorando??

Então inveja ruim é assim.

Como se sente sendo a mulher mais odiada da internet?

Se não quiser ele, eu aceito.

Fechei o aplicativo correndo e bloqueei as notificações nas configurações. Não. Não ia lidar com essa palhaçada agora. Ainda precisava enfrentar metade do plantão e a noite já estava ruim o suficiente porque uma vítima de estupro e seu agressor haviam dado entrada no hospital depois de ele ser pego. A família da mulher descobriu que ele estava aqui e estava sendo difícil para caramba impedir que o matassem.

Não que eu os estivesse julgando.

A sorte era eu não ser a enfermeira da mulher, porque apesar de todo o treinamento e acordos sobre ética que eu havia assinado, me sentiria tentada a dar o número do quarto do homem para o marido dela.

Somente a ideia de ir parar na cadeia talvez me parasse, mas eu havia aprendido tanto sobre mim mesma nas últimas 24 horas que me perguntava se isso seria o suficiente.

Será que eu era mais parecida com o Homem Sem Rosto do que percebia? Entre refletir sobre ser cúmplice de um assassinato ou não e decidir fazer justiça com as próprias mãos em vez de denunciar meu perseguidor para a polícia, eu estava indo pelo caminho sombrio. Talvez estivesse na hora de tirar umas semanas de folga e clarear a mente. Eu não tirava um dia de folga há... dois anos? Não, não podia fazer tanto tempo.

Franzi a testa, tentando me lembrar. Caramba, era isso mesmo. A última vez que perdi um plantão foi por causa daquela crise de intoxicação alimentar da lanchonete que, surpresa nenhuma, havia fechado.

Cacete, dois anos inteiros de enfermagem de trauma sem férias. Credo. É, eu precisava dar um jeito nisso. Não era para menos que minha mente estava tão confusa ultimamente.

Bem, o Homem Sem Rosto também tinha uma parcela de culpa nisso. Será que estava me assistindo agora mesmo através das câmeras de segurança do prédio? Era improvável, mas só por garantia, mostrei o dedo do meio para a que ficava no canto da sala de descanso.

Meu celular apitou com uma mensagem.

Desbloqueei a tela e vi um número desconhecido e uma única palavra: *Mal-educada.*

Quase me engasguei. Ele tinha hackeado as câmeras do hospital? Quão bom alguém tinha que ser para conseguir algo assim? Quão obcecado alguém tinha que ser para chegar a esse ponto?

E por que, pelo amor de Deus, isso fazia eu me sentir especial e não apavorada?

Eu não deveria ter respondido. Não mesmo, mas não consegui me impedir de digitar: *Você está me assistindo?*

Taaalvez, disse ele, seguido por um emoji de piscadela.

Cerrei os dentes, tentando ignorar o fato de que, para um stalker, ele parecia ser mais fofo do que assustador nas conversas que tivemos até agora.

Você está quebrando tantas leis, falei.

E você não sabe nem da metade, respondeu.

Olha aqui, seu, ARGH, nem sei do que te chamar!

O que acha de bu?, escreveu. *Sabe, por causa do...* seguido por três emojis de fantasminha para representar a máscara.

Merda, eu não ia abrir um sorriso. Não quando ele podia me ver. Ele ter me feito rir ontem já era ruim o bastante. Era culpa do meu pai por ter passado o senso de humor obscuro dele para mim. A vontade de rir sempre me atingia nos piores momentos.

NÃO vou chamar você de bu, falei. *Vou ficar com "desgraçado", obg. E você não tem nada melhor para fazer do que me espiar no trabalho?*

Na verdade, não, falou. *A insônia não está me deixando em paz essa semana.*

Encarei a tela, sentindo pena dele por um segundo antes de pensar melhor. Ele merecia sentir insônia como castigo por seu comportamento.

Vi seu comentário no meu vídeo, continuou. *E parece que todo mundo viu também. Você está bem popular.* Ele acrescentou um emoji de risada para, presumo, me provocar.

Entrei novamente no aplicativo e estremeci. Até agora, havia mais de cem comentários, e as pessoas queriam sangue.

A culpa disso é sua, falei.

Foi você quem deixou o comentário, Aly.

Nem pensar. Não vai jogar a culpa em mim. Fiz uma escolha ruim ao deixá-lo, mas ninguém teria reparado se você não tivesse se metido. Você sabia muito bem o que aconteceria se curtisse o comentário e me seguisse.

Não me arrependo de te marcar como minha publicamente.

Me marcar como dele?

Caramba. Não, vagina, não se contraia com isso. Inferno. Vocês também não, ovários.

Ciente de que eu ainda estava sendo observada, fiquei completamente imóvel e resisti à vontade de me contorcer. A declaração dele era estranhamente reconfortante. Aquele era um registro digital que me conectava a ele, então se acabasse me assassinando, haveria centenas de testemunhas na internet que poderiam apontar para ele e dizer: foi o namorado dela. Ele poderia não ser realmente meu namorado, mas não sabiam disso. Para todos os efeitos, ele tinha acabado de insinuar que era.

Essa era sua forma de demonstrar que não representava perigo?

Balancei a cabeça. Não, eu não deixaria isso me amolecer. Ele havia me filmado. Estava me assistindo nesse exato momento. Poderia ter mentido sobre o quanto viu na outra noite. Inferno, poderia até ter me gravado. Um vídeo meu em que eu usava um vibrador para me foder poderia já estar circulando em um site de pornô.

Eu não conhecia esse homem, e seria uma idiota de confiar nele.

Continuo não te perdoando, falei.

Ainda não estou pedido que perdoe, respondeu. Ou seja, depois pediria?

Levantei a cabeça e encarei a câmera, meus pensamentos agitando-se como uma maré revolta. Eu precisava acabar com isso. Mandá-lo ir para o inferno. Então por que eu não conseguia? Será que alguma parte perturbada minha estava gostando disso?

A angústia deve ter ficado clara no meu rosto, porque ele me mandou uma mensagem.

É só me pedir para parar, Aly, e vou obedecer.

Meus dedões pairaram sobre a tela. Eu precisava fazer isso. Era o saudável a se fazer. A coisa certa. Claro, a ideia de um homem invadir minha casa para me foder era uma fantasia envolvente, mas era só uma fantasia. A vida real havia me mostrado que só existia um desfecho óbvio para essa loucura, que seria eu sendo violentada ou assassinada.

Consegui digitar a letra P quando meu pager bipou. Olhei para baixo e qualquer pensamento sobre o Homem Sem Rosto sumiram da minha mente.

Ambulâncias com várias vítimas baleadas estavam chegando. Houve um tiroteio em massa em uma boate.

Joguei meu celular no armário, bati a porta e corri para o saguão.

Brinley surgiu da porta do banheiro quando passei e quase nos esbarramos. Desacelerei o suficiente para estabilizá-la e corremos em direção à área de ambulâncias juntas.

— Estou passando! — gritou Tanya, passando por nós correndo.

— Caramba, ela é rápida — arfou Brinley conforme corríamos atrás dela.

— Ela é a rainha do cardio — contei. — Participa de três maratonas por ano.

— Isso vai ser muito ruim? — perguntou Brinley.

Olhei de lado para ela.

— Quer a verdade?

Ela assentiu.

— Não tem como ficar pior.

VINTE HORAS DEPOIS, saí cambaleando do hospital. Praticamente toda a equipe de enfermagem havia sido chamada para ajudar com as vítimas do tiroteio, e muitos dos meus colegas apareceram antes mesmo de ligarmos para eles. Quando uma tragédia acontecia, sabíamos que deveríamos vir aqui.

Só ficamos com uma parcela das vítimas. O restante foi levado para outros prontos-socorros e centros de trauma da cidade. Seis pessoas estavam mortas, quinze foram atingidas e outras vinte ficaram feridas durante a fuga até a saída da boate.

De acordo com um dos policiais que estava coletando os depoimentos das testemunhas, o atirador foi morto por uma garçonete heroica. Ela havia surgido de trás do bar pouco depois de ele começar a atirar, atingiu-o com um taco de beisebol e seguiu batendo nele até que sua cabeça parecesse uma abóbora destroçada.

Ela havia salvado diversas vidas, mas ainda tínhamos pelo menos três pessoas que poderiam não resistir aos ferimentos. Infelizmente, esse nem era o pior tiroteio em massa que eu já tinha visto. No ano passado, um homem havia ido até o trabalho da ex-mulher, matado oito pessoas e ferido várias outras antes que um atirador de elite acabasse com ele.

Consegui dormir entre uma e duas horas em meio à correria de um quarto a outro, mas não foi o suficiente para compensar o fato de que eu estava acordada há quase quarenta horas. Era por isso que eu deixava tanta ração e água para o Fred. Meu veterinário vivia me dizendo para não deixar a comida sempre disponível, que ele estava começando a ficar gordinho, mas prefiro que Fred fique acima do peso do que passando fome sempre que eu fico presa no trabalho.

Peguei o elevador até o terceiro andar do estacionamento, apertando meu pesado casaco de inverno junto ao corpo quando as portas se abriram e um vento congelante me atingiu. Uma olhada para a direita me fez parar. Havia voltado a nevar, flocos grandes e pesados eram soprados pelo vento. Ótimo. Eu só podia torcer para que as estradas não estivessem muito ruins.

Fiquei tentada a dar meia-volta e ir dormir em um dos quartos reservados para plantões longos, mas se fizesse isso, só conseguiria mais uma ou duas horas de sono até que alguém me acordasse em busca de ajuda. Era difícil para mim dizer não em situações assim, e eu me conhecia bem o suficiente para saber que precisava ir para casa e evitar me autossabotar, mesmo que isso significasse pedir um táxi ou similar.

Eu só precisava pegar algumas coisas do carro e então voltaria para dentro e chamaria um Uber. Foi idiota da minha parte achar que poderia dirigir agora. A última coisa de que precisavam era que eu adormecesse ao volante e causasse outra emergência.

Desviei o olhar da neve e fui até o canto do estacionamento onde havia deixado o carro.

Quando cheguei nele, vi que estava ligado.

Parei a alguns metros de distância, encarando confusa. Eu não tinha um dispositivo de partida automática que pudesse explicar isso. Será que estava tão cansada que comecei a alucinar?

Olhei ao redor, procurando outra pessoa para perguntar se ela estava vendo o mesmo que eu, mas não havia ninguém por perto. Eram três da manhã, e esse andar era reservado para funcionários. Todo mundo estava dentro do hospital, tentando salvar vidas.

Pisquei várias vezes seguidas. Não. Não estava alucinando. A merda do meu carro estava ligado. Eu não poderia tê-lo deixado ligado — as chaves estavam na minha bolsa — então o que diabos estava acontecendo?

Meu cérebro cansado finalmente começou a despertar. Havia alguma chance de isso ter sido *ele*?

Peguei o spray de pimenta na bolsa e andei de lado até o carro, atenta a qualquer um que pudesse estar esperando para me pegar. A garagem estava bem iluminada, e não vi nenhuma alma viva, mas não arriscaria. Mantive o dedo do botão do spray até ver o lado do motorista. Havia alguém sentado lá. Uma pessoa grande. Com o capuz escondendo o rosto.

Não. Nem a pau.

De repente, a pessoa virou e eu dei um pulo para trás, batendo no carro atrás de mim. O Homem Sem Rosto me olhava pela janela.

É, eu estava bem desperta agora. E sem paciência para brincadeiras. Esse cara tinha que ser muito corajoso para fazer uma dessas depois da noite e dia e outra noite que tive.

Ele levantou uma mão e acenou para mim, então levantou um dedo com se pedisse para que eu esperasse e olhou para baixo. Meu celular tocou na bolsa. Mantive os olhos nele enquanto o procurava.

Levei um bom tempo para ler a mensagem, porque não parava de olhar para o celular e para cima na mesma velocidade para conferir o entorno. Eu não tinha como ter certeza de que ele tinha não um comparsa por perto, esperando que eu me distraísse para me pegar desprevenida.

Pensei em te dar uma carona. O tempo está uma merda e você deve estar exausta. Não é seguro para você dirigir agora.

Fuzilei-o com os olhos e girei o dedo, indicando para que ele abaixasse a janela.

Ele se virou para digitar de novo.

Não jogue o spray em mim.

— Você não está em posição de me dar ordens — falei. Ele abriu uma pequena fresta da janela para me ouvir melhor. — Tem vinte policiais dentro do hospital e sei o nome da maioria. É só eu fazer uma ligação e você vai estar fodido.

Ele se virou e voltou a digitar.

— Sério? — falei. — Não vai falar comigo?

Ele balançou a cabeça e continuou.

Se ele estava indo tão longe, eu o conhecia bem o bastante para reconhecer sua voz. Quem ele era? Um dos policiais que eu havia acabado de usar para ameaçá-lo? Eu podia pensar em vários que tinham seu tamanho e, se ele tivesse usado equipamentos do governo para me encontrar, explicaria o porquê foi tão fácil para ele fazer isso.

Só vou te dar uma carona, falou. *Vi pelo que você passou, como estava exausta quando começou a arrumar suas coisas e achei que deveria vir.*

Apertei a ponte do nariz e pensei em gritar por ajuda.

— Por que acharia isso?

Você não me mandou parar, Aly.

Abaixei a mão e o encarei.

— Porque fui interrompida por uma tragédia.

Então manda agora, digitou, e levantou a cabeça para me encarar através das cavidades oculares desoladoras.

Abri a boca, mas nada saiu.

Anda, Aly, pensei. *Fala logo, inferno. É só mandar ele parar como a pessoa mentalmente saudável e racional que você era antes dos vídeos dele chegarem às suas redes sociais.*

Tentei me forçar a dizer as palavras e senti como se estivesse sufocando. Merda. Eu não conseguia. O que isso queria dizer sobre mim? O que isso significava? Eu realmente estava gostando disso?

É a exaustão, tentei dizer a mim mesma, mas a mentira não convenceu. A triste verdade era que me sentira mais viva nos últimos dias do que em anos. Claro, eu passara metade do tempo apavorada, mas a essa altura, o medo era melhor do que o entorpecimento. Antes de ele invadir minha casa, eu estava vivendo em um mundo cinza, seguindo a vida feito um robô. Trabalho, academia, casa, repetir. Os primeiros lampejos de sentimento que surgiram em meio a toda essa névoa tinham a ver com esse homem e seus vídeos.

Deixei meu olhar examinar sua máscara, e mesmo que ele me encarasse por trás de uma fachada plástica e imóvel, eu poderia jurar que parecia que os cantos de seus lábios se curvaram em um sorriso discreto.

Apontei para a janela entreaberta com o spray de pimenta.

— Só porque fiquei tão maluca que não consigo dizer as palavras agora, não significa que vou entrar no carro com o homem que invadiu minha casa e me filmou sem consentimento.

Torcia para que as câmeras do estacionamento estivessem filmando tudo isso e que ele não tivesse encontrado alguma forma de congelar ou repetir as imagens. Se alguém aparecesse e conseguisse me segurar, essa seria a única evidência do que tinha acontecido com essa idiota aqui.

Ele digitou mais alguma coisa, e eu já estava cansada desse tipo de comunicação.

Usa a boca! Queria gritar.

Meu celular apitou e eu fiz a mesma coreografia de olhar para baixo e depois para cima que estivera fazendo nos últimos cinco minutos.

Olha no banco do passageiro, falou. *Você vai ter todo o controle.*

— Se alguém estiver esperando para me emboscar aí, vou matar vocês dois — falei. — Não estou muito gentil com homens essa noite.

Ele assentiu como se não esperasse nada menos do que isso e indicou para que eu seguisse em frente.

Cerrei os dentes e cautelosamente circulei o para-choque em direção ao outro lado do carro. Ele deve ter notado minha relutância em me aproximar demais porque se inclinou e abriu a porta do banco do passageiro. Minha arma e uma faca sinistra estavam lado a lado no assento. Ele se afastou, apontou para elas e para mim.

Outro sopro gelado de vento atravessou o estacionamento com um uivo, e um arrepio percorreu meu corpo inteiro. Eu podia até estar com um casaco pesado, mas as calças do meu uniforme eram finas e eu estava tão distraída quando saí do hospital que não pensei em calçar luvas.

Dei um passo na direção da porta aberta e do calor que emanava dela, esperando pelo pior. Ele não deu nenhum indício de que me atacaria, simplesmente se recostou e levantou as mãos enluvadas lentamente para mostrar que estava desarmado. Eu me abaixei e peguei a arma, então pulei para trás e dei uma rápida olhada para ver se estava carregada. Estava.

O peso dela na minha mão era como um cobertor reconfortante. Ele não tinha nenhuma arma à vista, e a essa distância, e eu poderia facilmente atirar nele antes que tentasse pegar uma. Eu realmente estava no controle, e era bom estar na vantagem em relação a ele pela primeira vez.

Essa era a hora em que eu deveria mandar que ele descesse do meu carro e chamar a polícia, mas eu estava começando a me sentir exausta novamente agora que a adrenalina tinha diminuído, e estava com tanto frio que meus dentes estavam batendo. Eu não queria pegar um Uber e precisar encontrar uma carona para o próximo plantão. Também não queria chamar a polícia. Não havia nenhuma explicação racional para minha aversão a envolver os policiais — eu trabalhava com eles diariamente, e sabia que me protegeriam — mas algo estava me impedindo.

Talvez fosse porque eu havia conhecido muitos homens ruins no trabalho. Assassinos, estupradores, membros de gangues, traficantes, ladrões, pedófilos, e o que mais se possa imaginar. Meu instinto foi aprimorado com o passar dos anos, e eu havia desenvolvido praticamente um sexto sentido em relação ao perigo. E esses instintos estavam quietos agora. Apenas a minha mente dizia para envolver a polícia. E não por acaso, Fred havia gostado dele. Fred não costumava gostar de ninguém. Ele sibilava ou corria para se esconder. Esse era seu modus operandi com qualquer um que fosse lá em casa. O fato de que ele tinha até brincado com o Homem Sem Rosto ainda era um choque.

Meu instinto me dizia para entrar no carro e ver no que isso daria. Não era como se eu fosse ficar indefesa se sentasse no banco do passageiro. Eu teria uma arma e uma faca, e poderia segurar ambas enquanto ele dirigia. No segundo em que ele pegasse uma rua errada ou tentasse me machucar, *bam!* Ser enfermeira significava que eu sabia onde mirar para causar o maior dano possível.

E, por Deus, eu estava curiosa. De certa forma, eu queria ver o que aconteceria. Apesar das consequências potencialmente catastróficas. Mesmo que fosse algo que nenhuma pessoa sensata faria.

Tá bem. Eu não era sensata. Já estava na hora de aceitar isso. Em algum momento dos últimos dois anos, eu havia colocado o pé na escuridão e agora estava mergulhando nela. Eu era uma mulher sedenta por sexo e privada de sono, mais interessada em uma foda pervertida do que em segurança e paz.

Admitir isso era estranhamente libertador. Agora que eu havia parado de tentar lutar contra mim mesma, pude olhar para os últimos dias e enxergar o que estava tentando ignorar: eu queria isso. Passei a vida adulta inteira sozinha para caralho. Os homens que eu conhecia nos aplicativos de namoro ou redes sociais não pareciam se importar quando eu dava um perdido neles ou levava semanas para responder uma mensagem. Eles simplesmente partiam para outra, assim como Tyler fizera.

Dediquei minha vida inteira a cuidar de outras pessoas. Queria que alguém cuidasse de mim para variar. Queria que alguém me desejasse. Não, que *precisasse* de mim. Queria um homem tão obcecado por mim que hackeasse câmeras para me observar quando não conseguisse dormir. Queria que ele monitorasse minha localização, que me enviasse um sistema de segurança residencial para que ninguém mais pudesse invadir minha casa, e que ameaçasse matar qualquer um que me fizesse mal.

Eu não queria alguém com moralidade ambígua. Queria alguém com a alma tão escura quanto a noite. Alguém capaz de incendiar o mundo por mim e não perder um minuto de sono por causa disso.

O Homem Sem Rosto abaixou as mãos e me chamou para o carro.

Respirei fundo o ar gelado, entrei e fechei a porta atrás de mim, consolidando meu destino.

08

Josh

Aly estava entrando no carro. Observei-a sentando-se no banco do passageiro, a arma apontada para a minha barriga, os olhos fixos na minha máscara enquanto colocava lentamente o cinto de segurança.

Ela esticou a mão e fechou a porta sem se virar, recusando-se a parar de olhar para mim assim como eu me recusava a desviar o olhar dela, mesmo que fosse por um motivo diferente. Soltei o ar que tinha consciência de estar segurando — não queria nem respirar, e muito menos me mover, para não assustá-la.

Ali estava uma mulher com fetiche por máscaras a poucos centímetros de mim. Uma mulher que recentemente se masturbou assistindo a um dos meus vídeos e eu não conseguia tirar aquela breve imagem dela se penetrando com o vibrador da minha mente.

Era assim que ela gostava? Sem preparo e agressivo? Com um toque de dor para aumentar o prazer?

Caralho, como eu a desejava. Aqui. Agora. Estava tão tentado a me virar e prendê-la contra o banco para…

Ela pressionou o cano da arma na lateral da minha barriga.

— Dirija. E torça para não pegarmos nenhuma blitz no caminho. Com sua fantasia de filme de terror e minhas armas, íamos parar nas manchetes dos jornais.

Certo. Sobre isso.

Peguei o celular do painel. Queria poder falar com ela, mas logo teria que fazer isso novamente como Josh e não podia arriscar que ela reconhecesse minha voz. O modulador de voz que encomendei chegaria amanhã, e então eu poderia parar com essa idiotice de digitar.

Vou pegar uma rota alternativa, digitei. *Coloquei as direções no meu mapa para que saiba que não estou mentindo.*

Mostrei a mensagem para ela em vez de enviá-la.

Ela inclinou a cabeça para o lado e encarou o canto da minha máscara como se estivesse pensando em arrancá-la.

— Ou você pode simplesmente me mostrar quem você é e dirigir meu carro como uma pessoa normal. Já sei que nos conhecemos e duvido que veja bem com isso aí.

Meu coração disparou no peito. Aly era uma das melhores de sua turma da faculdade de enfermagem. Talvez eu devesse ter medo de ela ser esperta a ponto de descobrir quem eu era, mas isso só me animava. Era como um jogo em que eu estava sempre três passos à frente para evitar ser pego. O desafio era emocionante. E apesar de sua preocupação, eu podia enxergar normalmente com a máscara. O material preto que cobria as cavidades oculares era feito com uma espécie de nanofibra de alta tecnologia que era opaca de um lado e transparente do outro. Era igual a usar um par de óculos.

Enxergo normalmente. Você quer mesmo acabar com a fantasia? Digitei, mostrando o celular e torcendo para que ela desejasse isso tanto quanto eu.

Ela soltou uma respiração trêmula e desviou o olhar, a arma escorregando um centímetro e encarei o silêncio como uma confirmação.

Uma olhada na arma me mostrou que o dedo dela não estava nem perto do gatilho. Não que algo fosse acontecer se ela atirasse. Eu tinha trocado as balas por festim. Estava com vontade de transar, não de me matar. E sim, eu planejava trocá-las de volta. Imaginá-la desarmada nessa cidade me fazia querer surtar e vomitar ao mesmo tempo, o que provavelmente não seria bonito, então as balas de verdade voltariam para a arma assim que chegássemos na casa dela. Eu só teria que ser discreto para que ela não ficasse brava comigo novamente.

Seu olhar estava cauteloso quando o voltou para mim, mas um certo rubor agora aparecera em suas bochechas, confirmando que Aly também preferiria que eu permanecesse mascarado e anônimo.

Coloquei o cinto e dei ré no carro, usando a câmera retrovisor para sair da vaga.

— Você ligou o aquecedor do assento para mim — falou.

Eu assenti. Por algum motivo, a empatia por ela estava sendo natural para mim. As câmeras do hospital me mostraram uma mulher que faria qualquer coisa para ajudar os outros, mesmo às próprias custas. Presumi que ela deveria estar com dor no corpo depois de passar tanto tempo em pé, e apesar dos sapatos ortopédicos que usava parecerem confortáveis, apostava que suas pernas e costas doíam.

Provavelmente também estava com fome, eu não tinha visto ela comer muito nos últimos dias. Por sorte, eu tinha uma solução para isso. Dei partida no carro, mas mantive o pé no freio.

Levantando as mãos, girei lentamente no banco. A arma encostou no meu abdômen quando me virei e ela abaixou o olhar como se tivesse sentido o movimento. Estiquei o braço e peguei uma bolsa do banco traseiro.

— Ei, espera aí — disse, afastando-se enquanto eu me virava para frente segurando-a. — Isso é uma bomba ou algo assim?

Quase xinguei automaticamente. Por que eu não percebi que essa seria a conclusão a que Aly chegaria depois do plantão que teve? Foi um erro idiota, um que eu não cometeria novamente. Eu seria melhor para ela dali em diante. Ela merecia alguém que pensava em tudo.

Balancei a cabeça e coloquei a bolsa no colo. Movendo-me lentamente para que ela não se assustasse, abri o zíper e mostrei seu conteúdo.

Ela franziu o cenho e se aproximou para olhar melhor, e em seguida me encarou com uma sobrancelha arqueada.

— Você me trouxe um lanchinho?

Assenti e coloquei a bolsa no centro do console.

Ela não fez nenhuma menção de que a pegaria, sua expressão se tornando irritada.

— Não vou comer nada disso. Pode ter colocado alguma droga.

Justo. Peguei o saquinho de plástico cheio de fatias de maçã. Minhas luvas eram finas o suficiente para que não tivesse dificuldade em pegar uma. Afastei a máscara apenas o bastante para colocar a fatia dentro sem revelar mais do que o começo do meu maxilar e enfiei a maçã na boca.

Fiz um movimento de "viu só?" quando comecei a mastigar, mas Aly estava ocupada demais encarando o lugar onde meu maxilar estava coberto novamente para prestar atenção nas minhas mãos.

Minha boca ficou seca. Ela também tinha sentido? Essa atração inquestionável entre nós? Eu estava tentando ser um cavalheiro, tinha prometido a mim mesmo que essa noite e essa carona para casa serviriam para garantir a ela que poderia confiar em mim — afinal, era uma tarefa difícil conseguir que alguém concordasse em transar com um estranho empunhando uma faca — mas se ela continuasse me olhando daquela forma, não sei se conseguiria manter o controle por muito mais tempo.

Ela lambeu os lábios quando seus olhos deixaram meu rosto e passaram a observar o resto do meu corpo. Fiquei paralisado no banco, mandando meu pau não reagir, mas ele tinha vontade própria quando se tratava dela, e lá foi ele, pressionando contra o jeans, exigindo ser colocado para fora.

Aly se demorou ao me analisar. Não tinha muita coisa à vista — eu estava de jeans e moletom — mas eu tinha deixado o casaco aberto e o olhar de Aly se fixou na forma como minha camisa envolvia meu abdômen.

— Essa é a camisa que você usou no último vídeo? — perguntou ela com a voz rouca.

Assenti.

Ela balançou a cabeça como se tentasse afastar os pensamentos. Pensamentos maliciosos?

— Achou que seria engraçado postar aquela foto manhosa depois do que fez comigo?

Desta vez, assenti com vontade, feliz que ela não pudesse ver o sorriso enorme estampado no meu rosto.

Ela deu um suspiro e virou o rosto, não antes que eu visse os cantos de seus lábios se curvando.

Um carro buzinou atrás de nós, e ambos ficamos sobressaltados.

Certo. Era para eu estar levando Aly para casa, não pensando se ela gostaria ou não de ser arruinada no banco traseiro do carro.

Acenei para a pessoa impaciente atrás de mim e tirei o pé do freio. Ela entrou no espaço que tinha acabado de vagar e eu desacelerei novamente, o bastante para pegar o celular da mão de Aly, desativar o loop que tinha colocado em todas as câmeras desse andar do estacionamento e dar partida no mapa para que ela soubesse que eu não tinha mentido sobre seguir as direções. Feito isso, fui até a rampa de saída enquanto uma voz feminina com sotaque britânico me dizia para onde ir em seguida.

O som de mastigação veio do banco do passageiro. Dei uma olhada para o lado e vi que com uma das mãos Aly comia as maçãs e com a outra ainda apontava a arma na minha direção. Um arrepio de calor me atingiu ao ver isso. Por que era tão bom cuidar dela, mesmo de um jeito mínimo? Era por que eu nunca tive ninguém para chamar de minha antes? Ou isso era algum tipo de instinto natural que todos os homens tinham e que fora suprimido pela mistura de remédios que tomei desde a adolescência?

De qualquer forma, não iria contrariar. Cuidar dela era bom. Pelo que eu tinha visto, ficara claro que ela precisava de alguém, e nem a pau que eu deixaria outro homem fazer isso. Meu colega de quarto era um imbecil. Ele não percebeu o que tinha em mãos quando estava com ela? Como ele pôde ser idiota a ponto de deixar uma criatura tão perfeita escapar de suas mãos? E como seus outros ficantes tinham sido tão cegos assim? Ela já deveria estar casada, sendo mimada e adorada como a rainha que era.

Os homens eram idiotas. Era a única explicação.

Aly terminou de comer as maçãs enquanto eu saía do estacionamento. Ela trouxe a bolsa para perto e começou a remexer nela. Eu tinha colocado várias outras opções: um iogurte de caixinha, palitos de cenoura, uma laranja e uma granola que eu mesmo fiz. Também tinha uma garrafa de água para ajudar a descer tudo.

— Você primeiro — disse ela, passando a granola.

Parei no fim da rampa e peguei a bolsa dela. Nossos dedos se esbarram. *Malditas luvas e minha necessidade de usá-las.*

Aquela era a primeira vez que nos tocávamos e eu odiei não ter sido pele com pele.

Peguei o celular e digitei: *Você só quer dar outra olhada no meu maxilar.*

— É um maxilar bonito — disse ela, descarada. — Agora para de enrolar. Estou com fome.

Abaixei o celular para evitar escrever algo potencialmente ofensivo sobre como eu estava faminto também. Por ela. Então peguei um pouco da granola e me virei porque precisaria levantar um pouco mais a máscara para fazer isso e não queria que ela visse mais do que eu estava pronto para mostrar.

— Estraga-prazeres — disse ela quando coloquei a granola na boca e abaixei a máscara novamente.

Fiz um joinha enquanto mastigava e tirei o pé do freio. A neve caía com força. Eu tinha conferido a previsão várias vezes nas últimas horas, e a probabilidade de acúmulo de neve só aumentava. Era difícil prever a quantidade de tempestades na nossa área porque muitas vezes as nuvens pairavam sobre nós e despejavam mais neve do que o esperado. Do jeito que as coisas estavam, não ficaria surpreso se tivéssemos uma camada de meio metro de neve ao amanhecer.

Apesar dos limpa-neves estarem trabalhando, eles não eram suficientes e as estradas estavam horríveis. Minha motorista do Uber teve um trabalhão para me levar até o hospital mais cedo, e o carro dela era um 4x4. O carro da Aly era um sedan pequeno e apesar de não ser um 4x4, pelo menos tinha controle de tração. Torci para que o uso não fosse necessário quando entrei na estrada coberta de lama derretida.

— Vai ter que fazer mais do que um vídeo meloso se quiser que eu te perdoe por me assistir sem consentimento — disse Aly entre mordidas.

Assenti para mostrar que entendia. Eu me arrependia do que tinha feito? Não, nem um pouco, mas ela tinha o direito de ficar brava, e se tivesse alguma chance de ela me perdoar, acharia um milhão de formas de me desculpar por chateá-la até que cedesse.

— Obrigada por me levar para casa — continuou em um tom de voz mais gentil. — Não queria chamar um Uber e nem tentar dormir no hospital.

Abri um sorriso e estendi o braço para dar um tapinha em seu joelho que significaria um "de nada", mas a arma foi pressionada contra a lateral da minha barriga novamente e eu congelei onde estava.

— Não encosta. Continuo brava.

Ergui a mão com os dedos abertos até a arma não estar em contato com meu corpo. Meu pau escolheu esse momento para me lembrar de como eu estava excitado ao fazer outra tentativa de escapar do zíper. Aly brava era uma delícia. Mal podia esperar para que ela me perdoasse e eu pudesse começar a achar formas de deixá-la irritada de novo. Masoquista? Talvez. Mas por algum motivo, nossa implicância parecia mais uma preliminar do que uma verdadeira discussão, e eu adorava. Só me restava imaginar como o sexo de reconciliação seria bom.

A cidade ficava silenciosa a essa hora da madrugada. Eu tinha passeado de carro muitas vezes a essa hora por causa da minha insônia, e nunca deixava de notar o quanto era bizarro. Era como estar no set de filmagens de um filme pós-apocalíptico no qual eu era um dos últimos seres humanos vivos depois que uma epidemia horrível ou um vírus zumbi assolara o planeta.

Esta noite estava menos assustadora e mais aconchegante graças à tempestade, as calçadas cobertas de montes de neve, tudo claro e puro como se todos os pecados da cidade tivessem sido eliminados. Eu sabia que isso não duraria, a neve pararia de cair e depois de algumas horas a vida continuaria como de costume e as calçadas ficariam pretas com a terra e sujeira que os carros respingariam.

Aly se inclinou para frente e aumentou o aquecedor. Eu me remexi no assento quando parei no farol vermelho, retirando o moletom. Minha pressão estava alta pela proximidade a ela. Eu estava quase começando a suar e não tinha nada mais broxante do que pele pegajosa.

Subi as mangas até os cotovelos e virei à esquerda quando o sinal abriu, indo em direção à periferia da cidade e uma estrada mais estreita, onde as chances de passar por alguém eram menores.

Pronto, agora estava melhor. Crise de suor evitada.

Demorei um pouco para perceber o quanto Aly estava quieta. Dei uma olhada para ela quando passamos por um poste de luz e vi que ela encarava meu braço, a arma esquecida em sua coxa.

Ora, ora, ora. Eu tinha passado tanto tempo pensando em maneiras de fazê-la amolecer o coração que me esqueci do meu melhor aliado: o corpo dela e a forma que ele a traía depois da quantidade de tempo que dedicou a assistir meus vídeos. Eu tinha baixado os dados de usuário dela no aplicativo, e ela tinha passado impressionantes duzentas horas me admirando. Pensando por esse lado, eu era um santo. Só tinha assistido ela por menos de quarenta horas até então.

Ela poderia até estar brava comigo, mas seus instintos provavelmente estavam aflorados pela proximidade com alguém em que ela já tinha pensado ao se dar prazer. Eu sabia que já tinha acontecido pelo menos uma vez, mas torcia para que não tivesse sido a única e que ela tivesse se masturbado ao me assistir com tanta frequência que só de estarmos próximos sua calcinha ficaria encharcada.

O que ela tinha falado sobre meu antebraço naquele comentário mesmo? Que queria passar a língua por cada veia?

Para testar minha hipótese, segurei o volante como mais força, fazendo elas saltarem. Aly soltou um som baixo e desesperado e desviou o olhar, voltando-o para o saquinho de granola cada vez mais vazio. Tentei conter minha arrogância e falhei espetacularmente. Ela me desejava. Muito. Talvez até mais do que eu a desejava, o que era difícil.

Queria poder me virar e observá-la, decorar a forma como suas bochechas coravam e sua respiração acelerava, mas quanto mais nos afastávamos do centro da cidade, piores eram as condições das estradas e eu estava transportando algo precioso. Precisava me concentrar em deixá-la em casa com segurança antes de ceder às minhas necessidades sombrias.

— No próximo semáforo, vire à esquerda — disse meu celular. Reduzi a marcha, parei novamente alguns segundos depois e liguei a seta. Uma caminhonete com suspensão parou ao nosso lado e eu ouvi a voz de um homem gritar alguma coisa que foi abafada pelas janelas.

— Idiotas — disse Aly, mostrando o dedo do meio para o outro veículo enquanto se virava para mim, escondendo o rosto do motorista.

Ele tinha falado alguma grosseria para ela?

O cara da caminhonete buzinou e ouvi o som óbvio de um assobio.

Ah, nem pensar.

Parei o carro, peguei a faca largada no chão em frente aos pés de Aly e desci para encarar o outro motorista por cima do teto.

O cara branco cinquentão viu a minha máscara e recuou no banco.

O amigo dele no banco do passageiro deu um empurrão no seu ombro.

— Cara, que porra é essa?

Levantei a faca com uma das mãos e balancei os dedos em cumprimento com a outra.

Bu, idiotas.

O motorista pisou fundo no acelerador, ultrapassando o farol vermelho enquanto disparava noite adentro.

Abri um sorriso e voltei para o carro, virando a faca e segurando-a pela ponta para oferecer o cabo para Aly.

Ela observou por um longo momento antes de abaixar a arma e pegá-la.

— Você é perturbado, sabia?

Dei de ombros. Perturbado. Protetor. Dava no mesmo.

— Achei que era falsa — falou ela, pressionando o dedo indicador na faca. — Caramba, é afiada.

Voltei meu olhar para baixo com medo de que ela tivesse se cortado, mas não vi sangue, então ela não deve ter pressionado com força. Eu mantinha aquela faca afiada o suficiente para cortar osso.

O farol abriu, banhando-nos em verde e, com relutância, virei a cabeça e voltei a dirigir. Ela fechou o saquinho de granola e colocou-o de volta na bolsa, fechando o zíper como se tivesse acabado de comer. Em seguida, ela se virou para colocar a bolsa no banco de trás e eu senti o aroma de seu shampoo floral. Sem conseguir me conter, respirei fundo. Mal podia esperar para enfiar o rosto no cabelo dela enquanto a fodia, o som de seus gritos entrecortados enchendo meus ouvidos, suas pernas por cima dos meus ombros conforme eu a dobrava ao meio e metia nela até quase matá-la.

Eu me mexi no banco, tentando aliviar a pressão dos meus jeans. Será que Aly tinha visto minha ereção quando desci do carro? Merda, devo ter parado em frente à porta com ela bem à altura dos olhos enquanto assustava aqueles caras. Ops. Deveria ter pensado melhor na minha "situação" antes de deixar a raiva me controlar, mas o ódio tinha se apoderado rápido demais para que qualquer pensamento racional fosse ouvido.

Dei uma olhada na Aly. A rua em que virei tinha menos postes de luz, mas ainda estava claro o suficiente para que eu visse que ela encara diretamente a minha virilha. Ok, ela tinha visto, e pela forma como suas sobrancelhas se levantaram até formar rugas na testa, ela estava ou impressionada ou preocupada. Torcia para que fosse um pouco de ambos.

Um pedido de desculpas estava na ponta da minha língua, mas algo em sua expressão me impediu. Ela levantou os olhos até minha máscara lentamente e mordeu o lábio inferior. Deveria parar de fazer aquilo se soubesse o que era melhor para si mesma.

— Quero ver — falou.

Ela não falou nada disso, seu idiota, disse a mim mesmo.

Eu com certeza tinha alucinado aquela declaração. Desejava tanto a Aly que tinha escapado da realidade e agora vivia em um mundo de faz-de-conta em que a mulher que me dava tesão tinha me pedido para expor meu pau enquanto eu dirigia.

— Por favor — complementou ela.

Virei a cabeça para olhar para ela, sem acreditar, e o carro deslizou um pouco em um pedaço de gelo. Voltei a cabeça para frente e endireitei o veículo. Eu tinha crescido no norte, então dirigir sob condições péssimas já era natural, mas odiava o fato de que minha distração quase nos colocou em perigo.

— Posso tirar pra você — disse ela, e uma coisa fria tocou a lateral do meu corpo.

Olhei para baixo, Aly ainda estava com a faca e usava a ponta para levantar a barra da minha camiseta.

Caralho. Por que isso era tão excitante?

— Você passou esse tempo todo tentando me assegurar de que eu estava segura com você — disse ela, levantando mais a parte cega da lâmina. — Mas já parou para se perguntar se *você* está seguro *comigo*?

Quase soltei um gemido. A Aly dando uma de vilã? Eu iria à falência por ingressos na primeira fileira para esse espetáculo.

E sim, eu já tinha parado para me perguntar, esse era o motivo de eu ter tirado as balas da arma. Não consegui trocar a faca por uma falsa, e talvez essa seria minha ruína. Se fosse o caso, eu provavelmente morreria com um sorriso estúpido no rosto enquanto ela me retalhava.

Mas eu não achava que chegaria a esse ponto. Nada nas anotações do terapeuta dela indicavam que Aly tinha tendências homicidas. Eu não tinha dúvidas de que ela estava brava, mas brava o suficiente para me ferir? Não. Para me assustar um pouco como tinha feito agora, talvez, porque se ela virasse a lâmina, minha pele se abriria como o mar se abriu para Moisés.

Com cuidado, desviei da faca e levantei a camisa para que ela pudesse dar uma olhada melhor no meu tanquinho. Estando sentado não era a melhor forma de mostrar meu corpo, mas eu aceitaria qualquer atenção que ela me desse, então encostei um pouco no banco para deixá-la me apreciar.

Ela soltou uma risadinha.

Não era a resposta que eu esperava.

— Foi mal — falou. — Mas estava pensando, e se tiver uma câmera na fachada de alguma dessas lojas?

Olhei pelo para-brisa para a rua estreita que nos cercava e todas as lojinhas coladas umas às outras ao longo dela.

— Imagina verificar as filmagens de manhã e ver um homem mascarado dirigindo com a camisa levantada até os mamilos enquanto uma mulher pressiona uma faca em sua barriga?

Uma risada silenciosa me escapou, pego desprevenido.

Ela deu mais uma risadinha, mas um segundo depois, o humor foi embora e ela respirou fundo.

— Sei que já falei isso centenas de vezes e de formas constrangedoramente inapropriadas, mas seu corpo é lindo.

Assim era melhor.

Cauteloso em relação à faca, estiquei o braço e peguei a mão livre dela, depositando-a na minha barriga. Finalmente estávamos fazendo contato pele a pele. Graças a Deus.

Os dedos que me tocaram estavam quentes, e pela quantidade de tempo que ela os manteve ali, comecei a me perguntar se ela tinha perdido a coragem, até que de repente se moveram, deslizando pelo meu abdômen.

— Aquele vídeo que você me mandou era tão provocador — falou. — Todos são. Você também é assim na vida real?

Assenti. Sim. Provocar as mulheres era instintivo. Eu já tinha mostrado um pouco disso nas mensagens privadas e de texto, mas a minha necessidade de provocar também se aplicava à cama. Aly era a vítima perfeita nesse aspecto. Eu já sabia que ela era briguenta. Era muito fácil imaginá-la com o rosto vermelho e sem fôlego enquanto implorava para que eu a fizesse gozar.

Os dedos dela foram para o cós da minha calça e percorreram a borda. Flexionei os músculos. Com força. Não para me exibir, mas para não começar a rir que nem um maluco. Eu sentia cócegas fácil, o que era muito inconveniente em momentos como esses. Por sorte, ela parou pouco acima do botão de cima e eu relaxei quando o medo de arruinar o momento passou.

Ela abriu o botão com dedos experientes.

— Posso ver?

Merda. Isso estava mesmo acontecendo. Eu não tinha alucinado.

Assenti e coloquei o quadril para frente para que ela tivesse um acesso mais fácil.

Seu gemido baixo tomou conta do carro quando ela deslizou a mão e apalpou meu pau por cima da calça.

— Sabia que seria grande — sussurrou.

Segurei o volante com tanta força que os nós dos meus dedos ficaram brancos. Maldita tempestade. Eu precisava manter o foco na estrada, independentemente do quanto eu quisesse olhar para baixo e observar o que Aly fazia comigo.

O gelado do metal subiu pela lateral do meu corpo e eu congelei. Caramba. Como eu tinha esquecido da faca?

— Você está tão duro que preciso usar as duas mãos para abrir seu zíper. Vai se comportar se eu largar a faca?

Hã… será que eu iria? Não tinha certeza. Estávamos saindo do terreno da cidade e nos aproximando dos subúrbios onde Aly morava. Seria simples encontrar um estacionamento vazio e jogá-la no banco traseiro.

Ela virou a faca e passou a lâmina pela lateral da minha barriga, tão próximo que deve ter raspado um pouco de penugem.

— Não vou continuar se não prometer ser um bom garoto — cantarolou.

Fetiche por elogios: desbloqueado.

Concordei com a cabeça várias vezes seguidas e ela soltou uma risadinha quando colocou a faca, com a ponta para baixo, em um dos porta-copos entre nós. Então seus dedos ágeis de enfermeira me tocaram, um afastando o jeans do meu pau ereto e outro abrindo o zíper com cuidado. Ela abriu bem minha calça e parou de se mexer. Olhei para baixo e vi que ela encarava o volume na minha cueca com uma expressão faminta.

Não goza na cueca, não goza na cueca, comecei a repetir na cabeça.

Mantive o olhar na estrada e desacelerei o carro. Um movimento que vi pelo canto do olho foi meu único aviso antes que Aly abaixasse o elástico da minha cueca e colocasse meu membro para fora. O silêncio absoluto nos dominou. Ambos estávamos prendendo o fôlego. Então Aly soltou uma respiração trêmula e envolveu minha ereção com os dedos, e eu quase gozei só com o contato.

— Não me interprete mal — disse ela, pegando a faca novamente.

O horror tomou conta de mim. Uma mulher segurava o meu pau com uma das mãos e uma faca com a outra. Isso poderia dar merda muito rápido. Meu pênis deveria estar encolhendo de medo, mas só fiquei mais duro com a ideia, o perigo levando meu tesão a um nível quase desconfortável.

Aly percebeu, apertando meu membro e passando o dedão pela cabeça para espalhar uma gota de pré-ejaculação pela minha pele.

— Pelo jeito, o fetiche por facas é dos dois lados.

Caralho, pelo jeito, era mesmo.

— Continuo brava — falou. — Não estou fazendo isso por você.

Tá, mas parecia um *pouco* que era por mim. Afinal, a mão dela estava acariciando o *meu* pau.

— Passei meses sonhando com isso e não vou me privar da chance de te tocar só porque estamos brigando.

Awww. Nossa primeira briga oficial.

Eu sem dúvida marcaria isso no meu calendário para que daqui um ano pudéssemos comemorar o dia que em ela reconheceu que tinha algo entre nós. Eu estava me precipitando? Provavelmente. Mas não podia evitar. Aly seria minha. Ponto final. Só precisava achar um jeito de fazê-la pensar que aconteceu naturalmente e não que ela estava caindo no meu plano covarde de manipulá-la mimando-a e cedendo a todos os seus desejos para que me amasse.

O fio cego da faca subiu pela minha barriga em falsa ameaça conforme Aly descia a mão pelo meu pau. Seu toque era gentil porque sua mão e meu membro estavam tão secos que não tinha lubrificação suficiente para que se movimentasse com vontade. Ela parou ao chegar na base e a apertou, então colocou a mão para dentro do elástico da cueca e puxou meu saco.

Soltei uma respiração trêmula e apertei o volante com tanta força que o couro rangeu.

— Nem imagina quantas vezes fantasiei com isso — disse ela quando começou a se abaixar. Ela parou na metade do caminho e eu quase gemi. — Você tem alguma DST?

Balancei a cabeça. Eu tinha feito exames há algumas semanas e não transei com mais ninguém desde então.

— Não mentiria para mim sobre algo assim, né? — perguntou e começou a girar a faca contra meu flanco, a ponta afiada indo em direção à minha pele.

Balancei a cabeça novamente, apavorado com a ideia de que alguém faria isso com o parceiro.

— Ótimo, porque não consigo esperar mais — falou.

E então ela fechou os lábios ao redor da cabeça do meu membro e girou a língua ao redor.

Minha visão ficou preta. Caralho, eu ia gozar como um hidrante se ela continuasse.

De alguma fora, era ainda melhor do que eu tinha imaginado, e eu tinha passado um tempo perturbador sonhando acordado nos últimos dias. Será que era por que eu não estava mais tomando a medicação que reprimiu minhas emoções e sensações por tanto tempo? Ou era porque era a Aly, e ter sentimentos pela pessoa com quem eu ficava aumentava o prazer?

Talvez fossem as duas coisas juntas, somadas ao fato de que estava usando minha máscara e essa era a primeira vez que eu dava vida a uma fantasia que tive por anos.

Essa conclusão sumiu da minha mente quando ela apertou a base da minha ereção novamente e abaixou a cabeça, colocando mais do meu membro no calor úmido de sua boa. A vontade de impelir os quadris para cima era grande, mas ela dissera que estava fazendo aquilo por si mesma, então fiz um esforço monumental para me manter parado e deixá-la brincar comigo.

Ela abaixou cada vez mais, abrindo a mandíbula conforme me levava até o fundo da garganta. Gemi quando ela lambeu meu membro novamente, cobrindo o de saliva enquanto retrocedia. Será que minha imagem de perseguidor mascarado e assustador seria arruinada se eu gozasse muito rápido? Os fodões não duravam um bom tempo?

Ela envolveu a mão na minha ereção agora lubrificada e começou a bombear, girando ao abaixá-la bem do jeito que eu gostava.

Rezei para os deuses da longevidade e comecei a nomear times de beisebol na minha mente.

Ela se aproximou da cabeça e lambeu a fenda com um gemido.

— Caralho, você é uma delícia.

É. Eu não ia aguentar. Ia explodir que nem um meia-bomba e minha reputação de fodão iria por água abaixo.

Tentei reunir um pouco de arrependimento, mas Aly sugou as bochechas enquanto abaixava e a sucção me fez ver estrelas.

Peguei uma curva errada em uma rua escura e desacelerei o carro até que estivesse quase parando.

— Pegue o retorno no próximo semáforo — disse a mulher britânica.

Aly ficou paralisada.

Uh-oh.

Seus lábios se desprenderam — não, não, não — e ela se endireitou, girou totalmente a faca, a lâmina pairando sobre minha pele.

— Você acabou de sair da rota? — perguntou.

Choraminguei em resposta.

Merda, eu *choraminguei.*

Em minha defesa, meu pau agora estava solitário, com frio, e pulsando de desejo, e a boca que estava lhe dando prazer agora estava há vários centímetros de distância. Quem poderia me julgar?

— Meninos maus não são recompensados.

Não. Inferno. Eu não precisava de um fetiche em ser *brat* além do recém-descoberto fetiche em ser elogiado. Os dois deveriam se anular, e não se amplificar mutuamente.

Ou talvez meu fetiche fosse simplesmente a Aly e tudo o que ela dizia desencadeava esse tipo de resposta em mim. Talvez estar juntos significasse que todos os seus desejos estavam prestes a se tornar meus também.

Por favor, Deus. Que ela não tenha um fetiche em fisting, pensei. Ter a mão de alguém dentro de mim e ser usado como fantoche não era algo que eu queria experimentar.

Liguei a seta e virei o carro no semáforo. Ela estava me observando no escuro, deslizando a faca pelo meu flanco até voltarmos para a estrada que meu mapa indicava. Outro segundo torturante se passou e comecei a temer que Aly me deixaria assim, até que ela afastou a faca e se aproximou novamente. Desta vez, ela começou pela minha barriga, depositando beijos enlouquecedores no meu abdômen e depois separando os lábios e mordendo minha pele com força o suficiente para doer.

Existia fetiche por mordidas? Provavelmente sim, porque fiquei duro feito pedra com a sensação.

A neve começou a cair com mais força do lado de fora e os faróis do carro faziam parecer que estávamos na velocidade da luz, mesmo que mal estivéssemos avançando, os flocos passando por nós como estrelas à medida que viajávamos através do espaço. Senti que estávamos em um mundinho particular quando os lábios de Aly envolveram a cabeça do meu membro novamente.

— Se não estivéssemos nesse carro — sussurrou ela, sua respiração aquecendo minha pele conforme a mão trabalhava na minha ereção. — Eu te engoliria inteiro até engasgar. Mas como não consigo nesse ângulo, vou ter que fazer assim.

Ela passou a língua na cabeça, lambendo o frênulo e a fenda antes de fazer aquele delicioso movimento giratório novamente, tudo enquanto a mão bombeava meu pau.

Aly não estava mais de brincadeira. O jeito que lambia, chupava e afagava mostrava que sua única motivação era me fazer gozar.

Troquei os times de beisebol pelos de hóquei. Não era muito fã do segundo, então precisei esforçar o cérebro ao máximo para me lembrar de alguns nomes de — puta merda, o que ela tinha acabado de fazer?

Tirei o pé do acelerador e olhei para baixo. A cabeça de Aly escondia sua boca e mão de vista, me impedindo de ver ela fazer o que diabos ela estava fazendo comigo.

Não. Hóquei. Lembre-se do hóquei. Dos times. Você estava tentando...

A pressão se acumulou na base da minha coluna. Meus testículos começaram a tensionar.

Aly me engoliu inteiro e fez aquela coisa de novo.

Eu ia gozar.

Muito.

Dei um tapinha em seu ombro, tentando chamar sua atenção. Ela me afastou como se não quisesse ser distraída.

Caralho. Ai, caralho. A *boca* dela.

Dei um tapinha mais insistente dessa vez.

Ela tirou a boca do meu pau com um estalo.

— Se continuar me interrompendo, nunca vou saber qual o gosto do seu gozo.

O tesão me atravessou quando ela abaixou de novo e me chupou com força. Eu sabia que ela estava fazendo isso por si mesma, mas não conseguia mais conter meus movimentos, só precisava me mexer um pouco e foder aquela umidade deliciosa. Ela gemeu como se tivesse gostado, então estoquei com mais força.

Uma pontada aguda de dor atingiu minha mão direita.

Que merda foi essa?

Olhei para baixou e arregalei os olhos.

Aly tinha me esfaqueado sem querer.

Afastei a mão da faca para ver o tamanho do dano, mas Aly estava fazendo aquela coisa com a boca novamente e entre o pico de prazer e a dor lancinante, eu cheguei ao limite, arqueando as costas e perdendo todo o controle conforme gozava naquela boca receptiva e perfeita. Ela engasgou um pouco, tentando engolir tudo e isso só me fez gozar mais forte, prolongando meu alívio.

Aly segurou meu pau quando terminei e usou a língua para limpar até a última gota. Eu trouxe a mão para perto de mim. O sangue estava escorrendo pelo meu braço, e não queria sujar o cabelo ou o banco do carro dela.

Ela deu um último beijo no membro e colocou-o o de volta dentro da minha cueca, levantando-se com um sorriso satisfeito que logo se transformou em pavor quando viu minha mão.

— O que você fez? — perguntou, pegando-a para analisar o dano. — Puta merda, acho que vai precisar de pontos.

Tinha algum jeito gentil de dizer a ela que, na verdade, eu não tinha feito nada e que ela tinha causado a mutilação?

09

Aly

Eu o esfaqueei. Senhor, pode me levar, eu esfaqueei um homem enquanto o chupava. Não tinha como se recuperar disso. Meus dias tinham chegado ao fim. Eu ia explodir de constrangimento a qualquer momento.

O Homem Sem Rosto parecia estar reagindo bem, considerando a situação. Se os papéis estivessem trocados, eu duvidava que seria tão indulgente depois de ser esfaqueada. Ou será que sua insistência em manter o silêncio escondia sua raiva verdadeira? Estava sendo impassivo agora, mas será que nunca mais o veria depois disso?

E por que a ideia fazia eu me sentir sem chão?

— Só mais essa vez — avisei, as palavras um pouco abafadas pela máscara cirúrgica.

A mão à minha frente nem vacilou conforme ele se preparava para o último ponto. Tentei fazer ele dar meia-volta e ir para o hospital, para que um médico fizesse esse procedimento com uma anestesia local, mas ele balançou a cabeça e a tensão em seus ombros deixou claro que ele não cederia caso eu insistisse. Eu não insistiria. Meus colegas estavam lidando com uma tragédia; não precisavam que eu ocupasse uma cama com o meu… o que quer que ele fosse.

Então aqui estávamos nós, sentados na minha pequena mesa de jantar que fora transformada em um pronto-socorro improvisado, meu kit de primeiros socorros espalhado ao redor. Sorte dele eu ter tudo que era necessário para limpar e fechar o ferimento, mas ainda não me sentia confortável em relação a isso. Eu era uma enfermeira registrada. A sutura era considerada uma pequena cirurgia, e em nosso estado, assim como em muitos outros, enfermeiros não tinham permissão para fazer o procedimento. Era preciso ser um enfermeiro de prática avançada para fazê-lo. Eu poderia acabar em uma grande encrenca se descobrissem que quebrei a lei, talvez até perder o emprego e ser multada.

Falei tudo isso a ele enquanto parávamos na entrada da minha casa, pedindo para que na possibilidade remota de que a ferida infeccionasse e ele precisasse consultar um médico, não contasse a ninguém que fui eu quem deu os pontos. Ele fingiu passar um zíper na boca, como se tivesse a intenção de levar o segredo ao túmulo. Por mais estranho que pareça, meu instinto foi em confiar nele.

Só mais um ponto, Aly, você consegue, falei para mim mesma. Muito tempo havia se passado desde a última vez que fiz isso, então eu estava enferrujada. A exaustão que eu sentia não ajudava. Nem o fato de que eu não conseguia parar de acompanhar as tatuagens que cobriam sua mão e subiam até o antebraço forte e cheio de veias.

Passei a língua nos lábios e quase gemi. Ainda conseguia sentir o gosto dele.

Esse homem havia me assistido trabalhar, decidido que precisava dar uma de herói e arrombado meu carro para me dar uma carona até em casa. E o que eu tinha feito? Ah, sabe como é, esperei uns cinco minutos e caí de boca no pau dele.

— Preparado? — perguntei, olhando para cima.

Ele assentiu, aparentemente muito menos desconcertado com a situação do que eu, e usou a mão livre para acariciar as costas de Fred.

Lancei um olhar para o meu gato traidor. Fred havia pulado no colo do Homem Sem Rosto assim que ele se sentou à mesa, e agora estava deitado lá, enroladinho e ronronando como se meu perseguidor fosse seu novo ser humano favorito.

Minha vida havia ficado muito estranha ultimamente.

Baixei o olhar e voltei a prestar atenção na mão à minha frente. O Homem Sem Rosto precisou de cinco pontos. Cinco. Devo ter cortado mais do que esfaqueado, perdida no meu mundinho cheio de tesão conforme adorava o que era, possivelmente, o pau mais esteticamente agradável que já vira. Mas é claro que seria. Seu corpo inteiro era uma obra de arte, por que seria diferente com seu membro? Grande, grosso e pulsante, com a pele macia feito seda, sem veias ou descoloração. Bastou uma olhada para que minha boca começasse a salivar.

É, eu era caidinha pelo corpo dele. Mas era só isso. Isso só podia ser a realização de uma fantasia. Eu não deveria ter ficado tão excitada com a forma maníaca pela qual ele havia assustado aqueles homens nojentos da caminhonete. E com certeza não deveria estar sorrindo sozinha enquanto enfiava a agulha na pele dele uma última vez, pensando em suas mensagens de flerte.

O que tinha de tão atraente em homens metidos a besta? Era o fato de nunca parecerem levar a vida ou a eles mesmos a sério? Ou será que era porque eu testemunhava tanta dor e morte que precisava de alguém que pudesse me fazer rir com uma simples frase depois de um plantão horrível como o que eu havia acabado de ter?

Por mais que não quisesse admitir, o tipo de humor do Homem Sem Rosto parecia ser mais do tipo inofensivo, que incluía trocadilhos inteligentes e autodepreciação, do que do tipo que fazia piadas às custas dos outros. Queria mais disso na minha vida, e ainda não podia acreditar que ele me fizera rir com aquele "que delícia" quando eu estava tão puta com ele.

Ele respirou fundo quando fechei o último ponto, o único barulho que emitiu esse tempo todo, apesar da dor que provavelmente estava sentindo.

— Foi mal — falei. — Só tenho que fechar esse lado.

Respirei fundo conforme terminava de fazer o curativo, tentando não deixar o pânico me consumir. Para piorar, eu o havia atingido bem no meio de uma tatuagem. A cicatriz ficaria extremamente visível por causa disso. E sim, sem dúvida ele ficaria com uma cicatriz. Os pontos estavam desleixados, graças à minha falta de experiência.

— Acho que um cirurgião plástico consegue consertar — falei quando endireitei a postura. Minhas costas não gostaram de ficar curvadas por tanto tempo depois da quantidade de horas que passei acordada e de pé. Eu precisava de uma aspirina e umas quinze horas de sono.

O Homem Sem Rosto balançou a cabeça e tirou a mão de cima de Fred para usá-la para digitar. Levou um tempo para escrever tudo, e aproveitei para limpar a ferida e a bagunça que fizemos. Devo ter atingido uma veia quando o esfaqueei, porque ele sangrou bastante. Pelo menos agora eu tinha seu DNA.

Coloquei um pedaço da gaze em um saquinho plástico e tirei-o da mesa enquanto ele estava distraído. Eu o colocaria no meu freezer com um bilhete dizendo que, se qualquer coisa acontecesse comigo, aquele sangue pertencia ao meu assassino. Esperava que não chegasse a tanto, mas era preciso ter cuidado.

Ele virou o celular para mim e eu li, *Nada de cirurgião plástico. Vou exibir sua marca como o distintivo de honra que ela é.* Para enfatizar, ele fechou a mão em punho, colocou-o acima do coração e fez uma revência digna de um filme do Tolkien.

— Você é ridículo — falei, me virando para que ele não visse que eu havia achado graça.

Tirei a máscara, recolhi o lixo e fui jogá-lo fora.

— Quer comer alguma coisa? — perguntei, abrindo o freezer. A porta me escondeu enquanto eu colocava o saquinho plástico no fundo. — Tenho pizza congelada e... — Abri a geladeira. Traças saíram de lá. Certo, nenhuma traça saiu, mas podiam muito bem ter saído. Minha geladeira estava vazia, exceto por vinho, uma caixa de creme que eu usava para o café, e uma marmita da minha lanchonete favorita.

Fechei a porta e me virei para ele.

— Ou pizza congelada.

Ele balançou a cabeça, colocou Fred, que reclamava, no chão com cuidado e levantou-se. Por causa dos vídeos, eu sabia que ele era alto, mas vê-lo em carne e osso, ocupando espaço demais na minha sala de jantar, era outra história. Ele tinha bem mais do que 1,80m, ombros largos e coxas grossas como as de um jogador de futebol. Sua camisa de manga comprida estava colada ao corpo de uma forma que quase me deixou com inveja. Tecido sortudo.

Eu queria falar alguma coisa, fazer uma piada, ou achar alguma forma de preencher esse silêncio desconfortável, mas as palavras me escaparam. Ele estava aqui. Na minha casa. Ao meu alcance.

Meu corpo estava tenso, atento a cada um de seus movimentos conforme ele pegava o celular na mesa. Não sabia se todas as mulheres sentiam o mesmo, mas fazer sexo oral me excitava. Era algo tão íntimo e vulnerável para ambas as partes, e eu simplesmente gostava de dar prazer a outra pessoa. Sentir um pau ficar rijo entre meus lábios e começar a pulsar conforme um homem cedia ao prazer? Eu adorava, o que significava que eu estava completamente excitada agora.

À essa altura, só seria necessário um toque dele em meu clitóris para que eu gozasse, mas duvidava que ele estivesse pensando em sexo depois de eu o ter *esfaqueado*.

Senti algo na minha canela, olhei para baixo e encontrei Fred esfregando a cabeça na minha perna.

— Ah, lembrou que eu existo? A pessoa que te resgatou e não fez nada além de te encher de mimos desde o dia em que apareceu aqui que nem um rato encharcado? Entendi.

Fred sentou-se nas patas traseiras e miou para mim, sem nenhum sinal de arrependimento.

O som de passos fez com que eu levantasse a cabeça. O Homem Sem Rosto foi até mim, mostrando o celular.

É melhor você tomar um banho e dormir um pouco, dizia a mensagem. *Obrigado pelos pontos. Era o mínimo que poderia fazer depois de me mutilar cruelmente, mas agradeço mesmo assim.*

Coloquei uma mão sobre os olhos e grunhi. Eu nunca mais o veria.

— Sei que já falei umas cem vezes, mas sinto muito mesmo.

Ouvi o som de digitação, e então seus longos dedos envolveram meu pulso, afastando minha mão enquanto me mostrava o celular novamente.

Aly, aquilo foi tão bom que eu deixaria você me mutilar sempre que estiver a fim.

Senti minhas bochechas ficarem quentes. Eu não ficava corada com facilidade, mas esse homem parecia ser minha criptonita.

— Hã, de nada?

Seus ombros largos balançaram como se ele estivesse rindo. De mim, sem dúvida, mas não podia culpá-lo. A realidade do sexo picante estava se provando um pouco diferente da fantasia que eu tinha alimentado por tanto tempo. Para começar, era eu quem estava com a faca. Em segundo lugar, incluía lanchinhos.

Sempre que eu sonhava acordada sobre isso, pensava em um macho alfa me dominando, de forma agressiva e quase impiedosa conforme usava meu corpo. Eu ainda queria ter essa experiência, queria tê-la com esse homem em específico, mas duvidava que conseguiria depois do que fiz com ele, independentemente do quão legal ele estava sendo a respeito.

A mão ao redor do meu pulso apertou, o único sinal que tive antes de ele me puxar para perto. Meu peito se chocou contra ele, os mamilos endurecendo dentro do sutiã. De alguma forma, sentia que meus seios estavam maiores, doendo como se precisassem que mãos grandes os segurassem, e minha calcinha estava totalmente encharcada. A cada poucos segundos, meus músculos interiores se contraíam como se para me lembrar de que não tinham um pau para apertar e que não estavam satisfeitos com isso. Eu havia assistido vídeos sedutores demais desse homem, e agora minhas ações passadas estavam me fazendo pagar.

Não se esfregue nele como uma gata no cio, falei para mim mesma. *Já o assustou o bastante por uma noite.*

Ele soltou meu pulso e levantou a mão para segurar meu queixo, inclinando minha cabeça até que eu estivesse encarando os espaços vazios de suas órbitas oculares. Olhei de uma para a outra, desejando poder ver olhos. Como será que eram? De que cor? Estariam me olhando com o mesmo tesão que preenchia os meus?

O dedão dele acariciou meus lábios, e mesmo que eu não pudesse ver seus olhos, podia jurar que os senti na minha boca. Será que ele também estava pensando no que aconteceu mais cedo? Na forma como eu o estava chupando antes de tudo dar errado?

Sem conseguir me conter, coloquei uma das mãos entre nós e toquei sua calça. Merda, ele estava duro. Coloquei a palma sobre sua ereção e afaguei para cima, sedenta por ele mais uma vez.

— Deixa eu te compensar — falei, e envolvi seu dedo com meus lábios, girando a língua ao redor de forma sugestiva.

Ele empurrou o quadril para frente em um estocada discreta, e soltou um grunhido baixo. A sensação de vitória tomou conta de mim, mas foi frustrada um segundo depois quando ele tirou o dedão da minha boca, deu um passo para trás e balançou a cabeça uma única vez. Ele apontou para mim e depois para meu quarto. Juntou as duas mãos, inclinou-as para o lado e apoiou a cabeça nelas, fingindo dormir.

Quase bati o pé no chão como uma criança mimada. *Mas eu não quero ir dormir! Quero ficar acordada até tarde e ser comida!*

Ele deve ter percebido a revolta na minha expressão, porque cruzou os braços sobre o peito largo e separou as pernas de um jeito que não abria espaço para discussões. Ok, aquilo até que era sexy. E talvez ele tivesse razão. O fato de que eu queria fazer uma birra completa, com lágrimas e tudo, provavelmente significava que eu já tinha passado do ponto da exaustão e havia entrado no território da maluquice.

— Tá bom — falei, e ele relaxou um pouco. — Como vai voltar para casa?

Ele descruzou os braços e digitou uma resposta. *Estacionei no fim da rua.*

— É claro que estacionou — falei, olhando para cima em frustração. — E eu posso sentir que está sorrindo por causa disso, seu esquisitão, então pode parar.

Os ombros dele balançavam em uma risada silenciosa quando olhei de volta para ele. Esse homem fazia a loucura ser mais adorável do que preocupante, e esse era o motivo de ele ser tão perigoso. Porque se fosse apenas maluco e cruel, ou um valentão, meus instintos me teriam afastado dele, teriam me feito querer sair correndo e gritando na direção oposta. Seu humor e implicância só me atraíam e me faziam baixar a guarda.

Eu realmente torcia para que ele não estivesse planejando me assassinar, porque eu me sentiria muito idiota quando acontecesse.

Ele começou a digitar com uma mão só e eu franzi o nariz enquanto esperava, sentindo-me culpada novamente. Senti vontade de esfaquear um homem muitas vezes na vida. Era típico do meu azar que na vez que realmente o fiz, tenha sido acidental.

Ele me mostrou o celular. *Agora vou embora. Apesar de não querer.*

— Então fica. — Escapou dos meus lábios. Senhor. Que pegajosa, Aly. Se a facada não o assustou, sem dúvida minha falta de controle assustaria.

Ele balançou a cabeça, apontou para mim e fingiu dormir novamente. Então cruzou a distância entre nós e inclinou-se para encostar a testa mascarada contra a minha. O plástico era frio e sem-vida, quase chocante depois do tempo que passei antropomorfizando aquela máscara. Senti o leve aroma do que deveria ser o sabonete que ele usava, amadeirado, fresco e com cheiro de limpeza, antes de ele se afastar.

Apesar de ter dito que iria embora, ficou parado ali, me encarando por um bom tempo antes de soltar um som baixo de frustração e se afastar. Considerei ele ter protelado como um bom sinal. Deveria estar gostando mesmo de mim se estava com dificuldade em se despedir depois de eu o ter esfaqueado.

Isso fez com que eu me sentisse melhor sobre minha obsessão por ele. As pessoas sempre dizem que não devemos conhecer nossos ídolos, mas depois de meses seguindo seu perfil, a realidade do que ele era me deixou mais intrigada do que sua personalidade online. Nas minhas fantasias, ele era superficial, um arquétipo que eu havia criado para meu próprio prazer. O homem que caminhava até minha porta da frente, sendo seguido pelo gato igualmente tranquilo, era ainda melhor pelo enigma que representava.

Quem ele era? Por que não falava comigo? E por quanto tempo planejava brincar comigo assim até se entediar e partir para outra como fizeram todos os outros homens da minha vida?

Ele parou com a mão na maçaneta e virou-se para mim. Olhamos um para o outro por mais um longo momento. Havia tantas coisas que eu queria dizer a ele que não sabia por onde começar. Será que ele sentia essa atração entre nós? Essa fixação quase doentia? Ele estivera me assistindo no trabalho, então presumia que sim, mas eu queria saber, sem sombra de dúvida, que a mesma necessidade que estava me controlando também o assolava.

Ele assentiu uma última vez, abaixou-se para fazer carinho atrás das orelhas de Fred e foi embora. Encarei o espaço vazio que ele deixou por tempo demais até que uma cabeçada na minha canela e um miado exigente me tiraram dos meus devaneios.

Peguei Fred no colo e enfiei o rosto no pelo dele.

— Deveria ter colocado seu nome de Benedict Arnold, o maior vira-casaca da história.

Ele ronronou e começou a amassar pãozinho no meu cabelo.

DOZE HORAS DEPOIS, um barulho me acordou. Parecia o som de uma porta se fechando, mas eu provavelmente só estava sonhando.

Virei para o outro lado e estava quase voltando a dormir quando as últimas 48 horas me atingiram. O tiroteio em massa. O Homem Sem Rosto invadindo meu carro. Eu, sentando no banco do passageiro em uma cena que faria os fãs de filmes de terror gritarem para a televisão. E ainda assim, aqui estava eu, viva. Ou eu tinha nascido com a bunda virada para lua, ou meu instinto que dizia que eu não estava em perigo havia acertado.

Tinha quase certeza de que a segunda opção era a certa. Afinal, eu conhecia o perigo. Muito bem. Encarava-o diariamente. Só na última semana, tive que bloquear o tapa de um paciente, desviar da investida de outro e morder a língua enquanto era xingada por mais inúmeros. Meus instintos eram tão afiados que não conseguia me lembrar da última vez que alguém me pegara desprevenida. Hoje em dia, as pessoas só conseguiam encostar a mão em mim quando eu estava distraída ou de costas.

A maioria dos meus colegas possuía o mesmo sexto sentido, Brinley sendo a única exceção por ser tão nova, mas ela já estava aprendendo, e se continuasse firme, estaria tão pronta para a batalha quanto nós em um ou dois meses.

Em resumo, eu tinha 98% de certeza de que o Homem Sem Rosto não tinha intenção de me machucar. Os outros 2% provavelmente deveriam me preocupar, e preocupavam, mas infelizmente também adicionavam uma camada excitante às nossas interações. Era aquela pequena margem que aumentava meu desejo, similar à forma como o risco de ser pego deixava o sexo em público tão divertido.

Na noite anterior, ele havia perguntado se eu queria que ele tirasse a máscara e arruinasse a fantasia, e eu tive que cerrar bem os dentes e virar o rosto para me impedir de gritar "NÃO!" Porque, e se ele o fizesse e o tesão sumisse? Eu precisava da máscara para me sentir vida. Precisava da faca em sua mão para me lembrar de como minha vida era preciosa e de como eu era sortuda em vivê-la.

A única coisa que poderia aumentar a aposta era descobrir quem ele era e manter isso em segredo. A ideia de virar o jogo, invadir a casa dele e instalar as minhas próprias câmeras para poder provocá-lo de volta era quase tão empolgante quanto transar com um estranho anônimo.

E sim, eu sabia o quanto isso era uma loucura.

Suspirei e me deitei de costas, me perguntando como eu tinha chegado àquele ponto. Será que eu estava simplesmente exausta ou isso era genético, e a escuridão esteve à espreita dentro de mim por anos, esperando uma chance de sair e se divertir?

Não, falei a mim mesma. A maioria dos membros da minha família era cidadãos cumpridores da lei. Só havia uma exceção, e eu decidi não levá-la em conta.

Deve ter sido causado pelo trauma, o que significava que eu realmente precisava de duas semanas de férias. Por mais de um motivo. Eu havia acabado de acordar de um longo dia de sono profundo e continuava exausta, se não fosse o fato de que precisava estar de volta ao trabalho dentro de algumas horas, poderia muito bem continuar dormindo noite adentro.

Vou pedir minhas férias assim que as coisas no hospital se acalmarem, falei para mim mesma.

Ou seja… nunca?, respondeu um pensamento involuntário.

Balancei a cabeça. Por que eu sempre fazia isso? Deixava minha saúde mental de lado e dava prioridade para o bem-estar de todos acima do meu? Eu sabia o que minha terapeuta diria: eu ainda estava lidando com a morte da minha mãe e me culpando por isso. Mesmo depois de todos os anos que passei tentando me recuperar de sua partida, a culpa ainda me consumia. Não consegui salvar minha mãe, mas a cada vida que salvava no trabalho, sentia que pelo menos podia salvar o ente querido de alguém.

Sentei-me na cama e coloquei a cabeça nas mãos.

— O hospital não vai entrar em colapso se você decidir tirar algumas semanas de folga remunerada — falei a mim mesma. — Com a Tanya, o Seth e o todos os outros enfermeiros, vai ficar tudo bem.

Talvez se eu continuasse repetindo essas palavras para mim mesma, passaria a acreditar nelas. Não é que não confiasse nos meus colegas de trabalho. Tanya e Seth, os enfermeiros-chefe do turno diurno, eram os profissionais mais competentes do hospital. Eu confiaria minha vida a eles. Era pensar em não estar lá quando fosse preciso que me fazia hesitar. A chance de que minha ausência pudesse significar o falecimento de alguém. E se algum sinal ou sintoma crítico não fosse identificado porque eu não estava presente?

— Tá, já chega — falei. Agora eu estava começando a soar prepotente. Como se fosse uma superenfermeira, e que comigo longe, todos os pacientes do hospital morreriam. Isso não era verdade, e também não era o que me causava esse tipo de pensamento. O que eu sentia era mais parecido com F.O.M.O — medo de ficar de fora — do que engrandecimento próprio.

Antes que eu pudesse me convencer do contrário novamente, peguei o celular na cabeceira e mandei um e-mail para o meu supervisor pedindo pelas férias.

Respirei fundo e tentei ficar em paz com a ideia de duas semanas de liberdade. Parecia muito tempo. Tempo demais, para ser sincera. Como eu preencheria todas essas horas? Na academia, sem dúvida. Colocar em dia todas as séries que estavam na minha lista também parecia ser uma boa ideia. Talvez pudesse finalmente aprender a tricotar.

Um miado baixo interrompeu minha sequência de pensamentos quando Fred entrou no quarto. Ele pulou nos pés da cama e foi direto até mim, arqueando as costas quando comecei a acariciá-lo. Ainda não acreditava no quanto ele gostava do Homem Sem Rosto. O fato de ele ter subido no colo dele na noite anterior era surreal. Mas, pensando bem, ele sempre esteve sintonizado a mim, ficando próximo quando eu estava triste ou quando voltava de um plantão ruim no hospital. Talvez ele tivesse sentido a dor do Homem Sem Rosto e escolhido reconfortá-lo.

É, vou acreditar nessa teoria em vez de pensar que Fred escolheu um estranho mascarado no lugar da própria mãe.

— Pronto pra o café? — perguntei.

Fred miou em resposta e pulou da cama, guiando o caminho até a cozinha. Eu fui atrás dele, colocando o roupão pesado e os chinelos antes de sair do quarto.

Minha casa estava banhada pela luz dourada do pôr do sol, os raios refletindo nas decorações natalinas que eu realmente já deveria ter retirado a essa altura. Ou será que era só a pressão social que me dizia para fazê-lo? Não havia nenhuma lei determinando quando a temporada de decoração natalina acabava, e os vizinhos do outro lado da rua ainda mantinham a árvore na janela da frente. Eu meio que estava esperando que eles retirassem antes de guardar minhas coisas, e sempre que chegava em casa e via o brilho festivo da casa deles, abria um sorriso, sabendo que a alegria decorativa durara mais um dia.

Uma ideia me veio à mente quando comecei a ferver a água do café e preparar o café da manhã do Fred. E se meus vizinhos estivessem fazendo o mesmo que eu? E se estivéssemos presos em um impasse não proposital, cada um esperando que o outro desse o primeiro passo? Será que janeiro se transformaria em fevereiro e nós nos tornaríamos motivo de riso para o resto da vizinhança? Paula e George eram do Deep South, e se tinha uma coisa que eu aprendera com música country, era que o povo do Sul tinha orgulho de deixar as luzes de Natal acesas o ano todo.

Estremeci. Natal no verão. É, nem pensar. Estava na hora de tirar a decoração.

Faria isso no meu próximo dia de folga.

Coloquei a ração úmida de Fred em um pratinho e coloquei-o no chão para que ele devorasse. Enquanto o café passava, peguei minha caneca favorita, que era feita para tomar sopa e continha a frase: "Já vi mais paus do que um diretor de filme pornô" escrita. A Tanya havia me dado de presente de aniversário no ano passado e todos os enfermeiros da sala de descanso caíram na risada quando eu abri. Porque víamos *muitas* genitálias.

Estremeci.

Genitalias demais.

O aroma de café preencheu a cozinha conforme fui até a geladeira. Abri a porta para pegar o creme, mas congelei. Havia duas embalagens de comida para viagem ali. Não tinha só uma na noite passada?

Peguei o creme e fechei a porta. Abri-a de novo. Aham, a segunda embalagem continuava lá.

Belisquei meu braço e doeu. Certo, então não era um sonho lúcido. Em algum momento enquanto eu dormia, alguém havia invadido minha casa e colocado comida para viagem na minha geladeira.

Caramba, quem poderia ter feito algo tão cruel?

Com medo de encontrar algum membro amputado me esperando, tirei a nova embalagem e dei uma olhada por baixo da tampa. Não havia nenhuma mão decepada, graças a Deus. No lugar disso, o que vi foi uma pilha de panquecas cobertas por morangos frescos e chantilly caseiro. O mesmo café da manhã que eu pedia na padaria do fim da rua todo domingo.

Levantei a embalagem e olhei embaixo, e lá estava o logotipo da padaria, bem no centro.

Com cuidado, coloquei as panquecas de volta na geladeira e fechei a porta uma última vez, refletindo sobre como deveria me sentir em relação a essa última invasão. Por um lado, o Homem Sem Rosto havia reparado que não tinha comida na minha casa e dado um jeito nisso para mim. Por outro, eu estava dormindo profundamente enquanto ele o fazia.

Dar-me conta disso era apavorante. Eu sabia que tinha o sono pesado, mas caramba. Qualquer um poderia ter invadido minha casa com intenções bem piores, e eu nem saberia do perigo até que fosse tarde demais.

De repente, me senti muito mais grata pelo meu novo sistema de segurança do que antes.

Inclusive, falando nele.

Virei-me e fui pegar meu celular no quarto, abrindo o aplicativo do sistema enquanto voltava para a cozinha. Havia várias notificações, mas todas eram de carros que passaram em frente à casa ou de vizinhos que caminhavam pela calçada. Franzi o cenho ao perceber que o registro de horas mostrava uma grande lacuna, parando ao meio-dia e recomeçando vinte minutos atrás — por volta do momento em que acordei ao som de uma porta se fechando.

Merda, ele tinha hackeado as câmeras.

Fui pisando forte em direção à frente da casa na intenção de conferir se estavam ativadas novamente ao balançar a mão na frente de uma das exteriores, mas quando abri a porta congelei pela segunda vez em menos de cinco minutos, encarando o branco ofuscante da minha rua coberta de neve. A tempestade havia deixado quase meio metro de neve ali, e minha primeira reação foi resmungar, porque teria que abrir caminho com uma pá antes de sair para o trabalho, o que tomaria o tempo que eu reservava para ir à academia.

A questão era que alguém já havia feito isso por mim. Os degraus e a calçada da frente estavam desobstruídos, meu carro estava limpo, e a entrada da garagem estava um brinco.

Meus vizinhos, um casal negro na casa dos 60 anos, estavam lá fora em seus trajes de neve e quase haviam terminado a limpeza. O marido, Clarence, acenou ao me ver. Wendy, a esposa, percebeu e acenou também, apoiando a pá na parede da garagem e indo na minha direção.

Saí para a varanda e fechei a porta atrás de mim. O vento castigou minha pele, e fechei mais o roupão conforme descia os degraus para encontrar Wendy. Ela e Clarence haviam se apresentado quando eu estava me mudando, dando boas-vindas à vizinha com uma lasanha caseira. Eles tinham vários netos da minha idade, e bastou darem uma olhada em mim naquele dia, uma jovem proprietária exausta e sobrecarregada com todo o trabalho que essa casa precisava, para decidirem praticamente me adotar, ajudando com as reformas, certificando-se que eu me alimentasse de pelo menos de uma refeição caseira por semana e dando uma olhada em Fred quando eu acumulava plantões no hospital como do que havia acabado de sair naquela manhã.

Wendy colocou uma mecha de cabelo solta para dentro do capuz da jaqueta quando me alcançou, com um brilho no olhar. Ela era alta, como eu, e continuava em ótima forma graças a todas as caminhadas que fazia com Clarence, além dos jogos de golfe quinzenais durante os meses mais quentes do ano. A casa deles era a mais bonita do quarteirão, de arquitetura Craftsman e dois andares, que eles possuíam há 40 anos. Recentemente estavam pensando em comprar algo menor, mas nenhum dos dois conseguia se convencer a vender a casa onde haviam criado as quatro filhas, e eu torcia para que nunca o fizessem.

— Como você é sortuda — disse Wendy. — Aquele seu namorado bonitão limpou toda a neve para você.

Meu coração disparou.

— Como ele... — Eu me interrompi. Seria estranho demais perguntar a Wendy como ele era. — Ele disse alguma coisa?

Ela abriu um sorriso.

— Não muito. Só que vocês dois tinham tido uma briguinha e ele estava tentado te reconquistar. — Ela admirou minha calçada e garagem limpinhas e se virou para mim com um olhar de leve reprovação. — Não contou pra gente que estava saindo com alguém.

— Ainda é recente — falei, como forma de desculpas. Não, eles não eram realmente meus parentes, mas Wendy dominava a técnica da culpa de avó com perfeição, e eu já tinha perdido as contas de quantas vezes havia desabafado com ela e Clarence quando eles me convidavam para jantar.

— Sem querer ser intrometida — falou. — Mas se quer saber minha opinião, diria para não perder esse de vista. Bonitão e disposto a fazer trabalho manual para te ver feliz? — Ela acenou na direção do marido. — Homens assim não aparecem com frequência, e se você não o agarrar, outra pessoa vai. Eu roubei o Clarence bem debaixo do nariz de uma mulher que não o valorizava como ele merecia.

Fiquei boquiaberta. Wendy, certinha e elegante, havia roubado o homem de outra mulher?

— Quando a senhora ia me contar essa história?

O sorriso dela se alargou, o canto dos olhos formando rugas.

— Não é tão emocionante quanto parece.

— Eu que vou decidir isso — falei.

Ela soltou uma risadinha e balançou a cabeça.

Nós batemos papo por mais alguns minutos até que o frio me fez voltar para dentro e deixei Wendy com a promessa de que jantaríamos juntas em breve. Era a vez deles de me receberem e ela disse que Clarence tinha todos os ingredientes necessários para fazer *chana saag* — meu prato preferido dos que eles já me serviram.

Tirei o celular do bolso do roupão assim que entrei em casa.

Já ouviu falar na palavra limites?, enviei para o Homem Sem Rosto.

Acho que não, respondeu ele. *Pode usá-la em uma frase?*

Inferno, não tinha graça. Não mesmo. Minhas bochechas doíam porque estava frio, não por causa do tamanho do meu sorriso.

Você fez alguma outra coisa abominável além de limpar a neve e abastecer minha geladeira da qual eu deveria saber?, perguntei. *Me observou dormindo? Instalou outras câmeras escondidas?*

Ele enviou um emoji pensativo. *Nada que venha à mente. Mas seu ronco é uma graça.*

Arregalei os olhos. *Eu NÃO ronco.*

Como um esquilo gripado. Ronc, ronc, aaaah.

Se continuar me zoando, vou te esfaquear de novo. E não diga "que delícia"!

Que... hã, quero dizer...

Você tem sorte de eu não ter dado um jeito de fazer meus vizinhos descreverem sua aparência para te achar com mais facilidade.

E arriscar fazer com que te olhassem estranho depois de eu dizer que era seu namorado? Sabia que não faria isso. E nem que facilitaria as coisas para si mesma. Não minta. Você está se divertindo tanto quanto eu, Aly.

Balancei a cabeça. Ele não tinha jeito. E eu estava me divertindo, mas não estava pronta para admitir isso ainda. O ego dele já parecia grande o suficiente sem minha ajuda.

Aliás, obrigada, falei. *Pelo café da manhã e pela limpeza. Não deveria ter feito isso. Literalmente, mas mesmo assim agradeço.*

Esperava uma resposta sarcástica, mas ele respondeu: *Gosto de cuidar de você.*

Merda. Não, hormônios. Não vamos ficar agitados quando o homem estranho que nos persegue faz uma coisa gentil.

Como estão os pontos?, perguntei, sem saber como responder ao comentário emocionado. Estive me forçando a evitar a lembrança de esfaqueá-lo e suturá-lo, mas não podia mais reprimir a profissional de saúde dentro de mim. Fiz tudo o que podia para evitar uma infecção, mas a verdade era que minha casa não era um ambiente esterilizado e o risco de algo dar errado era real.

Vermelho e coçando, respondeu. *E essas linhas pretas que estão indo da ferida até meu braço são normais?*

Puta merda.

Não! Você precisa ir para emergência. Agora, não tô..., comecei a digitar antes que sua próxima mensagem chegasse e parei para lê-la.

É brincadeira. Tá tudo bem. Você surtou, né?

Apoiei as mãos na bancada da cozinha e me inclinei para frente, respirando fundo enquanto tentava controlar meus batimentos cardíacos.

Eu iria encontrá-lo e daria um jeito de acertar as contas. Poderia invadir a casa dele e mudar um pouco todos seus móveis de lugar. Não de um jeito superóbvio, mas o bastante para que seu cérebro ficasse incomodado com aquilo, sabendo que havia algo de errado, e ele enlouqueceria tentando descobrir o que era. Ou talvez eu filmaria um vídeo sedutor no quarto *dele* para ele ver o que era bom para tosse.

Não. Esquece. Ele provavelmente gostaria disso, e minha intenção era punir, não recompensar.

Meu celular apitou novamente.

Aly? Ainda está aí? Ou foi em algum lugar planejar minha desgraça?

Como ele já me conhecia tão bem assim?

Ah, é. A perseguição.

Vou te pegar quando menos esperar, falei, enviando antes de perceber o duplo sentido nas palavras.

Puxa. Mas o plano era eu te pegar hoje, respondeu.

Quase engasguei.

Como eu ia sobreviver ao resto da noite com a ideia de ele me pegando ocupando tanto espaço na minha mente?

Outra mensagem chegou no meu celular, mas dessa vez era de Tyler.

Oi, Aly. Sei que provavelmente vai trabalhar essa noite, mas consegue passar aqui antes para conversar com o Josh? Ele disse que está livre.

O sorriso que tomou conta do meu rosto pareceu maníaco. O primeiro passo para encontrar o Homem Sem Rosto estava começando.

Se eu sair de casa logo, sim, respondi. *Ele pode daqui a meia hora?*

Tyler demorou alguns minutos para responder. *Ele disse que sim. Eu não vou estar aqui. Tudo bem por você? O Josh é legal.*

Tenho certeza de que vou ficar bem, respondi.

Ok. Boa sorte. Aqui está o número dele para que você possa mandar uma mensagem quando chegar.

Ele me enviou o número e salvei o contato antes de agradecer-lhe.

Voltei para minha conversa com o Homem Sem Rosto.

Quer falar mais sobre esse plano?, perguntei.

Em resposta, ele mandou um emoji de lábios com zíper, seguido por uma faca e um diabinho sorrindo.

Legal, legal.

Ou era a vez dele de aderir à *knife play,* ou planejava costurar meus lábios para que eu não pudesse contar nem ao Diabo quem havia me esfaqueado até a morte quando eu fosse para o inferno.

10

Josh

— Tem certeza de que vai ficar bem sozinho com a Aly? — perguntou Tyler da cozinha. — Posso ficar aqui se precisar.

Quão mal eu estava se meu colega de apartamento estava considerando desistir de um encontro para ficar de babá enquanto eu recebia visita?

Parei de ajeitar o notebook na mesinha de centro da sala de estar e me virei para ele.

— Vou ficar bem, desde que tenha certeza de que ela não gosta de *true crime*.

Tyler soltou uma risada irônica, cruzando os braços conforme se encostava contra a bancada.

— Não gosta — falou. — Já vê muito disso no trabalho e não entende a obsessão das pessoas. E, qual é, cara? Acha que traria uma aficionada para cá?

Franzi o cenho. Ele selecionava com quem saía pensando em mim?

— Não sabia que era tão exigente.

Tyler deu de ombros.

— Por que acha que não chegou a conhecer o Eric ano passado? Ele era fã de *My Favorite Murder*, e eles tinham acabado de fazer um episódio sobre seu pai.

Era por isso que Tyler era meu melhor amigo, apesar de todos as suas tendências a babaquice. Ele fazia o que era certo quando importava, sem eu precisar pedir.

— Então eu estive evitando todos os seus rolos sem motivo? — perguntei.

Ele abriu um sorriso sem nenhum remorso.

— Aham.

— E não pensou em me contar isso até agora por quê?

— Porque não queria enfrentar competição se alguém desse uma boa olhada em você. A última coisa de que precisamos é…

Apontei para ele.

— Não diga outra situação de Cara McKinley.

A namorada da época da faculdade de Tyler tinha sido um problemão, fazendo o possível e o impossível para ficar entre nós, mas não do jeito que ele pensava. Cara tinha "abusiva" escrito na testa. Eu tinha enxergado os sinais logo no começo e tentei alertar Tyler, mas ele não escutava.

O comportamento dela era igual ao do meu pai. Ela tentou afastar Tyler de mim e de todos na vida dele. Perdi as contas de quantas vezes a vi mentir na cara dura para manipular meu amigo, sempre tentando sair como a vítima, e constantemente distorcia os eventos e fazia gaslighting em Tyler quando ele tentava corrigi-la. Conversei com ele várias vezes enquanto namoravam, apontando o comportamento dela, mas ele se recusava a enxergar, cego pela forma como ela o bombardeava de afeto.

Então, decidi resolver as coisas sozinho. Um dia, encontrei Cara remexendo nas coisas de Tyler quando ele estava fora e coloquei-a contra a parede, encarando-a fixamente e sorrindo enquanto contava a ela quem era meu pai e dizia que, se ela não deixasse meu colega de apartamento em paz, eu faria os crimes do meu pai parecerem brincadeira de criança.

Ela saiu correndo do apartamento. Também contou a todos o que eu fiz e me denunciou para o segurança do campus, expondo meu segredo, o que acabou fazendo com que eu e Tyler desistíssemos daquela faculdade.

Eu não me arrependia, mas Tyler ainda acreditava que eu tinha afastado Cara por ela ter dado em cima de mim ou algo do gênero.

Balancei a cabeça.

— Parece que é você quem não quer me deixar sozinho com a Aly.

Ele se afastou da bancada.

— Tá de brincadeira? Se eu achasse que algo poderia acontecer entre vocês dois, encheria a entrada de pétalas de rosas, colocaria velas no apartamento todo e colocaria Marvin Gaye para tocar. Você precisa transar, cara. Está passando tempo demais sozinho no seu quarto e, no ritmo que as coisas andam, vai acabar com síndrome do túnel do carpo ou artrite precoce no pulso.

Fiquei paralisado. Ele não via problema em eu sair com a Aly? A felicidade correu pelas minhas veias. Esse era um obstáculo a menos a superar, um empecilho a menos para torná-la minha.

A segunda parte da frase de Tyler me atingiu com atraso por causa da distração, e eu revirei os olhos.

— Não fico no quarto batendo uma 24 horas por dia. — Espera, por que eu estava negando? Era melhor ele achar que eu estava viciado em masturbação do que descobrir como eu realmente estava passando meus dias ultimamente. — Só estou trabalhando muito.

Ele me olhou com suspeita.

— Se você diz.

— Você não tem um encontro? — perguntei. Ele precisava ir embora. Agora. Aly provavelmente já estava a caminho.

Tyler conferiu o relógio.

— Merda. A Sarah vai me matar se eu me atrasar de novo.

O peso no meu peito diminuiu quando ele correu até o quarto. Para que eu tivesse qualquer chance de impedir Aly de descobrir quem eu era, Tyler não poderia estar aqui.

Batuquei com os dedos na mesinha de centro enquanto ouvia ele se arrumar.

Anda logo. Seu cabelo está ok. Para de se pentear em frente ao espelho.

O fato de eu saber o que ele estava fazendo sem precisar vê-lo provavelmente era um indício de que estávamos morando juntos há tempo demais.

Ele voltou alguns minutos depois, vestindo um *caban* preto estiloso com o a gola levantada, e parou no meio da sala de estar. Uma ruga apareceu entre suas sobrancelhas conforme ele me observava.

— Certeza de que vai ficar bem?

— Dá o fora logo — falei, mais grosseiro do que pretendia. Eu estava ficando sem tempo.

Ele me lançou um olhar impassível.

— Ok, mas se algo der errado, me liga.

Dispensei-o com um aceno e ele saiu do apartamento, parecendo irritado. Eu teria que achar alguma forma de me desculpar depois.

No momento em que a porta se fechou atrás dele, pulei do sofá e desliguei o aquecedor antes de correr para abrir todas as janelas da casa. Mantive minha mão ferida escondida de Tyler, mas isso não funcionaria com Aly porque eu precisaria de ambas para digitar. Tinha certeza de que já estava em sua lista de suspeitos — era uma adição óbvia, considerando que ela me conhecia e eu era bom com tecnologia — então teria que ser criativo para acabar com suas suspeitas. Para isso, passei a última hora desenvolvendo um plano com prazer.

Quem diria que stalkear e trapacear era tão divertido?

Hã, seu pai? Meu cérebro fez questão de responder.

Parei o que estava fazendo e estremeci. Precisava achar um jeito de calar meu subconsciente. Ele não parava de se meter nos momentos mais inapropriados para apontar defeitos no meu raciocínio ou criar comparações entre mim e o monstro que contribuiu com metade do meu DNA.

E daí que eu tinha algumas características em comum com ele? Desde que não fossem as ruins, qual era o problema? Afinal, eu também tinha herdado a tendência da minha mãe de pensar demais sobre as coisas e ultimamente isso estava me atrapalhando mais do que qualquer merda que eu possa ter herdado do meu pai.

Balancei a cabeça e voltei a atenção ao termostato, vendo a temperatura cair para menos de 15 graus. Quando chegou aos 13 graus, fechei as janelas novamente. Pronto. Isso deve resolver. Frio o bastante para precisar de camadas de roupas, mas não tanto para fazer Aly tremer.

Nosso termostato ficava na entrada, onde ela poderia ver que eu tinha desligado, então peguei um retrato meu, do meu padrasto e da minha mãe que ela tinha me enviado da minha visita no verão passado e o pendurei em frente ao termostato para cobri-lo. Não foi minha melhor obra, mas dava para o gasto.

O apartamento era um grande retângulo, e a porta para o meu quarto ficava à direita do hall de entrada. A partir de lá, o espaço se expandia, com a cozinha à esquerda e a sala de estar à direita, ladeada por janelas enormes que existiam desde quando esse prédio era uma fábrica. O quarto de Tyler ficava em frente ao meu, e por ficarmos tão separados, era de se esperar que eu não ouvisse o que acontecia lá. Infelizmente, o espaço aberto entre nós funcionava como uma espécie de câmara de eco sexual, os tijolos expostos e dutos de ventilação transmitindo cada gemido e grunhido diretamente ao meu quarto.

Três noites atrás, eu levantei o olhar da tela do computador e falei.

— Mais um pouco. Só mais um pouco. Agora. — Logo antes de Tyler soltar um grunhido alto e o apartamento ficar em silêncio.

Estremeci com a lembrança, desejando poder esquecer os sons que meu colega de apartamento fazia antes de gozar.

Definitivamente já estávamos morando juntos há tempo demais.

Voltei a atenção para o chão e procurei por qualquer coisa que pudesse ter deixado passar quando limpei mais cedo. Tyler costumava deixar as meias espalhadas, mas vinha fazendo isso cada vez menos. Outro dia ele tinha reclamado que estava ficando sem meias e que achava que de alguma forma elas estavam ficando presas na secadora. Não estavam. Eu estava jogando-as fora para tentar acabar com esse costume.

Maldade? Talvez. Porém, segundo a lousa que ficava ao lado da minha mesa, fazia cinco dias desde a última meia deixada no chão da sala — novo recorde! — então eu não ia parar.

Andei de um lado para o outro no meu quarto e peguei um moletom e luvas sem dedos. Eu já planejava usar as luvas para esconder as tatuagens da minha mão, mas, com os pontos, elas eram duplamente necessárias agora.

Dois celulares estavam lado a lado na minha cama. Eu me certifiquei de que o descartável que eu usava para mandar mensagens para Aly estava no silencioso, deixei-o ali, peguei o meu oficial e saí do quarto. Só para o caso de Aly dar uma de bisbilhoteira quando chegasse, tranquei a porta atrás de mim.

Eu estava o mais preparado possível, então por que estava surtando? Sim, estava ansioso, e queria brincar mais com a Aly, mas também estava nervoso. Será que era porque uma garota de quem eu gostava estava vindo me visitar pela primeira vez e eu queria que tudo fosse perfeito?

Não.

Sim?

Refleti a respeito. Sim, era. Porque, pelo jeito, eu estava voltando a ser um adolescente por causa da Aly, e o fato de eu ficar duro sempre que pensava nela só confirmava isso.

Eu tinha escolhido uma camiseta um tamanho maior porque ficava comprida o bastante para esconder o contorno óbvio da minha ereção contra os meus jeans. Eu tinha passado a maior parte do dia excitado porque sempre que parava por mais do que meio segundo, meus pensamentos voltavam-se para a noite passada e para a lembrança de Aly subindo e descendo no meu colo conforme adorava meu pau.

Caralho, aquela mulher pagava um bom boquete, e isso mesmo depois de me dizer que aquele era um ângulo ruim. Do que ela seria capaz se eu deitasse em frente a ela e deixasse-a fazer o seu melhor?

Provavelmente me estragaria para todas as outras mulheres. Não que eu fosse reclamar.

Meu celular apitou na minha mão.

Respirei fundo. Era isso.

Olhei para baixo e, como esperado, era uma mensagem da Aly. Ela tinha acabado de estacionar e estava subindo.

Coloquei as luvas e o moletom e fui esperá-la em frente à porta. Meus dedos tamborilavam impacientes contra a coxa e não pude deixar de bater o pé. Eu tinha ido correr mais cedo para me livrar do nervosismo, e mesmo tendo me esforçado até a exaustão, não foi o suficiente. Eu estava tenso, extremamente alerta e duro feito pedra.

Aly estava prestes a ficar ao meu alcance e eu não poderia encostar nem um dedo nela. Seria torturante. A única coisa que me fazia superar era saber que compensaria isso depois. Apesar do que eu tinha falado antes, eu ainda planejava ir atrás dela. Depois de uma pequena punição pela facada, é claro. Só esperava ter conquistado a confiança dela o bastante noite passada, e que ela não corresse atrás de uma arma quando me encontrasse sentado em seu quarto coberto de sangue e segurando uma faca.

Uma batida soou na porta. Respirei fundo, me preparando, e a abri.

Aly estava no corredor, com um uniforme limpo e a mesma jaqueta da noite anterior. Seu cabelo escuro estava preso em uma trança comprida e ela usava maquiagem leve.

Ela estava olhando para frente quando abri a porta, então seu olhar caiu no meu peito. Fiquei completamente parado conforme eles se arregalavam um pouco e subiam lentamente, lançado uma olhadela para a largura dos meus ombros, demorando-se no meu maxilar e, por fim, encontrando os meus. Suas pupilas dilataram-se ligeiramente e uma leve coloração surgiu em suas bochechas.

Será que Aly estava com tesão? Ela tinha me achado atraente?

Eu me senti ao mesmo tempo eufórico e um pouco traído. É, esse era um sentimento estranho. Estava com ciúmes de mim mesmo. Por quê? Não era como se a minha versão mascarada tivesse qualquer direito sobre ela. Ela era uma mulher cheia de vida com olhos atentos. Podia sentir atração por quem quisesse. Eu deveria considerar isso como algo bom. Quando ela acabasse descobrindo quem eu era, seria um bônus se sentisse atração por mim.

Abri um sorriso, me deleitando com o rubor que se intensificava em seu rosto. Ah, é, com certeza estava atraída por mim.

— Você é a Aly, certo? — perguntei, estendendo a mão direita para ela que, por acaso, era a que estava machucada. Precisava dar um jeito de sair da lista de suspeitos dela, e essa era uma ótima maneira de começar.

Ela baixou o olhar e franziu o cenho, percebendo as luvas.

— Sim, mais uma vez, obrigada por me ajudar.

Os olhos dela se estreitaram ao colocar a mão na minha, e eu me preparei antes de nos cumprimentarmos. Se tinha algo que eu sabia sobre ela, e sabia muito graças à quantidade de tempo que passei a assistindo, ela estava prestes a morder a isca.

Como esperado, seus dedos apertaram os meus na primeira subida, e quando abaixamos as mãos novamente, ela estava me apertando com muito mais força do que o necessário.

Minha mão queimava para cacete, a dor subindo pelo braço. Um choramingo formou-se no fundo da minha garganta, mas nem pensar que eu o deixaria escapar, porque ou ela perceberia que me machucou ou reconheceria o som lamentável de mais cedo.

Sorri apesar da dor.

— Aperto de mão forte. Está tentando me intimidar para que eu fique quieto sobre tudo isso?

Os olhos dela se arregalaram ao perceber que, se eu não fosse o stalker mascarado, ela estava cortando a circulação de um homem inocente. Ela me soltou e deu um passo apressado para trás.

— Não, desculpa, eu só...

Levantei uma sobrancelha, esperando-a terminar a frase.

Ela abriu a boca. Fechou-a novamente. Aly estava constrangida? Ah, isso era bom demais para ser verdade. Meu coração cruel e depravado comemorou ao vê-la procurar um jeito de se desculpar pelo seu comportamento. Eu iria atormentar essa mulher para caralho, e seria tão divertido.

— Só... desculpa. — Terminou sem graça e virou o rosto.

Senti compaixão por um momento e dei um passo para o lado, abrindo mais a porta.

— Pode entrar.

— Obrigada — falou ela, passando por mim.

— Desculpa se estiver frio. O aquecedor parou de funcionar há um tempo e não quer voltar. Liguei para o zelador e ele disse que está resolvendo.

O olhar dela se voltou para minhas luvas.

— Ah, por isso as luvas.

— Aham. Se ficar com frio, tenho mais alguns pares de sobra.

Ela sorriu, ainda parecendo com vergonha pela imitação de jiboia.

— Eu te aviso. Obrigada.

Fechei a porta atrás dela e fui até a cozinha.

— Aceita um café?

— Claro.

— Com creme, certo?

Ela ficou quieta, provavelmente se perguntando como eu conhecia sua preferência no café. Observando-a, é claro, mas eu já sabia há mais tempo, e essa revelação deveria deixá-la tão confusa quanto.

Virei-me e abri um sorriso, largo o bastante para fazer minhas covinhas aparecerem. Seu olhar voltou-se para elas e perderam o foco por um instante, e eu agradeci por minha camiseta e moletom grandes esconderem a forma como meu pau respondeu. Eu sabia que era atraente, o efeito que causava nas pessoas. Até aquele momento, sempre odiei como era bonito, porque isso fazia eu me lembrar do quão fácil deve ter sido para meu pai seduzir suas vítimas.

Pela primeira vez em muito tempo, fiquei grato pela minha aparência porque a garota dos meus sonhos parecia sacudida por ela, pega desprevenida porque não conseguiu me ver bem quando nos conhecemos e não sabia que o colega de apartamento de Tyler poderia muito bem estar no elenco do próximo filme do Super-Homem.

— Lembro do jeito que você gosta de tomar por causa da última vez que veio aqui — falei, completando com uma piscadela para ver se conseguia fazê-la corar.

Como esperado, o rosa que sumia de suas bochechas voltou com tudo.

— Tomar? — perguntou, percebendo o duplo sentido das palavras. Seus olhos se arregalaram quando ela olhou para o quarto de Tyler, e vi as engrenagens rodando em sua mente, perguntando-se o quanto eu tinha escutado aquela noite.

— Sim, seu café — respondi em um tom de voz inocente, a expressão tanto quanto ao olhar para ela.

Ela respirou fundo e virou-se.

— Ah, sim! — soltou. — Com creme está ótimo. Eu vou me sentar ali.

O colega de quarto de seu ex-ficante estava flertando com ela, e ela *não* sabia o que fazer a respeito. Eu estava rindo por dentro. Talvez pudesse deixá-la tão desnorteada que esqueceria por que estava aqui.

Mas eu deveria ter previsto que não seria tão fácil.

Quando o café ficou pronto e fui até ela com nossas xícaras, ela já tinha retomado o controle sobre si mesma, voltando a ser a mulher séria e competente a quem eu assistia quase todas as noites. Deve ter sido apenas a surpresa que a atordoou no início.

— Obrigada de novo — falou quando lhe entreguei o café. — Sei que pedir para que encontre alguém para mim é meio estranho, então agradeço sua ajuda. Tem certeza de que não preciso te pagar?

— Sim. O desafio já é remuneração o bastante.

Dessa vez, fui eu que fiquei desconcertado ao olhar em seus grandes olhos castanhos. De perto, era possível ver traços cor de âmbar e de topázio entre os tons mais escuros. Suas sobrancelhas eram grossas, um ou dois tons mais escuros do que o cabelo, e arqueadas como uma das mulheres de uma pintura renascentista.

Só não olha para a boca dela, disse a mim mesmo.

Tomei um gole de café como desculpa para desviar o olhar antes que cedesse à tentação. Observar a boca de Aly seria arriscado porque me faria lembrar do que aqueles lábios tinham feito comigo recentemente, e meu pau já estava duro o bastante.

Coloquei o café em um porta-copos e abri o notebook. A tela se acendeu, exibindo o logotipo da empresa para a qual eu trabalhava. Eu tinha limpado a máquina antes, removendo qualquer vestígio de Aly para o caso de precisar ir ao banheiro e ela resolver sair explorando.

— Por que quer encontrar essa pessoa? — perguntei. — Tyler não foi muito claro.

— É culpa minha. Não quis entrar em detalhes com ele — falou.

Olhei para ela, que matinha o olhar fixo na minha tela. Esperei um segundo, mas ela não continuou. *Sério, Aly? Não vai contar nem para o cara que vai te ajudar a encontrar o que quer?* Tudo bem. Já que ela se negava a ser direta, teria que arrancar a informação dela de outra forma.

— Tá bom, então — falei. — Você pelo menos sabe por onde começar? Tem um nome ou endereço?

Ela respirou fundo e pegou o celular.

— Por favor, não me julgue pelo que estou prestes a te mostrar.

Observei-a desbloquear a tela, prestando atenção na senha — é claro — e esperei ela abrir o aplicativo da rede social, encontrar meu perfil e mostrá-lo para mim.

Olhei para o celular e de volta para ela.

— Quer que eu encontre esse cara para você?

Ela assentiu.

— Você não é uma fã obcecada tentando descobrir onde ele mora, certo? Porque stalkear é crime, Aly — falei em um tom de voz completamente sério, e precisei de toda a minha força de vontade para não deixar a felicidade transparecer no meu rosto.

Suas bochechas queimaram novamente, mas dessa vez pareceu ser irritação, e não de tesão.

— Eu sei que é crime. É outra pessoa que não sabe respeitar a privacidade — murmurou.

Não ria, não ria, não ria.

— Ah é? — perguntei.

— É uma história longa e maluca, e não quero contá-la para praticamente um estranho.

Ai.

Ela levantou o olhar e teve a decência de parecer arrependida.

— Sem ofensas.

— Não ofendeu — respondi. — Só estou com medo de isso acabar comigo sendo acusado de cúmplice no assassinato de alguém.

Ela soltou uma risada de desdém.

— É com o meu assassinato que deveria se preocupar.

Ela estava falando sério? Ainda achava que eu poderia machucá-la? Merda, então eu não tinha feito o bastante para tranquilizá-la, no fim das costas. Talvez eu devesse mudar os planos de hoje à noite e deixá-la no comando novamente. Ela pareceu ter gostado na noite passada.

— É sério? — perguntei, porque era isso que uma pessoa não envolvida e preocupada faria. — Acha que ele vai te matar?

Ela bufou.

— Não. Quer dizer, espero que não. — Ela colocou a cabeça entre as mãos. — Que saco, estou fazendo isso parecer tão pior do que é. — Ela levantou a cabeça e me olhou com uma expressão suplicante, e eu decidi que daria qualquer coisa a ela naquele momento. Minha ajuda. Minha lealdade eterna. A senha da minha conta de investimentos e todo o dinheiro que havia nela.

— Se eu achasse que estava mesmo em perigo, teria ido à polícia — disse ela. — Esse cara só está brincando comigo, na maior parte de uma forma inofensiva, e eu gostaria de me vingar.

Continuei fingindo ser um desconhecido preocupado.

— Não sei, não. Isso parece ser algo com que as autoridades deveriam lidar.

Ela balançou a cabeça.

— Não. Quero resolver do meu jeito. Vai me ajudar ou não? — Ela colocou a mão sobre a minha, a direita, percebi, e apertou mais uma vez. — Vou entender totalmente se achar que é estranho demais.

Ai, ai, ai.

Mantive a expressão impassível ao responder.

— Vou te ajudar, mas, por favor, entre em contato com a polícia se as coisas piorarem ou no caso de se sentir ameaçada.

Ela abriu um sorriso, apertou minha mão mais uma vez, com mais força, obviamente procurando por sinais de desconforto, e então soltou.

— Pode deixar. Obrigada.

Ela pareceu quase decepcionada por eu não ter vacilado ao assentir e voltar a atenção para o notebook. Ela queria que fosse eu?

Será que achou que eu facilitaria tanto as coisas?

Fiz questão de entrar no meu perfil da rede social em um navegador e deixar a página do lado esquerdo da tela. Depois, abri um programa de codificação, coloquei-o à direita, copiei e colei meu nome de usuário em uma das linhas de código e apertei *enter*. Números e letras começaram a surgir no lado direito da tela conforme o programa trabalhava.

Era impressionante para caramba, como algo tirado de um filme de espião, mas na realidade, eu não tinha feito nada. Eu não iria me sentar ali e rastrear a mim mesmo, e também não tinha substituído meu bode expiatório por alguém mais perto. Se Aly estivesse levando a vingança a sério, isso poderia significar que invadiria a casa de alguém, e jamais a mandaria para o endereço de um desconhecido se esse fosse o caso.

Eu teria que achar um jeito de enrolar, dizer a ela que o hacker era muito bom — e, sem querer ser presunçoso, realmente era —, tinha se esforçado demais para apagar os rastros, e se eu tentasse encontrá-lo, arriscaria ser pego e hackeado também.

— É só isso? — perguntou Aly. — Só colocou isso aí e o programa faz tudo para você?

— Bem que eu queria que fosse tão fácil, mas não — respondi. — Isso é só para descobrir qual endereço de IP ele usou para criar a conta.

A partir de então, entrei em detalhes sobre o quanto de trabalho seria necessário para rastrear alguém. O rosto dela assumiu uma expressão de desapontamento conforme eu falava. Ótimo. Torcia para que estivesse repensando essa ideia maluca.

— Então não vai conseguir achar uma solução antes de eu ir embora em... — Ela deu uma olhada no relógio. — Vinte minutos?

— Não. Sinto muito — respondi. — Como é ser uma enfermeira de trauma? — continuei, porque não consegui me segurar. Era a primeira vez que eu conversava com Aly, e apesar da frequência com que a observava, continuava desesperado por informações. Existia um limite na quantidade de informações que se poderia conseguir através de uma câmera. Eu tinha memorizado suas expressões e aprendido a interpretar seu humor, mas não sabia o que a fazia vibrar, não sabia como realmente se sentia em relação a tudo o que a via enfrentar.

— Ah — falou, parecendo um pouco surpresa pela mudança de assunto repentina. — É... não sei exatamente como descrever. Bom não é a palavra certa. Acho que gratificante descreve melhor.

Olhei para seus lábios, sem conseguir me conter. Há menos de um dia, eles tinham se aberto ao redor do meu pau. Há menos de um dia, eu tinha gozado dentro daquela boca deliciosa.

Levantei o olhar e voltei a prestar atenção em suas palavras antes que fizesse algo idiota.

— É muito desafiador às vezes — disse ela. — As partes ruins são realmente ruins, mas as partes boas são igualmente boas. Nada se compara à emoção de salvar a vida de alguém.

Assenti.

— Imagino. O que fez você escolher a enfermagem?

Ela fez contato visual comigo e voltou a atenção para as letras que surgiam na tela.

— Minha mãe, mas prefiro não entrar em detalhes. Foi mal.

— Sem problemas — falei. Merda, tinha tocado em um ponto delicado. Precisava nos colocar de volta em um terreno seguro. — Quer mais café? — Ela tomava pelo menos uma jarra por noite, e a xícara parecia precisar ser preenchida.

Ela a ofereceu para mim.

— Sim, por favor.

Fui para a cozinha e nos servi de mais. Aly estava digitando algo no celular quando me virei, e vi ela apertar uma última tecla e depois olhar na direção do meu celular, que estava ao lado do meu notebook, como se esperasse algo. Ela tinha me enviado uma mensagem? Para a minha versão mascarada?

Se sim, receberia uma resposta vaga e levemente provocativa em três, dois, um...

O celular dela apitou, e ela pareceu decepcionada por meio segundo, até que leu a mensagem e abriu um sorriso, balançando a cabeça como se tivesse achado engraçado, mesmo sem querer. Conhecia bem a expressão. Era a que tinha feito praticamente o tempo todo na noite anterior.

Ela enviou outra mensagem enquanto eu voltava para a sala de estar com nossas xícaras, sorrindo ainda mais quando a próxima resposta chegou.

O programa de resposta automática que eu tinha instalado no meu celular descartável era bem sofisticado. Era capaz de manter toda uma conversa paqueradora/engraçadinha com ela sem mim, mas eu esperava que ela não insistisse muito nisso. O programa era bom, mas não era perfeito e ela parecia ter finalmente parado de desconfiar de mim. Josh, quero dizer. Afinal, não tinha como eu ser seu admirador mascarado se ele estava respondendo às suas mensagens, certo?

— Obrigada — disse ela, deixando o celular de lado para pegar o café. Ela parecia mais relaxada do que antes, como se tivesse baixado a guarda agora que não suspeitava mais de mim.

Muah há, há, há, há.

Meu plano maligno estava funcionando.

Primeiro passo: fazer Aly baixar a guarda. Segundo passo: comê-la nesse sofá.

Ah, não, espera. Acho que pulei alguns passos.

Mas, caramba, a tentação era forte. A Aly tranquila era quase tão atraente quanto a Aly brava, e eu tinha que me forçar a parar de encará-la em vez de fingir que estava observando meu programa falso de hacking fazer sua mágica.

Infelizmente, ela não parecia ter tal escrúpulo, e eu podia sentir seu olhar como um toque físico conforme me assistia observando a tela. Antes, estava com medo de que minha necessidade por ela estivesse ligada aos nossos fetiches em comum, e que sem uma máscara entre nós, o tesão diminuiria. Deveria ter sido mais esperto. Eu a desejava no momento tanto quanto na noite anterior, e pela forma como ela me encarava tão intensamente, estava começando a desconfiar de que era recíproco.

Continua assim, linda, pensei, *e espera pra ver se não vou me revelar aqui mesmo para poder ceder a essa vontade de arrancar a calça do seu uniforme e...*

— Como é ser um programador? — perguntou.

Limpei a garganta e mexi os quadris, tentando colocar minha ereção para o lado para que ela não pressionasse contra o zíper. Ela estava só jogando conversa fora ou queria mesmo saber?

Tomei um gole de café e me recostei, arriscando um olhar para ela. Parecia realmente interessada.

— É parecido com o que você descreveu da enfermagem. Desafiador e gratificante, mas de formas diferentes.

— O que fez você escolher essa área?

Desviei o olhar dela com relutância — estava encarando sua boca novamente e quase não ouvi a pergunta. Assim que processei suas palavras, senti um frio na barriga. Eu já estava brincando o bastante com ela e não queria adicionar mentiras além disso, então escolhi contar uma meia-verdade.

— Meu pai não era um homem bom. Ele tentou encontrar a mim e minha mãe quando nos afastamos dele. O motivo para eu começar a programar foi para que pudéssemos nos esconder dele na internet.

— Ah, puxa — disse ela. — Sinto muito.

Balancei a cabeça.

— Não precisa. É coisa do passado. Estamos livres dele agora. — O mundo todo estava, graças à sua execução sancionada pelo Estado. — Vamos falar de algo mais leve — falei. — Se estivesse trancada em uma sala lotada de aranhas, preferiria que as luzes estivessem acesas ou apagadas?

Aly inclinou-se na minha direção até que eu não tivesse escolha além de voltar a olhar para ela.

— Isso é mais leve? — perguntou, a sobrancelha levantada em preocupação.

Seus olhos eram tão bonitos de perto assim.

— Do que o meu pai? Sim.

Ela se recostou.

— Acesas, eu acho. Assim eu veria as aranhas se aproximando. E você?

Assenti.

— Eu também.

— Preferiria ficar preso sozinho no espaço ou no fundo do oceano?

— Os dois são péssimos. No espaço.

— Eu também, mas por quê?

Abri um sorriso.

— Estou contando com a possibilidade de um resgate alienígena.

Ela sorriu de volta, seu olhar desviando-se novamente para minhas covinhas e ficando levemente desfocado.

Meu coração começou a bater com tanta força que sacudiu minha caixa torácica. Quando foi a última vez que fiz isso? Sentei-me e parei para conversar com uma mulher? Não me lembrava de já ter me sentido tão à vontade perto de uma, pelo menos não na vida adulta. Uma parte de mim sempre ficava tensa, esperando que descobrissem quem eu era e que isso arruinasse tudo. Talvez eu devesse ter sentido isso com Aly, mas Tyler não era um mentiroso, e se ele disse que ela fugia de conteúdo de *true crime* como o diabo foge da cruz, era verdade.

— Preferiria mudar de gênero toda vez que espirra ou não saber a diferença entre um bebê e um bolinho? — perguntei.

Ela deu risada, jogando a cabeça para trás e quase derramando a bebida.

— A segunda opção é perturbadora. Escolho mudar de gênero. Parece divertido.

Assenti.

— Eu também.

Uma expressão travessa tomou conta de seu rosto, e seu olhar desceu para no meu colo.

Também olhei para baixo, mas a barra do moletom ainda escondia o que acontecia embaixo.

Ela fez contato visual comigo, seu olhar penetrante.

— Preferiria ejacular um esperma do tamanho de um girino sempre que goza ou cem do tamanho normal, mas que conseguem falar?

Inalei uma quantidade enorme de café e logo comecei a engasgar. Aly deu tapinhas nas minhas costas enquanto eu me inclinava para frente, tossindo enquanto meus pulmões tentavam expelir o líquido.

— Foi mal — disse ela. — Deveria ter esperado até você ter engolido. Já peguei bastante gente desprevenida com essa.

— É uma pergunta realmente impossível — ofeguei.

Ela parou de dar tapinhas e passou a acariciar minhas costas, e decidi ficar bem onde estava até que ela decidisse parar.

— Eu sei. Porque, por um lado, ai. Por outro, você nunca conseguiria se livrar deles. — Ela deixou a voz muito mais aguda, parecendo um esquilo. — Nãããão. Não nos jogue na privada, Josh. Estamos vivooos.

ALY TINHA IDO EMBORA há quase oito horas e eu estava desesperado para vê-la pessoalmente mais uma vez. Eu a tinha declarado vencedora do nosso jogo improvisado de Você Preferiria depois de ela quase me fazer engasgar até a morte de novo perguntando se eu preferiria chorar pedregulhos ou suar água de picles.

A tela do meu computador mostrava que ela estava ocupada no trabalho, ainda lidando com as consequências do tiroteio em massa. Outra vítima tinha sucumbido aos ferimentos durante o dia, e os noticiários e políticos locais estavam trabalhando horas extras para trazer ou afastar a atenção do acontecido, dependendo de seus interesses.

Minha mãe tinha me ligado apavorada mais cedo. Ela não assistia ao noticiário hoje em dia, não que alguém pudesse culpá-la, considerando seu passado, mas alguém tinha lhe contado sobre a tragédia, e ela não teve notícias minhas, então sua mente logo voltou-se para o pior cenário possível.

O pequeno soluço que ela soltou quando eu atendi o telefone foi como uma facada no meu coração e eu decidi ligar para ela e Rob, meu padrasto, com mais frequência.

Conversamos um pouco depois que ela se acalmou, e quando perguntou se eu estava saindo com alguém, com um tom de voz esperançoso, cedi e contei um pouco sobre a Aly. Nada de mais — minha mãe provavelmente me internaria por precaução se soubesse como eu estava agindo —, mas que eu estava vendo uma pessoa, ainda era recente e que ela era uma enfermeira de trauma que estava ajudando as vítimas do tiroteio.

— Ela parece ser uma boa pessoa — disse minha mãe. — E pelo jeito, você gosta mesmo dela. Nem consigo me lembrar da última vez que me contou sobre alguém.

Podia, sim, mas nenhum de nós queria pensar em como aquele relacionamento acabou. Minha namorada da época do colégio desaparecera por cinco dias depois da nossa formatura. Fui preso no segundo dia e fiquei em uma cela até ela reaparecer na casa dos pais. Ela tinha resolvido fazer uma viagem de carro com a melhor amiga e não se deu ao trabalho de contar a ninguém.

Os policiais me liberaram com um pedido de desculpas, mas mesmo assim, minha mãe publicou um artigo de opinião furioso no jornal, arrumou nossas malas e nos colocou na estrada. De novo.

Só esperava que meu relacionamento com a Aly terminasse de um jeito melhor. Ou ainda que nem terminasse.

Voltei a atenção para a tela do computador. Aly estava em frente ao posto de enfermagem, rindo com os colegas. Fiquei feliz em ver que conseguiam rir mesmo em meio a tanto estresse. Bom, provavelmente essa era a estratégia de enfrentamento que mais usavam.

Cometi o erro de abrir as câmeras do estacionamento de ambulâncias quando começaram a trazer as vítimas na outra noite, e isso foi a última evidência confirmando que eu e meu pai éramos diferentes de uma maneira essencial: sangue de verdade e mortes me apavoravam. Só dei uma olhada na vítima mais ferida e comecei a regurgitar. E o que a Aly fez?

Subiu na maca e substituiu o paramédico exausto que fazia uma massagem cardíaca no paciente para que seu coração continuasse funcionando.

Ela era fodona, e eu esperava que seus pacientes dissessem isso a ela pelo menos uma vez a cada hora.

Pisquei ao assisti-la se despedindo de alguém e virar-se para percorrer o corredor. A piscada deve ter durado um minuto inteiro porque ela tinha sumido da câmera quando abri os olhos novamente. Merda, eu estava exausto. Tentei tirar um longo cochilo depois de ela sair do apartamento, mas acordei depois de poucas horas, a necessidade de vê-la me arrastando de volta para a mesa do computador.

Faria outra garrafa de café em um segundo. Isso me manteria acordado. Pelo menos até Aly sair do trabalho. Então, a ansiedade e a adrenalina tomariam conta de mim, e eu ficaria completamente desperto novamente.

Recostei-me na cadeira e deixei minha mente vagar para tudo o que eu planejava fazer com Aly mais tarde. Meus olhos se fecharam para imaginá-la melhor deitada embaixo de mim, os braços acima da cabeça, os seios balançando.

Caramba, era a visão do paraíso.

Um alarme estridente me tirou do meu devaneio. Merda, será que algo tinha acontecido no hospital novamente?

Levantei-me com tudo, horrorizado ao ver que meu quarto estava vários tons mais claros do que quando fechei os olhos. Porque o sol estava nascendo.

Devo ter caído no sono.

O alarme vinha do meu celular. A câmera da porta da frente de Aly estava registrando muitos movimentos. Trouxe o celular mais para perto e a vi descendo do carro. Na garagem.

Ela já tinha chegado em casa, e eu não estava lá esperando por lá.

Inferno do caralho!

Afastei meu computador, peguei a mochila cheia de surpresas, a chave do carro e saí correndo porta afora.

11

ALY

JOSH ERA O HOMEM SEM ROSTO. Não sabia como, mas eu tinha certeza.

Assim que ele abriu a porta do apartamento, a convicção me atingiu como um soco no estômago. Ele já estava quase no topo da minha lista de suspeitos — eu o conhecia, ele era bom com computadores e tinha o tipo físico certo — mas vê-lo na minha frente só confirmou.

Não fazia ideia de como ele conseguiu manter o rosto impassível enquanto eu apertava sua mão com força, mas nenhum traço de dor transpareceu em sua expressão. Estava me sentindo péssima por isso agora. Deve ter doído pra cacete. Torcia para que os pontos não tivessem sido afetados. Eu havia mandado uma mensagem com instruções para limpeza e curativos, então se sangrasse depois, ele provavelmente saberia dar um jeito sozinho.

Além das luvas extremamente suspeitas, algo sobre o seu jeito me lembrava o Homem Sem Rosto. Ele se mostrou tão preocupado e sincero ao me dizer que stalkear era ilegal. Superficialmente. Mas um brilho em seu olhar enquanto falava fez com que eu sentisse que, por dentro, ele estava adorando me ver estremecer de constrangimento.

Decidi ignorar outras coisas que indicavam sua inocência. O fato de que seu cheiro estava diferente. No lugar do aroma fresco de sabonete, seu perfume era forte e inebriante: cedro com magnólia. Também se movia de forma mais relaxada. O Homem Sem Rosto espreitava. Josh rondava. Mas o maior indício de todos foi quando mandei uma mensagem para o meu stalker mascarado, esperando que o celular de Josh se acendesse na mesinha de centro e, no lugar disso, recebi uma resposta.

Estou um pouco preocupada com os seus planos para mim, enviei.

Os de longo ou curto prazo? Os dois deveriam te preocupar, mas de formas diferentes.

Sorri e balancei a cabeça. *De curto prazo.*

Ele respondeu com um GIF de um vilão de desenho animado rindo malignamente enquanto raios caíam no fundo, e levantei a cabeça bem a tempo de Josh me entregar o café. Josh, que estivera na cozinha sem celular, então ele tinha que ser inocente, certo?

Errado. Eu não ia cair nessa. A parte primitiva do meu cérebro havia observado o Homem Sem Rosto junto com a parte mais evoluída, viu Josh e *soube*, identificando os sinais sutis que eu não conseguia nomear.

E se Josh era tão inteligente quanto Tyler alegava, ele teria previsto que eu mandaria uma mensagem para ele e faria um de seus amigos hackers responder em seu lugar, ou teria descoberto um jeito de me dar respostas automáticas de uma forma crível.

Fiquei com vontade de tirar uma foto dele escondida para mostrar a Wendy, mas hesitei por dois motivos. O primeiro era pela chance remota de eu estar errada. Como eu explicaria o fato de mostrar a ela a foto da pessoa que eu pensava ser meu "amorzinho" se ela me olhasse estranho e dissesse que aquele não era o cara que conheceu? O segundo era porque parecia fácil demais. Quase como se eu estivesse trapaceando. Meu orgulho estúpido me fazia descobrir isso sozinha. Queria vencer o Homem Sem Rosto em seu próprio jogo, e é por isso que passei na loja de armas depois que saí da casa de Josh e comprei um dispositivo de rastreamento. Assim que tivesse a chance, o colocaria em um dos bolsos do Homem Sem Rosto e veria aonde ele iria.

Torcia para que fosse para o apartamento de Josh e Tyler, simplesmente porque queria que Josh fosse o Homem Sem Rosto. Eu me sentiria menos culpada em relação a como meu corpo reagiu a ele. No segundo em que o vi quando ele abriu aquela porta, o tesão tomou conta de mim. Porque, caralho, ele era gostoso. Não do tipo que você vê andando por aí como o resto de nós, plebeus. Seu rosto era feito para as telas de cinema ou para as capas de revista.

E quando ele sorriu e as covinhas apareceram? Causou minha ovulação. Não tinha como me convencer do contrário. Não depois de eu ficar ali encarando-o enquanto meus ovários colocavam a roupa de guerra e jogavam seus óvulos metafóricos no homem.

Eu não fazia ideia de como consegui manter a calma durante toda aquela visita quando tudo o que eu queria era jogá-lo no sofá e arrancar sua camisa para dar uma boa olhada em suas tatuagens. E depois continuar arrancando suas roupas até tê-lo deitado pelado embaixo de mim.

Merda, eu precisava transar. Fazia tanto tempo que só meus dedos e o vibrador já não estavam dando conta. Eu havia me masturbado no banho depois que o Homem Sem Rosto foi embora essa manhã, mas não aliviou quase nada da tensão. Eu precisava de um pau em mim, precisava das mãos de outra pessoa no meu corpo. Estava sedenta por contato físico, ansiando por um toque. Era isso que acontecia quando alguém ficava muito tempo sem contato físico. Claro, eu colocava as mãos em outras pessoas todos os dias, mas era raro alguém me tocar de volta, e certamente não da forma que eu almejava.

Será que "almejava" era uma palavra boa o suficiente para o que eu sentia a essa altura? Não parecia. "Necessitava" era melhor, mas ainda não era bem isso. O que eu queria estava mais perto de uma possessão. Queria que alguém me possuísse, de corpo e alma. O Homem Sem Rosto tinha potencial para isso. Josh também. A forma como ele se encostou contra a bancada da cozinha e piscou para mim, seus olhos escuros ardentes, indicava um homem que sabia o que queria, e era algo que o faria ser excomungado da maioria das religiões. Havia algo perverso e ao mesmo tempo brincalhão em seus olhos, como se ele pudesse transformar sua descida ao inferno na coisa mais divertida do mundo.

Estava decidido. Até que fosse provado o contrário, o Homem Sem Rosto e Josh eram a mesma pessoa. Eu não conseguia chegar a outra explicação do porquê a atração que meu corpo sentiu por Josh foi tão instantânea e forte. E não foi só o meu corpo que se sentiu atraído por ele, mas também minha mente. Foi tudo tão simples entre nós. Nos conectamos de uma forma que eu não me conectava com outra pessoa há muito tempo. Não queria que aquela brincadeira de Você Preferiria acabasse nunca, e quando o fiz engasgar e pude acariciar suas costas? Estava no céu.

Algo sobre a sensação de músculos firmes mexia mesmo comigo, e não só porque era atraente, mas por causa da quantidade de esforço e intensidade necessários para tê-los. Indicava alguém com força de vontade e foco, disposto a se esforçar mesmo nos dias que não queria. Esse tipo de dedicação tinha o potencial de ser uma boa influência em um relacionamento, porque essa poderia ser a coisa mais trabalhosa de todas.

Se Josh fosse o Homem Sem Rosto, isso significava que eu poderia ter transas pervertidas, brincadeirinhas, conversas inteligentes e até um parceiro de academia na mesma pessoa. Hã, sim, por favor?

Falando em transas pervertidas. Meu plantão tinha sido particularmente difícil por mais uma noite, e se teve um dia que precisei chegar em casa e encontrar um homem mascarado nu esperando por mim no quarto, esse dia era hoje. Pensei nisso o caminho todo, que demorou mais do que de costume por causa do gelo negro que cobria as estradas, fazendo com que eu dirigisse feito uma tartaruga para o carro não derrapar.

Sendo realista, o que eu faria se abrisse a porta do quarto e encontrasse o Homem Sem Rosto me esperando lá dentro, sem camisa e coberto de sangue, como se tivesse acabado de sair de um de seus vídeos? Provavelmente diria "Pego" e atacaria. Esses caras mascarados não faziam ideia do quanto enlouqueciam as pessoas. Claro, nossos comentários podiam dar um indício, mas eles provavelmente pensavam que era tudo da boca para fora. Não era. Quando eu me satisfizesse com o Homem Sem Rosto hoje, seria *ele* que andaria com dificuldade.

A ansiedade vibrava nas minhas veias enquanto eu entrava na garagem. Olhei ao redor e não vi nenhum carro desconhecido por perto. Ele deve ter feito a escolha inteligente e estacionado há algumas quadras de distância de novo.

Fred me cumprimentou com seu grito-miado de costume quando abri a porta, e larguei minhas coisas logo depois da soleira, peguei-o no colo e comecei a andar.

— Cadê ele? — perguntei.

Fred ronronou para mim, os olhos se fechando de satisfação com se não recebesse atenção há algum tempo. Estranho. Se o Homem Sem Rosto estivesse na minha casa, Fred não deveria estar em cima dele, ignorando-me como ontem?

Dei um beijo no meu gato e coloquei-o de volta no chão, indo até o quarto, onde provavelmente encontraria

Ninguém. Não havia ninguém ali.

Franzindo o cenho, fui até o armário e abri a porta, com um pouco de medo do Homem Sem Rosto surgir de lá como um palhaço na caixa surpresa em tamanho humano. Não. Também não estava lá. Olhei embaixo da cama e no banheiro, até abri a cortina do chuveiro. Nada.

Uma busca pelo resto da casa revelou que ela também estava vazia.

Tentei reprimir a onda de decepção. Não era como se tivéssemos marcado horário e local para o nosso próximo encontro.

Será que essa era a forma dele de se vingar por eu o ter esfaqueado? Fazer eu achar que viria aqui com aquelas mensagens misteriosas e depois não aparecer?

Passei as mãos pelos cabelos, enfiando as unhas no couro cabeludo. Argh! Por que relacionamentos eram tão confusos?

Não que isso fosse um relacionamento.

Não. Não mesmo. Era melhor eu não me apegar. Não quando não tinha certeza da verdadeira identidade do Homem Sem Rosto ou do seu objetivo principal. Até onde eu sabia, meus devaneios sobre passar tempo juntos abraçados no sofá entre maratonas de sexo era um sonho impossível. Talvez ele planejasse aparecer a cada algumas semanas quando eu menos esperasse, acrescentando a emoção do medo e surpresa aos nossos encontros.

Parecia divertido e, ao mesmo tempo, uma tortura — não a parte do medo, mas a espera. Eu mal havia tido um gostinho dele e já queria mais. Eu o aproveitaria como uma refeição completa quando tivesse outra oportunidade, saboreando cada lambida e chupada, tornando a experiência tão boa para ele que seu gozo marcaria o fundo da minha garganta.

Balancei a cabeça. Esse tipo de pensamento não estava me ajudando. Nem a pena que eu estava sentindo de mim mesma. As coisas simplesmente aconteceriam, e me preocupar a respeito agora não mudaria nada. A questão é que o Homem Sem Rosto havia se esforçado tanto para me convencer de que eu podia confiar nele que achei que ele sentia o mesmo, essa necessidade persistente por mais.

Suspirei, verifiquei mais uma vez se as portas estavam trancadas e fui tomar um banho. Parte de mim esperava encontrá-lo esperando por mim quando saísse, mas não encontrei e, junto à minha decepção, comecei a me sentir travessa. Havia um jeito de fazê-lo se arrepender de não estar aqui, e era a vingança.

Tranquei Fred para fora do quarto e abri a primeira gaveta da minha cômoda. Entre meus dois vibradores favoritos estava a câmera escondida que o Homem Sem Rosto instalara no meu quarto.

Estava na hora de reativar essa belezinha.

Havia a possibilidade de ele nem mesmo estar acordado, mas esperava que estivesse e que a câmera emitisse alguma notificação alertando que estava ligada porque eu estava prestes a fazê-lo pagar por todas as vezes em que ele me provocou ou me fez rir quando deveria estar furiosa. Não que eu estivesse reclamando sobre qualquer uma dessas coisas. Por dentro, eu adorava.

Ah, que saco, tudo bem. Era óbvio que eu amava. Queria mais disso, e nos deixar quites parecia uma ótima forma de conseguir.

Conectei a câmera na tomada com a melhor visão para minha cama e deixei cair a toalha, ficando totalmente nua. A iluminação no meu quarto estava fraca, a única luz vindo da porta entreaberta do banheiro, mas era o suficiente para enxergar e, sem dúvidas, ser vista na tela de um computador ou celular. Desenrolei a toalha do cabelo e deixei as mechas molhadas caírem até meus cotovelos, refrescando minha pele e deixando meus mamilos duros.

Meu celular apitou.

O que está fazendo?, dizia a mensagem.

A exaltação tomou conta do meu corpo. Ele estava acordado e havia reparado que a câmera estava ligada.

Assista e descubra, respondi, com um emoji de piscadela e de diabinho sorrindo.

Um balãozinho indicando que ele digitava apareceu imediatamente, mas coloquei o celular no silencioso e deixei-o de lado. Já havia dito tudo.

Eu jamais tinha feito nada como isso, e antes que meu nervosismo me dominasse, tirei o meu maior vibrador da primeira gaveta e voltei para a cama, me prologando e transformando cada movimento em uma pequena performance enquanto eu engatinhava até as almofadas. Apoiei-me contra elas, abri bem as pernas na direção da câmera e peguei o lubrificante da mesinha de cabeceira. O tamanho do vibrador não era brincadeira, e mesmo que eu já estivesse excitada, sabia que precisaria de uma ajudinha para fazê-lo caber.

Pinguei uma gota do lubrificante na ponta e usei minha mão para espalhá-lo pelo silicone. Era feito com base no pau de um ator pornô famoso, mas eu ainda achava o do Homem Sem Rosto mais bonito. Pensei em dizer exatamente isso, mas não sabia se a câmera possuía um microfone, e eu estava tentando atormentá-lo, não inflar seu ego.

Meu peito subia e descia conforme minha respiração acelerava. Saber que ele estava me assistindo era mais excitante do que eu esperava e agora teria que adicionar voyerismo à minha lista de fetiches, porque isso era algo que eu gostaria de fazer novamente. Ou ver alguém fazendo.

Ai, caralho. O Homem Sem Rosto e eu, escondidos no fundo de uma sala escura e cheia enquanto alguém se masturbava no palco? Acho que eu não conseguiria aguentar nem cinco minutos sem levantar minha saia até a cintura, sentando-me em seu colo, ainda de frente para o palco para que nós dois pudéssemos assistir enquanto ele me fodia por trás.

Levei a mão livre aos seios, segurando-os e massageando-os, os dedos tocando os mamilos rijos de uma forma que fazia faíscas se formarem no meu interior. Minha outra mão segurou a base do vibrador ao colocar a ponta na minha entrada e ligá-lo. A principal fonte de vibração ficava no fim do aparelho, onde uma segunda e menor protuberância entraria em contato direto com meu clitóris quando eu o enfiasse inteiro, mas a vibração era tão forte que só a cabeça já causava uma sensação boa no meu interior necessitado.

Eu mal tinha começado e isso já estava melhor do que todas as outras vezes em que eu tinha me masturbado recentemente. É, isso confirmava. Eu não era baunilha, e baunilha não ia funcionar para mim a partir de então. Talvez o mundo de incertezas em que eu vivia tinha menos a ver com minha mentalidade obscura e mais com a falta de fogo na minha vida.

Introduzi a cabeça do vibrador, sentindo-me expandir ao redor dele, me ajustando para acomodar a grossura. Quanto mais eu teria que me expandir para receber o Homem Sem Rosto? Como seria sentar no pau dele, tão preenchida que mal conseguiria respirar? E então senti-lo saindo, deixando-me desesperada antes de meter de novo com uma estocada forte e brutal?

Minhas pernas tremeram com a ideia. Belisquei e puxei os mamilos antes de enfiar o vibrador mais um centímetro, me deliciando com o tesão inebriante que tomava conta do meu corpo. Estava me sentindo relaxada e satisfeita, a ocitocina diminuindo minhas inibições e fazendo eu me sentir mais corajosa. Mais ousada. Se eu ia dar um show, daria meu melhor. Foda-se a vergonha e medo de não estar fazendo isso direito.

Provocar a mim mesma era divertido, e provocá-lo era ainda melhor, mas no momento eu estava excitada e frustrada, e queria algo forte, rápido e brusco, todos os pensamentos expulsos da minha mente conforme eu me entregava ao prazer.

Peguei um travesseiro atrás de mim e me sentei, ficando de joelhos até que pudesse colocá-lo entre minhas pernas, apoiar o vibrador ali e me soltar, descendo de uma vez e penetrando-me com o enorme brinquedo de silicone.

Estrelas surgiram no fundo dos meus olhos quando uma pontada de dor profunda e maçante indicou que eu provavelmente deveria ter passado mais tempo nas preliminares.

Fodam-se as preliminares, pensei. Eu queria a dor. Especialmente porque já estava passando, e o que restaria era o sentimento de ser preenchida de uma forma que eu desejava desde que envolvi os lábios no pau grosso do Homem Sem Rosto.

Eu me inclinei para frente, apoiando a mão livre na cama e segurando o vibrador no lugar com a outra para poder cavalgá-lo. A primeira estocada foi prazer puro, tão boa que parei na descida e rebolei os quadris, deixando o brinquedo vibrar contra meu clitóris. Repeti o movimento e minha respiração falhou. Nesse ritmo, eu não ia durar muito.

A luz do banheiro se apagou, mergulhando meu quarto em uma escuridão tão profunda que toda a quadra deve ter ficado sem energia.

Congelei.

Uma batida assustadora ecoou pela casa.

Desliguei o vibrador.

Que merda foi essa?

Era o Homem Sem Rosto? Ele estava aqui? Ou outra pessoa tinha acabado de arrombar minha porta da frente?

Estremeci no escuro, as gotas de água restantes esfriando na minha pele, o tesão murchando conforme o medo tomava conta de mim. Se havia mesmo um intruso indesejado na minha casa, essa era a posição mais vulnerável que eu poderia estar — pelada e coberta de lubrificante.

Eu precisava de uma arma, agora mesmo.

Estava prestes a sair de cima do vibrador quando ouvi Fred dar seu miadinho de boas-vindas. Ele não faria isso para ninguém além de mim e do Homem Sem Rosto.

Ouvi outro miado e então uma voz grossa e gutural quebrou o silêncio, grossa demais para ser natural, tão grave que deve ter sido modulada.

— Não, Fred. A mamãe e o papai precisam de um minuto sozinhos agora.

Quase ri de tanto alívio. Mamãe e papai. Só podia ser ele. Ninguém mais seria tão presunçoso.

Minha porta se abriu e se fechou rapidamente. Eu não conseguia ver quase nada, só uma grande forma espreitando na escuridão, ficando cada vez maior ao se aproximar de mim. A luz do meu banheiro se acendeu, e de repente, eu estava cara a máscara com meu stalker.

Eu me afastei por instinto, por ter sido pega desprevenida, mas ele me segurou pela garganta e me trouxe até ele, os buracos escuros e vazios de seus olhos encarando diretamente minha alma, seu aperto firme. Inescapável.

— Não pare por minha causa — disse ele, e meus músculos contraíram-se em volta do vibrador. De todas as modulações de voz que poderia ter escolhido, é claro que foi aquela que parecia prestes a rosnar as coisas mais perversas no meu ouvido.

Ele apertou meu pescoço com mais força e puxou. Ou eu me levantaria, ou seria asfixiada. Hesitei por meio segundo, sentindo o delicioso arrepio do medo me atravessar com a possibilidade de ter o ar bloqueado. Ele respirou fundo e me puxou com mais força, e eu o acompanhei, saindo quase completamente de cima do vibrador.

— Vamos fazer isso? — perguntou.

Ele não precisava explicar. Fazer isso significava finalmente dar vida à nossa fantasia em comum.

— Sim — respondi, minha circulação pulsando contra seus dedos.

Ele me segurou no lugar e colocou a mão entre minhas coxas, religando o vibrador.

— Sem palavras de segurança — rosnou. — Se quiser que eu pare, é só falar. Não importa quando. Não importa o que eu estiver fazendo com essa bucetinha insaciável. — Ele encostou levemente no meu clitóris e eu gemi alto. — Entendeu?

Assenti em suas mãos.

Seus dedos se cravaram na minha pele.

— Preciso que repita, querida.

— Sem palavras de segurança — concordei, minha voz esganiçada por uma mistura de medo e tesão. Ele era muito maior do que eu, muito mais forte apesar de todo o tempo que eu passava na academia. Esse homem poderia me machucar de verdade. Claro, havia uma chance de eu conseguir resistir, mas só seria necessário um soco para me nocautear.

Eu nunca estive em uma posição tão vulnerável.

E também nunca me senti tão viva.

Ele usou o aperto no meu pescoço para me empurrar para baixo, até a base do vibrador, e me segurou ali.

— Rebola essa bunda.

Choraminguei e fiz o que ele mandou. Caralho, como aquilo era bom.

— De novo — falou e eu obedeci, encarando-o com admiração.

As brincadeirinhas e provocações haviam sumido. O homem acima de mim era tudo o que prometia nos vídeos: exigente, autoritário e totalmente implacável.

Ele abaixou uma das mãos novamente, colocou os dedos entre meu clitóris e a protuberância que o estimulava e apertou o amontoado de nervos. Arqueei a coluna quando o prazer me atingiu.

— Estava tentando me punir? — perguntou.

Não conseguia responder. Não conseguia fazer nada além de sentar ali, ofegando. A vibração ia do meu clitóris até o meu interior, mas com a circulação sanguínea do meu núcleo de prazer quase presa, era impossível gozar. No lugar disso, enlouqueci cada vez mais, o suor começando a despontar da minha testa. Minha pele parecia estar eletrificada, como se eu estivesse perto demais de um circuito elétrico.

Ele apertou com mais força.

— Responde, meu bem.

— Sim — murmurei. — Fiquei brava porque você não estava aqui.

Seus dedos abriram-se um pouco e minhas pernas começaram a tremer quando o sangue voltou ao meu clitóris, que começou a inchar entre seus dedos, o prazer se multiplicando por sua recente ausência. Eu estava prestes a gozar para caralho.

— Deveria ter imaginado que eu estava a caminho e esperado — disse ele.

Mal ouvi as palavras, distraída demais subindo e descendo os quadris enquanto meus músculos internos contraíam-se ao redor do vibrador. Quase. Eu estava quase lá. Só precisava que ele afrouxasse um pouco mais o aperto no meu clitóris e no meu pescoço e eu iria...

Seus dedos se fecharam novamente, me pegando desprevenida.

— Eu que deveria te punir — disse ele. — Porra, você me esfaqueou, Aly.

Minha visão havia perdido o foco à medida que eu me perdia para o prazer, mas suas palavras a aguçaram novamente. Sorri ao encarar seus olhos escuros, minha voz saindo como um chiado por causa da pressão na minha traqueia.

— Sim, mas você gostou.

Ele rosnou, e o modulador fez o som se tornar animalesco, como se um lobisomem tivesse acabado de entrar no meu quarto.

Seus dedos deixaram meu sexo e o retorno do fluxo de sangue fez minha cabeça girar e minha espinha arquear conforme eu chegava mais perto do limite, mas então ele afastou minha mão da base do vibrador e tirou-o de dentro de mim. Só consegui choramingar com a ausência antes de ele me empurrar para trás. Quiquei na cama, e então ele subiu em cima de mim, passando uma perna por cima da minha cintura enquanto tirava a camisa. Ele me levantou pelos braços, colocou a camisa embaixo da minha cabeça e pescoço e então abriu o zíper, liberando o pau.

Tentei segurá-lo, sedenta, mas ele afastou minhas mãos e pegou o lubrificante que eu havia deixado no edredom. Ele respingou no meu peito, o único aviso que tive antes de ele pegar minhas mãos e colocá-las nos meus seios.

— Junte-os — mandou ele. — Seu primeiro presente vai ser aquele colar que implorou para que eu te desse.

Juntei bem os seios e abri um sorriso malicioso para ele.

— Pelo jeito, tem lido meus comentários.

Ele soltou o que pareceu ser uma risada entrecortada — o modulador dificultava a distinção — e enfiou bem no meio dos meus peitos.

Levantei a cabeça e consegui lamber seu frênulo antes que ele segurasse meu cabelo e me afastasse, prendendo-me contra a cama.

— Como foi que falou ontem? — perguntou. — *Não estou fazendo isso por você?*

— Parece um *pouco* que é para mim.

Outra risada abafada foi rapidamente interrompida por um grunhido quando ele estocou em mim novamente, começando um ritmo constante. A cama rangeu abaixo de nós. Nossa respiração pesada ecoou pelo quarto, o cheiro de sexo preenchendo meu olfato.

Se era uma tentativa de punição, estava falhando. Eu era totalmente a favor da sensação do seu pau quente, macio e coberto por lubrificante sendo impulsionado entre meus seios conforme ele me usava para se aliviar. E, sendo sincera, deixar que ele me marcasse com um colar de pérolas era o mínimo que eu poderia fazer depois de esfaqueá-lo. Talvez eu pudesse achar outras formas de irritá-lo e descobrir quantos dos meus comentários ele havia lido.

— Seus peitos são perfeitos — disse ele, soltando meu cabelo para apoiar as duas mãos na cama e levar os quadris para frente e para trás, aumentando a velocidade.

Seu corpo todo é perfeito, queria dizer, mas estava hipnotizada demais pela imagem dele pairando sobre mim, abdômen contraído, os bíceps tensos ao manter-se suspenso. Juntei ainda mais os seios, fingindo que ele estava metendo na minha boceta. Seu pau enorme provavelmente atingiria o colo do meu útero a cada estocada — sorte a minha.

Levantei o olhar de seu peitoral e o vi encarando-me diretamente, me observando enquanto fodia meus peitos. Sua respiração falhou e seu pau inchou com uma nova onda de sangue. Senti suas bolas deixarem minha pele quando começaram a se contrair e a imagem do que ele estava fazendo comigo, a *sensação*, era tão excitante que precisei apertar as pernas para aliviar meu desejo não saciado.

— Quero sentir você gozar — falei, sem conseguir manter a boca fechada. — Quero sentir você marcando minha garganta bem onde sua mão estava, me reivindicando.

— Como minha — grunhiu ele.

Não era uma pergunta, mas respondi mesmo assim.

— Sim. Sua.

— Porra, Aly.

Com uma última estocada, ele gozou, o líquido quente atingindo minha pele, o pau pulsando entre meus seios, o corpo tremendo em cima de mim conforme ele respirava com dificuldade, o quadril mudando de ritmo enquanto ele se entregava ao prazer.

Ele estremeceu e ficou imóvel quando acabou, inclinando-se sobre mim, e apesar de eu não ter feito nada além de juntar os peitos para ele, senti uma pequena emoção de vitória por ele ter gozado com tanta intensidade que precisou de um segundo para se recuperar.

— Minha vez? — perguntei, sem conseguir esconder o ânimo do tom de voz.

A risada dele em resposta foi cruel e, à princípio, pensei que era por causa do modulador, mas logo descobri a verdade.

— Vai se foder — xinguei.

— Só boas garotas são comidas, Aly, e pela forma que você passou os últimos cinco minutos me ofendendo, acho que chegamos à conclusão de que você não é uma.

Mais palavrões saíram da minha boca enquanto ele colocava o antebraço nos meus ombros e me prendia no lugar ao voltar a me penetrar lentamente. Com a merda do meu vibrador no lugar do pau dele.

Parecia que estávamos fazendo isso há uma hora, apesar de provavelmente terem se passado só uns dez minutos. Ele colocava o vibrador em mim repetidas vezes, segurando-o contra meu clitóris até eu começar a ver estrelas atrás dos olhos, e então o retirava novamente, negando-me o orgasmo que, àquela altura, eu precisava ter ou tinha certeza de que morreria de frustração.

— Por favor — implorei.

— Você sempre pode me pedir para parar.

Não, não podia. Porque assim ele venceria. Desde o começo, ele possuía quase todo o poder da nossa dinâmica e eu não conseguia me forçar a lhe dar ainda mais ao desistir. Minha teimosia era grande demais para isso, o que provavelmente seria a minha ruína.

Ele tirou o vibrador novamente quando eu estava chegando lá, e um soluço escapou dos meus lábios antes que eu pudesse contê-lo. O filho da mãe teve a ousadia de dar uma risadinha. Foda-se ele. E eu também. Especificamente meu eu do passado, que leu sobre *edging* e achou que parecia legal.

Não era legal. Era tortura.

Eu me debati debaixo dele quando ele tirou o vibrador, deixando minha boceta se contrair ao redor do vazio. Como ele achava isso sexy? Eu estava vermelha, completamente suada, com o cabelo colado na testa, e lágrimas nos cantos dos olhos, mas sabia que ele estava gostando porque tinha ficado totalmente duro de novo, as calças ainda desabotoadas, mostrando seu pau perfeito. Que ele não me daria. Nem me deixaria tocar. Sempre que eu esticava as mãos na direção do membro, ele as afastava e voltava a me atormentar. Ele só podia ser a porra de um sádico para estar se divertindo tanto.

Balancei a cabeça de um lado para o outro.

— Eu preciso, eu preciso — repeti.

— Shhh — disse ele, afastando o cabelo do meu rosto. — Eu sei, linda. Você está indo tão bem.

Outro soluço irrompeu do meu corpo. Eu nunca mais enxergaria o tesão da mesma forma depois disso. Ele estava transformando toda a minha visão de mundo.

— Se prepara — falou, o único aviso que tive antes de ele meter o vibrador com tudo.

Minhas costas arquearam na cama, e sua mão foi parar na minha garganta novamente, logo abaixo da minha mandíbula, mantendo minha cabeça inclinada para longe dele enquanto algo quente e molhado envolvia um dos meus mamilos.

Ele havia tirado a máscara?

Sua língua acariciou meu mamilo no mesmo momento em que a pequena protuberância atingiu meu clitóris, e se ele não parasse logo, nada conseguiria me impedir de gozar dessa vez. Eu podia sentir o orgasmo se formando como uma onda gigante prestes a se quebrar na costa, ganhando força à medida que se aproximava das águas rasas, pronta para me invadir com a mesma força destrutiva de um ciclone de fim de temporada.

Ele girou o vibrador, simulando estocadas, passando a protuberância em cima e ao redor do meu clitóris. Pontos de luz surgiram no canto da minha visão, aumentando de intensidade à medida que ele apertava meu pescoço.

Puta merda, ele estava bloqueando minha via respiratória.

Sua boca firmou-se no meu mamilo e ele sugou, *com força*, soltando os dedos do meu pescoço. Só consegui inspirar uma vez antes de ele fechar a mão novamente. Ai, não. Como o prazer ainda estava aumentando? Eu não ia aguentar isso. Era demais. Meu corpo inteiro parecia um nervo exposto e pulsante e se ele me levasse mais ao limite, acabaria com danos cerebrais; disso eu tinha certeza.

Sua boca abandonou meio peito e gritei de desespero.

— Relaxa, Aly — murmurou. — Estou aqui para você.

Ele colocou a boca no meu outro mamilo e chupou, pressionou o vibrador no meu clitóris e afrouxou a pegada no meu pescoço o suficiente para que o ar voltasse aos meus pulmões. E então comecei a tremer, chorar de soluçar, fechando as pernas com força e prendendo seu pulso entre elas conforme ele arrancava do meu corpo arruinado o orgasmo mais impactante que já tive na vida.

Era como se meu cérebro tivesse entrado em curto-circuito. Era como se eu tivesse morrido. Era como se eu tivesse falado com o Diabo e o Diabo me dissesse que estava orgulhoso do que tínhamos acabado de fazer.

E tenho quase certeza de que apaguei por alguns minutos, porque, quando retomei a consciência, o Homem Sem Rosto estava limpando meu pescoço com uma toalha e me dizendo o quanto eu era uma boa garota, afinal.

12

Josh

Talvez eu tenha exagerado com a Aly. Ela provavelmente estava exausta e emocionalmente esgotada depois de mais um plantão puxado no trabalho, e o que eu fiz? Levei-a até o limite.

Não pude me conter. Assim que meu celular apitou quando eu estava a caminho e vi Aly se masturbando sem mim, algo cedeu. E quando entrei em seu quarto, encontrando-a montada no vibrador enquanto o medo em seus olhos se transformava em desejo, todo o meu nervosismo desapareceu.

Uma tranquilidade tomou conta de mim, acabando com qualquer resquício de preocupação de que eu acabaria como meu pai. O que eu sentia em relação a Aly não tinha nada a ver com violência ou dor, e as memórias do homem que me criou não pertenciam àquele quarto conosco, manchando o que estávamos prestes a viver. Afastei-as da minha mente definitivamente ao me aproximar da cama, confiando em mim mesmo para envolver a mão no pescoço delicado de Aly sem medo de que iria longe demais ou apertaria muito forte.

Caramba, Aly era perfeita, completamente perfeita. Não só enquanto me fazia gozar, mas também depois, se debatendo em minhas mãos, xingando-me com todos os nomes possíveis e amaldiçoando minha existência.

Torcia para que ela estivesse muito brava porque o que fizemos me satisfez de uma forma profunda e primitiva. Demos vida à nossa fantasia de uma transa com máscara — sem faca, porque na minha pressa de ir até lá, acabei esquecendo-a como um amador. Ou talvez tenha sido meu subconsciente tentando me salvar caso ela caísse nas mãos de Aly novamente. Duas facadas dentro de dois dias já seria exagero.

Um miado suave interrompeu meus pensamentos, olhei para baixo e encontrei Fred sentado aos meus pés, me encarando enquanto esperava outro pedaço de bacon como o pequeno lorde que era. Ele podia até ter me dado um susto daqueles quando nos conhecemos, mas agora que eu não tinha mais medo de que pudesse ter uma vontade repentina de esfolá-lo, estava começando a gostar dele.

Adorava a forma como ele praticamente ignorava a mãe sempre que eu estava por perto. Principalmente porque isso provavelmente a irritava, mas também porque era bom ser escolhido para variar. Não me lembrava da última vez que alguém tinha me reivindicado.

Cortei um pedaço de bacon e o estendi para Fred, que se apoiou nas patas traseiras e o pegou com cuidado antes de sair correndo para comê-lo escondido debaixo da cadeira, como um leão levando a presa para o covil.

Engoli a ânsia de vômito e liguei o exaustor para que ele filtrasse o cheiro de carne selada antes de virar o bacon na frigideira e mexer os ovos de Aly para que não ficassem grumosos.

Quando a náusea passou, um sentimento de contentamento tomou conta de mim. Eu estava satisfeito, quase letárgico, e tudo o que eu queria era me aconchegar com Aly debaixo das cobertas e dormir por uma semana inteira. Infelizmente, eu nunca tinha usado minha máscara por tanto tempo, e com certeza não fazendo algo tão extenuante como meter entre um par de seios e atormentar a mulher pela qual estava obcecado. Eu subestimei o quanto o interior da máscara poderia ficar suado e pinicando, e se eu não a tirasse logo, acabaria com uma urticária.

Um movimento chamou minha atenção e olhei para o meu celular, apoiado no parapeito da janela. Estava exibindo a transmissão da câmera de Aly — mesmo agora, eu não conseguia parar de assisti-la. Ela tinha acabado de sair do banheiro, terminando seu segundo banho da manhã, uma toalha enrolada naquele corpo delicioso.

Ela ficou tão desnorteada depois de gozar que precisei ajudá-la no primeiro banho, apoiando seu peso em um braço enquanto ligava a água com o outro. Fiz carinho e a elogiei enquanto esperávamos a água esquentar, odiando ter que deixá-la ali sem poder entrar no banho junto com ela por causa da máscara. Queria recompensar aquela ausência com o café da manhã.

Ela enrolou a toalha de volta no corpo e a vontade de entrar ali e arrancá-la foi forte, mas eu sabia por experiência própria o quanto o corpo precisava de descanso depois de ser levado ao limite, então contive meu desejo e estava prestes a voltar a cozinhar quando vi o olhar malicioso em seu rosto.

O que está planejando, linda? Perguntei-me enquanto ela ia até a bolsa e pegava uma pequena caixinha marrom.

Ela foi até a porta nas pontas dos pés e a fechou com delicadeza antes de trancá-la. Já tinha se esquecido da câmera? Ou achava que eu não a estaria assistindo porque estava do outro lado da porta? Se fosse a última opção, claramente subestimava minha obsessão.

Mexi os ovos distraidamente enquanto a observava abrir a caixinha e virá-la de cabeça para baixo, algo prateado — ela estava longe demais da câmera para que eu conseguisse identificar o que era — caiu em sua mão. Ela apertou o objeto como se estivesse ligando-o, então foi até a mochila que eu tinha deixado apoiado contra a poltrona e enfiou-o bem no fundo do bolso da frente.

O sorriso satisfeito que ela abriu ao virar-se na direção da câmera e abrir a porta era diabólico. Aquela safada. Apostaria uma boa grana que Aly tinha acabado de colocar um rastreador na minha mochila.

Isso seria tão divertido. Eu sabia que ela seria uma adversária digna nesse jogo, e estava orgulhoso em ver que ela estava aceitando o desafio tão rápido. Mas o que eu faria em relação ao pequeno aparelho de espionagem? Poderia colocá-lo em um saco plástico e jogá-lo em um rio. Prendê-lo em um rato do metrô e fazê-la pensar que seu stalker morava debaixo da terra, como as toupeiras que as pessoas diziam viver sob a cidade. Ou poderia...

Ah, caralho, lá se foi a toalha. Aly estava nua. Aly estava há menos de dez metros de distância de mim. Nua.

Meu peito arfava conforme eu respirava fundo. Todo o sangue do meu corpo fluiu direto para o meu pau, e fiquei duro na hora. E meio tonto. Merda, eu precisava de uma tela maior do que a do meu celular para poder apreciar toda a sua beleza. Claro, eu tinha visto ela assim há menos de meia hora, e de uma forma bem próxima e pessoal, mas seu quarto estava mais escuro e vê-la em meio às sombras não se comparava à forma como o sol nascente delineava seu corpo em tons de dourado. Ela parecia uma deusa saída diretamente do panteão de nossos ancestrais, curvilínea e forte, combinando perfeitamente tanto com um estádio olímpico quanto com uma praia paradisíaca.

O bacon estalou, me assustando, e olhei para baixo, vendo que ele já estava passando do ponto perfeito e entrando no território do tostado.

Rapidamente o retirei da frigideira e o coloquei em um prato coberto por um papel toalha. Os ovos de Aly também ficaram prontos, e eu já estava cansado da nossa separação, então coloquei-os em outro prato ao lado das fatias de laranja e das torradas que já tinha preparado, peguei um garfo e segui na direção do quarto dela com tudo.

Ela estava vestindo um pijama azul com listras brancas quando abri a porta, e ver que os peitos que eu tinha marcado com meu pau tão recentemente haviam desaparecido embaixo de sua blusa era como ver meu bar favorito ser incendiado. Ela deveria estar nua. Sempre. Teria que achar uma forma de levá-la para uma cabana no meio da floresta e esconder todas as suas roupas. Deixaria ali um único cobertor para que ela pudesse se cobrir e alimentaria o fogo da lareira até estar fervendo lá dentro para que ela não sentisse frio. Assim, talvez ela não ficasse tão brava comigo e aceitasse fazer parte de todas as coisas divertidas que poderíamos aprontar durante um fim de semana prolongado e nu.

É. Parecia um ótimo plano.

— Isso é pra mim? — perguntou Aly.

Balancei a cabeça.

— Claro que não. Só trouxe aqui para comer na sua frente enquanto dou risada da sua fome.

Ela estreitou o olhar.

— Não duvido de nada depois do que acabou de fazer comigo.

Só precisei de três passos para alcançá-la e a puxei para perto, afastando o prato para evitar derrubar qualquer coisa. Deu para ver que ela não estava realmente brava pela forma que se derreteu no meu abraço, seus braços envolvendo minha cintura, a bochecha contra meu peitoral conforme se aninhava.

— Você foi perfeita — falei, passando os braços por seus ombros e abraçando-a apertado.

Ela estremeceu.

— Eu estava toda nojenta e suada. Quase pensei que teria ido embora quando eu saísse do banho.

Tentei dar um beijo no topo de sua cabeça e quase xinguei quando o modulador de voz que colei dentro da máscara bateu contra meus dentes. Precisava encontrar uma solução melhor, ou logo me cansaria disso.

— Você estava linda — falei. — E no final não valeu a pena?

Ela deu um passo para trás, saindo do meu abraço e arqueando uma sobrancelha.

— Sinceramente, ainda não sei. Estou decidindo se devo implorar para você nunca mais fazer aquilo comigo ou repetir agora mesmo. — Ela abaixou o olhar, focando na minha virilha.

Eeee lá se foi meu pau de novo, de forma automática.

— Quando decidir, me avisa — falei, ignorando a onda de tesão que me atravessou, exigindo que eu a empurrasse na cama, metesse na sua boceta apertada e deliciosa e a fodesse até que ela se esquecesse de qualquer um com quem já tenha transado. Queria o meu nome, e apenas o meu, em sua língua, queria me deliciar com todos os futuros gritos de prazer que essa mulher ainda soltaria.

Merda, eu estava perdidinho. E pelo jeito desfocado que Aly continuava a encarar minha óbvia ereção, eu não era o único prestes a avançar.

Coloquei a comida entre nós.

— Café da manhã?

Ela demorou um segundo para compreender as palavras e ergueu o olhar para o prato.

— Ah. Sim. Obrigada.

Ela pegou o prato de mim e sentou-se de pernas cruzadas na cama bagunçada. A cama na qual eu recentemente a tinha segurado. A cama que eu precisava parar de encarar se tinha qualquer esperança de sair dessa casa e deixá-la dormir como tanto precisava.

Virei-me e fui buscar o bacon e chá de camomila.

Só tinham dois pedaços de bacon no prato quando voltei para a cozinha. Eu não tinha feito três? Ué? Onde o último foi parar? Olhei ao redor, perguntando-me se não tinha caído ou se eu não tinha esquecido de tirar da frigideira. Tinha certeza de que eram três.

O som de mastigação me fez olhar para a sala de jantar, onde Fred estava enfiado debaixo da mesa com uma expressão travessa enquanto engolia a fatia perdida de bacon o mais rápido possível.

— Seu espertinho — falei, abaixando-me para tirar dele. Podia não saber muito sobre animais, mas tinha certeza de que aquela quantidade de gordura em um corpo tão pequeno causaria problemas digestivos, e eu não achava que sua mãe ficaria muito feliz com o papai se acordasse e se deparasse com a casa coberta por diarreia felina.

Joguei a fatia roubada de bacon no lixo e peguei o resto do café da manhã de Aly.

— O que o Fred aprontou? — perguntou ela quando voltei para o quarto.

— Nosso anjinho não fez absolutamente nada de errado, e não gostei da insinuação de que poderia ter feito — falei, colocando o pequeno prato de bacon ao seu lado e entregando-lhe o chá.

Ela balançou a cabeça para mim, mas sabia que estava reprimindo um sorriso pela forma como contraiu os lábios.

Suspirei aliviado, feliz por voltarmos a um terreno mais seguro e hostil. Não que eu não quisesse transar com a Aly — em pé, sentado, de lado, por trás, contra uma parede — mas tinha algo me impedindo além de sua necessidade de sono e descanso. Parecia quase errado transar com ela antes que soubesse toda a verdade sobre mim. Não só em relação a quem eu era, mas de onde vim.

Não contei sobre meu pai para nenhuma parceira romântica além da minha namorada do colegial. Bem, todos os meus rolos acabavam quando eu sentia que elas estavam próximas demais dessa informação. Isso era porque eu entrava no relacionamento já considerando que não durariam muito, mas esse não era o caso de Aly. Isso não era mais só uma pegação com fetiches. Em algum momento da última semana, comecei a sentir algo por ela, e apesar de fazer um bom tempo que eu não entrava em um relacionamento de verdade, sabia que dar início a um com base em mentiras era uma ótima forma de fazer as coisas darem errado.

Não que isso significasse que eu estava pronto para parar de brincar com ela. Nosso jogo tinha acabado de começar, e por mais que eu quisesse ficar ali vendo-a adormecer, estava animado para dar o próximo passo e ver sua reação.

— Ei — falei, levantando seu queixo para ver seus olhos.

Sua expressão se suavizou, transformando-se em algo que minha mente traidora tentou apontar como desejo.

— Oi?

— Vou embora para que consiga comer e dormir em paz.

Sua expressão se entristeceu, e eu provavelmente não deveria ter me sentido tão vitorioso ao ver a evidente decepção em seu rosto, mas não consegui evitar. Aly não queria que eu fosse embora. Que bom. Podia ainda não ser uma declaração de seu amor eterno, mas parecia ser o primeiro passo nessa direção.

Inclinei-me e encostei minha testa mascarada na dela.

— Falei sério antes. Você foi perfeita. A coisa mais sexy que já vi na vida, e assim que tiver uma oportunidade, vou encontrar um jeito de fazer você gozar com mais força ainda.

Ela arregalou os olhos?

— Isso é seguro?

Soltei uma risadinha.

— Só tem um jeito de descobrir. Topa?

Ela soltou uma respiração entrecortada e sorriu para mim.

— Foda-se. Sim, eu topo.

— Ótimo. Te vejo depois, linda.

Virei-me para ir embora, mas ela me surpreendeu ao agarrar minha mão.

— Espera um pouco. Quero ver se o corte está cicatrizando bem.

— A coisa da infecção foi uma piada — respondi.

Ela me lançou Um Olhar.

— Eu sei, mas eu nunca me perdoaria se não desse uma olhada e algo acabasse dando errado.

Estremeci quando ela levantou o curativo, cutucou e apertou a área ao redor do ferimento, conferindo a pele e então se aproximando para inspecionar os pontos.

— Parece que está tudo bem. Tem seguido as instruções que te dei?

— Sim, senhora.

Ela soltou minha mão e balançou a cabeça para mim.

— Então acho que pode ir.

Peguei minha mochila da cadeira, mas parei em frente a ela no caminho e coloquei uma mecha de cabelo atrás de sua orelha, sem conseguir me conter. Era impossível tê-la por perto e não tocá-la.

— Cuida bem do nosso filho enquanto eu estiver fora — falei, forçando-me a me afastar. — E não lhe dê mais bacon. Já comeu o bastante.

Sua risada me acompanhou porta afora.

— Você é tão metido!

Parei e me inclinei para trás na soleira como desculpa para olhar para ela uma última vez, sentada na cama no seu melhor pijama, equilibrando a comida que preparei para ela em seu colo, os cabelos escuros soltos, a luz do sol entrando pelas frestas da cortina.

— Metido? — falei. — Nem pensar. Reparei na forma como você me olha e decidi não resistir ao seu inevitável domínio.

Ela jogou um travesseiro na minha cabeça.

Dei risada e desviei, parando para me despedir de Fred antes de desligar a câmera da porta da frente e ir embora.

Retirei a máscara assim que coloquei o pé para fora, inspirando sem nenhuma obstrução pela primeira vez em mais de uma hora. Caramba, como era bom me livrar daquela coisa. Lavaria o rosto até não aguentar quando chegasse em casa porque senão acabaria cheio de espinhas.

Vesti o capuz para me esconder de Aly caso ela decidisse espiar pela janela, então dei as costas para a casa dela e caminhei pela calçada, parando para acenar para Wendy, sua vizinha, que pegava a correspondência.

Dez minutos depois, eu estava no meu carro, voltando para a cidade. Meu celular estava preso no painel, mostrando Aly sentada no meio da cama ao lado do café da manhã pela metade enquanto encarava fixamente o notebook aberto, rastreando-me. Abri um sorriso e peguei o dispositivo do tamanho de uma moeda que ela tinha escondido na minha mochila. Ainda bem que eu a estava observando, ou teria caído em sua armadilha.

Era por isso que era sempre bom ficar de olho nas mulheres. Estavam sempre aprontando alguma coisa, invadindo sua privacidade, passando dos limites estabelecidos, sem se importar com leis ou normas sociais. Qual seria o próximo passo? Invadir minha casa?

Ri da minha própria piada ruim enquanto virava à direita e seguia direto por alguns quarteirões, depois peguei o retorno na mesma direção, em sentido oposto. Segui reto por mais alguns blocos até pegar novamente um retorno e virar à esquerda, voltando pela rua de onde eu tinha saído, formando a barra central da letra H. Repeti o padrão até formar a letra completa.

— Que merda ele está fazendo? — perguntou Aly, aproximando-se da tela.

Eu estava sorrindo tanto que meu rosto doía agora. Esse tipo de rastreador permitia que se visse todos os lugares pelo qual passava, o que significava que ela perceberia o que eu estava fazendo a qualquer momento.

Fred pulou na cama ao lado dela quando dobrei à esquerda, mas ela o impediu de pegar a fatia esquecida de bacon.

— Ele acha que o estou seguindo ou algo do tipo? — perguntou. — Está tentando me despistar?

Segui por alguns quarteirões e virei duas direitas seguidas.

— Não — disse Aly.

Meus ombros tremiam conforme eu tentava conter o riso.

Ela pegou a ponta do notebook e o balançou, assustando Fred.

— Não ouse pegar um retorno.

Peguei um retorno e voltei por onde eu vim, pegando uma última esquerda para formar a barra central do A, e abri a janela para jogar o rastreador na estrada, deixando-a encarando o que eu tinha escrito.

— HA? — gritou. — HA, seu desgraçado?

Deus abençoe os urbanistas que decidiram planejar as ruas no padrão possível para o que eu acabara de fazer. Esse era possivelmente o momento mais gratificante da minha vida. Se eu morresse amanhã, seria sabendo que fiz essa pegadinha perfeita.

Aly levantou a cabeça de repente, fixando o olhar na câmera.

— Merda. Ele estava me assistindo enquanto fazia o café? — Ela desceu da cama e foi até o aparelho. — Por quê? Eu estava no quarto ao lado. Calma aí. Você está me assistindo agora? Deve estar. — Ela agachou para olhar a câmera e, como em uma feliz coincidência, deu-me uma ótima visão do seu decote.

Oi, peitos. Senti saudades.

— Aposto que deve estar se achando muito esperto agora, Josh — falou Aly.

Voltei o olhar para o rosto dela. Merda.

— Acha que não sei quem você é, mas está enganado — disse ela, furiosa. — Nenhuma das suas besteiras me despistou. Na verdade, só serviram para confirmar minhas suspeitas. Tentei ser legal, vencer você no seu próprio jogo, mas que se foda. Você não está jogando limpo, então também não vou. Adivinha? Tirei alguns fios de cabelo do seu moletom ao acariciar suas costas ontem, e se acha que não vou comparar o DNA deles com o dos curativos ensanguentados que guardei no freezer, está muito enganado. — Ela deu uma piscadela. — Até mais, Bu.

A tela ficou preta quando ela arrancou a câmera da tomada.

É, então é isso.

Infelizmente para Aly, eu tinha pegado aquele moletom do cesto de roupa suja de Tyler para o caso de ela ser tão perversa quanto eu e fazer algo assim.

Ela ficaria tão irritada quando o DNA não batesse.

Passei o resto da viagem até em casa rindo cruelmente, imaginando a sequência de emoções que surgiriam em seu rosto quando ela percebesse que estava errada, ou pior, que tinha sido superada novamente.

13

Aly

— Como assim vai demorar uma semana? — perguntei.

Eu estava três andares acima da emergência, no laboratório forense do hospital, pedindo um favor.

Veronica, uma mulher latina inteligente de cabelo rosa-choque, ergueu os dois saquinhos que levei para ela.

— Você me deu três fios de cabelo que podem ou não ter raízes viáveis e uns trapos ensanguentados. Isso não é como um teste de paternidade totalmente automatizado que consigo terminar em uma hora, Aly. Tenho que fazer todo um processo de purificação, quantificação, amplificação e eletroforese capilar se quiser resultados exatos, e vou ter que te encaixar em meio ao resto do meu trabalho. — Ela colocou os saquinhos na bancada e me lançou um olhar sério. — Talvez não tenha reparado, mas tenho *muitas* outras coisas a fazer.

Estremeci, sabendo exatamente o quanto o laboratório estava sobrecarregado. Vern e seus colegas estavam atolados de evidências para processar, incluindo kits de coleta de evidências de estupro. De repente, me senti uma escrota por tentar furar a fila, mas realmente não fazia ideia do quão trabalhoso seria para ela. Achei que colocaria as amostras em uma máquina e, bip-bop, eu receberia meus resultados.

Estendi a mão para os saquinhos. Jamais colocaria meu desejo de vencer Josh acima de identificar o estuprador de alguém.

— Mudei de ideia. Esquece que te pedi.

Vern afastou minha mão. A maquiagem retrô dela estava perfeita naquela noite, e sua sobrancelha arqueada subiu ainda mais quando ela me encarou.

— Tarde demais. Agora estou curiosa. Vai me contar qual é a história por trás de tudo isso?

— Digamos apenas que tem a ver com um cara que estou a fim — falei.

Suas duas sobrancelhas se ergueram.

— Acha que ele está te traindo? Fiquei sabendo que o Greg, da faxina, conhece gente da máfia. Talvez ele possa fazer alguém dar um sumiço nesse cara.

Forcei uma risada, tentando agir naturalmente. Greg era um cara magro, de ascendência irlandesa e italiana, de cabelo escuro e sardas. Tinha um rosto infantil, mas era um paquerador incansável e havia seduzido Vern na festa de fim de ano. Além disso, sem dúvida ele também fazia parte da máfia.

Vern e eu nos dávamos bem de uma forma que fazia eu sentir que poderíamos ser melhores amigas se tivéssemos tempo livre para coisas como amizades. Eu só a havia visto algumas vezes no último mês, mas sabia que estava caidinha pelo Greg pela maneira com que sempre encontrava um jeito de falar dele pelo menos uma vez a cada conversa. O que significava que eu precisava achar um jeito de acabar com essa quedinha dela. Imediatamente. Vern era uma boa pessoa; não deveria se envolver com criminosos.

— Greg? — falei. — O Mallory me disse que ele meteu chifre nas três últimas namoradas.

Vern fez uma careta.

— Sério?

— Sim. E ainda se gabou disso.

— Eca. Esquece, então — falou, trazendo o saquinho de curativos para perto.

— Vern, para. Não posso pedir que faça isso por mim. — Tentei colocar a mão embaixo da dela e recuperar as amostras, mas ela as pegou e escondeu atrás das costas.

Então me lançou um olhar bravo.

— Já falei que é tarde demais. Agora estou curiosa. E para com essa expressão de culpa. Vou fazer os testes durante minhas pausas, assim não precisa achar que está furando a fila.

Franzi o nariz.

— Mas assim vou ocupar suas pausas.

— Aly — disse ela, segurando meu braço com a mão livre. — Não tem problema ser egoísta às vezes. Sabe disso, né?

— Sei? — respondi, tentando não estremecer sob seu olhar.

Ela sacudiu meu braço.

— Repete com mais vontade.

— Sei — repeti. Ainda assim, soou mais como uma pergunta do que como uma afirmação.

Vern me soltou e suspirou.

— Vocês, enfermeiras de trauma e seus corações moles. — Ela se virou para apertar o botão de uma máquina e eu pensei em roubar os saquinhos e sair correndo quando ela se virou de volta e viu meu braço esticado. — Chega. Dá o fora.

Fui constrangida até a porta.

— Obrigada.

— Aham. Te aviso quando os resultados saírem — disse ela, me dispensando com a mão.

Saí do laboratório sentindo-me estranhamente derrotada e bastante culpada. Sim, eu queria ter os resultados, mas não gostava de desperdiçar o tempo da Vern. Sabia o quanto as pausas eram sagradas para quem é sobrecarregado, e o laboratório forense tinha tanta falta de funcionários quanto a enfermagem.

Meu celular apitou no bolso enquanto eu voltava lá para baixo. Nem precisei olhar para saber que era Josh, e estava hesitante em abrir a mensagem em público pela chance de ele ter enviado algo particularmente picante. Ele tinha uma forma de me provocar que fazia palavrões escaparem da minha boca, e eu não queria ofender ninguém que pudesse estar ouvindo.

Tirei o celular do bolso assim que entrei na sala de descanso. Sim, era Josh.

Numa escala de 1 a 10, o quão brava está por causa do rastreador?, perguntou. *Em que 1 significa que você precisa de um ou dois dias para se acalmar e 10 que precisamos começar a escrever um acordo de guarda compartilhada para Fred.*

E só bastou isso para eu abrir um sorriso. Não fazia ideia de como ele conseguia fazer isso comigo: me irritar em um segundo e me fazer cair na gargalhada no seguinte. Nunca havia conhecido alguém como ele, e isso tornava sua personalidade viciante. Não era preciso ir muito longe para imaginar uma vida ao seu lado, voltar para casa depois de um plantão horrível e encontrar ele dando um jeito de transformar minhas lágrimas em risadas.

Estou em um 3, respondi. *Ou seja, preciso de uns dias para me recuperar e planejar meu próximo ataque.*

Mentira. O que eu realmente precisava era de um tempo para afastar os sentimentos que estava começando a desenvolver por esse homem. Uma pegação fetichista? Ok. Não havia problemas nisso. Todo mundo fazia sexo casual com estranhos. Mas querer ter algo a mais com o cara que a) invadiu minha casa, b) invadiu meu carro e c) estava literalmente me perseguindo era um nível inédito de burrice.

Só que eu não me sentia uma idiota. Parecia… certo. Ele teve infinitas oportunidades de me machucar, e não o fez. Tudo o que fez até agora foi tornar minha vida melhor. Comida, limpeza de neve, carona para casa quando eu estava cansada demais para dirigir, aprimoramentos na minha segurança e o melhor orgasmo que já tive na vida. Sim, ele me matava de irritação na maior parte do tempo e cozinhava supermal — o bacon estava cru no meio e desisti dos ovos depois de tirar o terceiro pedaço de casca da boca — mas ninguém era perfeito.

Meu medo era estar me apegando rápido demais. Fazia apenas alguns dias desde a primeira vez em que ele invadiu minha casa, mas eu havia passado quase todo o meu tempo livre ou pensando nele ou em sua presença. Se minha decepção ao chegar em casa ontem e não encontrá-lo indicava alguma coisa, era que esse homem poderia magoar meus sentimentos. A culpa era de todo o tempo que eu passara obcecada por seus vídeos. Isso fazia parecer que ele era parte da minha vida há muito mais tempo do que na realidade, como se estivéssemos em um relacionamento sexual unilateral desde antes do Halloween.

Agora eu entendia as protagonistas de todos os romances esportivos que li. Fazia sentido dizerem "eu te amo" no meio do livro — o sentimento que tinham por seus parceiros famosos havia começado meses, às vezes anos, antes de se conhecerem de forma fofa.

Bufei, lembrando a forma não tão fofa que conheci Josh, sem conseguir imaginar como seria daqui a alguns anos, quando alguém nos perguntasse como aconteceu. Por algum motivo, não achava que "ele invadiu meu carro às três da manhã e me esperou lá com uma arma e uma faca" seria a resposta esperada, mesmo que eu adicionasse a parte do aquecedor de assento e dos lanchinhos.

Meu celular apitou e olhei para baixo, deparando-me com outra mensagem.

Desculpe se fui longe demais, disse. *Com o "HA" ou mais cedo.*

Ótimo. Agora ele estava com medo de ter ido longe demais e ter ou me ofendido ou me forçado a fazer algo sexual para o qual eu não estava preparada. Era isso que dava ser evasiva.

Respirei fundo e comecei a digitar, agindo com maturidade.

Não precisa se desculpar e não foi longe demais. Só estou tentando me proteger.

Eu nunca te machucaria, Aly, respondeu.

Suspirei. Por que ele tinha que ser tão fofo? Meu coração frágil, idiota e carente de amor já não era tão bom em se preservar, e esse homem estava acabando com todas as defesas que eu havia levantado ao redor dele.

Talvez não de propósito, falei. *Mas eu assisto a você há muito mais tempo do que você me observa, e tenho medo...* Merda. Como eu diria isso sem entregar o jogo?... *que para você isso só se trate de viver um fetiche.*

Não é, respondeu. *Assista ao vídeo mais tarde. Tire um tempo se precisar. Mas, Aly?*

Sim?

Só vou te dar alguns dias. Depois disso, vou atrás de você, linda, pronta ou não. E até então, estarei te observando.

É, isso não foi sinistro nem nada. E sem dúvidas não era a coisa mais sexy que já li na vida. Minha calcinha não estava encharcada por causa do quão dolorosamente excitada eu estava, e sim porque havia desenvolvido uma repentina incontinência urinária, e essa era a versão que eu defenderia até o fim.

Sem saber como responder ao adeus de Josh, coloquei o celular no armário e me afastei como se tivesse acabado de guardar uma bomba ali. E é claro que Tanya entrou bem nesse momento.

— Você está bem, Aly? — Ela não entrou totalmente na sala, deixando o braço esticado ao manter a porta aberta, olhando entre mim e o armário com suspeita. — Não esqueceu comida indiana aí dentro de novo, né?

— Não — falei. — E isso só aconteceu uma vez!

Ela entrou na sala, deixando a porta se fechar atrás dela.

— É, e foi o suficiente para termos que fechar o andar inteiro. Quatro dias, Aly. Quatro dias de curry podre no meio do verão, bem na semana em que o ar-condicionado não estava funcionando direito. Tivemos que mandar o Seth vir aqui com um EPI para jogar aquilo fora. — Ela estremeceu. — Ele ainda tem pesadelos com isso.

Balancei a cabeça, estranhamente grata pela implicância familiar e pela distração que ela proporcionava.

— Vou pagar pela próxima sessão de terapia dele.

Ela foi até a cafeteira.

— A gente faz terapia de graça.

— Bem, então vou comprar um vinho pra ele — falei, juntando-me a ela.

Tecnicamente, nosso plantão só começaria em meia-hora, mas eu e Tanya sempre chegávamos mais cedo para ver como estavam as coisas. Conversamos por alguns minutos, falando sobre a vida — principalmente sobre a dela, já que ela tinha uma de verdade, com marido e filhos — e seguimos para o posto de enfermagem para nos atualizarmos sobre as fofocas do dia e descobrir com quais pacientes ficaríamos.

As últimas palavras de Josh não paravam de se repetir na minha mente, e só percebi que estava no mundo da lua quando alguém cutucou minhas costelas e perguntou se eu estava ouvindo. É, eu estava caidinha. Esperava achar alguma forma de proteger meu coração nos próximos dias.

Essa esperança se esvaiu horas depois quando assisti ao seu vídeo mais recente. Era mais obscuro do que os outros, não só na iluminação, mas também na atmosfera, com uma música instrumental assustadora tocando ao fundo. Ele estava sem camisa, e o vídeo começou com ele segurando o celular como se envolvesse a mão na garganta de alguém — a minha — até que uma transição de zoom mostrou-o pairando na tela, uma das mãos apoiada em algum lugar acima, a calça jeans escura aberta enquanto ele enfiava a mão dentro dela como se estivesse prestes a liberar o membro — e foder entre meus seios novamente. A câmera fez outro movimento panorâmico, mostrando-o deitado de lado com a cabeça apoiada na mão, a outra desaparecendo fora da tela, seu antebraço flexionando deliciosamente conforme ele movia o braço como se estivesse me penetrando com o vibrador de novo.

Esse era o vídeo mais explícito que ele já havia publicado, e vê-lo reproduzir o que havia feito comigo de manhã me deixou desesperada pelo segundo round. Filho da mãe. *Claro, leve o tempo que precisar, Aly, mas vou te torturar com minha ausência até você colocar a cabeça no lugar.* Fiquei com vontade de aprontar de novo, resistir até ele perder a paciência e me caçar.

É, caramba, parecia um ótimo plano. Eu com certeza faria isso. E… espera aí. O vídeo tinha outra legenda.

Quase derrubei o celular ao ler, a risada tão espontânea que quase me engasguei. Dizia: "Momento da mamãe e do papai". Como? Como ele conseguia ser tão sexy e engraçado ao mesmo tempo? Não fazia sentido. Tenho certeza de que um deveria excluir o outro, e que eu só poderia ficar excitada ou entretida, não os dois ao mesmo tempo.

Meu olhar se voltou para os comentários. Não decepcionou.

SOCORRO ele é casado?

Isso só prova que todos os que prestam já têm dona.

Sabia que eu estava chamando ele de daddy *por um motivo.*

@aly.aly.esta.aqui GAROTA, VOCÊ VENCEU.

Tá, mas como você vai explicar pra sua esposa que eu acabei de engravidar com esse vídeo?

Estão aceitando currículos pra marmita?

Só quero um futuro marido se ele for assim.

Não achava que queria ter filhos até imaginar esse homem segurando um bebê.

Praticamente joguei o celular no armário. Não. Não mesmo. Não precisava da imagem criada pelo último comentário na minha mente.

Ah, merda. Tarde demais. Josh com seus 1,80m, musculoso, tatuado e sem camisa segurando um bebê no colo. Conseguia sentir meus ovários entrando em ação de novo, abrindo as comportas e gritando "VAI, VAI, VAI", conforme liberavam todos os óvulos do meu corpo. Se eu transasse com esse homem em breve, teríamos que reforçar o método contraceptivo.

Meu pager apitou e fiquei feliz por ter uma desculpa para sair de lá antes que o próximo fetiche que eu desenvolvesse fosse o de engravidar.

Os próximos dias pareceram ao mesmo tempo voar e se arrastar, como se eu estivesse dentro de uma distorção temporal. Voltar para minha rotina de sempre era estranho, mesmo que eu não tivesse passado tanto tempo fora dela. Parte de mim esperava que Josh não acatasse meu pedido por espaço, mas as marcações de tempo nas minhas câmeras de segurança não mostravam nenhuma lacuna que indicasse que ele as havia hackeado e invadido minha casa de novo, e além do vídeo carente que ele postara durante meu plantão de quinta à noite, contendo até uma trilha sonora dos anos 80, ele não tentou entrar em contato comigo.

Os comentários do vídeo eram impagáveis, com muitos se perguntando se a mamãe e o papai estavam brigando novamente. Recebi quando dez mil solicitações de seguidores desde que Josh me "reivindicou", o que indicava bem o tipo de influência que ele tinha na internet. Não era de surpreender que tinha um ego tão grande. Todo esse poder havia subido à sua cabeça.

— E aí — falei ao me juntar a Tanya, Brinley e alguns dos nossos outros colegas no posto de enfermagem. Geralmente, eu passava meu tempo livre na sala de descanso me enchendo de café, mas não confiava em mim mesma para ficar perto do celular no momento.

Um coro de cumprimentos me acolheu. Estávamos em uma calmaria de começo da noite, mas logo as coisas retomariam seu ritmo usual quando os bares fechassem e todos os fãs de futebol fossem às ruas. O time local havia chegado à fase final de eliminatórias e depois dos jogos sempre recebíamos um fluxo de homens bêbados que haviam se ferido tentando virar carros ou escalar postes de luz.

O posto de enfermagem ficava em frente à área de *fast-track*, onde tínhamos seis salas estreitas e abertas, quase como baias. Era ali que colocávamos pacientes com ferimentos menores e queixas como torções, fraturas, cortes e dores de garganta. Três estavam ocupadas, mas só dois dos pacientes estavam sendo atendidos. A terceira baia continha um homem branco de aparência comum e cabelo castanho-claro. Seu rosto era ambíguo, como se pudesse ter qualquer idade entre 20 e poucos e quase 40 anos, e passaria despercebido em uma multidão. Ainda assim, ele não me parecia estranho, mas não conseguia me lembrar de onde o conhecia. Seus ombros eram largos como se ele malhasse, talvez ele frequentasse a mesma academia que eu?

— Qual é a daquele cara? — perguntei. Ele parecia ter se envolvido em uma briga, um de seus olhos inchando rapidamente e o lábio cortado. Ele segurava uma gaze contra a testa, sem dúvida aplicando pressão em um corte. Alguém deveria estar ajudando-o a fazer isso.

Tanya se aproximou, murmurando.

— É o estuprador do outro dia.

Foi como se jogassem um balde de água fria na minha cabeça. Desviei o olhar do cara, querendo evitar contato visual caso ele se virasse para nós.

— Por que ele não está na cadeia? — perguntei. — Não foi pego em flagrante?

Foi Deb, uma mulher branca na faixa dos 50 anos e a enfermeira mais antiga do plantão, quem respondeu.

— Ele nem foi preso. Um advogado fodão apareceu antes que pudéssemos pegar amostras para os exames e ele foi embora sozinho uma hora depois. — Ela balançou a cabeça enojada, seu cabelo grisalho na altura dos ombros balançando com o movimento.

Segurei a borda da mesa das enfermeiras para retomar o equilíbrio.

— Como. Assim. Caralho? — Não consegui terminar a frase. Era como se eu estivesse engasgada com a raiva que ameaçava transbordar.

Brinley emitiu um som parecido ao de um gato bravo, e me senti melhor ao saber que não era a única prestes a perder o controle.

— A família dele é ricaça. O advogado ameaçou processar o hospital e os policiais por tentarem coagi-lo a fazer um teste de DNA.

— Mas ele foi pego em flagrante — disse Erica, outra auxiliar de enfermagem. — Por que precisam do DNA para prendê-lo?

— Talvez porque não havia evidência em vídeo? — sugeriu alguém.

— Sim, mas os policiais o trouxeram aqui — respondeu outra pessoa. — E tanto a vítima quanto uma testemunha o identificaram.

Entramos em um acalorado debate aos sussurros sobre o que acontecera naquela noite, cada um compartilhando as informações que conseguimos com os policiais, com a administração do hospital e com pesquisas no Google e maratonas de séries criminais. Porém, nenhum de nós possuía graduação em direito, então tudo não passava de especulação e, no final, acabamos com mais perguntas do que respostas.

— Certo, mas o que ele está fazendo aqui? — perguntei quando nos acalmamos.

Erica clicou no botão do mouse e aproximou-se da tela do computador para ler alguma coisa.

— Um dos irmãos da vítima foi atrás dele em um bar depois de ver um Snapchat.

Balancei a cabeça.

— Não. Quero dizer, por que ele ainda está aqui? Quanto mais rápido o tratarmos, mais rápido podemos liberá-lo para que o irmão termine o serviço.

— Ninguém quer atendê-lo — disse Tanya.

Olhei em volta da sala. Éramos todas mulheres. Normalmente, tínhamos vários colegas homens a cada plantão, já que os pacientes às vezes tinham preferências em relação a quem os atendia.

— Só o Amit está de plantão agora — disse Brinley, vendo minha confusão. — Zach está doente e o Kevin só chega daqui a uma hora.

Amit era um homem indo-estadunidense atarracado e de peito largo, com pouco mais de 30 anos. que aguentava o dobro do próprio peso. Ele era ótimo com nossos "pacientes problemáticos" porque geralmente davam só uma olhada em seus músculos e pensavam duas vezes antes de causar problemas.

Tanya inclinou-se sobre a mesa para pegar uma prancheta.

— Estamos esperando ele terminar o atendimento no quarto três, e então o enviaremos para lá.

Balancei a cabeça. Isso demoraria. O paciente do quarto três mal estava estável.

— Eu vou.

Brinley respirou fundo.

Tanya pegou meu braço.

— Não, Aly.

Soltei-me de seu aperto e me virei para encarar minhas colegas.

— Vai ficar tudo bem. Vocês podem ficar me vendo daqui, e ontem eu aprendi a dar um soco na traqueia de alguém na aula de artes marciais. — Abri um sorriso, enchendo-me de falsa confiança. — Talvez eu tenha uma chance de colocar em prática.

Tanya não pareceu convencida.

— Vou com você.

Levantei a mão para impedi-la quando ela deu um passo na minha direção. Tanya não tratava assediadores sexuais. Nunca. Ela só havia insinuado sobre o motivo dessa relutância, mas foi o suficiente para que eu entendesse, e nem a pau que eu deixaria aquele homem traumatizá-la novamente ou fazer algo horrível em sua presença.

— Deixa comigo.

Uma ruga se formou entre as sobrancelhas de Tanya enquanto ela me encarava, e seus olhos escuros transbordavam de preocupação.

— Se esse cara agir de forma inapropriada, você vai se afastar e deixar que Amit lide com ele.

Assenti. Não foi uma sugestão da minha amiga, e sim uma ordem da minha superior.

Ela me observou por um longo minuto, e por fim suspirou.

— Tudo bem, mas vamos ficar de olho.

— Ótimo — respondi e me virei, grata por ter reforço pronto para intervir.

O telefone começou a tocar assim que me afastei e ouvi Erica atendendo-o.

— Ei, espera! Tem um cara querendo falar como você.

— Diz pra ele que estou bem — falei por cima do ombro.

Josh deve ter hackeado as câmeras do hospital novamente e visto o que eu estava prestes a fazer. Quase abri um sorriso. Ele dissera que estaria me observando, mas era bom ter a certeza. Era como ter meu próprio anjo da guarda cuidando do meu bem-estar, e isso fazia eu me sentir segura de uma forma que nem o grupo de colegas atrás de mim conseguia.

Eu tinha certeza que ficaria bem, mesmo sem ser observada de perto. O homem que eu trataria não era nem o pior que eu já tinha conhecido. Algo que a maioria dos "civis" não se dava conta era que, quando presidiários se machucavam ou ficavam doentes, eles iam ao hospital como qualquer um. No ano passado, eu havia tratado um homem com ferimento de faca condenado por assassinar duas mulheres brutalmente. Ele teve que ser amarrado à cama e dois agentes penitenciários permaneceram no quarto durante todo o tratamento, mas ainda assim me senti insegura em sua presença.

Eu jamais me esqueceria do seu olhar quando ele me viu. Era inumano, algo que nunca tinha visto antes, ao mesmo tempo morto e vividamente febril. Ele parecia estar faminto, mas não por comida. Era o tipo de fome angustiante capaz de esvaziar alguém por completo, até só restar o desejo insaciável.

Assim que saí do quarto dele, virei-me para o policial que guardava a porta e disse que não achava que aquele homem tinha matado só duas mulheres. O policial me olhou nos olhos e disse que eles também não.

Tive pesadelos durante semanas depois disso.

Nada poderia ser pior do que aquele homem, pensei. Mas ao me aproximar do acusado de estupro e ele se virar para mim, me perguntei se estaria enganada.

De perto, ele tinha o mesmo olhar do suspeito de assassinato em série, apesar de os dele serem castanhos e os do assassino azuis. Eram ao mesmo tempo vivos e mortos, e totalmente inumanos. Tinha certeza de que encarava os olhos de um predador, de alguém que não me via como uma pessoa com vontade própria, e sim como um brinquedinho colocado nesse mundo para seu entretenimento. Isso me dava arrepios, mas assumi minha expressão profissional e a usei como escudo. Quanto mais rápido eu o tratasse e o mandasse para casa, melhor.

Pulei as gentilezas de sempre e fui direto ao ponto, mantendo uma distância segura da cama que ele havia reclinado, dirigindo-me ao oxímetro sem virar as costas totalmente para poder ver a tempo caso ele tentasse algo.

— Olá, estarei responsável pelo seu tratamento essa noite — falei quase sem nenhuma emoção na voz porque, sinceramente, foda-se ele.

— E como posso te chamar? — A voz dele era baixa e agradável, e muito mais perturbadora por causa da pessoa a quem pertencia.

— Enfermeira Hanover — falei. Era um nome genérico que dávamos aos pacientes quando não nos sentíamos confortáveis revelando os reais, e ele seria registrado até na papelada de alta quando ele fosse liberado, assim não teria como me rastrear depois. Já tivemos alguns incidentes em que pacientes encontraram suas enfermeiras fora do trabalho, e em um deles as coisas acabaram muito mal, e agora o hospital fazia o possível para nos proteger.

— Você tem um primeiro nome? — perguntou, com um leve tom de provocação na voz.

— Não — respondi. — É só Hanover. Como Madonna ou Cher.

Ele soltou uma risadinha, e o som me fez querer vomitar. Porque era contagiante. Se eu o tivesse escutado em um bar, teria me virado para ver quem estava rindo, e isso me fez pensar em como pessoas com transtornos de personalidade podiam ser charmosas.

Tirei o oxímetro da máquina e pedi para que ele esticasse o dedo, tomando cuidado para não tocá-lo ao prendê-lo. Deixei o aparelho fazer seu trabalho, afastando-me para abrir sua ficha no computador mais próximo. O nome de Amit estava registrado, então deve ter sido ele a receber esse nojento antes de ser chamado para atender o paciente no quarto três.

O nome do estuprador era Bradley Bluhm, e se ele tivesse qualquer parentesco com a família Bluhm, cujo nome estava em um dos maiores arranha-céus da cidade, ele não era apenas rico, sua família era bilionária. Não era para menos que deram um jeito de subornar, coagir ou pagar para evitar sua prisão. As leis não se aplicavam aos super-ricos, apenas àqueles sem o dinheiro ou os meios para corrompê-las.

A ficha de Brad dizia que ele provavelmente precisaria de pontos na testa e um raio-X das costelas, mas eu ainda teria que perguntar a ele o que aconteceu e fazê-lo descrever seus ferimentos. Não queria fazer isso, então mexi um pouco mais no computador enquanto o monitor de frequência cardíaca registrava um ritmo lento e constante. O cretino estava me encarando sem parar desde que cheguei. Eu podia vê-lo se virando na minha direção pelo canto do olho, e sentia seu olhar percorrendo meu corpo como se fosse algo físico.

Seus colegas estão te vendo, falei a mim mesma. *Josh está te vendo. Se ele surtou quando dois homens estranhos deram em cima de você, imagine só o que ele faria se esse cara encostar em você.*

Pensar nisso quase me fez sorrir. Não que eu precisasse de um homem grande e forte para me proteger ou enfrentar minhas batalhas — ontem à tarde, dei um golpe de judô em um cara vinte quilos mais pesado que eu e o derrubei no meio do tatame — mas era legal saber que Josh estava mais do que disposto a fazê-lo. Parte de mim quase torcia para que Brad tentasse algumas coisa, só para eu ver até onde Josh iria e o quão longe eu estava disposta a ir com ele, porque se ele fosse atrás de Brad, eu com certeza o acompanharia.

Afastei-me do computador e peguei o esfigmomanômetro.

— Pode estender o braço? Preciso medir sua pressão.

Brad se inclinou para frente, tentando encontrar meu olhar, mas eu o evitei. Eu costumava expressar minhas emoções claramente, e não queria que aquele merdinha percebesse o quanto eu o temia e o odiava. O medo não era por causa do que ele poderia fazer comigo; e sim por saber que pessoas como ele viviam e andavam entre todos — pessoas tão quebradas por dentro que nenhuma quantidade de terapia ou medicação poderia torná-las “seguras” para o resto de nós. Pessoas como Bundy, Kemper e aquele cara bonitão do novo documentário da Netflix que meus colegas não paravam de comentar a respeito. Como era seu apelido idiota mesmo? Boneco Ken Assassino?

— Você parece desconfortável — disse Brad, com a voz baixa e persuasiva enquanto eu envolvia o manguito em seu bíceps. Notei os arranhões que cicatrizavam em seu braço e me perguntei se os policiais haviam tido a oportunidade de fotografá-los. — É por causa da confusão infeliz do outro dia?

Mantive a boca fechada, apertando o manguito mais do que o necessário antes de dar um passo para trás e ligar o equipamento. Confusão. A cara de *pau* desse filho da mãe.

— Sei o que deve parecer — disse Brad, quase envergonhado. — Mas se eu realmente tivesse feito o que estão dizendo, não estaria preso agora?

Não respondi, recusando-me a cair na provocação. No lugar disso, cerrei o maxilar e me virei de lado para observar as máquinas. Seus batimentos estavam estáveis em 61 por minuto, e a pressão sanguínea estava saudável, em 115/70. O fato de que até seus sinais vitais mostravam um homem tranquilo me fez querer gritar. Ele não estava nervoso ou agitado enquanto falava sobre o estupro, o que indicava que ou ele era incapaz de sentir qualquer emoção como empatia, ou a mulher da outra noite não havia sido sua primeira vítima. Parte de mim temia que fossem ambas as opções.

Respirei fundo ao tirar o manguito, tentando manter a respiração estável enquanto meu coração batia praticamente duas vezes mais rápido do que o dele e minha pressão sanguínea disparava.

— Preciso dar uma olhada na sua cabeça antes de te levarem para fazer o raio-X nas costelas — falei.

— Ah, é claro. Faria uma daquelas piadas sobre o outro cara estar em condições piores, mas seria mentira — disse ele com uma risada autodepreciativa.

Os pelos da minha nuca se arrepiaram. Apesar do meu nojo, podia ver como alguém cairia no charme dele. Mas meus instintos primitivos não estavam sendo convencidos. Gritavam para que eu me afastasse de Brad o mais rápido possível.

Levei meu tempo empurrando os equipamentos de volta para o canto, tentando reunir minha determinação que enfraquecia para tratá-lo.

— Minha ficha diz o que aconteceu? — perguntou ele, sem me dar tempo para responder. — Aquele homem me perseguiu nas redes sociais para que pudesse me atacar por trás em um bar. Minha sorte é que havia muitas testemunhas e os policiais estavam perto o suficiente para detê-lo.

Continuei sem dizer absolutamente nada, mas por dentro eu estava explodindo. Como nosso sistema judiciário podia ser tão ferrado a ponto de um familiar devastado ser preso enquanto um estuprador seguia livre?

Não aguentaria muito mais disso, mas talvez se eu ficasse calada por tempo o suficiente, Brad teria noção e calaria a boca. Eu com certeza não estava disposta a discutir com um possível psicopata ou entrar nessa narrativa falsa que ele estava criando para si próprio.

Infelizmente, esse era um monstro tagarela.

Brad se inclinou na minha direção, tentando fazer contato visual.

— Tentei dizer que foi um mal-entendido e que sua irmã mais do que consentiu, mas ele não me deu ouvidos.

Meus ouvidos zumbiram conforme o autocontrole começou a me escapar. Considerando a quantidade de cetamina encontrada em seu sistema, a vítima de Brad não estava nem perto de um estado em que pudesse consentir, mesmo que estivesse consciente no momento.

É só fazer seu trabalho e dar o fora, falei a mim mesma, vestindo um par novo de luvas nitrílicas.

— Mas venho de uma família que lida com esse tipo de ataque o tempo todo — disse Brad. — Ficaria surpresa com o tipo de coisa que as pessoas fazem por uma indenização.

Não, falei a mim mesma. *Não caia na provocação.* Ele claramente estava querendo causar uma reação.

Mantive os olhos fixos em uma pequena prateleira ao passar pelo pé da cama de Brad, tomando cuidado para não deixá-lo sair de vista. Minha circulação latejava nos meus ouvidos, e havia tanta adrenalina percorrendo minhas veias que comecei a tremer. Tudo bem. Eu só tinha que limpar a cabeça dele e chamar um assistente para levá-lo para a radiografia no andar de baixo. Depois disso, seria responsabilidade do médico dar os pontos.

Dei uma olhada para o posto de enfermagem e vi Erica e Tanya ali, observando-me com expressões irritadas. Será que elas conseguiam ouvir Brad de lá? Ou era só o fato de vê-lo falando que as deixava na defensiva? De qualquer forma, me senti grata pela proteção. A visão delas me animou um pouco, fazendo-me lembrar que eu não estava sozinha com esse idiota.

— Eu já deveria ter esperado algo assim dela — disse Brad enquanto eu abria a primeira gaveta. — Ela não era exatamente uma mulher de grande qualidade, se é que você me entende. Era de se pensar que ela ficaria grata por receber atenção de alguém do meu nível, mas em vez disso, ela se voltou contra mim e me acusou de atacá-la.

Meus dedos tremeram ao tirar as coisas que precisaria da gaveta. Gaze. Materiais de limpeza. Pontos falsos para manter o corte fechado até que o médico pudesse atendê-lo. Mantive o foco em cada um dos itens para resistir a dar um soco na cara de Brad. Nunca quis tanto ferir alguém, e a violência que gritava para ser liberada era assustadora.

Vi um movimento pelo canto do olho. Desviei para o lado e me virei para encarar Brad, que tinha acabado de tentar me segurar.

Um sorriso surgiu em seu rosto, e o charme se desfez enquanto algo frio e cruel tomava o seu lugar. Merda. Eu finalmente havia tido a reação que ele queria.

— Que assustada — disse ele. — Deve estar com medo. — Pela forma que seu membro começava a fazer volume na calça, ele estava empolgado com a possibilidade.

Infelizmente para ele, meu medo havia se transformado em raiva. Estava tão brava que me senti estranhamente calma ao inclinar a cabeça para o lado e voltar o olhar para seu colo.

— Com medo? — falei. — De um mimadinho com pau de minhoca? — Levantei o olhar até o dele, sabendo que ele podia notar meu ódio, minha ansiedade. — Vá em frente. Tenta me segurar de novo. — Aproximei-me dele pela primeira vez na noite, sentindo o cheiro de álcool velho saindo de seu hálito. Jesus, torcia para que ele o fizesse. Se me tocasse primeiro, eu poderia dizer que agi em autodefesa. — Quero ver se um covarde feito você consegue enfrentar uma mulher totalmente consciente.

Ele pestanejou, e só consegui ver o triunfo breve em seus olhos antes de ele franzir o rosto em uma imitação de medo e começar a gritar.

— Socorro! Socorro! Essa enfermeira acaba de me ameaçar.

Dei um passo rápido para trás, xingando-me por ter deixado ele me manipular.

Várias pessoas vieram correndo com os gritos de Brad, incluindo Ben, um dos seguranças.

— Você está bem, Aly? — perguntou ele e quase o xinguei por ter usado meu nome verdadeiro.

— Estou — respondi.

— Por que está perguntando a ela? — resmungou Brad, todos os sinais do monstro que eu havia acabado de conhecer desaparecendo, substituídos pela imagem perfeita do mimadinho que eu o havia acusado de ser. — Eu que fui ameaçado.

— Não vamos fazer isso de novo, sr. Bluhm — disse Ben, aproximando-se da cama de Brad.

De novo? Brad havia aprontado uma dessas na outra noite? Foi assim que conseguiu sair daqui? Merda. Será que eu havia acabado de dar outro motivo para seus advogados atacarem o hospital?

— Quero meu advogado! — gritou bem na hora. — E quero que aquela enfermeira me atenda. — Ele apontou para Erica, que tinha vindo correndo com Tanya para ajudar.

Erica, que era pequena e magrinha, o mesmo tipo de corpo e cabelo escuro da mulher que Brad havia agredido. Ah, nem a pau. Esse era seu plano desde o início? Substituir-me por sua vítima ideal para poder atormentá-la, ou pior, tentar descobrir quem ela era para atacá-la em seguida?

— Não — falei, virando Erica e levando-a para longe enquanto os outros lidavam com o estuprador que gritava.

Tanya nos encontrou na curva do corredor depois de alguns minutos.

— O que ele falou para você?

Apoiei-me na parede e joguei a cabeça para trás, tentando manter-me sob controle.

— Uma idiotice sobre como a vítima deveria ter agradecido a ele por se dispor a transar com uma mulher de nível tão baixo.

— Mas... isso é... o quê? — gaguejou Erica.

— Ele é totalmente maluco — falei. — E não estou sendo capacitista. Digo isso clinicamente. Posso não ser terapeuta, mas é impossível esse cara não ter TPAS. — Voltei meu olhar para Tanya. — Ele é igual àquele cara do ano passado.

Ela arregalou os olhos.

— O assassino?

Assenti.

Ela desviou o olhar de mim quando uma mulher branca e gordinha com pouco mais de 30 anos juntou-se a nós. Uh-oh. Alguém tinha chamado o RH.

— Oi, Aly — disse Hannah ao nos alcançar. — Quer vir até meu escritório e me contar o que aconteceu?

Suspirei, afastando-me da parede. Tecnicamente, eu não havia quebrado nenhuma regra importante, mas provavelmente receberia uma advertência pelo comentário sobre o pau de minhoca e pela provocação.

— Claro, vamos lá.

Uma hora depois, Brad havia recebido alta, e eu estava de volta à emergência, pronta para receber o próximo paciente. Hannah havia me dado uma advertência não oficial e disse com gentileza para que eu tomasse cuidado com o que falo, ao mesmo tempo em que deu a entender que se estivesse no meu lugar, teria esfaqueado Brad com o objeto cortante mais próximo.

Hannah era uma pessoa legal.

Senti que havia enfrentado a pior parte da noite e saído praticamente ilesa. Até que fui chamada para o estacionamento das ambulâncias para ajudar com uma vítima de acidente de trânsito. Por causa do meu passado, sempre tive dificuldade com esses casos, mas essa noite provou-se minha desgraça.

A vítima era uma mulher na casa dos 50 anos, cabelos escuros e pele oliva. Como minha mãe. E assim como minha mãe, ela havia sido atravessada por um objeto com a batida, mas no lugar do cano que havia entrado direto no peito da minha mãe, essa mulher tinha um pedaço fino e irreconhecível de metal saindo do ombro direito. Ao contrário da minha mãe, ela sobreviveria, e por mais que eu dissesse que aquela não era ela, tudo o que eu conseguia ver era minha mãe me encarando do banco do passageiro, o sangue escorrendo de sua boca ao tentar falar.

— Não consigo — falei, afastando-me da maca enquanto um dos meus colegas corria para me substituir. — Não consigo.

Era como se eu tivesse 16 anos novamente, sentada ao lado da minha mãe sem poder fazer nada enquanto ela morria, as mãos cobertas de sangue enquanto tentava conter o fluxo, a buzina quebrada do carro abafando meus gritos pedindo que alguém, qualquer um, nos ajudasse.

14

Josh

Tinha algo de errado com a Aly. Algo *muito* errado.

Andei de um lado para o outro em frente à mesa do computador, sem conseguir mais ficar parado. Ela estava pegando suas coisas do armário, e para qualquer um que não a conhecesse bem, provavelmente parecia normal. Mas eu a conhecia. Pelo menos conhecia suas expressões, e naquele momento, seu rosto estava inexpressivo como uma pedra. Era como se alguém tivesse sugado sua vida, deixando para trás uma casca funcionando em modo automático.

Era por causa de algo que o estuprador falou a ela? As malditas câmeras da emergência não tinham microfones, então não consegui ouvir a conversa, mas pelo rosto de Aly deu para ver que a coisa foi feia, principalmente no final, quando ele quase a segurou.

Não sei o que eu teria feito se ele tivesse conseguido tocá-la. Já era ruim o bastante saber que Aly estivera na presença de um desgraçado daqueles. Abri sua ficha quando ela foi na direção dele, e o que vi me fez correr para pegar o celular. Ela tinha pedido espaço, mas com certeza isso não contava quando eu precisava alertá-la de um perigo iminente, certo?

Meu maxilar ainda doía por causa da força com que cerrei os dentes depois de ela dizer à enfermeira na linha para me avisar que estava tudo bem.

No segundo em que Aly bateu o olho no estuprador, pude ver que ela não estava "bem". Ela tinha ficado assustada. E não o tipo de assustada que eu gostava — de forma breve e que logo era substituída pelo tesão — mas um medo profundo que sugou a cor de seu rosto. Entendi o motivo quando dei zoom em Bradley Bluhm. Ele tinha o mesmo olhar que o meu pai, e Aly, acostumada a trabalhar em um ambiente tão perigoso, provavelmente era melhor do que a maioria das pessoas em reconhecer monstros e percebeu que estava na presença de um.

Por um momento, me senti ligeiramente melhor por ela nunca ter olhado para mim daquela forma, mas então a realidade angustiante de que ela estava próxima de alguém assim me atingiu e eu me levantei com as chaves na mão antes que pudesse pensar duas vezes. Eu já estava a caminho do carro quando voltei a mim. Ir até lá e invadir a emergência usando uma máscara inspirada em filmes de terror não era a melhor escolha. Eu seria preso e provavelmente levaria um tiro. E por mais que quisesse ir até ela, a ideia de ir como eu mesmo me fez hesitar. Ainda não estava pronto para dar fim ao nosso jogo.

Merda. Isso não era totalmente verdade. O que me impedia eram as possíveis consequências de contar tudo sobre mim a Aly. Havia uma chance real de ela me deixar, e eu tinha acabado de colocar as mãos nela. Não estava pronto para desistir dela tão rápido.

Voltei ao meu quarto e sentei a bunda em frente ao computador, lembrando a mim mesmo que Aly era durona. Tinha visto ela arrebentar um cara com quase o dobro de seu tamanho no dia anterior. Ela lutava bem: era rápida, corajosa e quase imprudente. E, considerando o sorriso em seu rosto, gostava de lutar. Tinha certeza de que ela conseguiria se defender de alguém como Brad, principalmente porque homens como ele eram grandes covardes. No fundo, temiam as mulheres tanto quanto as odiavam. Havia várias histórias de pessoas como Bundy, o *Night Stalker* e até meu pai fugindo quando suas vítimas resistiam e começavam a sair na vantagem.

Aly tinha vários objetos por perto que poderiam ser usados como armas e muitas pessoas que correriam para ajudá-la. Ela ficaria bem.

Foi o que pensei até Brad abrir a boca e o maxilar de Aly se contrair como se ela tivesse engolido a resposta. O que ele tinha dito? Inclinei-me para frente e foquei o rosto de Brad, tentando ler seus lábios, com vontade de socar sua boca e acabar com aquele sorriso falso. O olhar dele estava tão preso em Aly quanto o meu estava nele, percorrendo-a dos pés à cabeça de uma maneira cobiçosa que despertou meu lado primitivo.

— Mete um soco na cara dele — falei para Aly, que não ouvia.

— Bate a cabeça dele contra aquele vidro.

— Ah, não, tem razão. Seria muito melhor enforcá-lo com o fio desse equipamento que está pegando.

Infelizmente, ela não fez nada disso. E também não olhou diretamente para Brad, não depois daquela primeira vez. Ele realmente deve tê-la deixado nervosa.

Ela atravessou o pé da cama e consegui dar uma boa olhada em seu rosto. Não. Ela não estava nervosa; estava furiosa. O que aquele merdinha estava falando para ela?

— Cuidado! — gritei quando ele tentou alcançá-la. Se aquele filho da mãe a machucasse, seria uma das últimas coisas que faria.

Ela desviou com facilidade, mas em vez de se afastar, ela se aproximou, com uma expressão que eu nunca tinha visto antes. Era quase serena, mas seu olhar estava tão intenso que parecia tentar incendiar Brad. Parecia um pouco maluca, então é claro que meu pau escolheu esse momento para entrar na conversa. Nem tentei impedir a reação do meu corpo à Aly Assustadora porque, caramba, vê-la dar uma de fodona para cima do Brad era muito sexy. Talvez eu gozasse se ela realmente batesse nele.

Infelizmente, ela não teve a chance. Comprovando meu argumento sobre covardes, Brad contorceu o rosto e começou a gritar, provavelmente por ajuda, aquele merdinha manipulador.

Abri uma nova janela no navegador e comecei a pesquisar tudo o que era possível sobre ele, e agora, cinco horas mais tarde, tinha chegado a uma conclusão: Bradley Bluhm precisava morrer. Quanto antes, melhor.

Pensaria em como resolver isso quando tivesse mais tempo livre. Agora, Aly precisava de mim.

Apesar do que ocorreu entre ela e Brad, eu não achava que ele era o motivo de seu estado atual. Ela tinha ficado puta, mas pelo que vi, recuperou-se logo. Nem a bronca que levou no escritório daquela mulher do RH pareceu tão ruim.

Eu tinha desviado o olhar quando elas começaram a rir e me distraído com a minha pesquisa. Será que outra coisa tinha acontecido com a Aly enquanto eu estava focado em outra coisa? Eu tinha dado uma ou outra olhada nela durante o resto do plantão e ela parecera bem, só um pouco quieta. Será que a crise que estava tendo agora era uma reação atrasada à interação ruim com Brad, ou meu instinto estava certo e eu tinha perdido algo?

A ignorância estava me enlouquecendo.

Peguei o celular da mesa e, sem conseguir me conter, mandei uma mensagem para Aly. *Por favor, não dirija nesse estado. Sei que disse que precisava de espaço, mas deixa eu ir te buscar. Ou, pelo menos, peça um Uber.*

Na tela, ela conferiu o celular, encarando-o sem emoção. Eu não estava gostando nada disso.

Vou chamar um Uber, respondeu ela, sem os insultos de sempre por eu a estar observando. Talvez ela finalmente tivesse aceitado minha vigilância constante, mas eu não achava que isso a impediria de me provocar em circunstâncias normais.

Uma de suas colegas, uma mulher negra com quem eu via Aly conversar com tanta frequência que supunha serem boas amigas, colocou um braço em seus ombros e falou com ela. Queria poder ouvir o que estava dizendo. Sua expressão era de pura empatia e compreensão. Será que Aly tinha perdido um paciente enquanto eu me informava sobre os crimes passados de Brad? Eu sabia que isso era especialmente difícil para ela.

A conversa foi breve e acabou em um abraço demorado. Aly deu as costas para a colega depois disso e foi até a porta. Usei as câmeras para segui-la por toda a saída do hospital e, no momento em que seu Uber começou a se afastar da porta lateral, eu tinha tomado minha decisão. Chega de espaço. Eu tinha dado a Aly os dias que ela pedira, segurando-me todas as vezes que peguei o celular para mandar uma mensagem a ela.

Queria que nosso reencontro tivesse uma natureza sexual, mas ela claramente não deveria ficar sozinha no momento, e apesar de eu ainda estar duro, sexo era a última coisa que eu tinha em mente. Ela precisava de conforto e companhia. De alguém para escutá-la ou abraçá-la enquanto chorava.

Troquei a máscara por uma balaclava. Eu tinha a impressão de que seria uma manhã longa e não queria ficar preso em uma casca plástica o tempo todo.

Tyler logo acordaria, então enviei uma mensagem dizendo que precisei dar uma saída, peguei minhas chaves e mochila, e saí.

Pela primeira vez desde que eu começara a observá-la, Aly foi embora do hospital no horário certo, então o sol ainda não tinha nascido e as estradas estavam praticamente livres para mim. Ainda assim, ela morava mais perto do hospital do que eu dela, e a câmera da porta da frente mostrou-a chegando vários minutos antes de mim.

Estacionei na esquina, fora de vista, e fui até lá a pé. Estava congelando. Os noticiários tinham alertado que estávamos prestes a enfrentar um vórtice polar, mas esse era o primeiro do ano e eu tinha esquecido como podia ficar frio. Minha respiração formou nuvens no ar ao meu redor, e apesar de ainda não ser necessário, vesti a balaclava para afastar o gelo da pele. Tempo infernal.

Não me dei ao trabalho de desligar as câmeras de Aly já que meu rosto estava coberto, e também não me dei o trabalho de bater, usando a chave que fiz para entrar pela porta da frente. Fred veio correndo até mim, o rabo para cima e a boca aberta ao cantar o som de seu povo.

Tirei a jaqueta e peguei-o do chão antes de entrar na casa.

— Precisamos dar um jeito nessas suas habilidades sociais, carinha. Imagina se a mamãe e o papai fossem como você e começássemos a gritar ao chegar em casa.

O som da minha voz me fez hesitar. Minha voz *não modulada*. Merda. Na pressa de sair do apartamento, esqueci que o modulador estava preso à máscara. Que erro de amador. Não voltaria para buscar — agora que eu estava aqui, só iria embora se Aly mandasse — então teria que encontrar outra forma de falar com ela, porque estava cansado das mensagens, e tinha certeza de que ela também.

Ao me aproximar do quarto de Aly, ouvi a água do chuveiro caindo. Eu tinha alguns minutos.

— O que acha disso? — perguntei para Fred, que ronronava, deixando a voz tão grave quanto confortavelmente possível. — Sou o Batman.

Fred semicerrou os olhos e enfiou as garras na minha jaqueta, amassando-a, então presumi que ele tinha gostado.

Eu o acariciei com o rosto através da máscara e o coloquei de volta no chão ao seguir direto para a cozinha. Algumas pessoas perdiam o apetite quando estavam chateadas, então não queria fazer outro café da manhã elaborado para Aly só para ser desperdiçado. Acima de tudo, não queria fritar mais bacon. Isso trazia à tona lembranças de quando meu pai teve a ideia "genial" de se livrar de sua última vítima durante um, agora infame, churrasco de 4 de julho. Sou vegano desde então, e até hoje, quase 20 anos depois, sinto vontade de vomitar com o cheiro de carne assando.

O que Aly poderia querer no lugar de comida? Vinho, ou talvez um chá relaxante? Serviria os dois. Assim, ela poderia escolher.

O chuveiro foi desligado pouco depois do chá acabar de ferver e eu peguei a caneca e o vinho e fui até seu quarto. Ela estava vestida em um roupão branco e pesado, penteando o cabelo de costas para mim quando entrei.

— Não sabia o que queria então trouxe… AI!

Ela se virou com tudo e jogou a escova na minha cabeça, e eu queimei a mão com o chá fervente ao me abaixar para desviar.

— Merda! — gritamos ao mesmo tempo antes de atropelarmos as palavras um do outro.

— Não pode entrar de fininho assim!

— Achei que tinha me escutado.

Coloquei o vinho e o chá em cima da cômoda e dei meia-volta para passar uma água na minha pele queimada na cozinha.

Aly logo me seguiu.

— O que aconteceu com sua voz? Você é o quê, uma versão assustadora e mascarada do Batman?

— *Maskman*? — retruquei. — Gostei.

— Espero que também goste do som de sinos, porque vou te arranjar uma coleira com guizos para que não consiga chegar de surpresa assim de novo.

Apesar da dor, abri um sorriso.

— Que delícia.

— Inferno — murmurou Aly.

Fechei a boca para segurar uma risada.

— Vem aqui, deixa eu dar uma olhada — disse ela ao chegarmos na pia.

Abri a água fria da torneira e dei uma olhada na minha pele vermelha antes de voltar o olhar para Aly, vendo-a com as sobrancelhas franzidas ao pegar minha mão na dela. Ela analisou meu ferimento mais recente de forma profissional e rápida, mudou a temperatura da torneira de fria para morna e colocou minha mão debaixo da água.

— Não está tão ruim — disse ela. — E pelo menos não foi na mão que esfaqueei.

Estendi o braço para acariciar a ruga que se formou entre suas sobrancelhas, mas vê-la levemente irritada era melhor do que não ver emoção nenhuma.

— Ah é, é muito melhor não poder usar as duas mãos do que só uma.

Ela balançou a cabeça e murmurou algo indiscernível que pareceu levemente ameaçador e fiquei feliz por ela não conseguir ver o tamanho do meu sorriso. As mulheres costumavam não gostar quando os outros achavam seu mau humor fofo, e eu poderia apostar que Aly não era uma exceção. Mas eu não conseguia me conter. Ela era uma fofura, especialmente porque depois de vê-la com Brad, sabia que comigo ela era como um cão que ladra, mas não morde.

— As lentes azuis deram um toque legal — disse ela, olhando para mim. — Mas consigo ver uma linha castanha ao redor delas.

Merda. Sabia que deveria ter comprado um par sob medida.

Seu olhar não se prolongou muito em mim, apenas o suficiente para transparecer sua reprovação por eu continuar com essa farsa, antes de desviar os olhos para baixo. Ficamos em silêncio enquanto ela assistia a água cair sobre minha mão e aproveitei para absorver cada detalhe dela. Seu cabelo molhado deixara manchas úmidas no roupão, e seus olhos estavam um pouco avermelhados, como se ela tivesse chorado no banho. A pele abaixo deles estava um pouco arroxeada, um sinal claro de exaustação, e ver a vida começar a se esvair de seu rosto novamente me fez querer pegá-la em meus braços novamente e nunca mais soltá-la.

— Você está aqui — disse, tão baixo que quase não ouvi as palavras.

Coloquei a mão na dela e a puxei para um abraço.

— Você precisava de mim.

Ela ficou na ponta dos pés, colocou os braços em volta do meu pescoço e enfiou o rosto no meu peito, respirando tão fundo que as laterais do seu corpo pressionaram contra meus bíceps. Ela começou a tremer ao expirar, e eu cedi ao desejo de pegá-la no colo, descendo as mãos até suas coxas e levantando-a. Suas longas pernas envolveram minha cintura, os braços apertando meus ombros ao esconder o rosto no meu pescoço.

— O que aconteceu? — perguntei. — Não pode ter sido só o Brad.

— Foi minha mãe — sussurrou contra minha pele.

Franzi o cenho.

— Achei que sua mãe tivesse falecido.

Ela ficou tensa.

Merda. Deveria ter mantido o fato de que eu sabia dessa informação para mim mesmo.

Ela se afastou o suficiente para fazer contato visual, não se dando ao trabalho de esconder as lágrimas que caiam lentamente de seus olhos.

— Você é tão legal que às vezes esqueço como é esquisito.

Eu tinha uma resposta sarcástica na ponta da língua, mas a contive.

— O que quer dizer? Algo aconteceu com sua mãe?

Ela suspirou e começou a se afastar, mas eu a segurei, sem querer deixá-la colocar um espaço entre nós. Pelo jeito, ela não queria se afastar de verdade porque desistiu ao perceber minha intenção e se aconchegou de novo.

— Eu a matei.

Dessa vez, fui eu quem ficou totalmente tenso. Do que diabos ela estava falando?

— Achei que ela tivesse falecido em um acidente de carro.

— E faleceu — respondeu Aly. — Eu estava dirigindo. Ela estava tentando me ensinar a usar o câmbio manual e era nossa primeira vez em uma estrada de verdade. Antes disso, treinamos em estacionamentos vazios e ela achou que eu estava pronta para dar o próximo passo. Quase deixei o motor morrer no sinal vermelho e entrei em pânico quando o carro sacudiu para frente. Pisei com tudo, mas em vez de apertar o freio, meu pé foi parar no acelerador e fomos lançadas no cruzamento.

Puta merda.

— Um carro bateu na traseira, fazendo-nos girar, e um caminhão nos atingiu de frente — disse ela. — O motorista do caminhão conseguiu pisar no freio no último segundo, mas o impacto foi o suficiente para todos os airbags serem acionados, e eu quebrei os dois tornozelos quando a parte da frente foi amassada. Bati a cabeça com tanta força que fiquei tonta por alguns minutos, e quando retomei a consciência, estava com tanta dor que levei um tempo para ver o cano que saía do peito da minha mãe. Ele se soltou do caminhão com o impacto e a atravessou.

— Eu sinto muitíssimo — falei, abraçando Aly com força. As palavras pareciam inúteis. Por que não existia uma forma melhor de expressar empatia em momentos como esses? Algum jeito de dizer que você sentia muito que mostrasse como seu coração estava partido por alguém e que você faria qualquer coisa para aliviar aquela dor.

Aly tremeu ao perder a luta contra as lágrimas, as próximas palavras saindo entre soluços.

— Não pude salvá-la.

Tudo fez sentido. Aly não tinha conseguido salvar sua mãe, então agora ela passava todas as horas do dia tentando salvar outras pessoas, mesmo às custas de sua saúde mental e física. Isso me fez querer protegê-la ainda mais. Uma pessoa tão altruísta e empática deveria ser protegida a qualquer custo, até de si mesma, se necessário.

— Aconteceu um acidente de carro hoje — disse ela. — A mulher parecia com a minha mãe e eu simplesmente... não aguentei. Não consegui atendê-la.

Fui da cozinha até a sala de estar e me sentei no sofá com Aly ainda em meus braços.

— Ninguém te culparia por isso.

Ela fungou.

— Eu me culpo.

Coloquei o cabelo dela sobre seu ombro e acariciei suas costas.

— Não deveria. Reviver o trauma não é a resposta.

— Já faz quase dez anos. Eu não deveria ainda estar traumatizada.

Pressionei meus lábios cobertos contra sua testa.

— Não existe um tempo limite para o luto ou o trauma.

Ela se afastou o suficiente para me encarar, com os olhos vermelhos e bochechas coradas, mais bonita do que nunca por estar confiando a mim sua vulnerabilidade.

— Você parece minha terapeuta.

A risada que soltei em resposta foi seca.

— Provavelmente porque faço terapia há tanto tempo que sei o que um terapeuta diria nesse momento.

— E o que diria?

— Um terapeuta diria que não foi você quem matou sua mãe. Que o que aconteceu foi um acidente.

— Justo — falou Aly com outra fungada. — Mas continuo sendo culpada por sua morte.

— Uma ideia: a culpa é do motorista do caminhão por não ter desviado. Ou do outro motorista por ter batido em você. Ou até mesmo da sua mãe por te levar à estrada quando não estava preparada.

— Ei — respondeu ela, seu olhar cheio de reprovação ao começar a sair do meu colo.

Segurei ela mais firme em meus braços e a trouxe de volta para meu peito.

— É sério, Aly. Cada envolvido teve tanta responsabilidade quanto você. Não é justo carregar toda a culpa sozinha. Diria para outro adolescente de 16 anos nessa situação que é culpado pela morte dos pais?

Ela estremeceu.

— Jesus. Nunca.

— Então por que faz isso consigo mesma? — Ela não teve nenhuma resposta para isso, então aproveitei. — Não conheci sua mãe, mas posso apostar que ela não gostaria de ver você se punindo por sua morte. Ela gostaria que você vivesse sem culpa. Gostaria de te ver saudável e feliz, e ao negligenciar a si mesma e encarar esses plantões infinitos, você está indo na direção oposta.

— Mas é tão difícil — disse ela, cravando os dedos na minha camisa. — O hospital está com poucos funcionários.

Segurei suas pernas e a trouxe para mais perto, querendo acabar com aquele pequeno espaço que ainda existia entre nós, desejando poder entrar dentro dela e consertar todos os seus pensamentos.

— Eu sei — falei. — Mas você não vai conseguir ajudar ninguém se esgotar a si mesma. Pessoas exaustas são descuidadas. Cometem erros que as fazem ser pegas. — Malditos pensamentos sobre meu pai se enfiando em todas as conversas. — Digo, que as fazem causar problemas. Você nunca se perdoaria se atendesse alguém depois de ter passado do limite da exaustão e acabasse cometendo um descuido que piorasse a situação da pessoa.

Seu hálito esquentou meu pescoço quando ela suspirou com força.

— Você tem razão. Sei que tem, mas é quase um vício a essa altura. — Ela parecia melhor do que há pouco, mais ela mesma, e isso me fez querer provocá-la um pouco.

— Bom, teremos as próximas duas semanas de folga para dar um jeito nisso — falei.

Ela se afastou, e eu deveria ganhar um prêmio por manter o olhar em seu rosto em vez de direcioná-lo para onde seu roupão se abriu, revelando uma faixa de pele oliva até seu umbigo. Ainda mais abaixo, pelo canto do olho, vi que o roupão também tinha se aberto abaixo do nó e Aly estava nua por baixo dele.

Caralho.

— Como ficou sabendo que minhas férias foram antecipadas? — perguntou. — E como assim "teremos" duas semanas de folga?

Ignorei sua primeira pergunta. Ela já sabia a resposta.

— Também tirei férias. Pensei em aproveitarmos um tempo em família. Eu, você. E nosso filho mal-educado que acabou de esfregar o traseiro no tapete atrás de você.

Ela se virou, o roupão se abrindo ainda mais.

— Eca, Fred! Está com verme de novo?

Ele levantou a cabeça de onde estava dormindo tranquilo em sua casinha de feltro ao lado da TV e olhou como se dissesse: *Eu? O que fiz agora?*

Ela se virou de volta para frente, o rosto assumindo uma expressão exasperada.

— Você não consegue se controlar, né?

— Não quando é tão fácil mexer com você.

O vestígio de um sorriso fez os cantos de seus lábios se erguerem, e algo relaxou dentro de mim. Ela tinha todo o direito de estar chateada, e eu tinha certeza de que essa não seria a nossa última conversa sobre o quanto ela se esforçava além do limite, mas ainda era bom saber que eu conseguia fazê-la sorrir, mesmo nos piores momentos. Isso tinha que significar alguma coisa, certo? Que isso era mais do que uma ficada, mais do que um relacionamento casual. Que tinha o potencial de virar algo sério e eu não estava me iludindo ao elaborar meu plano para fazê-la se apaixonar por mim.

Ergui as pernas, fazendo-a ir para frente e cair em cima de mim, escondendo aquela linda pele antes que eu cedesse à vontade de tocá-la. Ela apoiou a bochecha no meu ombro.

— Foi você quem ligou para o ramal da emergência hoje, né?

— Foi.

— O que ia falar?

— Ia te avisar sobre Brad. Eu abri o histórico dele do hospital e tive um pressentimento ruim.

— E com motivo.

Acariciei suas costas.

— Ah, você não faz ideia.

Ela levantou a cabeça o suficiente para olhar em meus olhos.

— O que quer dizer?

— A família dele vem encobrindo seus crimes ou pagando suas vítimas desde que ele era adolescente — contei.

— Então eu tinha razão. Ele é um monstro.

Não era uma pergunta, mas respondi mesmo assim.

— É.

Ela abaixou o olhar, que se tornou sombrio enquanto ela encarava a parede.

— Tive vontade de matá-lo.

Fiquei completamente imóvel abaixo dela.

— O que ele te falou?

— Um monte de merda sobre como a vítima tinha consentido e só mentiu para conseguir dinheiro — disse ela. — Mas foi mais do que isso. Tudo nele me causou arrepios. Depois que ele tentou me segurar, eu o provoquei, torcendo para que ele tentasse de novo ou me desse um soco para que eu tivesse uma desculpa para atacá-lo. — Ela abaixou o tom de voz. — Foi bom ele não ter feito isso porque não acho que eu teria parado. Eu me senti fora de mim. Sei que parece ruim, mas só consigo descrever assim. Me senti totalmente descontrolada, como se pudesse fazer qualquer coisa naquele momento.

Abracei ela com mais força, com cuidado para não apertá-la demais porque tinha tanta adrenalina percorrendo minhas veias que era como se eu estivesse naquela emergência com ela, mais do que disposto a ser preso por matar um homem.

— Sei que pareço um disco arranhado, mas sinto muito — falei. — E se faz você se sentir melhor, tive a mesma reação, mesmo sem ouvir o que aquele desgraçado falou para você. A expressão no seu rosto foi o suficiente para me levar ao limite. Precisei de todo o meu autocontrole para não aparecer lá. Se eu soubesse que ele estava te provocando... — Virei a cabeça para que ela não visse a batalha que estava sendo travada na minha mente.

Não, eu não queria ser como meu pai, e não, eu não achava mais que tinha algum risco de eu acabar como ele, mas, às vezes, ainda me preocupava com o risco de ser controlado por impulsos que me levariam a um péssimo caminho e me transformariam em um tipo de monstro. Como Dexter ou Joe. Alguém que fazia coisas horríveis, mas encontrava uma forma de justificá-las para si mesmo.

Aly se afastou do meu peito o suficiente para conseguir segurar meu queixo em sua mão e me virar de volta para ela.

— Queria que tivesse aparecido lá. — Seu olhar percorreu meu corpo, observando minha camisa preta apertada e a forma como meu membro fazia volume contra o jeans, mesmo ao conversarmos sobre algo violento. Tive medo de que ela ficasse enojada pela minha excitação, mas em vez disso, seus lábios abriram um sorriso malicioso. — Ver você acabando com ele teria sido a coisa mais sexy que já presenciei na vida.

— Ainda podemos fazer isso acontecer — disse, parcialmente brincando.

Ela se acomodou no meu colo e eu quase gemi com a forma que seu roupão se abriu. Enquanto eu assistia, ela abaixou a mão e puxou a ponta da faixa felpuda que mal prendia a roupa. Ela olhou para baixo e continuou a puxar, de uma forma dolorosamente lenta, mordendo o lábio inferior de um jeito que fez meu pau pressionar contra o zíper.

— Aly — falei, com um leve tom de alerta na voz. Não foi para isso que vim aqui. Ela tinha passado por uma noite horrível. Deveríamos falar mais a respeito e explorar mais seu vício de colocar todos os outros acima de si mesma.

Seus olhos voltaram-se para os meus, e sem quebrar o contato visual, ela tirou a faixa, deixando o roupão cair. Fiquei com água na boca com a visão de seus seios perfeitamente redondos, a circunferência grande o suficiente para preencher minhas mãos, os mamilos em um tom de rosa queimado vários tons mais escuro do que sua pele, já endurecidos de desejo. Ela levantou minhas mãos e as colocou em seus peitos, e precisei fazer um esforço monumental para me impedir de deslizar os dedões em seus mamilos.

— Deveríamos conversar mais sobre o que aconteceu essa noite — falei.

Ela soltou um suspiro.

— Não quero mais conversar. Estou há horas pensando nisso e só quero desligar o cérebro um pouquinho. — Ela inclinou o corpo para frente, esfregando os peitos nas minhas mãos. — Quero ser má — falou ela. — Quero que você me faça esquecer o Brad e todas as merdas horríveis que vi. Quero que use meu corpo como seu brinquedo.

Sem conseguir mais me segurar, deslizei os dedões em seus mamilos.

Ela estremeceu e pressionou os quadris para baixo, rebolando seu sexo nu em mim.

— Quero que seja perverso.

Ergui o olhar de seus peitos e a encontrei me observando com uma intensidade que fez minhas bolas contraírem.

— Quão perverso?

— Mais do que na outra noite. Sei que você se segurou. — Ela colocou a mão entre nós e apalpou meu pau por cima da calça. — Não se segure.

Eu gemi.

— Caralho, Aly. Sabe o que está pedindo?

Jesus, será que eu mesmo sabia? Tinha vindo aqui na intenção de reconfortá-la, mas ela tinha acabado de jogar esse plano no lixo com essa declaração. Tinha tantas coisas terríveis na minha mente que eu não conseguia entender onde deveria ser o limite, até onde eu deveria arrastá-la para a escuridão comigo.

— Sei que te quero — disse ela. — E sei que confio em você o suficiente para me colocar em suas mãos.

Ofeguei quando ela me apertou por cima da calça, lembrando como foi bom sentir a boca dela em volta do meu pau, o jeito que seus seios balançavam à medida que eu estocava entre neles. Até agora, a maior parte das coisas que tinham acontecido entre nós foram voltadas a mim e aos meus desejos. Aqui estava ela, corajosa o suficiente para confiar o seu prazer a mim, corajosa o suficiente para me dizer o que queria. O mínimo que eu podia fazer era atender aos seus desejos.

A calma me cobriu feito uma segunda pele. A vontade de provocá-la tinha desaparecido. O homem que ela pensava ser fofo, divertido e seguro, que se escondia do mundo por medo de ser reconhecido, tinha desaparecido. O que sobrou foi a parte de mim que arrancava roupas e se cobria de sangue para apavorar e excitar milhões de estranhos na internet. Esse lado era todo baseado em ego. Queria Aly de joelhos para mim, submissa e me venerando. Queria vê-la engatinhando nua até mim, antes de beijar minhas botas e lamber a lâmina da minha faca.

Ela respirou fundo ao ver a mudança me atingir, observando meus olhos conforme a humanidade se esvaía deles e meu desejo por ela tomava conta. Suas pupilas se dilataram em uma mistura de antecipação, tesão e um toque de medo. Que bom. Ela deveria estar com medo. Eu estava com vontade de destruir alguma coisa.

Segurei as coxas dela e me levantei.

— Sem palavras de segurança.

Ela se agarrou a mim, parecendo sem fôlego ao responder.

— Sem palavras de segurança.

Fui até seu quarto e a joguei na cama. Ela soltou um gritinho de surpresa ao quicar no colchão. Deixei ela ali para buscar minha mochila e me certificar de que Fred ainda estava cuidando da própria vida na casinha de feltro e não tinha entrado escondido no quarto enquanto estávamos distraídos. Nenhuma criança deveria ver o que eu estava prestes a fazer com sua mãe.

Peguei a faca ao voltar para o quarto, deixando minha mochila de lado e puxando a lâmina ao fechar a porta com um chute. Ficamos praticamente na escuridão total, mas Aly deve ter sentido o perigo no quarto, porque se afastou conforme eu me aproximava dela, o medo vencendo o tesão.

Levantei a faca no alto.

Ela se jogou para o lado mais distante da cama.

— O que você…

Eu esfaqueei.

Direto no canto do colchão.

Ela levou as mãos à boca para abafar o grito horrorizado.

Eu curvei um dedo para ela, chamando-a.

— Venha aqui, Aly — falei, usando a outra mão para envolver o cabo da faca, de forma que não houvesse dúvidas sobre minha intenção. — Quero ver você cavalgando.

15

Aly

Meu coração estava tão acelerado que parecia tentar escapar do meu peito. Puta merda, por um segundo achei que Josh me mataria. Tinha que lembrar que esse homem levava minhas palavras a sério. Na internet, eu havia implorado para que ele invadisse minha casa, e ele o fizera. Agora eu tinha pedido por perversão, e ele estava atendendo. Eu deveria ter imaginado que isso teria um custo.

Voltei o olhar para o cabo da faca que saía da minha cama. Minha linda cama que havia custado tanto dinheiro.

— A nova chega amanhã — disse Josh, a voz sedutoramente baixa em seu esforço de disfarçá-la.

Olhei para ele.

Ele inclinou a cabeça, indicando o colchão.

— Esse é pequeno demais para mim, então comprei o mesmo estrado, cabeceira, base e colchão no tamanho Califórnia King.

Minha respiração saiu acelerada. Ele chamava meu gato de filho. Comprou uma cama para nós dois como se planejasse passar um bom tempo nela comigo. Quando precisei dele, veio até mim, abraçou-me enquanto eu chorava, me ajudou com meus problemas e escutou sem me julgar quando eu confessei que queria matar alguém.

Não conseguia me lembrar da última vez que alguém esteve presente para mim como ele. Com certeza nenhum dos homens com quem saí ou transei recentemente. Todos deram o fora quando eu fiquei ocupada com o trabalho. E o que o Josh havia feito? Me vigiado durante o plantão, sem querer me perder de vista mesmo depois de eu ter pedido espaço.

Ele já havia me garantido duas vezes que isso não era só uma pegação com fetiches, mas provavelmente sabia que só palavras não bastavam, porque estava se saindo bem em demonstrar. Já era hora de começar a acreditar nele em vez de achar que o pior aconteceria. Sim, ele poderia acabar partindo meu coração, mas se eu não desse uma chance a isso, seria eu a fazê-lo, e provavelmente o dele junto.

Sentei-me e tirei os braços de dentro do roupão, deixando-o cair nos cobertores atrás de mim. Seus olhos percorrem meu corpo com uma intensidade febril, como se não soubesse para onde olhar, então tentava me absorver toda de uma vez. Eu nunca me cansaria de ser observada assim: como se eu fosse alguém a ser cuidada e desejada ao mesmo tempo. Isso fazia eu me sentir segura com ele, por mais que ele ainda conseguisse me assustar às vezes.

Mesmo assim, a leve apreensão por nunca saber o que ele faria em seguida só me fazia querê-lo mais. Fazia eu ter vontade de ser corajosa por ele, mas eu ainda tinha algumas preocupações em relação ao seu pedido. O cabo da faca era comprido e largo, com uma cabeça arredonda e uma leve ondulação mais adequada a uma faca de cozinha do que de caça. Não achava que me machucaria, mas ainda havia o risco de infecção ou de eu acabar me cortando.

Ele estendeu o braço para trás e pegou a mochila. Mantendo o olhar em mim, ele tirou de lá o que parecia ser um pacote de lenços desinfetantes.

— Se acha que eu deixaria algo ruim acontecer com essa boceta perfeita — disse ele, encarando o centro das minhas coxas — não tem prestado atenção. — Ele abriu o pacote e tirou um lencinho, esfregando-o no cabo da faca. — Vem aqui, Aly. Estou perdendo a paciência e você ainda não está pronta para quando isso acontecer.

Meus músculos se contraíram em antecipação. Ai, caralho, por que a ideia de vê-lo perdendo o controle era tão sexy?

Desci da cama e a circulei até chegar nele, parando tão perto que precisei inclinar a cabeça para trás para olhar em seus olhos. Esperava que ele visse a mesma coisa que eu quando o encarava: desejo combinado a uma afeição genuína. Sim, eu cobiçava seu corpo grande e bonito, mas sua personalidade me excitava na mesma medida.

— Quero te beijar — falei, as palavras escapando da minha boca assim que o pensamento se formou na minha mente.

— Então se vire — grunhiu ele.

Franzi o cenho, uma resposta na ponta da língua — como conseguiríamos nos beijar assim? — mas algo em seu olhar indicou que esse não era o momento para brincadeiras, então eu me virei e fiquei imaginando o que ele planejava até que ouvi um farfalhar atrás de mim.

Ele aproximou, o peito roçando nas minhas costas, e então colocou o que pareceu uma máscara de dormir de seda sobre meus olhos. Meu mundo caiu na escuridão quando ele a amarrou no lugar. Ok, não tinha problema. Podia aceitar ser vendada se isso significasse que eu poderia beijar sua...

Soltei um gritinho quando ele puxou minhas mãos para trás. Um aviso antes teria sido legal, mas pensando bem, legal não era o que eu tinha pedido, era? Senti o frio do metal no pulso direito e, sim, ele estava me algemando. Ainda não tinha problema. Não havia motivo para entrar em pânico com a ideia de que eu nunca estive tão vulnerável na vida.

Por favor, Deus ou Buda, ou seja lá quem está escutando, não me deixe estar errada sobre esse homem, rezei.

— Sua respiração está pesada, Aly — disse ele, com um toque de felicidade na voz ao usar as algemas para me trazer para perto dele. Sua ereção pressionou contra minha lombar e tive que me segurar para não me esfregar nela como se estivesse no cio. — Está com medo?

— Sim, mas eu gosto — confessei, e proferir aquelas palavras foi libertador de uma forma que eu não esperava.

Esperava ter me sentido culpada, suja, mas quando Josh soltou um grunhido atormentado e colocou a mão grande envolta da minha garganta, só senti tesão. Imagens do que ele poderia fazer comigo enquanto eu estava amarrada assim surgiram na minha mente. Ele poderia me amarrar à cabeceira da cama e me provocar até que eu desmaiasse. Ou me fazer ficar de quatro e me foder por trás, usando as algemas para me puxar a cada estocada forte.

Sim, por favor.

Ele apertou um pouco mais minha garganta antes de soltá-la e deslizar os dedos para baixo. Prendi a respiração, a antecipação me atravessando quando as pontas de seus dedos passaram pela minha clavícula. Com a visão obscurecida, meus outros sentidos se apuraram. Minha pele ficou hipersensível ao seu toque. Os suspiros suaves que agitavam meu cabelo eram como sussurros. Estávamos tão próximos que senti seu coração bater contra minhas costas, tão acelerado quanto o meu, o único indício de que ele estava tão impactado com isso quanto eu.

Conforme uma mão descia, a outra subia, e elas se encontraram no meio, segurando meus peitos como haviam feito no sofá. A diferença era que dessa vez não houve hesitação, e os dedões de Josh começaram a acariciar meus mamilos, indo para frente e para trás, sem nenhum ritmo de modo que cada um era estimulado antes mesmo de eu ter processado o prazer que irradiava do outro. A sensação foi direto para o meu interior, fazendo meus joelhos fraquejarem e minha circulação acelerar. Também queria que ele sentisse prazer, então levantei as mãos e tentei tocar em sua ereção.

Ele fez um som de desaprovação e afastou os quadris, negando-me.

— Isso é sobre você — disse ele, beliscando um mamilo e depois o outro levemente. — Você vai ficar sentada. Eu vou brincar.

Me contorci em suas mãos. Se ele continuasse, eu me sentaria antes do que ele queria. No chão, aos seus pés. Minhas pernas não aguentariam essa tortura deliciosa por muito mais tempo.

Uma de suas mãos deixou meu peito e desceu mais, e ele era tão mais alto do que eu que precisou se abaixar para alcançar entre minhas pernas, levando os lábios à minha orelha. Prendi a respiração, esperando por aquele maravilhoso primeiro toque, mas ele não veio. Em vez disso, ele percorreu a parte superior da minha coxa e seguiu pela lateral, parando logo antes de chegar onde eu queria.

— Também quero te beijar — disse ele, os lábios tocando levemente a concha da minha orelha.

Senti um arrepio e virei a cabeça em sua direção. Não era o melhor ângulo para nos beijarmos, mas eu estava tão desesperada que estava disposta a arriscar um torcicolo se fosse preciso.

Ele riu baixinho.

— Não na boca.

Minha cabeça girou enquanto ele me virava. Ouvi um baque, como se ele tivesse ficado de joelhos na minha frente e, por Deus, se não fossem as algemas eu teria arrancado a venda para ver isso. Fiquei ofegante, esperando seu próximo movimento, e eu tinha a impressão de que ele sabia bem o que estava causando em mim e adorava me fazer esperar. Não era surpreendente ele estar me zoando mesmo nesse momento.

De alguma forma, consegui manter a boca fechada em vez de xingá-lo e exigir que me tocasse, e minha ansiedade só aumentava a cada segundo. O que ele estava fazendo? Para onde estava olhando? Até quando pretendia continuar com isso?

Dei um pulinho para trás de surpresa quando sua mão tocou meu tornozelo, quase caindo porque aquelas algemas idiotas acabavam com meu equilíbrio. Ele segurou meus quadris, me estabilizando quando sua risadinha baixa ecoou pelo quarto.

— Está tão assustadinha hoje — disse ele, e pude ouvir o sorriso em sua voz. Desgraçado.

— Experimenta ficar amarrado assim — retruquei.

Ele cravou os dedos nos meus quadris, me puxando para mais perto.

— Se for você a amarrar, experimento com prazer.

Minha breve irritação evaporou. Josh vendado e algemado. Era um sim imediato. As possibilidades eram infinitas, mas a primeira ideia que surgiu e ficou em minha mente foi a de me vingar pelo *edging*. Eu não fazia ideia de como responder na mesma moeda — nunca tinha praticado *edging* com ninguém antes — mas sempre fui uma boa aluna, e até ter a chance, passaria o tempo estudando todas as formas de levar um homem ao limite do prazer e impedir que realmente goze.

— Pelo seu sorriso malicioso, vou presumir que gostou da ideia — falou.

Abri a boca para responder, mas ele escolheu esse momento para tirar meu pé esquerdo do chão e toda a minha concentração se voltou ao esforço de não cair para o lado. A mão que ainda estava no meu quadril segurou com mais força, ajudando-me a ficar ereta ao colocar minha perna em seu ombro. Tive que pressionar o calcanhar em suas costas para manter o equilíbrio e isso só serviu para fazê-lo se aproximar mais.

Eu estava me acostumando com a posição quando seu hálito quente atingiu meu sexo e o arrepio que isso causou fez meu calcanhar vacilar. Se não fosse pela sua outra mão voltando a me segurar, eu poderia ter caído. Foi então que percebi que se eu tinha sentido sua respiração, ele provavelmente havia tirado a balaclava.

— Você está encharcada, linda — disse ele, as palavras quentes contra minha pele. — Tinha que ver como está brilhando. — Senti o toque suave de um beijo na parte superior da minha coxa e quase gemi. — Achei que teria que te estimular para aguentar a faca, mas você ficou pronta sozinha.

— Você me deixou pronta — falei. — Passei tanto tempo vendo seus vídeos que no segundo em que te vejo, meu corpo fica simplesmente... pronto.

Ele apoiou a testa no meu ventre e soltou um som angustiado.

— Caralho, Aly. Não pode falar essas coisas.

— Por que não?

— Porque sempre que eu te encontrar, vou saber que está molhada para mim — grunhiu.

— Talvez seja por causa da venda, mas não vejo qual é o problema.

Ele soltou uma risadinha e balançou a cabeça, a sensação de seu cabelo contra minha pele confirmando que havia tirado a máscara.

— Temos as duas próximas semanas juntos. Agora que sei disso, tudo o que quero fazer é manter você presa nessa casa, nua.

— Aceito. Próxima pergunta.

Uma risada fez seu corpo sacudir embaixo da minha perna e eu perdi o equilíbrio de novo. Ele percebeu e me segurou mais firme, tirando a testa da minha barriga e dando um beijo na minha perna erguida.

— Como faz isso? — perguntou. — Como me faz rir enquanto eu luto contra a vontade de te jogar no chão e te foder?

Ah, que ótimo. Então era igual para ele.

— Deve ser um talento que temos em comum. E você não precisa lutar contra a vontade.

— Preciso — respondeu ele. — Chegaremos lá alguma hora, mas tenho planos para você antes disso, e se tem uma coisa que eu sou, é paciente.

— Um talento que não temos em comum.

— Já percebi — disse, o hálito quente entre minhas pernas novamente.

Senti-o respirando fundo, o único alerta que tive antes que ele soltasse outro grunhido baixo e se aproximasse, colocando os lábios no meu clitóris. Ele girou a língua ao redor e chupou. Estremeci, e ele segurou meus quadris com mais força ao abaixar a língua, lambendo minha entrada. Pelo som úmido que isso causou, eu estava mais molhada do que havia percebido, quase pingando para ele.

— Seu gosto é maravilhoso — falou ele, enfiando a língua o mais fundo possível.

Meu corpo tentou se fechar ao redor dela involuntariamente, buscando alguma resistência, precisando de algo maior e mais duro preenchendo-o. Ele a dobrou e a deslizou para fora de um jeito que fez meus dedos dos pés se contraírem antes de circular meu clitóris novamente. Então seus lábios se fecharam e ele chupou, fazendo-me cravar as unhas nas palmas das mãos, provavelmente deixando marcas de meia-lua na pele por causa da força com que eu fechava os punhos. Isso estava maravilhoso, mas eu precisava de mais. Um estímulo leve não funcionaria para mim agora. Ele precisava manter aqueles lábios onde estavam ou me deixar sentar naquela faca.

Pestanejei. É, acabei de ter esse pensamento.

Como se pudesse sentir minha necessidade, Josh chupou com mais força, e eu perdi qualquer habilidade de pensar. Minha cabeça foi para trás, as algemas pressionando meus pulsos conforme eu tentava me livrar delas. Eu queria enfiar os dedos em seu cabelo, segurá-lo no lugar enquanto cavalgava seu rosto. Talvez se eu usasse alguns movimentos de autodefesa, poderia derrubá-lo no chão. Infelizmente, com as mãos amarradas, só poderia fazer alguns e nenhum deles acabava comigo sentando na cara dele.

Um estalo soou quando ele afastou os lábios e voltou a passar a língua em cima e ao redor do meu clitóris. Uma de suas mãos deixou meu quadril, passando pela minha coxa antes de ir parar entre minhas pernas. Ele provocou minha entrada com a ponta dos dedos, cobrindo-os com o líquido enquanto sua língua lambia meu ponto sensível de nervos. Eu estava tão desesperada para sentir algo, qualquer coisa dentro de mim, que quase chorei quando ele enfiou dois dedos grandes.

Caramba, aquilo era tão bom, e se ele continuasse, seria mais do que o suficiente para me fazer gozar.

Ele dobrou os dedos dentro de mim como no gesto de "vem cá" que havia feito antes, atingindo um ponto que me deixou ofegante.

— Minha perna vai ceder se você fizer isso de novo — alertei.

Ele tirou a boca de mim apenas para sussurrar.

— Então é melhor se sentar.

Puta merda. Ia acontecer mesmo. Eu ia cavalgar o cabo de uma faca enquanto estava vendada e algemada. Eu deveria estar apavorada, mas só sentia ansiedade pelo que estava por vir.

Com os dedos ainda dentro de mim, Josh soltou meu quadril e tirou minha perna de cima do ombro. Senti-me mais segura agora que estava em pé. Isso até ele dobrar os dedos novamente e meus joelhos fraquejarem. Ele aproveitou meu desequilíbrio para colocar o ombro na minha pélvis. Pega desprevenida, caí para frente. Seus dedos saíram de dentro de mim e ele colocou o braço na parte traseira das minhas coxas e se levantou comigo esparramada em cima dele feito um saco de batatas.

Isso não deveria ser atraente. Não mesmo. Mas o fato de ele ter levantado meu peso como se não fosse nada me fez derreter por dentro. Eu era uma mulher grande, alta, musculosa. Parte de mim sempre sentiu inveja daqueles vídeos em que mulheres pequenas são carregadas pelos namorados e, por dentro, estava dando gritinhos de felicidade pela minha vez finalmente ter chegado.

Ele deu alguns passos e apoiou-se em um joelho para me colocar de volta no chão.

— A beirada da cama está atrás de você — disse ele. — Vou te ajudar a sentar. O cabo tem uma guarda grossa, e a lâmina está fincada o suficiente para não se mover, mesmo assim manterei a mão embaixo de você, como barreira e para mantê-la no lugar.

— Mas suas mãos estão machucadas — falei.

— Gosto da dor.

Opa. Essa declaração era tão sexy quanto perturbadora.

— Certo — consegui responder em um sussurro ofegante.

— Falei sério antes — falou, passando os dedos entre minhas dobras mais uma vez. Ofeguei quando ele os fechou ao redor do meu clitóris, tendo flashbacks do *edging*. — Essa boceta agora é minha, Aly, e eu protejo o que é meu.

E dizem por aí que não existem homens perfeitos.

— Sua — concordei.

Ele fez um som masculino de aprovação e soltou meu clitóris para colocar ambas as mãos nos meus quadris e me empurrar lentamente para trás. Dei um passo cauteloso e depois outro, parando quando a parte de trás dos meus joelhos bateram na cama.

— Senta. Devagar — falou ele.

Obedeci, agradecendo a todos os treinos de perna que me deram o controle para conseguir fazer isso. Era como um agachamento lento, em que…

Ai, caramba. Isso é frio!

A ponta arredondada do cabo da faca pressionou contra minhas dobras, perto da minha entrada, e eu fui um pouco para frente para ficar alinhada. Lá vamos nós. Respirando fundo, comecei a abaixar. Era diferente dos vibradores com que eu estava acostumada. Primeiro, porque era mais frio. Tão frio que meus músculos se contraíram ao redor em protesto e tive que parar por um segundo até que meu corpo o aquecesse o suficiente para que eu relaxasse e continuasse, tendo que repetir esse processo. Também era mais rígido, implacável dentro de mim conforme eu sentava até chegar no colchão. Como prometido, a mão quente de Josh estava lá esperando por mim, o cabo entre seus dedos, sua palma contra meu clitóris quando me sentei completamente.

Soltei uma respiração trêmula, me acostumando à sensação da porra do cabo de uma faca enfiado inteiro na minha boceta.

Josh soltou uma respiração igualmente carregada, e percebi que ele deveria estar afetado porque se esqueceu de alterar o tom de voz.

— Você é uma deusa, Aly.

Reconheci sua voz normal na hora. Eu sabia que era ele.

Sentada ali, senti-me como a deusa à qual ele me comparou. Não só por ele perder tanto o controle ao me ver em cima de sua faca que acabou se distraindo, mas porque eu nunca havia feito algo tão corajoso e imprudente antes. Eu me sentia poderosa e intocável, como se depois disso, nada pudesse me afetar novamente. Na próxima vez que um paciente tentasse ser grosso comigo, eu me lembraria do tipo de mulher que eu era. O tipo que não saía correndo de seu stalker mascarado, mas fodia o cabo de sua faca no lugar disso.

Movi os quadris para frente, esfregando o clitóris na palma da mão de Josh e experimentando a sensação do cabo ao me mexer. Parte de mim teve medo de que seria desconfortável, mas era bom. Não era tão diferente do primeiro dildo que tive — simples e metálico. A diferença era que não vibrava.

— Tudo bem, linda? — perguntou Josh, a voz grave novamente ao circular o dedão e pressioná-lo bem acima do capuz do meu clitóris, colocando pressão exatamente onde eu precisava.

Um gemido suave escapou dos meus lábios.

— Mais do que bem.

Ouvi ele se mover para frente e senti seu braço deslizar ao redor da minha cintura antes de segurar a corrente que ligava as algemas e puxá-la para baixo, prendendo meus pulsos ao colchão atrás de mim e forçando minha coluna a ficar ereta.

— Então por que caralhos está parada? — sussurrou no meu ouvido. — Mandei você cavalgar.

Puta merda. A versão dominadora de Josh era uma *delícia*. Apoiei os pés no chão e me movi contra sua mão novamente, o metal aquecendo-se dentro de mim ao pressionar de uma forma deliciosa o lugar que seus dedos acariciaram tão recentemente.

— De novo — ordenou ele, e eu obedeci.

Ouvi um baque, como se ele tivesse ficado de joelhos entre minhas pernas abertas, e então senti sua boca em mim, chupando a pele do meu pescoço antes de mordê-la e ir descendo devagar. Uma de suas mãos manteve as algemas pressionadas contra a cama, enquanto o dedão da outra começou a traçar círculos lentos acima do meu clitóris à medida que eu me impulsionava contra ele. Seus lábios encontraram meu peito, a língua passando rapidamente pelos meus mamilos, e eu gemi alto. O interior da minha boceta se contraiu contra o cabo da faca, o orgasmo já se formando dentro de mim.

Eu estava tão molhada que sua mão estava encharcada, e senti seu longo dedo do meio deslizar pela umidade antes de chegar na minha bunda. Ele ia fazer o que eu achava? Eu queria que fizesse? Bom, eu não queria que *não* fizesse, mas fazia tempo que eu não fazia anal, e eu não sabia qual seria a sensação agora.

— Você aguenta, linda — disse ele, espalhando meu líquido naquela entrada apertada, preparando a área. — Quanto antes começarmos a te acostumar, mais cedo vai poder me ter aqui.

Ele esperou um segundo para que eu recusasse, e quando não o fiz, ele colocou o dedo na entrada. Congelei, tentando me obrigar a relaxar quando meu corpo se contraiu por instinto. Era invasivo, mas não necessariamente de uma forma ruim, só diferente, uma leve ardência ao me acomodar ao redor dele.

Intenso. Era a única palavra capaz de descrever. Tão arrebatador que fiquei imóvel por um momento e simplesmente *senti* o que ele estava fazendo comigo. Seu dedão continuava estimulando meu clitóris, e quando ele passou a língua pelo meu mamilo, a junção das sensações foi o bastante para me fazer derreter nele, seu dedo do meio entrando mais fundo.

Com cuidado, movi os quadris em uma rebolada sútil, e caramba, uau. Certo, isso não era horrível. Na verdade, era meio sexy, ainda intenso e um pouco desconcertante, mas acima de tudo, o tabu do que estávamos fazendo só me fez desejar aquilo mais, e eu pressionei meu corpo contra ele e a faca um pouco mais forte.

— Boa garota — disse ele, e sim, eu com certeza tinha um fetiche por elogios, porque ouvir aquelas duas palavrinhas logo me aproximou mais do limite. — Olha como você está se saindo bem.

Um gemido fraco escapou meus lábios ao começar a cavalgá-lo novamente. Eu estava sentindo tantas coisas ao mesmo tempo — penetração anal, estimulação do clitóris e do mamilo, sem falar no cabo da faca me preenchendo — que logo eles começaram a se fundir em uma sensação avassaladora de completude e prazer. Eu ia gozar. Logo, e com força.

Ele dobrou o dedo dentro de mim, e eu pude sentir ele tocando minha parede interna contra a faca.

— Caralho, quero entrar em você — grunhiu ele antes de colocar meu mamilo entre os dentes, de uma forma quase dolorosa.

— Sim — arfei. Eu também queria, tanto que fiquei com vontade de chorar.

Era maravilhoso, e eu nunca havia passado por uma experiência tão reveladora e libertadora na vida, mas a ideia de tê-lo completamente dentro de mim me deixou louca de desejo. Eu estava faminta por ele, queria acariciar, beijar e lamber cada centímetro daquele corpo perfeito, queria que ele possuísse cada centímetro do meu em troca. Queria a proximidade que acompanhava estar abraçada em alguém, sentir seu peito mover-se contra o meu e seus braços me puxarem para perto enquanto me penetrava.

— Quero tanto isso — falei, rebolando com mais vontade, mais rápido, a pressão crescendo dentro de mim.

— Daqui a pouco, linda — prometeu ele. — Mas primeiro, quero ver você gozar na minha faca. Consegue ser uma boa menina e fazer isso para mim?

— Consigo — respondi, minhas coxas se contraindo e a bunda apertando-o enquanto eu subia e descia.

Ele colocou a boca em mim de novo, venerando um mamilo e depois o outro, mantendo o dedo dobrado e o dedão bem onde eu precisava. Era demais. Melhor do que qualquer coisa que já senti antes.

Se esse homem partisse meu coração, eu estaria ferrada, porque ele parecia estar alterando meus desejos sexuais.

— Eu nunca te machucaria, Aly — disse ele.

Ai, merda, devo ter falado meu último pensamento em voz alta, e agora era tarde demais para voltar atrás e tarde demais para desacelerar porque eu estava gozando, meus quadris se movimentando em um ritmo frenético, gemidos escapando dos meus lábios, e luzes surgindo em meus olhos fechados conforme o prazer me atingia com tanta força que meus ouvidos começaram a zumbir.

Para meu horror, lágrimas começaram a escorrer dos meus olhos. Não consegui impedi-las. Era tão bom, uma libertação tão perfeita depois do plantão horrível que enfrentei essa noite, aliás, nos últimos anos, que todas as emoções que eu andava reprimido transbordaram quando a barreira cedeu.

— Aly, caralho. Você está bem? — disse Josh quando eu me inclinei para cima dele. — Espera um pouco, linda.

Ele tirou o dedo de dentro de mim com cuidado e me segurou pelas coxas, levantando-me da faca. Eu me aconcheguei nele como uma criança perdida.

— Te peguei — disse ele, levantando-se, um braço segurando minhas costas e outro embaixo da minha bunda.

Demorou um pouco para que pegasse a chave das algemas na mochila porque se recusava a me soltar, mantendo-me contra ele ao se agachar e procurá-las até as encontrar. Assim que fui solta, abracei seu pescoço e fiquei agarrada a ele, chorando de soluçar. Jesus, qual era o meu problema?

— Devia ter me dito para parar — disse ele, sentando-se com as costas apoiadas na cama, comigo em seu colo.

— Ai, D-Deus, não — falei com dificuldade. — Você foi perfeito. *Aquilo* foi perfeito. É só que todas as outras coisas de hoje vieram à tona de uma vez só.

Ele soltou um suspiro pesado e me abraçou forte.

— Só de hoje? Ou você tem suprimido outras coisas?

Como ele já me conhecia tão bem? Não dava nem para culpar a perseguição. Não dá para descobrir tanto sobre alguém somente assistindo-a por uma câmera sem som ou lendo suas informações na internet. Não, esse homem possuía uma compreensão quase intrínseca sobre mim, como se ele fosse mais capaz de enxergar além das mentiras do que a maioria das pessoas e pudesse chegar bem ao cerne de alguém.

— Não tem problema desabafar — disse ele, acariciando minhas costas.

— Não consigo. Que momento horrível para isso acontecer.

— Foi o momento perfeito — rebateu. — Um alívio desencadeou outro. Relaxa. Eu disse, estou com você, linda.

Merda. Ele seria minha perdição, não seria? Só de ouvir isso já sentia que finalmente tinha permissão para parar de me esconder, parar de reprimir tudo e me deixar entorpecer no lugar. Essa noite foi horrível. A noite passada quase tão ruim quanto. Essa porra de mês inteiro foi um pesadelo sem fim, exceto pelo homem que me abraçava, que foi a única coisa boa no meio disso tudo.

E o que eu havia tentado fazer? Afastá-lo. Por que eu achava que não merecia coisas boas? Será que era porque tantas coisas me foram tiradas quando eu era nova demais, meu pai falecendo de um ataque cardíaco poucos meses depois que minha mãe morreu na batida? Foi nesse momento que parei de deixar as pessoas se aproximarem e passei a afastá-las, provando para mim mesma que, no final, todos me abandonavam?

Eu precisava parar. Josh estava certo quando disse que minha mãe não iria querer isso para mim. Do jeito que eu a conhecia, ela deveria estar em algum lugar do outro lado me xingando por trabalhar tanto e por deixar minha vida social ser tão afetada como consequência. Quase podia ouvir sua voz dizendo: "Só porque estou morta não quer dizer que não quero netos!"

A ideia diminuiu o fluxo de lágrimas. Todo mundo que eu conhecia que havia perdido alguém falava dos falecidos como se tivessem sido santos. Minha mãe era encrenqueira: explosiva, desbocada e a mulher mais corajosa que já conheci. Certa vez, a vi enfrentar uma tentativa de assalto ao colocar a mão na bolsa e gritar: "Se eu vir uma faca, vou te mostrar minha arma, filho da mãe!" Ele saíra correndo e ela soltou uma risada enquanto eu olhava apavorada. Não tinha arma nenhuma em sua bolsa.

— Obrigada — falei a Josh. — Acho que eu precisava ouvir que não tem problema ficar chateada.

— De nada — respondeu, acariciando minhas costas. — Por um momento, achei que tinha arruinado tudo.

Sentei-me e tirei a venda. A balaclava estava de volta no lugar e eu odiei encarar o azul frio das suas lentes de contato no lugar do castanho caloroso que eu sabia que estavam escondidos por trás delas.

— Nem se você tentasse — falei.

Ele desviou o olhar, franzindo as sobrancelhas como se não acreditasse em mim.

Virei seu rosto na minha direção.

— O que acabamos de fazer me *mudou* como pessoa.

Ele soltou uma risada curta.

— Somos dois. Nunca vi nada mais bonito do que você em cima daquele cabo. Olha. — Ele abaixou a cabeça e eu segui seu olhar até a mancha molhada em sua virilha.

Franzi o cenho.

— Você...?

— Gozei na calça quando sua bunda apertou meu dedo e você gozou com tanta vontade que ejaculou em mim? Sem dúvida. Esse é o tanto que você me afeta, linda. Não precisa nem me tocar pra me fazer gozar.

Voltei a fazer contato visual com ele.

— Se isso aconteceu agora, como vai ser quando finalmente estiver dentro de mim?

Ele grunhiu, jogando a cabeça contra o colchão.

— Os polos magnéticos provavelmente vão se realinhar e nós seremos responsáveis por uma catástrofe de extinção em massa.

Não consegui formular uma resposta. Agora que minhas lágrimas secavam nas minhas bochechas, me dei conta de duas coisas: eu ainda estava nua, e o homem dos meus sonhos estava deitado embaixo de mim. Sua imagem era impressionante depois de tanto tempo sem poder apreciar sua beleza. Meu olhar absorveu a forma como seus músculos se destacavam na camiseta, antes de se voltar para o maravilhoso caleidoscópio de cores que cobria seus braços. O corpo dele era uma obra de arte.

Ele havia acabado de transformar meu mundo inteiro, e eu havia acabado de chorar de soluçar em seu peito, mas ainda estava faminta por ele. Queria-o de novo. Agora. Por inteiro dessa vez, e foda-se a espera.

— Não me olhe assim — disse Josh.

— Você nem está me vendo.

Ele levantou a cabeça.

— É, mas consegui sentir você me despindo com os olhos.

Passei um dedo pelo centro de sua camiseta.

— E pode me julgar? Você já me viu pelada duas vezes, e eu não te vi nenhuma.

Rugas se formaram nos cantos de seus olhos.

— Se as coisas seguirem como eu quero, vai ver tantas partes de mim pelas próximas semanas que vai estar enjoada ao final.

Balancei a cabeça, deixando meu olhar explorá-lo novamente.

— Duvido muito.

Ele apontou um dedo para mim.

— Uh-uh. Pode parar. Precisamos tomar banho, comer e depois cama. Você teve uma noite ruim e está exausta. Seus olhos estão tão sonolentos quanto sedutores no momento.

Meu coração acelerou.

— Vai ficar aqui?

Ele começou a se levantar, levando-me junto.

— Quer que eu fique?

— Eu... — As palavras ficaram presas na minha garganta por um segundo. Eu já havia demonstrado tanta vulnerabilidade essa noite que era difícil arrancar mais de mim. Sentia-me em carne viva e superexposta, mas então me perguntei se ele precisava me ouvir dizer isso, porque até agora, sempre aparecera sem ser convidado. — Sim. Quero que fique.

Ele soltou o que pareceu ser um suspiro aliviado, e eu senti que havia feito a escolha certa.

— Então vou ficar — falou ele, pegando-me no colo e me carregando até o banheiro, onde limpou nós dois. Depois, vesti meu pijama confortável e tentei não rir ao vê-lo puxando a calça de moletom que emprestei a ele. Era grande demais para mim, feita para ser folgada, mas ficou parecendo uma calça capri nele. O cara poderia ser facilmente confundido com um jogador de futebol americano.

Ouvi um miado alto na porta do quarto, seguido pelo som de Fred arranhando-a. Sinceramente, estava chocada por ele ter aguentado tanto tempo; Fred geralmente reclamava em frente à porta cinco minutos depois de eu fechá-la.

Josh se virou na direção da porta e gritou feito o Batman.

— Não tem respeito pelo nosso tempo em particular?

Miau.

— Não vou discutir, mocinho! — respondeu Josh.

Miau.

— Como é? É melhor não falar assim com a sua mãe quando eu não estiver por perto.

Balancei a cabeça enquanto ele ia até a porta e a abria. Fred estava do outro lado, balançando o rabo ao soltar um último miau poderoso.

— Pronto — disse Josh, pegando-o no colo e tirando-o do meu campo de visão. — Ai. Caramba, seja gentil, Fred. Está arranhando minha camisa de novo. Sim, sei que está feliz em me ver. — A voz dele foi ficando mais baixa à medida que se afastava. — É, também senti sua falta, mas gritar com as pessoas não é o jeito certo de mostrar que se importa, e não ouse falar da minha perseguição. Estamos falando das suas peculiaridades agora, não das do papai.

Senti meu coração triplicar de tamanho ao ouvi-lo. Ele tinha que parar de ser tão fofo ou isso se tornaria um problema.

— Amor? — chamou ele. — Quer ovos e bacon de novo?

Ai, merda, nao.

Saí correndo do quarto atrás dele, tentando pensar em uma forma gentil de pedir para que ele nunca mais cozinhasse para mim.

16

Josh

O som estridente de um alarme me despertou. Levantei com tudo da cama e, por um segundo, não consegui enxergar nada. O medo tomou conta de mim. Será que as lentes de contato tinham ido parar na parte de trás dos meus olhos enquanto eu dormia e lesionaram meus nervos ópticos? Isso sequer era possível?

Aly resmungou perto de mim.

— O que foi esse barulho?

— Não sei. Estou cego — falei, com a voz cheia de pânico. Merda, era a segunda vez que eu esquecia alterá-la.

— O quê? — gritou ela, e o colchão balançou com seu movimento.

— Me ajuda — choraminguei com a voz do Batman, e sim, foi tão patético quanto parece.

— Ai meu Deus — disse ela com uma risada entrecortada. — Você não ficou cego. Sua baclava idiota escorregou pra o lado.

Caí de costas, tão aliviado que comecei a tremer. O rosto carrancudo de Aly apareceu em cima de mim quando coloquei a máscara no lugar. O quarto estava tão escuro que provavelmente dormimos o dia todo, e agora já era noite novamente. Não conseguia me lembrar da última vez que tive um sono tão ininterrupto, mas depois de ficarmos com a barriga cheia do café da manhã que ela insistiu em fazer, ficamos de conchinha na sua cama pequena e apaguei assim que minha cabeça atingiu o travesseiro.

— O nome é balaclava — respondi.

— E o que eu falei? — perguntou ela.

— Baclava. Uma é a máscara. A outra uma sobremesa deliciosa.

— Tanto faz. — Ela estendeu a mão por cima de mim e tive que me segurar para não abraçá-la e puxá-la para o meu peito. — Deve ter esquecido de desligar seu alarme.

Fiquei paralisado, finalmente entendendo o que foi o som. Meu celular tinha muitos alarmes, mas esse, que era alto e especialmente estridente, estava conectado ao sistema de segurança de Aly — especificamente à câmera de sua porta dos fundos. Eu tinha mexido nas configurações para que só tocasse se alguém chegasse a um passo do sensor e ficasse ali por vários segundos, o que eliminaria a possibilidade de ser um animal de passagem.

De repente, estava totalmente desperto, a ansiedade e a adrenalina lutando pelo controle enquanto eu pegava meu celular da mesinha de cabeceira antes que Aly pudesse alcançá-lo. Silenciei o alarme e desbloqueei a tela. A imagem com que me deparei fez o gelo percorrer minhas veias. Estava tudo escuro. E não era a escuridão da noite, e sim o tipo que só acontecia quando a câmera era coberta.

Soltei um palavrão.

— O que foi? — perguntou Aly.

— Tem alguém na sua porta dos fundos.

Ela abriu um sorrisinho.

— Não, isso foi na noite passada.

— É sério — respondi. — Acho que tem alguém tentando invadir sua casa.

— O quê? — Ela meio sussurrou, meio gritou.

Pulei da cama, vestindo apenas a cueca. Onde diabos estava Fred? Meus olhos voltaram-se para seu corpo preto e branco, encolhido na poltrona. Eu o peguei e o entreguei a sua mãe.

— Proteja o neném — falei.

— Como assim? — respondeu, pegando Fred e segurando-o contra o peito. — O que vai fazer?

— Vou lá fora.

— Nem pensar — disse ela. — Temos que chamar a polícia.

Fiquei imóvel enquanto colocava a calça pequena demais que ela me emprestara.

— Nada de polícia. Não posso explicar agora, mas... nada de polícia. Você tem uma arma carregada por perto?

— Na última gaveta da cômoda — respondeu ela. — E com certeza vamos conversar sobre o que acabou de dizer depois.

— Imaginei.

Com um último puxão, consegui subir a calça e fui até o escritório. A arma de Aly estava onde ela dissera e eu a tirei da gaveta e coloquei o cartucho na câmara. Quando voltei ao quarto, ela tinha saído da cama e vestia a calça do pijama.

— Você vai ficar aqui — falei.

— Nem pensar — retrucou, indo até mim.

Apontei a arma para o chão e segurei seu ombro com a outra mão, parando-a no meio do caminho ao abaixar para olhar em seus olhos. A ideia de vê-la deixando esse quarto era mais assustadora do que a de alguém invadindo sua casa, e sim, eu percebia a ironia da situação.

— Você é fodona — falei. — E tenho certeza de que conseguiria lidar com isso sozinha, se precisasse. Mas, pela minha sanidade, imploro que fique aqui. — Sacudi-a para fazê-la entender, aguçando os ouvidos ao me perguntar quanto tempo tínhamos até que a pessoa que estava lá fora tentasse arrombar a porta. — Por favor, Aly.

— Não gosto dessa ideia — disse ela franzindo o cenho, visivelmente preocupada.

— Eu sei, linda, mas se for lá fora comigo, ficarei distraído demais, e preciso focar totalmente a pessoa que pode estar lá.

Ela mordeu o lábio inferior, franzindo as sobrancelhas de preocupação. Merda. Se eu estivesse prestes a morrer, não seria sem antes sentir seus lindos lábios nos meus. Tinha negado isso a ela na noite passada, querendo adiar o momento em que nos beijaríamos até que ela implorasse por isso, mas agora eu é quem estava desesperado.

Levantei a máscara para expor minha boca e juntei meus lábios aos dela. Ela me correspondeu com vontade, com avidez, suas mãos segurando meus ombros ao me trazer para mais perto. Minha cabeça girou, o sangue indo diretamente para o meu pau quando ela abriu os lábios, me recebendo, e nossas línguas se tocaram.

Talvez eu já estivesse morto, porque beijar Aly parecia muito com o paraíso. Seu corpo encaixava-se tão perfeitamente no meu que era como se fossemos um conjunto, feitos um para o outro. Nossas bocas trabalharam em sincronia como se já tivéssemos feito isso centenas de vezes e soubéssemos exatamente do que o outro gostava. Foi o melhor beijo da minha vida e fez eu me sentir ainda mais determinado a garantir que teria mais milhares iguais dela. Não, um milhão.

Eu me afastei, ambos ofegantes, meu mundo girando em seu próprio eixo enquanto meu verdadeiro norte se realinhava, apontando diretamente para a mulher em meus braços.

Dei um último beijo em seus lábios.

— Tranque a porta quando eu sair e pegue a outra arma que está na sua mesinha de cabeceira caso algo aconteça comigo.

Ela me encarou, os olhos totalmente arregalados.

— Talvez seja só um guaxinim.

Eu me obriguei a me afastar dela.

— Pelo que sei, guaxinins não sabem cobrir câmeras. — Ela respirou fundo quando fui em direção à porta aberta. Parei para dar o que poderia ser minha última olhada nela, memorizando sua imagem ali de pijama amassado, cabelos bagunçados e lábios inchados por causa do meu beijo. — Pegue a arma, Aly.

— Não vou nem perguntar como sabe onde estão todas as minhas armas. — Ela parou no caminho para a mesinha de cabeceira e se virou para apontar para mim. — E não ouse se machucar.

— Vou tentar — falei. — Mas só para deixar claro, sou o único homem mascarado que pediu para que invadisse sua casa, certo? Não quero acabar com a raça de um cara inocente por causa de um mal-entendido.

Ela olhou para além de mim, parecendo pensativa.

— Homem mascarado? Não. Mas tem aquele cara que pula corda sem camisa e talvez um ou dois bombeiros.

Meu corpo ficou tenso.

— É melhor estar brincando ou teremos nossa segunda briga.

Ela jogou um travesseiro em mim.

— É brincadeira. Sai daqui, seu maluco, antes que eu mude de ideia e vá com você.

Virei-me e fechei a porta ao som de seu sussurro.

— Por favor, tenha cuidado.

Por você, sempre, pensei.

A árvore de Natal que Aly ainda não tinha guardado iluminou meu caminho até a sala de estar. Por um momento, pensei em tirá-la da tomada, mas descartei a ideia; a pessoa lá fora poderia perceber que a luz foi apagada e saber que tinha alguém acordado e esperando. Minha melhor chance de evitar ser ferido era pegá-la desprevenida.

Aproximei-me da parede mais distante, fora de vista da porta dos fundos, e lentamente fui até a cozinha, onde ela ficava. O som da maçaneta fazendo ruídos marcou o fim de qualquer esperança de que isso pudesse ser um animal. Tinha alguém do lado de fora da casa de Aly de madrugada, tentando arrombar a tranca.

A raiva que senti foi tão intensa que comecei a tremer. Porra, eu ia matar esse desgraçado. Não. Calma aí. Isso poderia acabar comigo na cadeira e então eu só poderia ver a Aly na visita carcerária.

Não se não for pego, sussurrou uma vozinha prestativa na minha cabeça.

Balancei a cabeça. Esse não era o momento de ter uma discussão interna com meus pensamentos intrusivos. Nada indicava que isso não passava de uma simples invasão domiciliar. A taxa de criminalidade era mediana nessa parte da cidade — não era tão alta quanto em algumas áreas, mas não era uma área tão segura quanto algumas outras. O carro de Aly não estava na garagem porque ela voltara para casa de Uber. A pessoa do outro lado da porta provavelmente achava que a casa estava vazia. Era apenas minha tendência catastrofista, fruto da minha ansiedade generalizada, que me fazia presumir imediatamente que aquilo era algo mais nefasto.

Prestei atenção na porta, colado na parede conforme avançava. Assim que o possível ladrão conseguisse abrir a maçaneta, perceberia que ainda tinha uma tranca, e eu não queria que quebrassem a porta da Aly e acordassem toda a vizinhança com o barulho. Lentamente e em silêncio, estiquei a mão e abri a tranca com cuidado.

Agora eu só precisava decidir o que faria quando ele tentasse entrar. Ficar aqui com a arma apontada bem na cara dele, ou esconder-me em algum lugar e pular em cima de…

A porta se abriu.

Reagi por instinto, todos os pensamentos escapando da minha mente, meu corpo agindo de forma automática graças aos anos que passei treinando artes marciais. Meu punho avançou bruscamente quando um homem usando uma balaclava como a minha surgiu. Coloquei todo o meu peso no murro, imaginando os nós dos meus dedos atravessando sua cabeça, como meu primeiro professor de karatê tinha me ensinado há tantos anos.

Meu punho atingiu seu rosto ao nocauteá-lo, e ele caiu na soleira da porta como uma marionete cujos fios tinham sido cortados.

Para ter certeza de que ele estava apagado, levantei-o pelo colarinho da camisa e o sacudi. Sua cabeça balançou de uma forma frouxa que seria difícil de fingir. Levei-o ao chão com cuidado e fechei a porta atrás dele, trancando-a novamente para o caso de ele ter um comparsa por perto. Considerando a balaclava e a mochila enorme que carregava, isso se parecia cada vez mais com uma invasão domiciliar.

O som de uma inspiração profunda me fez parar.

Ela. Não. Fez. Isso.

Cerrei a mandíbula e me virei, deparando-me com Aly a menos de um metro e meio de distância do invasor. É claro que ela não tinha obedecido e ficado quieta no quarto.

Semicerrei os olhos para ela, mas Aly estava totalmente concentrada no homem inconsciente e não viu a repreensão no meu olhar.

— Com certeza vamos ter nossa segunda briga.

Seu rosto estava pálido na escuridão, e sua expressão refletia algo que parecia ser um medo genuíno. Em vez de dar uma resposta engraçadinha, ela gesticulou para o homem com a máscara.

— Tira a máscara dele.

— Aly — falei, um calafrio de cautela subindo pela minha espinha.

— Anda — vociferou.

Abaixei-me e arranquei a balaclava do homem.

Puta. Que. Pariu.

Era Bradley Bluhm.

Seu rosto ainda estava inchado pela surra de antes, e o nariz agora também estava destruído, o sangue escorrendo pela boca e queixo, mas não tinha como confundir o estuprador — e provável assassino, se as suspeitas da polícia estivessem certas — com quem Aly discutiu na noite passada.

Os possíveis motivos de ele estar aqui eram apavorantes. Aly o tinha irritado, chamando-o de covarde, e ele a havia rastreado para fazer o quê? Se vingar? Fazer dela sua próxima vítima? Se não fosse pelo alarme que instalei, talvez tivéssemos acordado com o barulho da porta sendo arrombada. Ele poderia ter nos pego desprevenidos e feito algo com Aly antes que eu entendesse o que estava acontecendo.

O som dela engatilhando uma bala tirou-me do torpor. Fui até ela, abrindo os braços em frente ao corpo caído de Brad.

— Não pode atirar nele.

Ela imediatamente apontou a arma para o chão, mas ainda a usou para gesticular para mim.

— Sai da frente.

— Não, Aly, me escuta — falei na minha voz normal. Imitar o Batman estava me deixando com dor de garganta, e eu já tinha esquecido vezes o bastante para que parecesse bobo continuar com essa encenação. — Se você atirar nele, vai acordar a vizinhança toda e alguém vai chamar a polícia.

Ela acionou a trava de segurança e colocou a arma em uma mesa próxima.

— Ok. Vamos espancá-lo até a morte. Silenciosamente. Conheço pessoas que podem se livrar do corpo. — A expressão em seu rosto ao avançar indicou que ela estava falando completamente sério.

Ergui as mãos para pará-la.

— Pensa um pouco. Ele está com uma mochila.

Ela parou em frente aos pés de Brad, fechando os punhos, o rosto carregado de raiva.

— E daí?

— E daí que pode estar com o celular ali — falei. — E se estiver e desaparecer, o rastreamento do celular indicará sua casa. Pega um par daquelas luvas de látex para eu dar uma olhada.

Ela fez uma expressão desafiadora, mas depois de um momento de tensão, afastou-se batendo o pé na direção de um gaveteiro da cozinha de onde tirou as luvas que pedi.

Calcei-as e remexi na bolsa de Brad, minha raiva retornando dez vezes mais forte ao perceber que me deparava com um kit de assassinato: abraçadeiras, corda, uma garrafa de clorofórmio, sacos de lixo, uma faca serrilhada, alvejante e panos — tudo o que era necessário para matar alguém e limpar a cena do crime. Tive certeza de que Brad já tinha assassinado alguém antes. Ninguém se tornava tão descarado se não tivesse se safado algumas vezes.

Eu sabia disso melhor do que qualquer um. Quando eu tinha 6 anos, encontrei uma das vítimas do meu pai no freezer do porão. Ele disse que era um manequim que usaria para pregar uma peça na minha mãe e que se eu contasse a ela, ele me bateria, então mantive a boca fechada e só entendi o que vira quando ele foi pego.

Passei a explorar os bolsos menores, mas não tinha um celular neles também, então larguei a mochila e virei Brad, conferindo a calça jeans e jaqueta. Nada. Ele não era tão descuidado quanto imaginei, o que era tanto um alívio quanto uma preocupação. Por um lado, talvez pudesse colocar meu plano de acabar com sua vida em ação; por outro, ainda tinha o risco de que seu celular estivesse por perto, provavelmente dentro de um carro estacionado.

— Nada de celular? — disse Aly.

Sentei-me nos calcanhares.

— Nada.

Ela deu um passo para frente e deu uma pisada tão forte na virilha de Brad que fez as pernas dele saírem do chão. Ele arfou e se encolheu, como se estivesse voltando à consciência. Eu podia estar planejando matá-lo, mas ainda assim senti vontade de vomitar ao pensar no quanto aquilo deve ter doído. Antes que pudesse impedi-la, Aly pisou nas costelas dele também. Um estalo ressoou pela sala, seguido por um gemido baixo e sofrido quando a dor trouxe Brad de volta à realidade.

— Não mesmo — disse ela, abaixando-se e dando um soco tão forte em sua testa que a cabeça dele virou. Ele ficou imóvel de novo e Aly se levantou, balançando o braço. — Merda, essa doeu.

Peguei sua mão, examinando os nós dos dedos na luz baixa.

— Você está bem?

— Não — respondeu, lágrimas surgindo em seus olhos. — Eu vi cordas e uma faca na bolsa dele?

Puxei-a para um abraço, nós dois tremendo com a adrenalina acumulada e mais do que um pouco de medo.

— Sim.

— Ele veio aqui para me estuprar e depois me matar — disse ela.

— É bem provável que sim.

Trouxe-a para mais perto, aterrorizado por ela, por todas as mulheres, porque homens como Brad eram uma preocupação constante para elas.

Jesus, eu era um filho da puta. Eu e Brad podíamos não ter tido a mesma intenção, mas nós dois invadimos a casa de Aly, e eu odiava pensar que já fui motivo de um sofrimento similar. O que eu tinha dito a mim mesmo há menos de duas semanas? Que nunca me arrependeria do que fiz? Queria voltar no tempo e dar uma surra do meu eu do passado por isso. Esse tipo de transgressão era imperdoável, e eu não conseguia acreditar que Aly tinha me dado uma chance em vez de um tiro na cara como eu merecia. Se eu tivesse que passar o resto do nosso tempo juntos a compensando por isso, eu o faria de bom grado.

— Brad tem que morrer — disse ela, a voz abafada pela forma como eu a abraçada apertado.

— Tem mesmo — concordei. — Mas eu não posso fazer isso, e não quero que faça também.

— Então o que faremos?

— Primeiro, precisamos prender suas pernas e braços e descobrir se ele tem um celular ou um carro escondido por perto — falei. — Se não tiver, nós o deixaremos na casa de sua última vítima. A família dela mora em uma grande fazenda fora da cidade, e considerando que seu pai é ex-militar e seu marido ex-fuzileiro naval, tenho certeza que vão terminar o trabalho para nós.

— E se chamarem a polícia em vez disso?

— Até agora, Brad não viu nenhum de nós dois, então não teria como nos identificar caso sobreviva. E não é como se fosse contar aos policiais a última coisa que se lembra antes de ser nocauteado, porque "eu estava invadindo a casa de uma mulher com uma mochila cheia de armas" não parecerá bom para ele. Depois, encontraremos outra forma de pegá-lo.

Ela se afastou o suficiente para me olhar nos olhos.

— Pensou em todos os detalhes.

Não me dei ao trabalho de mentir.

— Sim. — Pronto, esse era o momento em que ela perceberia o quanto sou perturbado.

Em vez de parecer horrorizada, ela assentiu.

— Ótimo. Eu teria tomado uma decisão precipitada e provavelmente acabaria presa.

— Ei — falei para ela, levantando seu queixo enquanto reunia coragem.

— Oi?

— Me desculpa por ter feito isso com você.

Ela franziu o cenho.

— Você não fez isso comigo.

— Literalmente fiz — respondi. — Ou esqueceu que Brad não é único homem nessa cozinha que invadiu sua casa?

Ela soltou uma respiração trêmula e tirou o queixo da minha mão.

— Não esqueci. Acredite, naquela primeira vez eu estava tão preparada para atirar em você quanto estive com Brad. Mas… — Ela afastou o olhar, colocando o lábio inferior entre os dentes. — Depois daquilo, nunca senti que quisesse me machucar. Não consigo explicar e sei que parece idiota, irracional e perigoso, e realmente é, mas algo dentro de mim me dizia para confiar em você.

Curvei-me e encostei a testa na dela.

— Foram os lanchinhos, né?

Ela soltou uma risadinha.

— O que posso dizer? Sou fraca por granola caseira.

Puxei-a para mais um abraço, querendo mantê-la ali pelo resto de sua vida, usando meu corpo para protegê-la desse mundo horrível se fosse o necessário para mantê-la segura. Infelizmente, o homem inconsciente aos nossos pés não ficaria naquele estado para sempre, e quanto antes o tirássemos dali, melhor.

Desvencilhei-me dos braços de Aly e me agachei ao lado da mochila de Brad.

— Aceita a ideia de que amarrá-lo com a própria corda traz um tipo de justiça poética?

— Aceito.

Agora provavelmente não era o momento para que aquela palavrinha fizesse meu estômago se encher de borboletas, mas ouvir Aly proferi-la aqueceu meu coração de um jeito que me fez desejar ouvi-la de seus lábios de novo, de preferência em frente a algum tipo de altar, ou em uma praia tropical, só nós dois — o que ela preferisse.

Ela pegou um par de luvas e se agachou ao meu lado enquanto eu abria a mochila.

— Filho da puta — disse ela ao ver o conteúdo de perto. Seus dedos tremeram ao esticar o braço, afastar a faca e pegar a corda. — Ele já fez isso antes, não é?

— Considerando o que li nas fichas policiais, sim — contei.

— Como ele conseguiu se safar de tudo isso?

— Dinheiro, e ele não é um idiota — respondi. — A maioria das evidências que o liga aos crimes recentes é circunstancial. Ele só foi condenado quando ainda era adolescente, e isso foi eliminado de seus registros. Deve ter se descuidado na outra noite.

Juntos, nós o amarramos, eu segurando suas pernas e braços com firmeza enquanto dava instruções a Aly. Teria sido mais rápido se eu tivesse feito sozinho, mas esse era o tipo de habilidade que todos deveriam aprender, e depois do que quase aconteceu, eu estava desesperado para ensinar a ela tudo o que sabia sobre autodefesa e sobrevivência.

— Será que quero saber como você sabe fazer isso? — perguntou ela depois de um tempo.

— Provavelmente não — respondi. — Não, não é assim. Essa parte da corda tem que ir por baixo e não por cima.

Ela corrigiu o erro.

— Tem algo a ver com o motivo de ter dito para eu não chamar a polícia?

— Surpreendentemente, não — respondi, e ela balançou a cabeça.

Quando Brad estava totalmente amarrado, fiz Aly conferir os nós, puxando o mais forte possível para se certificar de que ele não conseguiria escapar. Colocamos a balaclava dele de volta no lugar e, inspirados pelo meu surto de mais certo, cobrimos seus olhos como se fosse uma venda. Então o amordaçamos e eu fui pegar meu notebook na mochila.

Uma hora depois, tínhamos todas as respostas que eu conseguia obter em um período de tempo tão curto. O celular de Brad ainda estava na sua casa, em um bairro rico ao norte da cidade. Ele tinha desativado o GPS de seu carro, então poderia estar estacionado por perto, mas se não conseguimos encontrá-lo, os policiais também teriam dificuldades. Mesmo que o achassem, seria difícil descobrir como ele foi parar onde estava ou para onde Brad fora depois de abandoná-lo, então eu tinha segurança de que Aly estaria a salvo.

— É melhor você ficar aqui — falei ao fechar o notebook e encontrar seu olhar do outro lado da mesa de jantar.

Ela balançou a cabeça com uma expressão teimosa.

— Nem pensar. Isso é um trabalho para duas pessoas, e não vou deixar você lidar com o peso sozinho. Faremos isso juntos, ou não faremos.

Soltei um suspiro pesado, sabendo que fui derrotado. Abaixando o tom de voz, puxei-a da cadeira, trazendo-a para o meu colo e envolvendo sua cintura em meus braços.

— Estamos falando de sequestro e de ser cúmplice em um possível assassinato.

Ela se virou ao ouvir o som de Brad tentando se livrar das amarras fora do nosso campo de visão na cozinha.

— Sei bem, mas aquele filho da puta invadiu minha casa planejando fazer coisas imperdoáveis comigo, e eu não sou muito de perdoar. Não estou exagerando ao dizer que poderia matá-lo e que não perderia uma noite de sono por isso.

Ela se virou para me encarar, e a ausência de seu brilho de sempre me fez hesitar. Não, ela não estava exagerando. No momento, eu encarava os olhos de uma mulher perigosa. E pensar que tive medo de ser perturbado demais para ela. O que ela tinha dito na primeira vez em que a assisti pela câmera de seu computador? Que Fred só gostava de mim porque gatos eram sociopatas e ele reconhecia seus similares? Deveria ter entendido o que estava implícito: Fred gostava de duas pessoas, Aly e eu, o que significava que éramos farinha do mesmo saco.

Ela piscou e a vida retornou à sua expressão, os lábios curvando-se ao balançar a cabeça para mim.

— Estou sentindo você ficar duro.

Encontrei seu olhar, sem me importar, aceitando o caos pela primeira vez na vida, porque pelo menos eu não estava mais sozinho.

— E eu tenho certeza de que se colocasse a mão dentro da sua calcinha agora, estaria encharcada.

Ela revirou os olhos e se livrou do meu abraço, levantando-se.

— Nunca devia ter contado sobre a reação que causa em mim.

— Ah, claro, vamos resumir a isso.

Ela me encarou.

Toquei seu nariz de leve e estava prestes a trazê-la de volta para o meu colo quando Brad tentou gritar através da mordaça.

Vinte minutos depois, estávamos vestidos em roupas decentes — graças a Deus eu tinha lavado e secado minha calça jeans antes de dormirmos — e eu droguei Brad com seu próprio clorofórmio, colei uma fita isolante por cima da mordaça e o enfiei dentro da bolsa de prancha de snowboard da Aly.

Enquanto ela fazia café para levarmos na viagem, fui pegar meu carro, mantendo os faróis desligados ao entrar de ré em sua garagem para evitar atenção indesejada. Eram duas da manhã de um sábado, o que significava que a chance de alguém estar acordado era maior do que em um dia da semana. As luzes da frente da casa de Aly estavam apagadas, e felizmente as decorativas tinham um temporizador e apagaram-se há horas.

Essa parte do bairro não tinha postes de luz, mas mesmo assim eu não arriscaria. Tinha outro miniapagão preparado e o acionei logo antes de abrir a porta do carro. Quando a vizinhança foi tomada pela escuridão, abri o porta-malas e corri até a varanda de Aly. Ela abriu a porta assim que a alcancei e juntos levantamos a bolsa com Brad e o carregamos para fora, jogando-o no porta-malas sem cuidado nenhum e trancando-o dentro silenciosamente. Depois disso, Aly voltou para pegar o café enquanto eu entrava no banco do motorista.

As luzes do bairro voltaram à vida assim que saí da garagem, e eu e Aly compartilhamos um olhar de alívio pelo sucesso da nossa fuga.

— Seu café — disse ela, me entregando o copo para viagem. — Preto com um pouquinho de açúcar, certo?

Levantei as sobrancelhas ao pegá-lo.

— Aham.

Ela abriu um sorriso satisfeito e se virou para frente.

— Eu também presto atenção.

A mulher gostava de sexo safado, sabia como eu tomava meu café, e estava mais do que disposta a contribuir para o assassinato de um estuprador. O que eu fiz para ter tanta sorte?

Voltei a atenção para a estrada ao sair de seu bairro tranquilo e entrar na rodovia mais movimentada. Ainda havia um ou outro carro na rua, mas a quantidade diminuía quanto mais nos afastávamos da cidade, e em menos de uma hora, o nosso se tornou o único veículo nas estradas escuras do interior que atravessavam os milharais cobertos de neve.

Aly e eu mal conversamos durante a viagem, os dois presos nas próprias mentes ao pensar no que estávamos fazendo e o quanto essa noite poderia ter sido pior se Brad tivesse conseguido invadir a casa dela. O pouco que falamos se resumiu a mim contando tudo o que descobri enquanto ela estava no plantão na noite anterior.

A polícia e o hospital tinham feito um ótimo trabalho ao tentar proteger o nome da última vítima de Brad, mas eu tinha conseguido encontrar Macy Harold, uma professora de 27 anos que estava em Chicago na noite do ataque para a despedida de solteira de uma amiga da faculdade. Pelo que entendi, cruzaram o caminho de Brad e seus amigos durante o tour entre bares, e em algum momento da noite, ele passou a dar atenção a Macy, comprando bebidas para ela e suas amigas mesmo depois de tentarem recusar com educação. Uma das últimas coisas de que Macy se lembrava era de finalmente aceitar um shot porque não queria parecer mal-educada, e menos de uma hora depois, alguém ouviu Brad abusando dela em uma cabine do banheiro e arrombou a porta.

Macy e o marido moravam em um chalé ao lado da casa dos pais em uma fazenda de quarenta hectares. Seu irmão, que já tinha ido atrás de Brad, morava em um lugar parecido por perto. Torcia para que, mesmo se o pai e o marido de Macy não fizessem mal a Brad, o irmão interferisse e completasse o trabalho.

Contei tudo isso no meu tom de voz normal, perguntando-me se ela o reconhecia. O período de esconder-me dela estava chegando ao fim, e eu tinha um pressentimento de que se conseguíssemos realizar essa façanha, uma das primeiras conversas que teríamos ao voltar para sua casa giraria em torno de confirmar minha identidade e entender o porquê demorei tanto para admitir quem eu era.

Estava com medo dessa conversa. Aly já tinha me perdoado por tantas coisas, aceitado tantas coisas. Como eu poderia pedir que continuasse a confiar em mim depois que descobrisse quem era meu pai e começasse a se perguntar o porquê de o filho de um serial killer famoso cobrir-se de sangue e filmar vídeos sedutores com uma faca? Ela provavelmente acharia que eu o idolatrava, quando isso não poderia estar mais distante da realidade.

Desliguei os faróis do carro e virei em uma estrada de terra que separava dois milharais, seguindo em frente até chegar a uma faixa estreita de árvores que cercavam um pequeno riacho. As imagens de satélite que achei na internet mostravam uma pequena trilha que saía delas e levava até a residência principal. Eu tinha hackeado o Wi-Fi dos pais de Macy e não consegui encontrar nada que indicasse câmeras de segurança, mas mesmo assim, Aly ficaria no carro enquanto eu levava Brad para a varanda dos fundos, pronta para fugir se desse merda e eu voltasse correndo.

— Preparada? — perguntei, estacionando o carro e virando-me para Aly.

Ela tinha uma expressão preocupada.

— Sim?

— Se sentiria melhor se eu dissesse que estou com tanto medo que acho que vou vomitar?

Ela soltou uma respiração trêmula.

— Ai, que bom. Passei a viagem inteira segurando o vômito.

— Vamos ter que nos segurar — falei. — Não quero deixar montinhos nojentos de DNA por aí.

Ela deu uma risadinha.

— Vamos nessa, então.

Abri o porta-malas e descemos do carro.

Aly abriu o zíper da bolsa de snowboard, mas parou ao expor o rosto de Brad, com olhos arregalados. Será que ela tinha chegado ao limite? Tinha acabado de perceber como tudo isso era maluco e estava repensando?

Tínhamos ido longe demais para voltar atrás agora, então estendi o braço e estava prestes a terminar de abrir a bolsa quando ela me segurou.

— Não — disse.

Virei-me para ela, franzindo o cenho.

— Posso fazer isso sozinho se preferir esperar no carro.

Ela balançou a cabeça e soltou meu braço.

— Vamos ter que seguir com o meu plano B.

— Plano B? — falei, começando a ficar confuso. Ela não tinha comentado sobre um plano B.

Ela assentiu e se inclinou para frente, colocando os dedos enluvados no pescoço de Brad. Parecia estar checando seu pulso.

Calma aí. Por que diabos ela estava checando o pulso dele?

Ela se virou para mim, com uma expressão de empatia no rosto.

— Você colocou a fita isolante tanto na boca quanto no nariz dele. Brad está morto.

Voltei a atenção para Brad, e puta merda, ela tinha razão. Os olhos dele estavam arregalados e não piscavam, e sua pele já possuía um brilho pálido que parecia estranhamente sem vida sob a luz da lua.

Senti meu estômago revirar.

Arranquei a balaclava e corri para os arbustos mais próximos, caindo de joelhos conforme meu estômago tentava expelir tudo o que eu já tinha comido na vida. Isso porque eu não queria deixar montes de DNA para trás.

Aly se agachou ao meu lado, acariciando minhas costas e fazendo barulhos reconfortantes enquanto eu vomitava.

— Provavelmente, este não é um bom momento para me vangloriar por estar certa sobre sua identidade, certo?

Leitor, eu ri e vomitei ao mesmo tempo.

E não, eu não recomendo.

Eu tinha acabado de matar um homem, e minha cúmplice maluca estava fazendo piadas.

— Vou me foder — murmurei.

— Momento meio estranho para fazer isso — respondeu Aly sem nem precisar pensar. — Será que podemos marcar para depois de nos livrarmos do corpo e você escovar os dentes?

17

Aly

Se há duas semanas alguém tivesse me dito que eu estaria dirigindo um carro com um corpo no porta-malas, eu teria… não sei. Dado risada? Chamado a pessoa de maluca? Ainda assim, aqui estava eu, voltando para a cidade com um assassino enjoado e o cadáver de sua responsabilidade.

Olhei para Josh, caído para o lado no banco com a testa apoiada na janela.

— Como você está?

Ele virou a cabeça lentamente, como se não pudesse acreditar que eu estava perguntando isso, já que era óbvio que não estava bem.

— Estou ótimo. Com certeza não estou no meio de uma crise existencial. E você?

— Decepcionada.

Ele se ajeitou um pouco, franzindo o cenho.

— Quê?

Dei de ombros e voltei a atenção para a estrada. Estava uma escuridão total e, do jeito que essa noite seguia, eu não me surpreenderia se um cervo surgisse na nossa frente.

— A morte de Brad foi muito anticlimática.

— Anticlimática — repetiu Josh.

— É. Quero dizer, um filho da puta como ele? Seu fim deveria ter sido mais violento e, de preferência, com ele pegando fogo no fim.

Isso arrancou uma risadinha inesperada de Josh.

— Fogueira de Brad.

— Churrasco de Brad — falei, sorrindo.

Josh grunhiu.

— Nós vamos direto para o inferno.

— Que bom. Talvez tenhamos outra chance com ele lá embaixo. — Olhei para o porta-malas por cima do ombro. — Estou até pensando em encostar o carro e esfaqueá-lo algumas vezes para me sentir melhor.

— Haha — disse Josh, sem achar graça.

Olhei séria para ele.

Seus olhos se arregalaram.

— Credo, Aly.

Pisquei para que ele percebesse que eu estava — meio que — brincando e voltei a olhar para a estrada.

Ele se remexeu ao meu lado, sentando-se ereto no banco.

— Não acredito que acabei de assassinar alguém.

Levantei um dedo.

— Tecnicamente, acho que o que você fez se classifica como homicídio culposo.

— Ah, que ótimo. Me sinto bem melhor.

— Deveria — respondi.

— Por quê?

Dei outra uma piscadela para ele.

— Menos tempo de prisão.

— Como consegue ficar tão calma com tudo isso? — perguntou ele.

— Porque a morte não é nenhuma novidade para mim — falei. — Me deparo com ela toda semana. Na maioria das vezes, são as pessoas boas que se vão cedo demais por causa de uma doença ou ferimento. Grande parte das perdas que testemunho é sem sentido e trágica, partindo o coração de muitos parentes. É bom ver alguém como Brad ter o que merece para variar. Duvido até que seus próprios pais lamentem sua morte.

Josh ficou quieto, e eu me virei para ele, que observava as paisagens cobertas de neve enquanto processava minhas palavras.

Caramba, como ele era lindo. Seu perfil iluminado pela luz do painel era algo a se contemplar. Fazia eu me perguntar o motivo de ele querer cobrir o rosto com uma máscara.

Vi comentários maldosos nas suas redes sociais dizendo que homens como ele eram todos iguais a bonitos só de corpo, e era por isso que usavam máscaras, mas essa não era a situação de Josh, e eu já havia assistido a vídeos de revelação de rosto de outros criadores de conteúdo o suficiente para saber que os comentários estavam errados. Então, o que motivava os mascarados? Era o anonimato? A oportunidade de usar um alter ego como uma segunda pele e tornar-se uma pessoa completamente diferente?

Estranhamente, parecia fazer sentido para Josh. Ele era como um dom bonzinho — fofo nos dates e cruel na cama. Mas, tipo, cruel da *melhor* forma possível. Mandão, exigente e implacável, e ah, não, eu estava ficando excitada a um metro e meio de um cadáver.

Voltei o olhar para a estrada. Isso confirmava. Eu havia ficado tão entorpecida que nem o corpo de um estuprador morto me afetava como deveria.

Dei uma última olhada para o banco do passageiro. Ou talvez Josh fosse tão bonito que as regras de moralidade desapareciam em sua presença.

— A pior parte é que não me arrependo — disse ele.

— Como assim?

— Estou surtando por ter matado alguém, mas, no fundo, não sinto nenhuma culpa. Estou surtando mais por não estar surtando, se é que isso faz sentido.

— Faz — falei ao nos aproximarmos de um cruzamento. Meu mapa me dizia para virar à direita, então liguei a seta e segui as direções enquanto pensava em uma resposta mais detalhada. — Acho que a maioria das pessoas se sentiria assim na sua situação. A morte em si é aterrorizante. A primeira vez que vi alguém falecer, saí no corredor e vomitei o chão inteiro. Já vi outras enfermeiras novatas desmaiarem. Sua reação é bem normal. Quanto a não se sentir mal, por que deveria?

Ele se virou para mim.

— Porque tirei uma vida.

Balancei a cabeça.

— Isso é pressão social. Você foi ensinado que matar é errado e que só monstros fazem isso, mas essa não é a verdade. As pessoas matam por uma infinidade de motivos. Às vezes, é no calor do momento, e elas passam o resto da vida arrependidas do que fizeram. Outras vezes, é por desespero, como uma mulher que mata o abusador, pois sabe que se não o fizer, acabará morta no lugar. E também existem acidentes, como o de hoje. Sinceramente, fico aliviada de termos feito isso. Parte de mim estava entrando em pânico com a ideia daquelas pessoas chamando a polícia em vez de lidando com Brad por conta própria.

Estiquei o braço e apertei o joelho de Josh.

— Lembre-se de que foi um acidente e que cometer um erro não significa que você é uma pessoa ruim. Principalmente quando o resultado é eliminar um estuprador e assassino em potencial deste mundo. Com o dinheiro da família dele e do jeito que as coisas estavam se desenrolando, ele teria escolhido outro alvo se não o impedíssemos. Quem sabe quantas vidas podemos ter salvo ao acabar com a dele?

Josh se remexeu, sua perna se contraindo sob minha mão.

— Você fica falando de nós, mas quem o matou fui eu.

— Foi, mas eu sou tão culpada quanto você — falei. — Posso não ter colocado a fita isolante na boca de Brad, mas fiz parte do plano para que ele acabasse morto, de um jeito ou de outro.

Josh colocou a mão embaixo da minha e entrelaçou nossos dedos.

— Obrigado por dizer tudo isso. Me ajudou.

— De nada. Espero que saiba que não é da boca para fora. Realmente acho que tornamos o mundo melhor ao tirar Brad dele. Sei que fazer justiça com as próprias mãos é extremamente problemático, mas às vezes acho que é necessário, principalmente quando o sistema feito para lidar com homens como Brad falha por ser suscetível a brechas.

— Sem falar no suborno — disse Josh. — Brad deu vários sinais que foram ignorados, incluindo espiar por janelas, crueldade contra animais e assédio sexual. Tudo quando ainda era adolescente. Li uma frase dita pelo juiz que o deixou escapar sem nem mesmo uma condicional depois que ele ficou bêbado no último ano do ensino médio e entrou com o carro na casa de uma colega que o rejeitou. Dizia o seguinte: "Ele é um jovem brilhante com todo um futuro pela frente. Seria terrível arruiná-lo por algo assim". O juiz jogava golfe com o pai de Brad.

Afastei a mão de Josh antes que quebrasse seus dedos de tão forte a apertava.

— É por isso que nunca vou me sentir mal pelo que fizemos.

Josh soltou um som baixo e irritado.

— É só a ponta do iceberg das coisas que Josh conseguiu escapar impune.

Encarei a estrada a minha frente com um olhar furioso.

— Não consigo entender como isso durou tanto tempo. Esse único juiz? Faz sentido. Não que eu ache aceitável, mas existem cretinos corruptos em qualquer profissão. Mas Brad não respondendo por seus crimes por anos e anos? *Isso* ninguém nunca vai conseguir me fazer entender, mesmo se me derem uma lista detalhada de cada erro cometido ao longo do caminho.

— Talvez tudo tenha levado a essa noite — disse Josh. — Talvez eu devesse matá-lo.

Franzi o cenho.

— Tipo destino?

— É — disse ele. — Talvez virar um assassino sempre tenha sido meu destino, e aconteceria de um jeito ou de outro.

Que porra era essa? Como Josh poderia pensar em algo desse tipo? Ele? Destinado a virar um assassino? Não fazia sentido. Ele era bom demais, gentil demais, e sim, ele tinha invadido minha casa e me stalkeado, mas fui eu quem pediu para que ele fizesse isso, e nunca pedi para que ele parasse de me observar. Eu tinha um pressentimento de que, se tivesse pedido, ele teria escutado e nunca mais me incomodado. De longe, suas ações podiam se parecer com as de Brad, mas prestando atenção, os dois não poderiam ser mais diferentes, e eu me recusava a deixar Josh se comparar com um ser humano tão desprezível.

— Não — falei. — Sou contra a ideia de que isso era seu destino. É maluco demais se for pensar na dor e sofrimento das vítimas de Brad. É impossível que tenham sido colocadas nesse mundo para serem vítimas dele.

Josh passou a mão no rosto e soltou um suspiro pesado.

— Pareço egocêntrico quando você coloca dessa forma.

— Não é egocêntrico, só está em conflito e confuso depois de um evento traumático.

Uma olhada nele revelou a preocupação em seu rosto, as sobrancelhas unidas, os lábios grossos formando uma linha tensa.

Precisava convencê-lo do meu argumento, e que maneira melhor de fazer isso do que usando sua própria lógica contra ele?

— Você me perguntou se eu culparia outro adolescente por matar os pais, então vou devolver a pergunta. Se eu tivesse matado Brad por acidente, estaria se perguntando se eu nasci para ser uma assassina?

— Nunca — disse Josh. — Mas não é a mesma coisa.

— É sim — retruquei.

— Não é. Eu me preocupo com isso desde criança.

Meu sangue gelou. Quem pensava em coisas assim quando criança?

— Como assim?

— Uh-uh — falou. — Não vamos fazer isso agora, se existe um pior momento para conversar sobre a História de Vida Trágica de Josh, é bem depois de eu ter matado alguém.

— Injusto. Eu desabafei sobre a minha.

Ele soltou um som exasperado.

— Aly, minha história é coisa de pesadelo.

Dei uma olhada nele, começando a me preocupar.

— Você já matou antes?

Ele balançou a cabeça.

— Não.

— Já machucou alguém?

— Não fora do estúdio de artes marciais, e mesmo assim, só por acidente e nunca de forma séria.

— É um criminoso?

— Sou um hacker, então tecnicamente, sim. Já quebrei inúmeras leis, mas a pior coisa que já fiz foi invadir a sua casa e te stalkear.

Levantei uma sobrancelha para ele e lancei um olhar significativo por cima do ombro, na direção do porta-malas.

—— Sério? Essa foi a pior coisa?

Ele abriu um sorriso.

— Foi o que eu disse. Você não estava falando agora mesmo que fizemos um favor ao mundo quando matamos Brad?

Também sorri. Sim, eu estava, e era bom ver a impertinência de Josh voltando.

— Então isso é tudo que preciso saber. Confio no meu instinto de que você não é uma pessoa ruim. Qualquer coisa que precise me contar pode esperar até que esteja pronto. Sem pressa.

Ele se inclinou por cima do console central e deu um beijo na minha bochecha.

— Você é a melhor namorada que alguém poderia ter.

Minhas sobrancelhas levantaram tão rápido que pareceu que estavam tentando pular da minha testa.

— Hã, como é?

— Cedo demais? — perguntou ele. — Quer dizer, eu sei que ainda não conversamos sobre isso oficialmente, mas temos um filho juntos, e acho que se livrar de um corpo é coisa de namorados, e não algo que se queira fazer com um ficante.

Controlei minha expressão.

— Está dizendo que um casal que comete assassinato junto, permanece junto?

Ele bufou.

— Palavras demais. Prefiro casal que mata junto, permanece junto.

Engoli uma risada. É. Direto para o inferno. Nós dois.

— Aliás, para onde estamos indo? — perguntou ele. — Acho que você estava prestes a me dizer logo antes da última vez que pedi para encostar o carro para que eu pudesse vomitar mais um pouco.

Meu humor evaporou. Estive reunindo coragem para ter essa conversa durante a última meia hora, e ainda não tinha achado uma boa forma de explicar meu plano B.

— O quanto pesquisou sobre minha família?

— Parei nos seus pais — disse Josh. — Achei invasivo demais investigar mais a fundo.

Olhei para ele.

— Sério? Foi aí que estabeleceu o limite?

Ele deu de ombros.

— Que foi? Tinha que ser em algum lugar. Preferiria que eu tivesse explorado mais?

— Na verdade, sim, porque dessa forma eu não precisaria te contar algumas coisas desconfortáveis sobre minha família.

Voltei a atenção para a estrada. Estávamos entrando nos subúrbios e eu não podia continuar olhando para ele sempre que dava vontade — a cada 1,2 segundos, aproximadamente. Ele era bonito demais, e uma maldita distração.

Ele colocou a mão na minha coxa, e eu realmente não tinha mais jeito, porque até um toque tão reconfortante e inocente fez eu querer me contorcer no banco. Se ele a deslizasse só um pouco para cima...

— Aly, nada que possa me contar sobre sua família me afastaria.

— Ok, então. Meu tio Nico é da máfia.

Josh virou-se para a porta.

— Encosta o carro. Vamos terminar. — Ele mexeu na maçaneta como se tentasse abri-la. — Deixa eu sair.

Dei um tapa nele.

— Para com isso. Eu tô falando sério.

Ele se virou para mim.

— Achei que não tivesse outros parentes. Não há nenhuma menção a eles nas suas redes sociais ou em outros registros digitais.

Será que era estranho que confissões assim nem me abalassem mais?

— É porque tenho ignorado a existência deles — falei. — Nico é o irmão mais novo da minha mãe. Ele começou a andar com uma gente errada quando era adolescente e a família praticamente o deserdou. Meus avós fugiram da Sicília para cá por causa da máfia, e ter um filho se juntando a ela era abominável considerando tudo o que tinham passado. A última vez que vi o tio Nico foi no funeral da minha mãe. Achei que nunca mais ouviria falar dele, mas ele entrou em contato há alguns meses e me convenceu a arranjar um emprego de faxineiro para Greg, meu primo mais novo.

— Que aleatório — disse Josh.

Balancei a cabeça.

— Bem que eu queria. Digamos apenas que há um médico legista assistente cujo sobrenome termina em vogal, e tenho quase certeza de que o verdadeiro motivo de Greg ter sido contratado tem a ver com a forma como alguns corpos são tratados. Só vi Greg no trabalho algumas vezes, e chegamos a um acordo tácito de fingir que não nos conhecemos, o que não é difícil já que nos encontramos pela primeira vez só no funeral da minha mãe. E não, eu não quero conhecê-lo melhor agora. Assim como meus outros primos, ele está seguindo os passos do pai, e meu emprego é importante demais para que eu arrisque perdê-lo por causa de qualquer porcaria da máfia na qual ele esteja envolvido.

— Então por que vamos envolvê-los agora? — perguntou Josh.

Suspirei.

— Porque antes do meu pai morrer, ele disse que eu deveria procurar meu tio se me envolvesse em algum problema sério. O Nico pode ser um cretino sem coração, mas família é importante para ele, e pelo jeito, ele nunca parou de tentar se reconciliar com minha mãe e meus avós antes de falecerem.

— Quando fala assim, quase sinto pena do cara — disse Josh.

— Não deveria. Ele não é uma boa pessoa. Talvez não seja tão ruim quanto Brad, mas quase. Infelizmente, acho que ele é um mal necessário agora. Pelo que o meu pai me contou, Nico não é tão importante na organização, mas, por causa do que faz para eles, é a nossa melhor aposta para nos livrarmos dessa situação sem sermos pegos.

— O que ele faz? — perguntou Josh.

Estremeci.

— Ele limpa.

— Tipo lavagem de dinheiro?

Balancei a cabeça.

— Tipo cenas de crime.

— Ah.

— É.

— E você tem certeza de que é assim que quer lidar com a situação no porta-malas? — perguntou.

Olhei para ele.

— Acho que depende. O que acha de cortar todas as digitais de Brad, arrancar todos os dentes de sua boca, cortá-lo em pedaços, colocar fogo nesses pedaços e depois jogá-los em um rio ou lago?

Josh empalideceu.

— Acho que vou vomitar de novo.

Assenti.

— Pois é. Não tenho problemas com a morte, desmembramento já é outra história. E por sermos amadores, o risco de sermos pegos é grande demais para encarar. Prefiro deixar os profissionais resolverem.

— Sou a favor da máfia, então — disse Josh.

— Vai ter um custo — avisei.

Ele colocou a mão no meu ombro, e a vontade de me virar e passar o rosto nela foi forte demais para resistir.

Ele usou o dedão para acariciar meu pescoço.

— Sabe qual vai ser o custo? Está falando de dinheiro ou, tipo, favores?

— Provavelmente favores. Só porque sou da família não significa que vou ficar livre da chantagem e coerção. Provavelmente terei que convencer o hospital a contratar outro mafioso ou algo assim. — Lancei um olhar arrependido para ele. — Nem posso imaginar o que vão pedir para alguém com suas habilidades de hacker.

Ele apertou meu ombro.

— Se for para ficar longe da cadeia e da mídia, faço o que eles quiserem.

Franzi o cenho ao virar à esquerda. Ele estava preocupado com a mídia? A ideia de parar nos noticiários nem tinha passado pela minha cabeça. Eu ainda estava preocupada demais em ser pega dirigindo com um cara morto no carro para pensar além disso, mas talvez devesse. Afinal, Brad tinha muito dinheiro. Caras brancos e ricos eram sempre considerados dignos de notícias pela imprensa. Isso só me convenceu ainda mais de que procurar Nico era a escolha certa, apesar de qualquer consequência que isso pudesse ter.

— Você não chegou a me responder — disse Josh, tirando-me dos meus pensamentos sombrios.

— Sobre o quê?

— Se quer ou não ser minha namorada.

Meu pulso acelerou e meu estômago revirou.

— Está me pedindo em namoro? — perguntei, dando uma olhada rápida nele.

Ele abriu um sorriso sedutor e, sinceramente? Esqueci o corpo no porta-malas. Inferno, era como se a visão daquelas covinhas estivesse alternando a química do meu cérebro para que todos os meus futuros pensamentos se resumissem a esse homem.

A reação do meu corpo ao dele já era ruim o bastante, mas eu estava ferrada agora que tinha o rosto para acompanhar. Ferrada. Qualquer senso de autopreservação foi pelos ares. Isso era o que eu queria — ele era o que eu queria — e fodam-se as consequências. E sim, tudo estava acontecendo mais rápido do que provavelmente era normal, mas com ele, eu não precisava de meses para me decidir. As últimas semanas haviam sido o suficiente para que eu soubesse minha resposta.

Ele fazia eu me sentir viva. Tirou-me do mundo cinza em que eu vivia e me ensinou a ver cores novamente. Em um mar de homens que não se esforçavam para nada, ele se destacou por ir além. Era a definição de "Se ele quisesse, ele faria". Porque ele fez por mim o que ninguém nunca tinha feito: não só atendeu como excedeu minhas necessidades, tanto físicas quanto emocionais. Ele me mantinha alerta, sem saber o que aconteceria em seguida. E fazia tudo isso enquanto me fazia corar e rir, muitas vezes ao mesmo tempo.

É claro que eu queria namorar com ele. Porra, se fosse por mim, eu passaria cada momento livre fora do trabalho com ele a partir de agora. Esperava que ele entendesse onde estava se metendo, porque enquanto sua obsessão começara recentemente, a minha já existia há meses, e eu não planejava deixá-lo ir uma vez que fosse meu.

Ele foi um pouco para frente, entrando no meu espaço de uma forma que fazia minha respiração falhar e meus nervos se agitarem.

— Aly? Quer ser minha namorada? A vaga inclui lanchinhos, orgasmos e talvez uma stalkeada de leve.

Abri um sorriso.

— Sim.

Ele avançou e beijou minha bochecha, e eu não conseguia me lembrar da última vez em que me senti tão feliz. Mesmo com um corpo sem vida a menos de um metro e meio de mim. Mesmo quando estava indo pedir ajuda para a última pessoa que eu queria. Josh me distraía de todas essas merdas horríveis e fazia eu me sentir bem. Talvez esse relacionamento tenha começado de uma forma questionável, e talvez ainda tivéssemos muito a aprender um sobre o outro fora da perseguição mútua, mas aceitar ser a namorada de Josh pareceu ser a decisão mais fácil que eu tomava em um bom tempo, e não importava o que estava por vir, ou os segredos que Josh ainda guardava, eu duvidava que qualquer coisa faria eu me arrepender.

18

Josh

— Achei que seu tio fosse só um mafioso sem importância — falei. Para Aly. Minha namorada.

— Foi o que meu pai me disse. — Ela olhou pelo para-brisa para a casa de campo em estilo italiano da qual nos aproximávamos. — Pelo jeito trabalho sujo paga bem?

Eu estava prestes a fazer um trabalho sujo com ela assim que ficássemos sozinhos. O sorriso estampado no meu rosto estava começando a fazê-lo doer a essa altura, mas eu só conseguia pensar em como poderíamos acabar com isso o mais rápido possível para que eu a levasse de volta até em casa para que consumássemos nossa relação.

Talvez pudéssemos inclinar o carro como um caminhão basculante, jogar o corpo de Brad na entrada e desejar boa sorte para o tio dela enquanto acelerávamos como os depravados que éramos. E sim, eu podia falar por nós dois. Aly não tinha nenhum talento em esconder suas emoções, e vinha me lançando olhares de quem está doidinha por seu stalker desde que tirei a máscara.

Com relutância, desviei o olhar dela e observei o imponente portão de entrada. Estava fechado, mas havia um pequeno interfone para a portaria adiante. Será que alguém estaria acordado a essa hora?

Tive minha resposta um minuto depois, quando Aly abaixou o vidro. Ela mal tinha esticado o braço para apertar o pequeno botão vermelho quando o alto-falante se manifestou.

— Quem é você e o que diabos você quer? — perguntou uma voz masculina grosseira.

Eu sabia que ainda era de madrugada, mas não gostei de ouvi-lo falando com minha namorada dessa forma.

Lá se foi minha boca, abrindo-se em um sorriso largo demais novamente.

Minha *namorada*.

Aly colocou a cabeça no frio gelado da noite.

— Alyssa Cappellucci, sobrinha do Nico.

O portão se abriu silenciosamente.

Aly colocou o carro em primeira marcha, e nos olhamos surpresos. Pareceu fácil demais. Não era preciso verificar a identidade? Será que já nos esperavam, ou será que havia alguma instrução para que a deixassem entrar se um dia aparecesse? Considerando o que Aly disse sobre como a família era importante para Nico, a última opção parecia mais provável.

Então um pensamento me ocorreu, e ah, puta merda — mafiosos provavelmente sabiam mais sobre *true crime* do que a maioria das pessoas. Fiquei tão ocupado planejando atividades divertidas e nuas para casais que acabei não pensando em como isso se desenrolaria. E se alguém prestasse atenção na minha aparência e mencionasse meu pai? Eu que deveria contar a Aly; não podia arriscar que ela descobrisse por outra pessoa quando eu não tinha tempo de sentar com ela e explicar tudo. Ela provavelmente surtaria se isso acontecesse, e eu não a culparia.

Coloquei a mão no bolso da frente da minha mochila e tirei de lá meu disfarce de confiança: óculos e um bigode falso. Em minha defesa, era um bigode muito bem-feito e parecia incrivelmente real, mesmo de perto, mas sim, eu ainda parecia um personagem de filme policial dos anos 1980.

— Que diabos você está fazendo? — perguntou Aly enquanto eu abaixava o quebra-sol e usava o espelho para me guiar ao colocar o bigode no lugar.

— Explico mais tarde. Prometo — falei, dando batidinhas nas laterais.

— Você é famoso ou algo do tipo?

— Algo do tipo — respondi, virando-me para ela.

Ela me deu uma olhada e balançou a cabeça.

— Você está…

Balancei as sobrancelhas.

— Gostoso, né?

Ela se virou de volta para a entrada ao passarmos pela portaria e pela silhueta da figura que nos observava pelas janelas.

— Não deveria estar. Esse negócio é ridículo.

Sem conseguir me conter, acabei com a distância entre nós e sussurrei.

— E mesmo assim você quer cavalgar nele. — Para deixar claro, rocei o bigode na sua orelha.

Ela se afastou, os olhos fixos no nosso destino, suas bochechas corando sob a luz do painel.

— Acho que já está claro que experimentarei qualquer coisa pelo menos uma vez.

Ajeitei-me no assento, tentando lembrar meu membro de que estávamos prestes a conhecer um mafioso infame, e que fazer isso com uma ereção não era o ideal. Infelizmente, tudo o que eu conseguia imaginar era a mim mesmo deitado de costas e Aly sentada no meu rosto. Eu precisava de uma distração.

Que tal o corpo sem vida no porta-malas?

Ah, certo. Eu tinha acabado de matar uma pessoa. E por mais que Aly tenha feito um ótimo trabalho em usar meu próprio raciocínio contra mim, uma parte minha ainda se perguntava o quão "acidental" a morte de Brad realmente fora.

Não me lembrava de ter tapado a boca dele. Sim, eu sabia que tinha colocado a fita isolante no lugar, mas estava distraído com algo que Aly dissera no momento, e estava metade empolgado e metade apavorado com o que estávamos prestes a fazer. Será que foi só descuido? Ou alguma parte do meu subconsciente agiu sob impulso e posicionou a fita de propósito? O fato de eu não ter certeza e de que provavelmente nunca teria iria me aterrorizar pelo resto da vida.

Coloquei os óculos ao entrarmos na ampla entrada circular. Os paralelepípedos dessa área eram tijolos vermelhos. Devia ser um pesadelo fazer a manutenção. Nossas primaveras eram estranhas, e o ciclo de gelo/degelo causavam um estrago nas estradas da cidade, fazendo-a se elevar e rachar. Mal podia imaginar como isso afetaria uma pavimentação de tijolos compactos.

Conforme Aly desacelerava o carro, uma das grandes portas da garagem de cinco carros se abriu, revelando um homem em um roupão de flanela azul. Tio Nico? Ele gesticulou para a porta, afastando-se para que Aly tivesse espaço para manobrar. Dessa forma, ele ficou do meu lado do carro enquanto ela estacionava e eu tentei não encarar ao passarmos por ele. Ele não parecia um mafioso sem coração. O homem tinha cerca de 1,65m, era magro e nada imponente. Seu cabelo era grisalho, a pele de um tom mais escuro de oliva do que a de Aly, e o nariz dele era um pouco largo demais para o rosto.

Aly estacionou o carro e virou-se para mim.

— Preparado?

Dei de ombros.

— Não muito, mas que escolha temos?

Ela balançou a cabeça.

— Nenhuma. Vamos nessa.

Juntos, saímos do carro.

Nico ainda estava do meu lado e eu me agigantei sobre ele ao me levantar.

Ele me encarou, levantando as sobrancelhas.

— Bigode legal, Joe do pornô.

Ótimo. O sarcasmo era de família.

Uma resposta arrasadora estava na ponta da minha língua, mas a segurei. Trocar insultos não era a melhor forma de conquistar a simpatia desse homem, e, graças ao corpo no porta-malas, ele tinha muito poder sobre mim. Era melhor não irritá-lo de primeira.

Estendi a mão.

— Quase. Sou o Josh.

Ele soltou uma risadinha e segurou minha mão, seu aperto surpreendentemente forte.

— Que pena. Josh não rima. Sou o Nico.

Assenti enquanto soltávamos as mãos.

— Você é italiano? — perguntou ele, me observando.

— Um quarto. Minha mãe é italiana e argelina.

Ele me analisou de novo.

— Achei que tivesse um pouco de...

— Não diga nada racista — interrompeu Aly, contornando o carro.

Nico se virou para ela com os braços abertos e um sorriso largo que parecia sincero.

— Nunca.

Aly me lançou um olhar, claramente desconfortável com a proximidade de Nico e a conversa que interrompera, mas aceitou o abraço mesmo assim, abaixando-se um pouco.

— Obrigada por nos deixar entrar. Odeio fazer isso, mas temos um pequeno...

— EI — gritou Nico. — Aqui não. — Ele se afastou dela e foi fechar a garagem. Então nos levou para uma porta lateral.

Entramos em um vestíbulo funcional, mas exagerado, com piso de mármore e o que parecia ser um spa para cachorros completo no canto.

Nico apontou para os nossos pés.

— Tirem os sapatos — disse ele. — Moira vai acabar comigo se sujarem aqui.

Olhei para baixo. Não só meus sapatos estavam cheios de barro, mas minha calça também estava manchada por causa do momento em que vomitei nos arbustos. Estava quente na casa, então tirei o casaco quanto terminei de tirar os sapatos e o pendurei em um gancho ao lado da porta, junto ao de Aly.

Do vestíbulo, Nico nos levou a uma cozinha elaborada e cheia de detalhes.

— Aceitam um café? Vinho?

— Pode ser um café — disse Aly.

Semicerrei os olhos ao tentar absorver tudo. As luzes do teto eram tão claras que refletiam todo o mármore e vidro. Era como se tivessem vomitado o Palácio de Versalhes ali. Tudo era em tons de creme e bege, e eu não conseguia entender por que o revestimento de mosaico era cheio de pessoas nuas. Parecia que a intenção era que fosse um design italiano antigo, mas algumas das peças estavam um tanto mal posicionadas, então o braço de uma pessoa estava muito abaixo do outro, e o pênis de um cara estava separado de seu corpo por um ladrilho completo. Era como se estivesse simplesmente flutuando ali sozinho.

Como um pau fantasma no meio de uma festa.

Ai, meu Deus. Não ria, pensei, levantando o olhar. Infelizmente, meu olhar foi parar no lustre espelhado e o reflexo das luzes fluorescentes quase me cegou. Não havia aquela frase que dizia que dinheiro não compra bom gosto?

Aly me deu uma cotovelada.

— Quer café ou algo mais forte?

— Ah — falei, voltando a me concentrar no tio dela. — Café, por favor. — A ideia de tomar vinho com o estômago ruim não era boa, mas um pouco de cafeína faria bem já que mal toquei no copo para viagem que Aly preparara.

Nico foi até uma máquina de aço branca e chique com botões demais.

— Então, o que fazem aqui tão cedo?

— Matamos uma pessoa — disse Aly.

Virei-me para ela com olhos arregalados.

Ela me lançou uma expressão como quem diz "Que foi?"

— Precisava ser tão direta?

Ela deu de ombros.

— Acho que faltei na aula no dia que ensinaram a forma educada de contar às pessoas sobre corpos no porta-malas.

Nico virou-se abruptamente.

— Você trouxe a porra de um corpo para a minha casa?

Aly olhou para ele.

— Sim? Meu pai falou para vir aqui se um dia eu me metesse em problemas.

— Puta merda! — vociferou Nico. — A polícia federal pode estar de olho em mim. Não pode simplesmente trazer cadáveres aqui como se eu fosse um necrotério.

— Ei — falei, entrando na frente da Aly. Ele podia ser seu tio, mas ouvi-lo falando com ela nesse tom foi o suficiente para me fazer repensar se eu realmente me importava em causar uma boa primeira impressão. — Ela não sabia.

Nico jogou as mãos para o ar.

— Diga isso à polícia! — Ele se virou, gritando ao sair da cozinha. — Greg! Stefan! Alec! Junior! Levantem essa bunda da cama! Temos um problema!

Aly se aproximou de mim e eu coloquei um braço ao redor de seu ombro, olhando para baixo e vendo que ela parecia aborrecida.

— Ops? — disse ela.

Eu a puxei para mais perto.

— O que mais poderíamos ter feito? Ligado para o cara e alertado ele e os policiais que podem ter grampeado seu celular?

Passos retumbaram acima de nós, os gritos de Nico acordando a todos conforme alertava sobre a emergência. Alguém desceu um lance de escadas próximo correndo e nos viramos ao ouvir o som de um jovem entrar com tudo na cozinha, ainda vestindo uma camiseta cinza. Ele parecia ter a mesma altura de Aly, cerca de 1,73m, cabelos escuros e magrelo. Apesar da cara de criança e das sardas, algo sobre a frieza em seu olhar me fez pensar que ele era mais velho do que aparentava.

— Chaves! — gritou ele, gesticulando para Aly.

— Oi, Greg. É bom te ver também — resmungou ela, remexendo na bolsa à procura delas.

Então esse era o Greg. Observei o primo mais novo dela. Talvez tivesse a idade que aparentava, a frieza no olhar vinda do que já fizera pelo pai. Só Deus sabia como eu entendia a forma com que pais podiam amadurecer alguém.

— Vem — disse ele. — Temos que ir.

Aly estendeu as chaves para ele.

— Como assim, temos?

Greg balançou a cabeça.

— Pode ficar com elas. Você entrou dirigindo. Tem que sair da mesma forma. — Ele se virou para mim. — Cadê seu casaco?

— No vestíbulo — respondi automaticamente.

Ele assentiu e gesticulou para a prima.

— Vamos dar o fora daqui.

Aly deu um passo hesitante para frente, saindo do meu abraço.

— E o Josh?

Greg olhou nos meus olhos.

— Vou fingir ser ele para que qualquer um que esteja observando não tenha suspeitas, e ele vai ficar aqui e explicar tudo ao meu pai.

— Uh-uh — disse Aly. — Não vou me separar dele.

— Ele vai ficar bem — disse Greg. — Acha que o meu pai quer te irritar brincando com seu namoradinho? — Ele olhou para mim novamente, analisando-me de cima abaixo. — Além disso, ele parece conseguir se cuidar. Agora anda, Aly. Não temos muito tempo.

Ela se virou para mim, preocupada.

Eu me aproximei e dei um beijo em sua testa antes de erguer o olhar para Greg.

— Entendo que estão com pressa, mas preciso saber qual é o plano.

Ele trocou o peso do corpo de uma pena para a outra, falando tão rápido que quase se enrolou nas palavras.

— Vamos para um local seguro e alguém vai remover o corpo.

— E se a polícia seguir vocês?

— Vamos despistá-los.

Encarei-o por um bom tempo. Meu Deus, ele era só um garoto, mal tinha saído do ensino médio.

— Não deixe nada acontecer à sua prima.

— Não vou deixar — disse ele, aproximando-se da porta como se tentasse incitar Aly a se mexer.

Olhei para ela.

— Vou ficar bem. E você?

Suas sobrancelhas se uniram ao franzir a testa.

— Espero que sim. Não gosto disso.

— Nem eu, mas eles são os especialistas e temos que acreditar que sabem o que é melhor.

Greg estalou os dedos.

— Não temos tempo para uma despedida melosa, Aly. *Anda.*

A irritação surgiu no rosto dela ao se afastar de mim.

— Já vou. Meu Deus, calma.

Encontrei os olhos de Greg por cima da cabeça de Aly e fiz um leve aceno de reprovação, meu estômago revirando de raiva. Meu pai costumava estalar os dedos assim para a minha mãe, e eu odiava.

— Não faça isso de novo.

Não sei que cara eu estava fazendo, mas foi o suficiente para que o filho de um mafioso recuasse.

— Foi mal.

Indiquei minha namorada.

— Para ela.

Ele olhou para Aly.

— Foi mal, agora podemos ir antes que meu pa...

Nico voltou para a cozinha por uma porta lateral.

— Que diabos vocês dois ainda estão fazendo aqui? *Andate, idioti!*

Greg, claramente temendo mais a raiva do pai do que a minha, pegou o pulso de Aly e a puxou na direção do vestíbulo. Ela se soltou de seu aperto na metade do caminho e ameaçou feri-lo se ele a tocasse de novo.

Ela me lançou um último olhar antes de ir embora.

— Tenha cuidado.

As palavras eram um alerta. Tenha cuidado, ou então..., forcei um sorriso reconfortante e assenti.

— Você também.

Greg falou algo grosseiro do outro lado da porta e Aly saiu e a fechou ao som da discussão dos dois. Um ruído indicou que a porta da garagem estava sendo aberta novamente.

E então fiquei sozinho com o tio mafioso de Aly.

Eu me virei na direção dele, cauteloso, mas ele já estava saindo do aposento novamente, a cabeça inclinada para o teto enquanto gritava para os outros filhos se apressarem. Pouco tempo depois, mais três homens entraram na cozinha, com idades variando entre o meio e o fim dos 20 anos. Pareciam com Greg, só que mais encorpados.

Nico voltou à máquina de café e começou a apertar botões.

— O que aconteceu? — falou por cima do ombro e, de repente, eu era o centro das atenções.

Eu odiava ser o centro das atenções. Ficava com vontade de me encolher, de me esconder, mas Aly estava contando comigo, então eu tinha que manter a calma por ela.

— Primeiro, para onde exatamente Greg e Aly estão indo? — perguntei.

— Para a cidade, para uma oficina mecânica que temos — disse Nico quando a máquina de café chique ganhou vida. — Nosso cara vai limpar o carro lá enquanto outros cuidam do que está no porta-malas.

— E você acha que o Greg e a Aly vão ficar bem?

Ele assentiu de costas para mim.

— Greg sabe o que fazer. Ele é um dos nossos melhores motoristas e vai colocar outras pessoas na estrada com eles para interferirem caso ele e Aly percebam que estão sendo seguidos.

Soltei um suspiro pesado, mais temeroso por Aly do que antes, porque finalmente compreendi que minha namorada estaria de volta na estrada, dirigindo pela cidade com um cadáver. Merda, eu deveria ter discutido mais ou achado outro plano que não envolvesse ela se arriscando tanto, mas tudo aconteceu rápido demais.

— Ainda está conosco, Joe? — perguntou Nico.

Ergui o olhar do chão e o encontrei me encarando, os braços cruzados sobre o peito.

— É Josh — falei. — Me diga que ela vai ficar bem.

Pensei que minha enrolação o irritaria, mas ele simplesmente sorriu.

— Gosta mesmo da minha sobrinha, hein?

Assenti, olhando ao redor e encontrando os outros quatro homens me encarando da mesma forma suspeita. Por que de repente isso parecia uma armadilha?

— E você é o responsável pelo corpo no porta-malas? — perguntou Nico.

Assenti mais uma vez, e os homens ao redor ficaram tensos. Percebi então que a ideia de Aly namorar um assassino pudesse não ser bem-vinda para seus parentes.

— Então tem que me contar o que aconteceu — disse Nico, e tive a sensação de que se ele não gostasse da minha história, nem a promessa de Greg para Aly de que eu ficaria bem seria o bastante para me manter vivo.

— Um estuprador e provável assassino chamado Brad Bluhm esteve no hospital há dois dias — falei. — Ele e Aly discutiram e ela o insultou. Hoje, no começo da noite, ele tentou invadir a casa dela.

O aposento foi preenchido por resmungos de homens irritados, e eu comecei a me sentir um pouco mais seguro agora que tínhamos o ódio por Brad em comum.

Os olhos escuros de Nico ardiam de raiva.

— Por que ele foi lá?

— Ele tinha um kit de assassinato — falei, sem me dar ao trabalho de explicar, já que eles provavelmente sabiam o que era. — Nós o subjugamos, o amarramos e planejávamos deixá-lo na varanda da família de sua última vítima, mas ele morreu no caminho. Aly disse que deveríamos vir aqui, e foi o que fizemos. O celular de Brad ainda está na casa dele, e ele desligou o GPS do carro, então não sei onde está, mas acho que dever estar perto da casa da Aly.

— E como sabe disso? — perguntou Nico.

Merda. Caí direitinho nessa.

— Sou um hacker.

Um dos primos de Aly deu um passo para frente, chamando minha atenção.

— Qual é o modelo e a marca do carro de Bluhm?

Contei a ele.

Nico estalou os dedos para o filho que tinha falado, e eu tentei não ranger os dentes. Deve ser coisa de família.

— Liga pra o Jimmy — disse Nico. — Mande os caras dele irem para lá, e não vá embora até que tenha achado o carro e o recuperado.

O filho dele assentiu e se afastou em direção à porta.

Nico se virou para outro deles.

— A casa dela precisa ser limpa. Mande Aly e Greg se encontrarem com você lá quando terminarem o serviço no carro de Josh para que ela pegue o gato e os pertences antes de começar.

Aquele filho foi o próximo a ir até a porta, deixando apenas eu, Nico e seu filho mais velho (Junior?) em volta da ilha da cozinha.

O patriarca da família me encarou.

— O que mais?

— A única coisa que Brad ficou sabendo sobre Aly no hospital foi o nome dela, então deve ter feito alguma pesquisa para encontrá-la — falei. — Tenho medo de que seu celular ou computador tenha algo que aponte direto para Aly quando ele for dado como desaparecido.

Nico se virou para Junior.

— Entre em contato com Vinny e diga que precisa de uma equipe completa na casa de Bluhm.

— Ele é rico — alertei. — Deve ter câmeras de segurança, alarmes e…

Nico ergueu a mão, me silenciando.

— Com todo respeito, mas já sabemos o que fazer.

— Vai roubar ou hackear o computador?

Nico olhou para o filho mais velho.

Junior me encarou. Seu olhar era ainda mais frio do que o de Greg.

— Vai precisar ser um roubo rápido porque não temos tempo para nos preparar.

Balancei a cabeça.

— É suspeito demais. Me levem com vocês e eu vou hackeá-lo.

Ele ergueu as sobrancelhas conforme me analisava.

— Tem certeza?

Bufei.

— Sim. Esse é o meu trabalho, e posso entrar e apagar os dados de Brad em menos de dez minutos sem deixar nenhuma pegada digital.

Junior se virou para o pai, erguendo as sobrancelhas em questionamento.

Nico jogou as mãos para o alto e voltou para a máquina de café.

— Vou ter que fazer tudo de novo em um copo para viagem.

QUARENTA MINUTOS DEPOIS, eu continuava vivo, tendo passado no que quer que tenha sido aquele teste estranho com Nico na cozinha, e agora eu estava na parte de trás de uma van, tomando um *macchiato* fumegante de um copo térmico. As laterais do veículo tinham o logotipo de uma empresa local de energia. Não consegui definir se era roubado, uma boa cópia, ou, no pior dos casos, se realmente pertencia a tal empresa de energia porque ela era controlada pela máfia.

Decidi parar de mexer na rede elétrica sempre que quisesse invadir a casa da minha namorada. Eu já ficaria devendo um favor daqueles para a máfia depois disso; não precisava ficar com um alvo ainda maior nas costas.

— Gostou do café? — perguntou Junior.

Ele estava sentado no banco à minha frente com dois homens muito maiores a quem eu não tinha sido apresentado — o que provavelmente era melhor. Outros dois estavam ao meu lado, e a princípio, tive medo de que eles fossem minha equipe de limpeza, até que começaram a discutir as logísticas do que estávamos prestes a fazer.

— O café está ótimo — falei.

Junior assentiu.

— Lembre-se de dizer isso ao meu pai se quiser que ele goste de você. Ele é vaidoso pra caralho com suas habilidades de barista. — Ele franziu o cenho e se virou para o homem à sua direita. — Baristo? Esse termo tem gênero?

— Não faço ideia — resmungou o cara.

Meu celular apitou no bolso, e eu me inclinei para trás no banco para pegá-lo. Assim que vi a mensagem de Aly, soltei um suspiro de alívio.

— Chegaram na oficina em segurança.

— Finalmente — murmurou Junior.

Onde você está?, perguntou Aly.

Aprontando umas coisas de agente secreto, falei.

Como assim? Não está mais na casa dele?

Ela era inteligente, mantendo os detalhes em aberto.

Não. Tô por aí, respondi.

Como assim? Já está fazendo coisas para ele?

Taaalvez, respondi.

COMO ASSIM?

Mandei três emojis rindo.

Josh, agora tô falando sério. Não faça nada para ele. É assim que vão te pegar.

Ela provavelmente tinha razão, mas eu não podia dar para trás agora. Não quando a alternativa era os policiais ficando desconfiados quando as coisas de Brad sumissem com ele.

Respirei fundo e a respondi.

Vou ficar bem, prometo. Mas preciso fazer isso. Por favor, confie em mim.

Acho que sabe o quanto confio em você, disse ela, e não, eu não precisava de um lembrete de como ela usou minha mão como um colar enquanto estava preso em uma van com outros sete homens.

É nos outros que não confio, continuou ela. *Se algo acontecer com você, vou destruir tudo. Pode dizer isso pra qualquer um dos meus primos idiotas com quem esteja.*

Olhei para cima e encontrei Junior me observando.

— Que foi?

— Aly quer que eu repasse um aviso.

Ele ergueu as sobrancelhas e inclinou a cabeça, esperando.

— Disse para me mandar para casa em segurança.

Ele soltou uma risadinha.

— Tenho certeza de que foi algo leve assim. Sabe, para quem não está envolvida nos negócios da família, ela com certeza tem muitas características em comum com a gente.

O cara ao lado de Junior acotovelou suas costelas.

— Talvez seja genético.

Junior se virou lentamente para ele.

— O que quer dizer? Que todos os italianos nasceram para estar na máfia?

— Hã, não — disse o cara, recuando.

— Porque isso é racista, Phil.

Abaixei a cabeça e voltei a me concentrar no celular. Não. Não ia me envolver nessa discussão.

Falei para ele, disse. *Vai ficar feliz em saber que o chocaste.*

Impressionante, respondeu ela. *Poucas pessoas usam essa conjugação.*

Abri um sorriso. Agora que Aly tinha parado de fingir ficar irritada com minhas provocações, ela tinha começado a retribuí-las, e eu gostava disso. Muito.

Coloquei uma chave na sua bolsa, falei. *É da minha casa. Se quiser ir para lá com O Escolhido, posso te encontrar quando terminar.*

E o Tyler?, perguntou ela. *Não vai ser estranho?*

Encarei o celular. Certo. De alguma forma, tinha me esquecido dele. E do fato de que ele e Aly ficavam. Meu cérebro provavelmente tinha enterrado a informação para me proteger, mas isso não parecia mais necessário. Eles nunca tiveram nada sério e eu sabia que nenhum dos dois nutria sentimentos um pelo outro, então não tinha motivo para me sentir ameaçado ou inseguro.

Mandei uma mensagem para o meu colega de quarto.

Lembra quando eu concordei em ajudar a Aly?

Eram cinco e pouco da manhã, mas Tyler acordava cedo e mesmo nos fins de semana tinha dificuldade em dormir até mais tarde. Ele respondeu quase de imediato.

Por favor, me diga que se deram bem, falou ele.

Abri um sorriso. Eu tinha dado sorte no departamento de melhor amigo.

Um balãozinho apareceu, indicando que ele estava digitando. Outra mensagem chegou um segundo depois. *Porque você está mais estranho do que o normal esses dias, e eu estava começando a me perguntar se precisava ligar para a Maria e o Rob para fazermos outra intervenção.*

E fácil assim, ele conseguiu arruinar o sentimento.

Não precisa envolver meus pais, respondi. *Pedi Aly em namoro.*

Uhul!, enviou Tyler. *Espera, ela disse sim, né?*

Aham. Tem problema se ela for aí?

Sem problema. Você não vai estar com ela?

Não, falei. *Tenho que resolver uma coisa, devo voltar dentro de uma ou duas horas. A casa dela precisa ser dedetizada, então ela vai estar com o gato.*

Ótimo. Aquele merdinha me odeia.

Voltei a sorrir. Nunca superaria o quanto eu me sentia especial por ser uma das únicas duas pessoas que Fred tolerava. *Como ousa manchar a imagem do meu filho.*

Seu filho?

Sim. Sir Frederick Cappellucci-Hammond, primeiro de seu nome.

Tyler me enviou um emoji revirando os olhos. *Porra, graças a Deus tem uma mulher na sua vida para me livrar da sua esquisitice.*

Ao contrário de Aly, Tyler não parecia gostar do meu tipo particular de humor.

Valeu por essa, falei. *Ela vai estar aí daqui a pouco. Dei uma chave a ela para que pudesse entrar.*

Caraaamba. Já deu uma chave? Foi com tudo. Ela já sabe sobre seu pai?

Meu sorriso sumiu quando uma nova onda de culpa me atingiu.

Ainda não. Ela sabe que tive uma infância difícil, mas não os detalhes. Quero contar quando chegar em casa.

Me avisa se precisar que eu esteja presente para ajudar a explicar tudo, disse ele.

Acho que não precisa, mas obrigado.

Abri as mensagens com Aly de novo.

Tudo tranquilo da parte dele.

Certeza?, perguntou. *Isso vai parecer péssimo, mas eu nem tinha pensado em como ele se sentiria em relação a nós até agora.*

Há! Eu também. E culpo você por isso.

Eu??, respondeu ela. *Como isso é culpa minha?*

Ah, acho que você sabe. E não se preocupe. Ele está feliz por eu estar feliz.

Também estou feliz por você estar feliz, disse ela.

A van deu um solavanco para frente, como se o motorista tivesse pisado fundo no acelerador. Meu celular voou da minha mão e eu tive que agarrar o banco para não me juntar a ele no chão.

Junior deu um esbarrão no cara ao seu lado e encarou o assento do motorista.

— Que merda foi essa, Vinny?

— A porra da polícia está na casa do Bluhm — gritou ele em resposta.

Junior xingou.

— Desacelera. Passar por lá correndo vai parecer suspeito.

— Eu sou procurado — disse Vinny, a voz coberta de medo.

Junior levantou-se do banco, sacando uma arma de dentro da jaqueta falsa da empresa de energia. Ele se ajoelhou atrás de Vinny, fora de vista, e colocou a boca do cano na lateral do corpo do homem. O som do gatilho de segurança sendo acionado ecoou na cabine.

— Desacelera. Essa. Merda — disse Junior.

Vinny tirou o pé do acelerador e um coro de suspiros de alívio soou ao meu redor. Jesus Cristo, isso foi tenso.

Junior se virou e me encarou.

— Como caralhos eles já estão aqui?

Todos os olhos na traseira da van se viraram para mim como se eu tivesse todas as respostas, mas só pude dar de ombros.

— Não faço ideia.

Junior afastou a arma da lateral do corpo de Vinny e voltou a se sentar no banco à minha frente. Ele se inclinou, colocando os cotovelos nos joelhos e me prendeu com o olhar.

— Comece do início e me conte tudo o que aconteceu de novo. Vocês podem ter deixado algo escapar.

Estiquei o braço para pegar o celular do chão.

— Deixa só eu falar para Aly ter cuidado.

Junior chutou o celular para longe e apontou a arma para mim.

— A Aly vai ficar bem. É melhor se preocupar consigo mesmo agora. Desembucha, bonitão.

Ai, merda.

19

Aly

Eu não estava acordada há mais de seis horas e já estava exausta. Acho que ter minha casa invadida, auxiliar no sequestro e assassinato de um estuprador, carregar seu corpo até o outro lado do estado, ouvir gritos de um mafioso, voltar para a cidade morrendo de medo de estar sendo seguida, e então esperar duas horas em uma oficina mecânica fria enquanto o carro do meu namorado recebia uma limpeza profunda por um homem negro de meia-idade chamado Lucius faria isso com qualquer um.

E não, Lucius não achou graça quando perguntei como foi o tempo dele em Azkaban.

Eu ainda não estava convencida de que ele não era algum tipo de bruxo. O fato de ele ter passado a última hora e meia tentando me incendiar com os olhos era suspeito para caramba. A não ser que ele já tenha escutado aquela piada antes, o que nesse caso… fazia sentido.

Um miado ressoou do banco traseiro do carro de Josh.

— Eu sei, carinha — falei para Fred. — Espera só mais um minutinho. Já estamos chegando na casa do papai.

Ótimo, Josh havia conseguido me fazer falar assim, também.

Olhei o espelho retrovisor pelo que pareceu ser a centésima vez. Eu havia mandado o Greg não me seguir quando nos separamos na minha casa, mas não confiava que aquele merdinha não mentiria. Josh já estava devendo um favor ao meu tio; a última coisa que eu queria era levar o Nico direto para o apartamento dele. Porém, se o Josh continuasse a me ignorar por muito mais tempo, talvez eu acabasse irritada o suficiente para mudar de ideia.

O farol à frente ficou vermelho e eu desacelerei até parar atrás de uma fila de carros, aproveitando a oportunidade para conferir o celular. De novo. Ainda não havia nenhuma mensagem de Josh ou dos meus parentes, apesar das minhas mensagens cada vez mais ameaçadoras para esse segundo grupo. Deus me ajude se eles machucassem meu namorado, porque eu passaria o resto da minha vida fazendo com que se arrependessem. Seria uma campanha de terror constante. Carcaças de animais em seus carros. Tachinhas nos sapatos. Pizzas sendo entregues do nada em sua casa com bilhetes dizendo que foram enviadas pela polícia federal.

Nunca mais saberiam o que é paz.

Torci para que realmente estivesse sendo ignorada e que nada de horrível tivesse acontecido desde que Josh parara de responder. A última coisa que eu disse a ele era que estava feliz por ele estar feliz. Se fosse qualquer outro homem, eu já teria surtado, pensando que o afastei ao ser romântica demais, cedo demais, mas era do Josh que estávamos falando. Ele desafiou meu "cedo demais" com um "agora temos um filho juntos".

O que significava que algo provavelmente havia dado errado. Merda.

Infelizmente, não tinha muito o que eu pudesse fazer a respeito. Eu estava com Fred, e se seus miados cada vez mais desesperados fossem algum indicativo, ele precisava usar a caixinha de areia, rápido. Mesmo depois que eu o acomodasse na casa do Josh, não é como se eu pudesse deixá-lo lá e voltar para a casa do meu tio. Greg falou para eu não chamar atenção por um tempo, o que significava ficar longe da minha família amada pela polícia.

Pedir ajuda para eles claramente havia sido um erro. Eu e Josh deveríamos ter tentado a sorte, despedaçado Brad sozinhos e lidado com as consequências na terapia depois. Ou, pelo menos, eu deveria. Depois da reação inicial de Josh ao corpo, ir direto para o desmembramento provavelmente teria sido demais para ele.

O sinal ficou verde.

— Se concentra — falei a mim mesma, tirando o pé do freio.

Greg me deu uma série de instruções que eu ainda precisaria seguir, incluindo me esfregar no banho e limpar debaixo das unhas das mãos e dos pés. Eu havia me trocado em casa, entregando minhas roupas e sapatos sujos para um cara chamado Guido, menos o meu sutiã e calcinha porque, eca, não. Eu não ia dar minhas peças íntimas para um mafioso velho e nojento.

Os celulares que eu e Josh estávamos usando para nos comunicar eram descartáveis. Ele tinha um de sobra para mim "só por garantia", e sim, eu o havia julgado por essa declaração. Havíamos deixado os verdadeiros na minha casa, então se olhassem os dados dos nossos celulares, eles indicariam que passamos a noite lá. Eu estava com eles agora, além do notebook de Josh e duas bolsas cheias das minhas coisas e de Fred.

Outro miado ecoou pelo carro, mais alto e longo do que os anteriores.

— Cruze as pernas ou algo assim — falei para o Fred. — Já estamos quase lá.

Um segundo depois, percebi que não tinha sido ele, e sim uma sirene.

O revestimento de couro do volante rangeu quando o apertei com força. Dei uma olhada pelo espelho retrovisor e vi uma viatura acelerando pela rua atrás de mim, com o giroflex aceso. Meu coração acelerou conforme puxei o carro para o acostamento junto às outras pessoas.

Por favor, não estejam atrás de mim, rezei.

Os policiais desaceleraram ao lado do meu carro e comecei a entrar em pânico antes de perceber que estávamos bem em frente ao cruzamento e eles provavelmente estavam conferindo se ninguém vinha do outro lado. Virei o rosto quando passaram por mim e retomei a velocidade do outro lado do cruzamento.

— Puta merda — arfei, apoiando a testa no volante. Não. Eu não servia para o mundo do crime. Com sangue e ferimentos eu podia lidar. Ficar eternamente com medo de ser presa? Passo.

Alguém buzinou atrás de mim e eu me ajeitei. Esse não era o momento para surtar.

Acenei para a pessoa e voltei a dirigir, com cuidado para não ultrapassar o limite de velocidade. Sim, o carro estava limpo, e não, não havia motivo para a polícia ir atrás de mim tão cedo, mas dizer isso a mim mesma não acabava com a paranoia em um passe de mágica. Eu tinha a sensação de que levaria semanas, se não meses, até que eu conseguisse me sentir totalmente tranquila novamente. O que fariam com o corpo de Brad? Será que eu podia confiar no Lucius? Ele havia visto meu rosto. Poderia me identificar caso fosse interrogado pela polícia.

Inferno, por que fui irritá-lo com aquela piada de Azkaban? Talvez eu pudesse lhe mandar flores ou um novo kit de ferramentas como pedido de desculpas e reconquistar sua simpatia.

Cinco minutos depois, entrei na garagem de Josh e estacionei na vaga de visitantes ao lado do SUV de Tyler. Fred não parava de miar, então coloquei a alça de sua bolsa de transporte no ombro e peguei a caixa de areia antes de subir. Eu sabia o código de entrada, mas parei para tocar a campainha, alertando Tyler que eu havia chegado. Seria estranho demais chegar quando ele não estivesse esperando, mesmo que Josh tenha dito que ele estava tranquilo.

— Oi, Aly. — A voz dele surgiu no interfone antes de liberar a entrada para mim.

Ele me encontrou na porta depois de alguns minutos, abrindo-a.

— Bem, olá.

Seu cabelo loiro-escuro estava molhado como se tivesse acabado de sair do banho, e ficava bonito afastado do rosto daquela forma. Ele era mais baixo do que Josh, com cerca de 1,80m, e era tão musculoso quanto, mas de alguma maneira parecia ser mais forte por não ter nenhuma tatuagem cobrindo seu corpo. Não havia como negar o quanto ele era bonito, mas nem se comparava ao seu colega de apartamento em termos de aparência ou personalidade, e eu não senti nada ao passar por ele.

— Licença — falei por cima do ombro, indo na direção do quarto de Josh. — O gato está desesperado para ir ao banheiro.

Não vi nada ao me apressar até o quarto, concentrada demais em arrumar a caixa de areia e tirar Fred da bolsa de transporte. Ele saiu correndo para a caixa quando o soltei, e juro que ouvi um suspiro de gatinho antes que começasse a urinar. Pobrezinho.

Levantei a cabeça e — caramba. Eu estava aqui. No cenário de todos os meus vídeos favoritos. Lá estava o sofá encostado na parede dos fundos. À minha direita, havia uma cama enorme, com ganchos para bondage. Em frente a ela, havia as janelas largas que Josh encarava quando fingia que estava triste.

No mesmo instante, fiquei dolorosamente excitada. A parte primitiva do meu cérebro esperava que eu me virasse e encontrasse o Homem Sem Rosto aguardando atrás de mim, respirando pesado e coberto de sangue, e, meu Deus, como eu queria que Josh chegasse logo. Nunca estive tão preparada para sexo fetichista e selvagem na minha vida.

É claro que esse foi o momento em que Tyler bateu na porta que ainda estava aberta.

— Aceita um café ou alguma outra coisa?

Estremeci, feliz por estar de costas para que ele não visse minha expressão e entendesse errado.

— Pode ser café, obrigada — falei, a voz mais aguda do que o normal.

Que desconfortáveeel.

Esperei até ouvir ele se afastando para me virar. O Fred era bem-comportado, mas eu não sabia o que Tyler acharia dele andando livremente pelo apartamento, então fechei a porta do quarto de Josh para mantê-lo ali dentro.

— Só vou pegar o resto das minhas coisas! — falei ao passar pela soleira da porta.

— Você sabe o código? — perguntou Tyler.

— Aham.

— Ok. Pode deixar a porta aberta, então.

Saí correndo de lá, feliz por sentir o vento frio de inverno na minha pele quente quando cheguei do lado de fora. De alguma forma, eu não havia parado para pensar no que ficar na casa de Josh faria comigo. Até então, foi uma mistura estranha de sentimentos. Eu havia fantasiado fazer as coisas mais obscuras e safadas com o homem pelo qual era obcecada em um quarto, enquanto no outro, eu tinha feito sexo real e entediante com um homem pelo qual não sentia nada.

Josh disse que Tyler estava tranquilo com tudo, mas agora eu me perguntava se eu também estava. Era madura o suficiente para essa situação? Ou o desconforto seria demais? Queria ficar de boas. Inferno, acho que eu conseguiria ficar em circunstâncias normais, mas depois da noite e manhã que tive, minha mente havia chegado ao limite, e jogar conversa fora com um cara com quem eu costumava ficar pelada parecia ser um pouco demais agora. Eu teria que evitá-lo até conseguir me recuperar.

Abri o porta-malas do carro e estava começando a pegar minhas coisas quando meu celular tocou no bolso da jaqueta. Tirei-o rapidamente.

— Josh? Você está bem?

— Hã... não é o Josh — disse uma voz feminina.

Tirei o celular do ouvido. Era Veronica, minha amiga do laboratório.

— Merda, foi mal, Vern — falei, pegando minhas bolsas e fechando o porta-malas. — Achei que fosse outra pessoa.

— Sem problemas — disse ela. — Só liguei para dizer que terminei seu exame de sangue antes do previsto.

— Vern — resmunguei, digitando o código do apartamento. — Falei para não se preocupar com isso.

— Eu sei — disse ela. — E não precisa se sentir culpada. Você não furou a fila. Fiquei uma hora a mais aqui nas últimas duas noites para isso.

— Vern! — gritei, minha voz ecoando na escadaria. — Isso faz eu me sentir igualmente culpada!

— Você vai sobreviver — disse ela. — Quer saber os resultados?

— Deixa eu adivinhar: não era compatível?

— Ding, ding, ding! — disse. — Temos uma vencedora!

Revirei os olhos e entrei de volta no apartamento, ficando de perguntar ao Josh como ele conseguiu essa façanha.

— Desculpa ter te dado todo esse trabalho por nada. Me sinto uma idiota.

Fred estava me esperando em frente à porta de Josh e eu quase tropecei nele ao entrar.

— Caramba, Fred. Cuidado. — Conseguia ouvir Vern falando, mas o celular estava afastado do meu ouvido enquanto eu equilibrava as bolsas e tentava impedir que meu gato passasse por mim e saísse correndo para a liberdade. — Só um segundo, Vern.

Finalmente, coloquei tudo para dentro e encurralei Fred onde ele deveria ficar. Levantei o celular até o ouvido.

— Foi mal. O que estava dizendo?

— Falei que investiguei um pouco mais.

Algo sobre o tom de voz dela me fez sentar na beirada da cama de Josh. Parecia que ela me daria o tipo de notícia que era melhor ouvir sentada.

— E então?

— Como eu disse no outro dia, você me deixou curiosa, então decidi procurar além da simples compatibilidade e ver se conseguia encontrar algo a mais.

— E?

— Hã, não sei bem como te dizer isso — falou.

Apertei o celular, começando a ficar preocupada. Havia algo de errado com o sangue de Josh?

— É só falar de uma vez — falei para Vern.

Ela respirou fundo.

— Comparei a sequência genética dos trapos ensanguentados com a base de dados de DNA que usamos e, bem, o fornecedor da amostra compartilha 50% do DNA com o Boneco Ken Assassino.

Balancei a cabeça.

— Calma aí. O que quer dizer com isso?

— O homem que sangrou naqueles trapos é filho de um serial killer, Aly.

O celular escorregou dos meus dedos. Eu conseguia ouvir Vern chamando meu nome, mas um zumbido fraco preencheu meus ouvidos, abafando a voz dela. Os cantos da minha visão ficaram turvos e minha cabeça girou. Eu ia desmaiar. Eu nunca havia desmaiado antes, mas conhecia os sintomas, e depois de todos os sustos que enfrentei hoje, esse último claramente havia me levado ao limite.

Meu instinto de enfermeira entrou em ação, e eu me deitei na cama enquanto o quarto ficava embaçado ao meu redor. O homem que havia me perseguido, invadido minha casa e matado uma pessoa era filho de um serial killer.

Meu Deus, ele filmava a si mesmo coberto de sangue. Será que ele queria ser como o pai ou algo assim?

Será que já era?

Eu me levantei. Precisava dar o fora dali. Eu não era fã de *true crime*, mas possuía um conhecimento prático sobre distúrbios de personalidade e sabia que algumas pessoas que sofriam esses distúrbios eram boas em fingir emoções reais. Tão boas que Bundy trabalhara com uma das melhores escritoras de *true crime* do nosso tempo e ela nem desconfiou de que ele era um monstro. Se Bundy conseguira enganar alguém como ela, que chance eu tinha contra alguém igual a ele?

Até onde eu sabia, isso podia não ser nada além de um grande jogo para Josh — e testemunhei em primeira mão o quanto ele gostava de jogos — e toda essa história de namorada/namorado/pai do meu gato só servia para me seduzir e me fazer confiar nele para que eu ficasse ainda mais horrorizada quando sua verdadeira identidade viesse à tona.

Minha cabeça girou quando tentei me levantar, fazendo-me cair de volta na cama. Fred pulou ao meu lado e soltou um miado agudo como se perguntasse se eu estava bem.

— Aly! — gritou alguém.

Certo. Merda. Eu havia deixado o celular cair.

Peguei-o do chão.

— Tô aqui — falei para Vern. — Foi mal. Isso me pegou de surpresa.

— Você está bem? — perguntou. — Está em segurança?

Olhei ao redor, vendo os ganchos na cabeceira da cama por outra perspectiva. Será que eu estava em segurança? Josh continuava desaparecido, ainda havia tempo para fugir. Eu não podia voltar para a minha casa porque ele já havia provado como era fácil invadi-la. Greg dissera para eu ficar longe da família, mas no momento, não conseguia pensar em um lugar mais seguro do que a casa de um mafioso. Nico provavelmente possuía mais armas e seguranças do que Josh conseguiria driblar.

— Aly? — disse Vern, soando agitada.

— Sim, desculpa. Estou em segurança. Prometo. — Ou, pelo menos, estaria em breve. — Olha, preciso desligar. Obrigada por me contar.

— Tem certeza de que está bem? — perguntou ela.

— Sim. Por favor, pode manter o que descobriu em segredo? — Minha mente estava uma bagunça, mas uma coisa era clara: Vern espalhar rumores de que o parente de um serial killer infame morava na cidade causaria pânico no hospital e atrairia mais atenção para mim do que eu precisava no momento.

— Claro — disse ela. — Pode ficar tranquila quanto a isso porque, tecnicamente, o que eu fiz pode ser considerado desvio de recursos do hospital, e eu gosto do meu trabalho demais para perdê-lo.

Porra, ainda bem.

Nós nos despedimos e desligamos, e eu continuei na beirada da cama por alguns minutos enquanto tentava controlar meus batimentos cardíacos. Esse era o passado obscuro que Josh não queria revelar, e agora eu entendia o motivo.

Ele não havia dito algo sobre o pior momento para me contar ser logo depois de ter assassinado alguém?

Soltei uma risada que soou quase histérica. É, teria sido um momento péssimo, mas ouvir da boca dele naquela hora ainda seria melhor do que descobrir dessa forma.

Ou talvez ele não estar presente para manipular minha reação tivesse sido algo bom.

Estremeci. Esse pensamento não parecia justo. Agora que o choque inicial após a notícia estava passando, comecei a questionar minha reação automática. Não, eu não conhecia Josh tão bem, mas… eu sentia que conhecia. Não detalhes como qual era sua cor favorita ou quem ele levara para a formatura, mas quem ele era como pessoa. Ele era engraçado, fofo e mais atencioso do que qualquer um com quem já saí, e era difícil acreditar que ele fosse um ator bom o suficiente para fingir tudo isso.

Eu não era uma escritora de *true crime*, mas pensando a respeito, provavelmente estivera perto de mais pessoas perigosas do que aquela mulher. Ela só interagia com elas em entrevistas em ambientes controlados, enquanto eu as encontrava por aí todos os dias. Se é que servia de alguma coisa, meus instintos provavelmente eram mais aguçados que os dela, porque agentes penitenciários estavam sempre por perto para salvá-la se algo desse errado, e eu só tinha a mim mesma.

Minha família sabia da existência dele. E meus vizinhos também. E Tyler sabia sobre mim. Eram muitas pessoas com quem os policiais poderiam conversar caso eu de repente desaparecesse. Alguém que planejava me assassinar não faria todo o possível para ter o mínimo de testemunhas?

Uma batida soou na porta do quarto.

— Aly? — chamou Tyler. — O café está pronto.

Foi então que eu me lembrei. Tyler não era só o colega de apartamento de Josh; ele era seu melhor amigo. Certa vez, ele me disse que os dois eram melhores amigos de infância. O que significava que ele provavelmente sabia tudo sobre o pai de Josh.

Levantei-me da cama com as pernas trêmulas, minha anterior hesitação em interagir com meu ex desaparecendo. Se havia alguém que poderia responder às minhas perguntas e me dar mais detalhes sobre Josh ser ou não quem eu esperava que fosse, esse alguém era Tyler.

— Eita, você está bem? — perguntou ele quando saí do quarto.

— Não. Acabei de tomar um pequeno susto.

— Aqui, senta — disse ele, pegando um dos bancos debaixo da ilha da cozinha.

Eu me joguei no banco, observando-o servir o café, perguntando-me como deveria tocar no assunto. Não consegui pensar em uma forma descontraída, então decidi ser direta.

— Sabe quem é o pai do Josh?

Tyler ficou tenso, de costas para mim.

— Por que a pergunta?

— Sabe ou não?

Ele assentiu bruscamente.

— Bem, acabei de descobrir a respeito e tenho algumas perguntas.

Tyler dirigiu-me um olhar desconfiado por cima do ombro.

— Realmente não acho que eu seja a pessoa certa para responder. É melhor perguntar ao Josh.

Balancei a cabeça.

— Quero saber de você.

Ele franziu o cenho e se virou para me encarar.

— Por quê?

Porra, como eu poderia explicar isso?

— Porque algumas das minhas perguntas são duras e eu não quero magoar os sentimentos dele.

— Ah é, porque o Josh é tão delicado — disse ele, voltando a atenção para o café.

Controlei minha irritação crescente.

— Não importa se alguém é delicado ou não. Temos que nos preocupar com seus sentimentos de qualquer forma. — Falando em sentimentos, fazia sentido eu nunca ter desenvolvido nenhum por esse cara.

Sem o tesão por seu corpo me cegando, percebi que ele era mais babaca do que eu me lembrava.

Ele se virou e colocou o café na minha frente.

— Que seja. Pode perguntar.

— Ele não é como o pai, né?

Tyler se afastou como se eu tivesse lhe dado um tapa.

— Meu Deus, não. Por que acharia isso?

Pensei em trazer a rede social de Josh à tona, mas pensei melhor. Pelo que eu conhecia de Josh, nem mesmo Tyler sabia a respeito. E eu com certeza não poderia falar sobre Brad, mas precisava esclarecer algo que Josh dissera sobre sua morte.

— Ele comentou algo sobre ter medo de estar destinado a ser um assassino.

A expressão de Tyler ficou fria.

— Aquele merda de psiquiatra.

— O quê? — perguntei, confusa.

— Depois da prisão do pai de Josh, a mãe dele o levou para se consultar com um psiquiatra renomado para ajudar com os traumas do filho — disse Tyler. — O médico tinha acabado de participar de uma pesquisa que tentava provar que a psicopatia é genética. Ele tinha certeza de que estava certo, apesar dos dados serem um tanto questionáveis. E então o Josh apareceu. Como uma galinha de ovos de ouro. Dentro de um mês, ele convenceu Maria e Josh de que ele precisaria tomar antipsicóticos pelo resto da vida ou acabaria igual ao pai.

Eu me recostei no assento, horrorizada.

— Que tipo de médico faz isso?

Tyler balançou a cabeça.

— Ele não é mais médico. Josh não foi a única criança que ele manipulou para tentar validar a pesquisa, e as vítimas acabaram entrando com um processo contra ele. Ele perdeu a licença médica, mas o estrago estava feito. Josh só parou de tomar a maior parte dos remédios recentemente, e se ainda está fazendo comentários como esse, ainda deve estar questionando essa decisão.

— Então, ele nunca nem deveria ter começado a tomá-los?

— Não — respondeu Tyler. — Ele tem algumas peculiaridades, é claro, mas quem não tem? O importante é que ele não possui nenhuma das características preocupantes que indicariam um transtorno de personalidade antissocial. — Ele apoiou os cotovelos na bancada e me encarou nos olhos. — Conheci o pai dele, e Josh não tem nada a ver com ele. O fato de que eu continuo vivo é toda a prova de que precisa. — Ele abriu um sorriso. — Não sei se já percebeu, mas posso ser um pouco difícil às vezes.

Tomei um gole do café. É, estava começando a perceber.

— Por que o Josh não me contou tudo isso antes?

Tyler se levantou e pegou sua xícara da bancada.

— Provavelmente porque sabia que você tentaria fugir.

— Ei, eu pareço estar fugindo?

Ele soltou uma risadinha.

— Pelo jeito que estava pálida quando saiu do quarto, acho que podemos dizer que teria feito isso se eu não estivesse em casa para te acalmar.

Ok, justo. Mas ainda assim.

— Olha, eu tive um bom motivo para me preocupar. Seu amigo invadiu minha casa e colocou uma câmera lá. E também hackeou o sistema do meu trabalho para ficar me observando.

Em vez de ficar horrorizado como deveria, Tyler riu.

— Finalmente alguém para tirar o fardo do amor dele dos meus ombros. — Ele esticou o braço e pegou meu pulso, parecendo grato. — Obrigado.

Eu me afastei de seu aperto.

— Tô falando sério, Tyler.

— Eu também — disse ele. — Essas são as peculiaridades das quais eu estava falando. Josh passou a infância sob o controle de um serial killer. Quando ele e a mãe conseguiram escapar, ele passou cada segundo de seu tempo livre certificando-se de que nunca mais estariam naquela situação. Mesmo agora que é adulto, ele precisa saber tudo sobre aqueles com quem se importa, onde estão e com quem. Uma vez, esqueci de avisar a ele que passaria a noite fora, e ele apareceu na casa da minha ficante às três da manhã para me dar um sermão.

Abri um sorriso. Parecia algo que Josh faria.

— Você não faz ideia do pesadelo de que ele escapou — disse Tyler. — Que ele ainda vive. Agências jornalísticas e meios de comunicação estão sempre tentando encontrar ele e Maria para entrevistas. Então ele se tornou um bicho do mato paranoico, e ficou ainda pior desde que aquele documentário foi lançado no verão. Ele mal saía de casa antes de vocês começarem a se ver.

— Por quê? — perguntei, confusa.

— Você não gosta mesmo de *true crime*, né? — perguntou Tyler, pegando o celular do bolso. — O Josh é a cara do pai.

Ele abriu algo no celular e o entregou para mim por cima da bancada. Peguei e, caramba. Ele tinha razão. O cabelo era diferente, e a pele de Josh era mais escura, mas tirando isso, os dois eram idênticos.

Não, espera.

Eu me aproximei, observando os olhos do serial killer. Eles também eram diferentes. Possuíam aquela combinação estranha de morto/vivo, assim como os do outro assassino que conheci, como os de Brad, sem nenhum traço do calor e humor que eu sempre via em Josh. Rolei a tela e dei uma olhada rápida na matéria que vinha junto. O pai de Josh fazia páreo com Bundy e Dahmer quando o assunto era o horror de seus crimes, e eu nem podia imaginar como deve ter sido a vida dele tendo-o como pai.

Devolvi o celular para Tyler.

Ele colocou-o no bolso e me observou por cima da borda da caneca.

— O Josh precisa ficar sabendo de tudo, Aly. Sentir-se seguro é importante para ele, e manter as pessoas com quem se importa seguras, mais ainda. Se for ficar com ele, terá que aceitar que ele não liga nem um pouco para os limites comuns. Meu carro tem um rastreador que ele colocou no dia em que o tirei da concessionária. A localização do meu celular fica ligada para que ele sempre possa saber onde estou. Se você fosse fã de *true crime*, eu nunca teria te convidado para vir aqui porque fãs não são permitidos no apartamento.

— Por mais estranho que pareça… isso não me incomoda — admiti.

Tyler assentiu.

— É, nem a mim. É legal ter alguém sempre cuidado de você. Como um anjo da guarda pessoal.

— Mas você também parece cuidar dele — falei. Ele franziu o cenho e eu indiquei o apartamento. — Não trazendo pessoas que podem reconhecê-lo aqui, tirando um tempo para me explicar isso e não se importando por estarmos saindo.

Ele bufou.

— Se eu soubesse que era uma possibilidade, teria dado um fim no nosso rolo imediatamente e empurrado você para ele. Sem ofensas.

— Não ofendeu — falei, dispensando-o com um gesto de mão.

Ele se apoiou na bancada.

— Sei que é muita coisa para assimilar, mas Josh é a pessoa mais confiável e leal que eu conheço. Ele tem algumas peculiaridades? Sim. Você vai se irritar com a forma que ele transforma tudo em piada? Mais cedo do que pensa. Mas Josh é o tipo de parceiro que você poderia procurar com um corpo morto e ele te ajudaria a escondê-lo.

Engasguei-me com o café. Ah, se o Tyler soubesse como aquela declaração era verdadeira.

Ele se virou e me deu alguns guardanapos.

— Obrigada — consegui dizer entre crises de tosse. — Desceu pelo lugar errado.

— Sem problemas — disse ele. — E, olha, se não acha que consegue lidar com a bagagem de Josh, é melhor se afastar agora. Ele se abre para tão poucas pessoas que, se enrolar, só vai machucá-lo mais.

Assenti.

— Eu entendo. Também não me abro fácil.

Tyler ergueu as sobrancelhas e me lançou Um Olhar.

— É. Eu sei.

Estremeci.

— Foi mal.

Ele dispensou as desculpas com um gesto de mão.

— Sem ressentimentos. Claramente não teríamos dado certo se tivéssemos tentado algo sério.

Assenti. Sim, Tyler era um babaca, mas de alguma forma, eu estava começando a achar que era um babaca simpático. De um modo que me imaginava virando amiga dele se eu e Josh ficássemos juntos por um tempo.

— O que mais eu deveria saber? — perguntei.

— Ele é vegano — disse Tyler.

Franzi o cenho.

— Mas ele preparou bacon e ovos para mim um dia desses.

E agora eu sabia por que estava horrível. Porque Josh provavelmente não tinha ideia de como prepará-los direito.

Tyler assobiou.

— Ele deve estar caidinho. Nunca pude cozinhar carne aqui.

— Por que não?

— Hã, como posso explicar? — disse Tyler, dando batidinhas no queixo. — O pai dele transformou uma das suas vítimas em hambúrguer e a serviu para o bairro todo em uma festa de comunidade.

Engasguei-me.

— Quê!?

— É. Esse tipo de coisa traumatizaria a maioria das crianças de 6 anos.

Ergui uma das mãos.

— Aham, entendi. Não preciso de mais detalhes. Espera aí. — Semicerrei os olhos para ele. — Como você ainda consegue comer carne?

— Naquele dia, eu comi um cachorro-quente em vez de hambúrguer.

— Tá, mas ainda sentiu o cheiro da carne sendo cozida. — Essa foi uma frase que eu nunca imaginei que sairia da minha boca.

Tyler deu de ombros.

— Verdade. Mas sentir o cheiro e sentir o gosto são duas coisas diferentes.

— Eca. Chega — falei. Essa conversa era demais até para mim, principalmente depois de eu ter feito aquele comentário sobre queimar as partes do corpo de Brad. Pobre Josh. Deve ter revivido o trauma quando ouviu.

Estava me sentindo uma idiota completa pelo surto momentâneo que tive depois da ligação de Vern. Ainda bem que sempre fui uma pessoa racional e consegui me acalmar, mesmo depois de toda a merda pela qual passei nas últimas 24 horas. Imagine só se eu tivesse saído correndo sem dar uma chance ao Josh e deixasse um mal-entendido arruinar nossa relação. Imperdoável.

Eu e Josh éramos parecidos de tantas formas, e quanto mais eu conhecia seu passado, mais eu via isso. O motivo de Josh ser como era e ter começado o perfil na rede social estava começando a fazer sentido. Só esperava que ele escutasse o que eu tinha a dizer sobre tudo isso quando finalmente voltasse para casa. Eu odiava pensar que ele ainda questionava a si mesmo, e se eu pudesse fazer algo para tranquilizar sua mente de uma vez por todas, eu faria.

Como se eu o tivesse invocado, a porta da frente se abriu e Josh entrou por ela.

Ele estava lindo, mesmo pálido e exausto e usando as roupas de outra pessoa, claramente pequenas demais para ele. A barba em seu queixo estava por fazer, dando-lhe uma aparência um tanto durona que não se fazia presente quando havia acabado de se barbear. Gostei. Muito.

Todas as minhas preocupações anteriores se esvaíram ao vê-lo são e salvo, e eu me lancei do banco para ir até ele. Ele me segurou em seus braços grandes e me tirou do chão, abraçando-me apertado.

— Você está bem — falamos ao mesmo tempo.

— Que bom que voltou, cara — disse Tyler. — Ah, e a Aly sabe sobre o seu pai. — Josh ficou tenso em meus braços. — Vou dar o fora para que possam lidar com isso a sós.

Eu me afastei o suficiente para dirigir um olhar furioso para Tyler, que passava por nós com um sorriso enorme.

— Me vira na direção dele.

— Para quê? — perguntou Josh.

— Vou chutá-lo — falei, atacando e errando por mais de meio metro.

A risadinha de Tyler ecoou pelo corredor antes que ele fechasse a porta.

Josh me colocou no chão, sua expressão cautelosa ao me encarar.

— Ele te contou?

Balancei a cabeça.

— A técnica de laboratório para quem dei as amostras investigou mais do que deveria, e o DNA ligou você a seu pai.

Josh xingou.

— Sabia que deveria ter invadido e roubado essas amostras.

— Não se preocupe, ela prometeu que vai manter a boca fechada.

— E você acredita nela?

— Sim. Ela é minha amiga, e o emprego dela depende disso.

As palavras não ajudaram a dispersar sua preocupação.

— Você...? — Ele passou uma mão pelo rosto. — Merda, não queria que acontecesse assim.

— Tá tudo bem — falei, segurando seu bíceps. — Não estou surtando.

Ele me encarou.

— Mais — complementei. — O Tyler esclareceu tudo.

— Então é melhor eu me preocupar — disse Josh.

Balancei a cabeça.

— Ele é um bom amigo.

Ele expirou.

— Eu sei. Um babaca, mas um bom amigo.

— Entendo por que faz isso — falei.

— Faço o quê?

— Usa uma máscara. Se cobre de sangue falso.

Ele ergueu as sobrancelhas.

— Ah, é? Porque eu adoraria uma explicação.

Peguei uma de suas mãos e o levei até a cozinha. Ele parecia tão cansado quanto eu, e pensei que uma xícara de café lhe faria bem, então o fiz se sentar no banco que eu havia liberado enquanto lhe servia.

— Está fazendo a mesma coisa que eu — falei. — Tentando reescrever a história.

— Como assim?

— Tento salvar todos os meus pacientes como se, de alguma forma, isso pudesse compensar por eu não ter salvado minha mãe. — Virei-me e entreguei o café a ele. — E você se veste como um serial killer assustador, mas faz o oposto do seu pai.

Ele pestanejou.

— Pensa bem — falei, pegando minha caneca da ilha. — Você invadiu minha casa e me stalkeou, igual seu pai fazia com suas vítimas, mas nunca teve a intenção de me fazer mal, apenas me causar prazer. Faz a mesma coisa para milhões de pessoas na internet três vezes por semana. Você as distrai dessa merda de mundo e faz com que se sintam bem em vez de mal.

Ele se recostou, parecendo pensativo.

— Nunca tinha pensado por esse lado.

— Você é o oposto dele, Josh — falei.

Ele balançou a cabeça, seus olhos tristes ao encontrarem os meus.

— Eu gosto do medo, assim como ele.

Meu coração acelerou por um segundo.

— Minha reação quando Brad invadiu minha casa te excitou? — Meu Deus. Não sei como eu reagiria se ele respondesse que sim.

— Meu Deus, não — falou. — Não esse tipo de medo.

— Especificamente, qual, então?

Ele quebrou o contato visual, encarando o vazio atrás de mim como se buscasse as palavras certas.

— É difícil de explicar, mas aqueles momentos em que te pego desprevenida e vejo seus olhos se arregalarem de medo antes de se transformarem em desejo é o que me excita.

Abri um sorriso.

— Repete o que disse, porque para mim pareceu que não gosta tanto do medo, e sim de quando ele vai embora e eu começo a ficar com tesão.

Ele voltou a olhar nos meus olhos, e consegui ver as engrenagens girando em sua cabeça.

— Não me importo com outras pessoas além daquelas próximas a mim.

Dei de ombros.

— E daí? A maioria delas é péssima mesmo.

— Não me arrependo de ter te stalkeado.

— Nem eu. Acho que percebeu que nunca pedi para que parasse. Sem palavras de segurança, lembra?

Ele assentiu, me observando.

— Lembro, linda.

Fiquei arrepiada. Por que aquele apelido me excitava tanto? Ou será que era por causa da sensação de posse que ele colocava na palavra sempre que a usava?

— Bom — falei. — Se já parou de tentar me afastar, gostaria de saber por que parou de me responder há duas horas.

O calor esvaiu-se de seus olhos.

— Não conseguimos ir à casa de Brad. Os policiais já estavam lá quando chegamos.

Soltei um palavrão e quase derramei o café.

— Quê? Como?

— Não foi por nada que eu e você fizemos — falou ele. — Estavam lá para cumprir um mandado de prisão relacionado ao estupro de Macy.

Apertei a ponte do nariz.

— Pior momento possível.

— Eu sei — disse ele. — Seu primo me ameaçou com a arma até descobrirmos o que estava acontecendo.

Abaixei a mão e o encarei, meus lábios formando uma expressão ameaçadora.

— Qual deles?

Josh se afastou de mim, fazendo um círculo com o dedo entre nós.

— Você está com uma vibe bem assustadora, e não sei se eu deveria ficar preocupado ou excitado. — Ele olhou para o colo, escondido pela beira da ilha. — Esquece. Meu corpo já decidiu.

— Não é hora para fazer piada — falei. — É hora de planejarmos nosso segundo assassinato.

— Achei que tivesse dito que foi um homicídio culposo.

— Para de enrolar e me fala quem foi.

— Não — respondeu ele. — Não até que a Aly Assustadora devolva minha namorada. Além disso, foi um mal-entendido. Ele pediu desculpas e me convidou para o jogo de pôquer semanal. Acho que agora somos amigos.

— Nada de fazer amizade com meus primos mafiosos — falei. — Nada de bom pode resultar disso. Espera. Eles te deixaram aqui? Agora sabem onde você mora?

Ele assentiu e eu tive que deixar o café na bancada para não quebrar a xícara com meu aperto. Depois de tudo o que fiz para tentar mantê-lo a salvo deles. Pelo jeito, era uma batalha perdida de qualquer forma. Tinha certeza de que Greg ou Lucius haviam anotado o número da placa de Josh e era só questão de tempo até que a usassem para encontrá-lo.

— O que aconteceu depois que você foi embora da casa do Nico? — perguntou Josh.

Passamos os dez minutos seguintes atualizando um ao outro sobre o que perdemos depois que nos separamos. Pelo jeito, meu tio tinha tudo sob controle, e eu nem podia imaginar o tipo de favor que deveria a ele quando tudo estivesse resolvido. Eu estava especialmente preocupada com o que ele pediria para Josh fazer, e planejava estar lá quando acontecesse para negociar os termos e ameaçar Nico dizendo que ele nunca mais me veria, a única pessoa que sobrou de sua família, se ele exagerasse.

— Vem aqui — disse Josh quando terminamos de conversar.

Contornei a ilha e ele girou o banco e me colocou entre suas pernas, envolvendo minha cintura com seus braços.

— Obrigado por ser tão compreensiva em relação ao meu pai — disse ele.

Balancei a cabeça.

— Não me agradeça. Entrei em pânico logo que descobri.

Ele levantou meu queixo e passou o dedão no meu lábio inferior, seu olhar concentrado no movimento.

— Não te julgo por isso. O fato de ter conseguido superar é o que importa.

— Não foi difícil quando parei para pensar por um segundo — falei, colocando os braços ao redor de seu pescoço. — Já conheci muita gente ruim, Josh, e posso dizer com certeza que você não tem nada a ver com essas pessoas.

— Nada? — perguntou ele.

— Nada. E se eu tiver que te amarrar e controlar seus orgasmos até concordar comigo, farei isso. Tenho estudado.

Ele abriu um sorriso, seus olhos escuros finalmente encontrando os meus.

— Ah, eu sei. Tenho assistido.

Sorrimos um para o outro por um momento, e eu queria me aproximar e beijá-lo até doer.

— Como você está? — perguntei. — De verdade?

Ele se inclinou para frente e apoiou a testa contra a minha, seus olhos como poços profundos de escuridão, as pupilas quase ocultando o castanho das íris.

— Exausto. E você?

— Também.

— Aceita tomar um banho comigo e depois dormir por mais doze ou treze horas?

— Aceito — falei, apertando mais os braços em seu pescoço.

— Caramba, como amo ouvir você falando isso — grunhiu ele, e então eu fui parar no ar quando ele me pegou no colo e caminhou até o quarto.

Somente enquanto ele abria a porta, eu me lembrei do obstáculo que nos esperava do outro lado.

— Cuidado! — falei bem quando a porta se abriu e Fred miou alto e saiu correndo por entre as pernas de Josh, fazendo-o cambalear.

Graças a Deus pelas habilidades atléticas de Josh, porque ele conseguiu dar alguns passos para frente e caímos na cama em vez do chão de concreto. Infelizmente, ele era grande demais, e apesar de ter estendido a mão para se apoiar no último minuto, a maior parte de seu peso caiu em cima de mim, tirando o ar dos meus pulmões.

— Ai, merda, meu joelho — disse ele, saindo de cima de mim.

— Minhas costelaaas — ofeguei.

Ele virou a cabeça, um sorriso surgindo em seu rosto quando nossos olhares se encontraram.

— Agora entendo quando dizem que ter filhos atrapalha a vida sexual.

— Será que foi isso mesmo? Ou será que Fred deu uma de cupido? Afinal, estamos na cama.

— Ele é um bom garoto — disse Josh. — Vou dar uns petiscos extras a ele hoje à noite.

E então ele estava em cima de mim, seu corpo grande pairando sobre o meu, minha fantasia dele sem máscara tomando forma.

20

Josh

Afastei o cabelo de Aly de seu rosto. Ela sabia. Essa mulher linda, gentil e sexy sabia sobre meu passado, e, em vez de sair correndo, ela tinha ficado firme e me ensinado coisas sobre mim mesmo que mudaram minha perspectiva.

Como caralhos eu tinha dado tanta sorte?

Passei minha vida inteira convencido de que não poderia ter alguém como ela. Que eu não era seguro. Que uma bomba-relógio vivia na minha mente e, quando eu chegasse a um certo ponto indefinido, ela explodiria e, boom, acabaria igualzinho ao meu pai. Minha mãe e Rob tentaram me dizer que isso não era verdade. E Tyler também, da sua própria maneira. Assim como meu terapeuta. Só comecei a achar que pudessem estar falando a verdade depois de conhecer a Aly.

E não, não foi porque encontrar a pessoa certa no momento certo tenha magicamente me curado. Eu estava começando a aceitar a ideia há um tempo. Aly foi simplesmente a última barreira. Ela se permitira ser vulnerável comigo e, em vez de tirar vantagem disso e machucá-la, tudo o que eu queria fazer era apreciá-la.

Estava na hora de aceitar de uma vez por todas: eu não tinha nada a ver com meu pai, pelo menos não no que realmente importava.

Um miado distante chamou minha atenção. Ah, é. O Fred.

— Fique bem aqui — falei para Aly.

Ela passou as unhas nas minhas costas.

— Ou?

Lancei um olhar perverso para ela.

— Ou vou decidir que é hora do seu castigo.

Ela abriu um sorriso.

— Pelo quê?

Era óbvio que ela não fazia ideia do que eu estava falando ou do quanto tinha me assustado e preocupado mais cedo, ou não estaria me olhando de forma tão sedutora. Segurei seu queixo, não forte o suficiente para doer, mas o bastante para ela entender que eu estava falando sério.

— Por sair do quarto quando eu falei para você esperar lá.

Seu sorriso vacilou.

— Mas eu escutei alguém levar um soco e tive medo de que tivesse sido você.

Balancei a cabeça.

— E se tivesse sido, ver você teria sido uma distração tão grande que eu provavelmente teria levado outro golpe. Você prometeu, Aly. E não cumpriu.

— Fiquei com medo de que estivesse ferido, e fiz o que pensei ser certo — disse ela, sua tendência à teimosia se manifestando. — E eu tive cuidado. Saí de fininho com a arma carregada. Se você estivesse no chão, eu teria atirado no Brad. Não me arrependo do que fiz.

— Vai se arrepender quando eu terminar de lidar com você — falei, me aproximando para morder seu lábio inferior.

Seus olhos estavam arregalados enquanto eu me afastava, sua expressão uma mistura de surpresa, preocupação e o que parecia ser antecipação. Eu me inclinei e passei o dedão no local onde seu mamilo se destacava no suéter fino, apenas o bastante para que ela arqueasse em busca do prazer antes que eu a beliscasse, fazendo com que um suspiro chocado escapasse de seus lábios.

— Josh — disse ela enquanto eu me levantava e me virava. — Não pode estar falando sério sobre me castigar.

Parei na porta e olhei para ela.

— Estou. Mas não agora. Não temos tempo. Não faço ideia de por quanto tempo Tyler planeja nos deixar a sós, e preciso entrar em você. Liga o chuveiro enquanto eu pego nosso filho rebelde.

Ela assentiu, minha namorada corajosa e forte tornando-se submissa ao som do comando em minha voz. Aquela chave tinha virado dentro de mim novamente, e agora que eu não tinha mais medo de que minhas necessidades se tornassem perigosas, não precisaria me conter. Eu estava impaciente e até um pouco irritado por ainda não estar totalmente dentro da boceta apertada e convidativa de Aly.

Ela se levantou rápido enquanto eu me virava e saía, e a ouvi correndo para o banheiro da suíte, tão pronta para isso quanto eu. Estava ficando cada vez mais claro que Aly possuía uma chave similar à minha. Seu emprego exigia que ela estivesse sempre no controle. Ela era a única responsável pela casa, carro, jardinagem, bem-estar do Fred e o seu próprio. Era fácil entender o motivo de ser tão submissa a mim na cama — precisava que outra pessoa assumisse o controle. Ela ansiava pelo sentimento de segurança e proteção tanto quanto desejava algo selvagem e pervertido. Éramos um par perfeito nesse aspecto.

O som do chuveiro sendo ligado me acompanhou para fora do quarto enquanto eu procurava por Fred. Ele não estava em nenhum lugar aparente da sala de estar, e graças à acústica do aposento, o eco de seu miado seguinte fez parecer que se escondia atrás do sofá. Inclinei-me sobre ele, procurando-o, mas ele não estava lá. Outro miado me fez ir até o quarto de Tyler. Ele tinha deixado a porta aberta, e seria bem meu azar se Fred decidisse fazer xixi na pilha de roupa suja que estava convenientemente ao lado do cesto vazio.

Ele enlouqueceria sua futura parceira com coisas assim um dia. Talvez eu pudesse compartilhar meu experimento bem-sucedido com as meias e ela poderia usá-lo para dar um jeito no resto dos costumes ruins de Tyler.

Por sorte, Fred não estava no quarto, então eu fechei a porta e me virei para a sala. Ele tinha que estar ali em algum lugar. O apartamento não possuía outros quartos onde ele poderia se esconder.

— Qual é, carinha — falei, olhando atrás das cortinas. — Você acabou de dar uma de cupido. Não pode ser empata foda agora. — Meu pau estava pressionando contra o zíper, quase dolorosamente ereto. Eu precisava da Aly tanto quanto precisava respirar.

Outro miado me fez levantar o olhar para o topo dos armários da cozinha. Lá estava Fred, parecendo feliz consigo mesmo ao me encarar do alto.

— Como caralhos conseguiu subir aí? — perguntei, arrastando um dos bancos da ilha para pegá-lo.

Quando voltei com ele para o meu quarto e fechei a porta atrás de nós, vapor surgia do banheiro. Falei para Fred se comportar e fui encontrar a mãe dele. Suas roupas estavam empilhadas no tapete do banheiro, o que significava que a única coisa que me separava de uma Aly nua e molhada era a cortina fina do box entre nós.

Tirei a camiseta por cima da cabeça antes de abrir o cinto. Alguns segundos depois, minhas roupas estavam em uma pilha ao lado das da minha namorada, e em dois passos, eu estava em frente ao box. Abri a cortina, me deliciando com a visão dos olhos arregalados de Aly, absorvendo o som de sua arfada antes que seu medo e surpresa passageiros rapidamente se transformassem em tesão.

Ela tinha razão. Não era do medo que eu gostava; era do momento em que ele se transformava em desejo. Ela era tão inteligente quanto bonita, e sua imagem ali, imóvel sob a corrente de água, me hipnotizou. Ela era tão atraente, seu cabelo longo e escuro colado à pele molhada, o corpo como uma obra de arte de músculos e curvas. Seus mamilos marrons haviam se enrijecido, por causa do tesão ou por causa do ar frio que passava por mim e entrava no box, e eu queria me prolongar ao venerá-los, lambendo-os até que ela sentisse tanto desejo que passasse a implorar. Mas não tínhamos tempo para nada disso e, considerando a expressão voraz em seu rosto, preliminares eram a última coisa que ela tinha em mente.

Entrei no box, bem debaixo da corrente de água, forçando Aly a recuar. Seu olhar percorreu meu corpo como se ela não soubesse para onde encarar primeiro, e por fim, percebi que aquela era a primeira vez que ela me via nu. Apesar das minhas mãos tremerem com a necessidade de abraçá-la, deixei-a se prolongar enquanto me inspecionava, colocando a cabeça na água para que o calor me atingisse, contraindo os músculos um pouco para ela. O desejo em seus olhos me fez entender o motivo de Tyler estar sempre posando para as pessoas. Eu poderia me viciar rapidamente na atração clara em seu rosto tão expressivo.

Ela balançou a cabeça quando nossos olhos se encontraram.

— Você é lindo. Sei que já repeti isso online uma quantidade constrangedora de vezes, mas é a verdade.

Fiquei imóvel embaixo da água.

— Não olha para mim e vê meu pai?

— Não — disse ela, e soltei um suspiro de alívio conforme seu olhar abaixou até meu pau. — Só vejo meu namorado. E preciso dele agora.

Porra. Ela estava prestes a receber mais dele do que provavelmente estava pronta. Eu não tinha deixado passar despercebido o breve momento de hesitação quando ela viu o monstro entre nós. Ela já tivera meu membro em sua boca e no meio daqueles peitos perfeitos, o que significava que ela sabia bem o quanto era grande, mas agora estava na hora de colocá-lo dentro de seu corpo, e ela parecia estar percebendo, pela primeira vez, o quanto teria que se ajustar ao meu redor. Que bom que já tinha se acostumado bastante com aquele vibrador enorme.

Mesmo assim, não seria o suficiente, e sim, eu sabia o quanto era problemático que a ideia de ela ter dificuldade para me aguentar inteiro me dava ainda mais tesão.

— Vire-se — falei para ela. — Apoie as mãos na parece.

Ela se virou sem discussão, as palmas pressionando contra o ladrilho, as costas arqueadas, a bunda empinada como um presente. Quase grunhi ao ver sua bunda definida e redonda. Um dia, eu teria cada parte do corpo dessa mulher, mas eu não estava com a paciência para a preparação que ela precisaria para fazer anal. Caralho, não tinha paciência nem para a preliminar que ela merecia em sua boceta.

Eu me aproximei mais dela, meu pau encaixado entre suas nádegas enquanto colocava uma das mãos ao lado das dela no azulejo. Meus lábios roçaram a concha de sua orelha.

— Preciso de você demais agora para pegar leve.

Um gemido baixo escapou de seus lábios.

— Não quero que pegue leve.

Ela abriu bem as pernas, um arrepio de antecipação percorrendo seu corpo ao se esfregar em mim. O gemido que soltou foi o suficiente para quase acabar com meu autocontrole. Abaixei mais sua lombar, fazendo-a se curvar como a corda de um arco, minha mão abandonando o azulejo frio para deslizar até o meio de suas coxas. Ela estava encharcada, e pela lubrificação que cobria seu sexo, eu sabia que não tinha nada a ver com o banho. Aly me queria tanto quanto eu a desejava, e essa era a prova.

Deslizei os dedos de sua entrada até o clitóris, circulando-o enquanto ia para frente o suficiente para colocar o membro abaixo dela. Se eu não fizesse isso direito, ela acabaria ficando dolorida demais para me aguentar quando tivéssemos mais tempo, e um pouco de paciência agora compensaria mais tarde. Assim que fosse seguro voltar para a casa dela, eu nos trancaria lá até que estivesse satisfeito com ela, o que provavelmente nunca aconteceria. Graças a Deus pela tecnologia moderna e serviços de entrega de comida. Talvez eu conseguisse mantê-la nua pelas próximas duas semanas se fizesse as coisas direito.

— Por favor — sussurrou, pressionando-se contra meus dedos.

Movi os quadris para frente apenas o suficiente para encostar levemente em sua entrada, apenas para que ela sentisse o quão grande a cabeça do meu pau era. Ela prendeu a respiração, tensa com a ameaça de uma invasão tão bruta.

— Relaxa, linda — falei, afastando seu cabelo do pescoço. — Você aguenta.

Circulei os dedos em seu clitóris, e ela estremeceu, recuando contra mim por instinto. Empurrei o quadril para frente ao mesmo tempo, apenas o bastante para enfiar a ponta nela. Ela estava encharcada, mas ainda era apertado demais, tão apertado que era como se um torniquete macio e quente envolvesse a cabeça do meu pau, e puta merda, como era bom.

Subi a mão de seu clitóris até seu quadril, prendendo-a no lugar, segurando-a com tanta força que provavelmente deixaria marcas, mas minha mão nela era a única coisa me mantendo lúcido, me impedindo de perder a última gota de sanidade e meter nela como um brutamontes irracional.

Minha outra mão foi até seu pescoço, envolvendo sua garganta delicada e vulnerável do jeito possessivo que eu sabia que ela amava. Inclinei-me sobre ela e sussurrei.

— Não se retraia outra vez.

Ela respirou com dificuldade e balançou a cabeça.

— Não vou.

— Boa garota — falei, e sem aviso, afastei mais seus pés, entrando mais um centímetro enquanto ela se deixava cair em mim.

Grunhi. Ela ofegou. Mas em vez de ficar tensa, apoiou as mãos na parede e respirou fundo.

— Você é tão grande — disse ela.

Senti minhas bolas se contraindo.

— Grande demais?

Ela balançou a cabeça, os músculos do pescoço flexionando abaixo dos meus dedos.

— Não. Quero mais.

Saí apenas o suficiente para me cobrir com sua lubrificação antes de empurrar os quadris para frente, me esforçando para entrar mais um delicioso centímetro. Caralho, ela era tão apertada. Tão apertada que eu sabia que estava se empenhando para não se contrair ao meu redor conforme seu corpo tentava impedir a invasão.

— Mais — arfou.

Apertei seu pescoço.

— Que impaciente.

— Por você, sempre.

— Preciso ir devagar para não te machucar.

Ela se contorceu em minhas mãos, as palavras saindo meio estranguladas.

— Não ligo se doer. Preciso de você, Josh. Agora. Por favor.

— Porra, Aly — falei, entrando mais um centímetro e depois outro, tentando ter cuidado, tentando manter meu desespero por ela sob controle, mesmo enquanto estocava mais rápido. — Preciso dessa boceta.

Ela esticou os braços, a cabeça pendendo ao se empurrar contra mim.

— É sua. Pegue-a. Possua. Não se segure.

— Você não faz ideia do que está pedindo — alertei.

Ela soltou um som baixo e irritado.

— Sei, sim. Me come, Josh. Fode sua namorada.

O último vestígio de controle que eu tinha se esvaiu. Mudei o ângulo, retraindo até que apenas a cabeça do meu pau estivesse dentro dela, e então a penetrei em uma estocada impiedosa, atingindo algo no fundo de seu interior que a fez gritar e ficar tensa.

Parei de me mover, respirando fundo. Porra, tentei avisá-la que seria demais, mas ela me ouviu? Não, teve que usar a palavra "namorada" comigo, sabendo que seria minha perdição, sabendo que...

— De novo — exigiu ela, a palavra saindo de forma meio sofredora, meio urgente, sua boceta se contraindo ao meu redor.

Todos os pensamentos sobre machucá-la escaparam da minha mente. Ela era uma mulher crescida que sabia o que queria, e se ser arrebentada pelo namorado no banho era o que exigia, então eu daria isso a ela, com tanta força quanto aquela bocetinha precisava.

Soltei seu pescoço e quadril, levantando as mãos para beliscar e estimular seus mamilos ao começar um ritmo constante e implacável. Ela se empinou contra mim, usando a parede para ir para atrás e se impulsionar contra cada estocada agressiva.

Foi brusco. Foi selvagem. Eu estava tão fundo nela que não conseguia mais discernir onde eu acabava e ela começava. Era como se nossos corpos fossem um só, como se ela tivesse sido feita para me receber e eu tivesse sido feito para preencher cada centímetro dela possível, esticando-a até que nenhum pau além do meu pudesse satisfazê-la desse momento em diante.

Ela tinha pedido para que eu a possuísse, então fui para frente e mordi seu ombro com tanta força que ela sibilou, com tanta força que a senti ficando tensa em minhas mãos, até que estremeceu e jogou os quadris para trás com mais intensidade do que antes. Mantive-a no lugar com os dentes, meu membro deixando sua marca na sua boceta, meus dedos atormentando seus mamilos. Essa mulher era minha, caralho, e se eu tivesse que marcar cada centímetro de sua pele, eu o faria.

Nunca tinha me sentido tão feroz na vida, como se eu pudesse acabar com qualquer homem que olhasse para ela, colocar a porra de uma coleira em seu pescoço e conduzi-la por aí só para provar que ela pertencia a mim.

Aly não precisava me reivindicar em troca. Eu já era dela, de corpo e alma. Cada movimento de seus quadris, cada som necessitado e delicioso que ecoava no box só serviu para aumentar seu domínio sobre mim.

Ela se contorceu, gemeu, abriu mais as pernas, rebolou o quadril, e, puta merda, o jeito que seu sexo me apertava faria eu gozar até não sobrar mais nada.

— Me diga que está tomando anticoncepcional — falei.

— Estou — gemeu. — Não tira. Quero sentir você gozar dentro de mim.

Eu me inclinei para trás apenas o bastante para que conseguisse observar o que estava fazendo com ela, vendo meu membro rígido desaparecer na sua boceta apertada, amando a forma que ela fazia minha pele brilhar com a evidência de seu tesão.

— Você devia ver como me aceita bem — falei e ela gemeu e se esfregou de volta em mim. Belisquei seus mamilos, fodendo-a com força. — Mal posso esperar para sentir você gozar. É uma delícia como você me aperta, linda.

Ela gritou, impulsionando para trás, a coluna ficando tensa, os dedos arranhando o ladrilho ao começar a chegar perto do limite.

— Mais — gemeu. — Por favor, Josh.

Deslizei a mão por sua barriga, sabendo do que ela precisava, e coloquei seu clitóris gentilmente entre meus dedos conforme empurrava os quadris para frente, colidindo com ela. Ela chegou ao orgasmo gritando, chorando, implorando, sua boceta apertando meu pau tão forte que eu mal conseguia me mover.

Assim que ela começou a se recuperar, saí de dentro dela e a virei, pegando suas pernas e a levantando para que pudesse olhar em seu olhos enquanto terminava de fodê-la.

— Olha pra mim — falei ao abaixá-la e penetrá-la com meu pau.

Ela abraçou meu pescoço e se segurou em mim até eu me levantar totalmente e a prender contra a parede.

Seus olhos se arregalaram.

— Esse ângulo. Como pode parecer ainda maior?

Abri um sorriso, sabendo que era presunçoso.

— Eu estava me segurando.

Ela só teve tempo de franzir o cenho em confusão antes que eu a penetrasse até o fim. Eu estivera esperando por esse momento, aguardando até que ela gozasse e estivesse relaxada, fraca e totalmente excitada para dar até o último centímetro de mim. Ela abriu a boca em uma inspiração chocada enquanto eu a preenchia totalmente, mas não dei tempo para que se acostumasse e comecei a estocar nela, observando a surpresa e quase pânico perder a briga contra sua luxúria.

Ela choramingou e experimentou rebolar os quadris, e deve ter gostado da sensação, porque o gemido que escapou de sua boca foi mais profundo e forte do que os anteriores.

— Faz isso de novo — falei.

Ela fez e nós dois gememos.

— Vou gozar de novo — falou ela, inclinando a cabeça para trás.

Apertei suas coxas.

— Olhos em mim, lembra? Quero te observar dessa vez.

Ela xingou, fincando as unhas nos meus ombros, uma ruga aparecendo entre suas sobrancelhas ao franzir o cenho em concentração.

— Não sei se consigo. Nunca olhei nos olhos de alguém enquanto gozava antes.

— Você consegue, linda — falei, mexendo os quadris de forma a atingir um ponto em seu interior que a fez arranhar minhas costas ao se contorcer. Era melhor ela andar logo, porque minhas bolas estavam começando a se contrair e eu sentia a pressão formando-se no fim da minha coluna.

— Mais uma vez, Aly. Seja uma boa garota e goze no pau do seu namorado.

As palavras safadas fizeram suas costas arquearem, os quadris se movendo em um ritmo frenético que eu não tinha escolha a não ser acompanhar, e um segundo depois, pude ver de perto enquanto seus olhos perdiam o foco e sua boceta se contraía ao meu redor de novo.

— Josh — gemeu.

O som do meu nome, proferido com tanta veneração, foi o suficiente para me levar ao limite, nossos olhares presos um no outro conforme meu pau ficava ainda mais grosso e rígido, prolongando seu orgasmo ao ejacular bem dentro dela como me pediu.

— Porra, Aly — grunhi. — Porra, como você é gostosa.

Estoquei uma última vez e parei de me mover, meu coração acelerado, as pernas transformando-se em geleia mesmo quando ela ficou mole em meus braços. Levei um momento para perceber que eu tinha enterrado a cabeça em seu ombro e a mordido novamente como a porra de um animal, mas pela forma que ela subia e descia as mãos pelas minhas costas e beijou a minha bochecha, não deve ter se importado muito.

— Tenho que comprar uma pílula do dia seguinte — murmurou.

Destravei a mandíbula e afastei a cabeça rapidamente.

— Achei que tivesse dito que tomava anticoncepcional? — Não que eu veria problema se tivéssemos um "acidente" mesmo tão cedo. Eu jamais me arrependeria de trazer uma miniatura dessa mulher ao mundo, e não me pergunte como eu sabia que nosso primogênito seria uma garotinha rebelde, eu simplesmente sabia.

— Eu tomo — falou ela. — Mas não confio nos meus ovários perto de você.

Voltei a enfiar a cabeça em seu pescoço. É claro que ela me faria rir dez segundos depois de me proporcionar o melhor orgasmo da minha vida.

— Acho que é melhor comprarmos mesmo — falei. — Tenho certeza de que não posso confiar nos meus espermas perto de você.

Ela começou a rir, um som suave e embriagado pelo prazer, até que saí de dentro dela e a risada se transformou em um sibilo.

Estremeci. Acho que exagerei um pouco no momento final.

— Você está bem?

Ela assentiu.

— Dolorida, mas de um jeito bom.

— Certeza? — perguntei.

— Certeza — falou, ficando nas pontas dos pés e segurando meu pescoço para me abaixar. — Obrigada. Eu estava precisando disso.

E então sua boca estava na minha e ela começou a me beijar como se estivesse pronta para uma segunda rodada. Ela me puxou para mais perto, colando seu corpo molhado no meu, e eu não acreditava que já estava ficando duro para ela de novo. A sensação de seus seios molhados contra meu peito era boa demais para resistir, então não me dei ao trabalho de me impedir de abaixar o braço e segurar sua bunda, trazendo-a para mais perto.

A porta da frente bateu e ouvi Tyler nos cumprimentando.

Aly se contorceu contra mim, afastando-se apenas o suficiente para sussurrar:

— Consigo ser discreta se você também conseguir.

Balancei a cabeça.

— Não vou arriscar. Os barulhos que você faz são só meus agora.

Ela abriu um sorriso.

— Isso não deveria ser tão sexy.

— O quê? O quanto eu sou possessivo?

Ela assentiu e eu ergui uma sobrancelha.

— Então não teria problema se outra mulher me ouvisse gemendo e grunhindo por você?

Ela contorceu o nariz.

— Acho que teria.

Encostei a testa na dela.

— Foi o que pensei. Agora, vamos nos limpar. Estou com tanta fome quanto cansaço depois disso tudo.

Ela se afastou, seu olhar percorrendo meu corpo.

— Hum. Achei que teria mais energia do que isso.

Fingi rosnar para ela.

— A culpa é sua. Sua boceta acabou de me deixar seco, mulher.

Ela colocou uma mão na minha boca, os olhos arregalados.

— Dá pra falar mais baixo?

Mordi a palma de sua mão e ela recuou com um gritinho.

— Eu disse que não queria que ninguém te ouvisse, não que veja problema em contar para qualquer um que encontro de agora em diante como você recebe meu pau bem.

Ela desviou o olhar do meu, suas bochechas queimando, e tentou desviar de mim e entrar debaixo da corrente de água. Ao fazer isso, ouvi-a murmurando "não deveria ser tão sexy" repetidas vezes, como se estivesse tentando se convencer de que não tinha gostado.

Fui para o lado e deixei ela passar por mim, imaginando como eu me divertiria fazendo-a admitir as coisas para si mesma.

Ela se posicionou diretamente sob a cascata de água, e sem conseguir me segurar, fui atrás dela e abracei sua cintura, abaixando o suficiente para conseguir percorrer seu pescoço com beijos.

— Prometa que está bem — falei.

Ela assentiu.

— Mais do que bem. Espero que esteja falando sério sobre essa coisa de namorados, porque esse foi o melhor sexo da minha vida, e se você tentar terminar comigo agora, eu que serei a stalker.

Soltei uma risadinha.

— Como se isso fosse algo ruim. Eu adoraria virar uma esquina e ver você esperando por mim no escuro.

Ela estremeceu nos meus braços.

— Porra. Eu também.

Eu me animei.

— Com a máscara?

Ela choramingou e assentiu, e eu coloquei a mão em sua boca para calá-la.

— Dentro de uma casa ou no meio do mato?

Ela assentiu de novo, e interpretei como um sim para ambos.

Inclinei a cabeça e mordi seu pescoço, amando a forma como sua reação foi se contorcer.

— Vamos nos divertir tanto juntos.

Como resposta, ela rebolou a bunda no meu pau semiereto e a única coisa que me impediu de curvá-la para a segunda rodada foi a ideia de que meu colega de quarto poderia ouvir.

21

Aly

A QUESTÃO DE SER COMIDA COM VONTADE é que isso te deixa dolorida e com tesão *ao mesmo tempo*. Era meio-dia de domingo, um dia depois de Josh ter me fodido até eu não pensar em mais nada no chuveiro, e estávamos de volta em seu carro, indo para minha casa. Meu primo Alec me garantiu que a casa estava totalmente limpa. A equipe dele até mesmo se deu ao trabalho de montar minha cama nova — que eu e Josh esquecemos que estava chegando graças à confusão com Brad.

Eu só conseguia pensar naquela cama no momento. Toda vez que me mexia no banco do passageiro, uma pontada de dor surgia entre minhas pernas, fazendo eu me lembrar exatamente de como acabei ficando tão dolorida. Quando eu fechava os olhos, podia jurar que sentia um eco de Josh me penetrando, atingindo algo profundo em mim que havia elevado meu prazer para novos patamares.

E teve o segundo orgasmo que ele me proporcionou, seus olhos escuros e acalorados encarando os meus, o azulejo frio nas minhas costas conforme ele metia dentro de mim, me preenchendo e forçando tanto que senti que meu corpo nunca esqueceria a sensação de seu membro grosso. Ele estava me arruinando para qualquer outra pessoa. Era a mistura perfeita de competente e dominador. E quando ele gozou, e eu pude sentir e ver acontecer? Isso trouxe uma nova intimidade ao nosso relacionamento que eu não esperava.

Josh ligou a seta e entrou na faixa que levava ao meu bairro. Ele havia aumentado o aquecedor para mim e Fred, e estava tão quente no carro que ele subiu as mangas até os cotovelos. Durante as últimas noites, descobri como aquele homem era naturalmente quente, e eu amava isso. Nada se comparava a entrar debaixo de lençóis frios e abraçar meu próprio aquecedor particular. Apesar de Josh ser calorento, ele adorava ficar de conchinha — é claro — e nas duas últimas vezes que dormimos juntos, ele passou seus membros pesados ao meu redor e me puxou para perto.

Estar em seus braços era como estar no lugar mais seguro do mundo. Geralmente, eu não enrolava na cama. Eu tinha tão pouco tempo livre por causa do trabalho que me recusava a desperdiçá-lo. Costumava me levantar assim que o alarme tocava, pronta para começar o dia.

Acordar ao lado de Josh havia me curado disso. Ficamos deitados debaixo dos lençóis por mais de uma hora, conversando baixinho com Fred entre nós enquanto escutávamos Tyler andar pelo apartamento, preparando café e ligando a televisão. Ele manteve o volume baixo, mas ainda era possível ouvir os apresentadores conversando sobre valores de ações no canal financeiro que Josh disse ser o favorito de Tyler. Isso deixou claro como a acústica era estranha na casa deles e fez eu me sentir desesperada para dar o fora de lá e ter o Josh só para mim.

Eu tinha perguntado de novo se ele falara sério sobre me castigar, e o "sim" curto com o qual ele respondeu me deixou tão preocupada quanto excitada. O que ele tinha planejado? Estávamos falando de outro *edging* cruel ou de algumas palmadas de leve? As possibilidades estavam fazendo eu me contorcer no banco, o que causou uma pontada de dor em mim, fazendo eu me lembrar de como havia ficado assim, e o ciclo tortuoso recomeçou.

Distraído, Josh batucava o volante com os dedos, e eu quase choraminguei com a forma que seu antebraço tatuado flexionava. Meu olhar foi atraído para cima até seu bíceps que se destacava contra a manga da camisa.

— Por que esse farol está demorando tanto? — disse ele, quase que para si mesmo. Fred miou em resposta, e Josh olhou pelo espelho retrovisor. — Eu sei, carinha. Já estamos chegando. — Ele me lançou um sorriso antes de voltar a se concentrar no semáforo. — Falei para ele ir ao banheiro antes de sairmos, mas acha que ele obedeceu?

Respondi de forma evasiva, distraída demais com seu perfil para falar. Meu Deus, eu nunca me cansaria de olhar para ele. Era impossível que ele não soubesse o quanto era lindo. Eu entendia que ele se escondia por medo de que alguém dissesse que ele se parecia com o pai, mas eu poderia apostar que 99% dos olhares que recebia em público não tinham nada a ver com seu pai e tudo a ver com o fato de que Josh era tão gostoso que se ele parasse o carro ao lado de alguém e dissesse para entrar em sua van, nem precisaria de doces como atrativo. A pessoa daria uma olhada nele e decidiria que valia a pena arriscar ser assassinada se a possível recompensa fosse transar com ele em vez disso.

Ou talvez eu estivesse tentando encontrar uma lógica para o quão rápido estava me apaixonando por ele. Eu sentia borboletas no estômago sempre que ele olhava para mim. Não conseguia parar de observar sua boca quando ele falava, como se tentasse memorizar a forma como seus lábios formavam as palavras. Seu corpo parecia ocupar mais espaço do que deveria, atraindo-me até ele como se possuísse um campo gravitacional e eu fosse a lua que ele trazia à sua órbita.

Estávamos no carro há mais de quinze minutos, e eu não havia tirado os olhos dele nem uma vez. Era como se algo fisicamente me impedisse. Não havia nada tão fascinante quanto o homem ao meu lado. Havíamos acabado de enfrentar o que deveria ter sido uma experiência extremamente traumática, mas eu só conseguia pensar em Josh me fodendo contra a parede do box. Ainda bem que compramos a pílula do dia seguinte. Entre meus ovários não confiáveis e a quantidade de ejaculação que limpei das minhas pernas quando terminamos, reforçar o anticoncepcional pareceu necessário se não quiséssemos trazer um mini Josh ao mundo.

Não. Não faça isso, falei a mim mesma. *Você não tem permissão para imaginá-lo jogando beisebol com uma versão mini de si mesmo.*

A ideia deveria ter me feito surtar. Havíamos acabado de oficializar o relacionamento. Era cedo demais para começar a pensar em qual seria a aparência de nossos filhos, e eu nem sabia se queria ter filhos. Mas eu não estava brincando quando disse ao Josh que viraria uma stalker se ele tentasse terminar tudo. Minha obsessão por ele estava crescendo a níveis preocupantes. Por exemplo, agora eu entendia o motivo de ele me observar no trabalho, porque se eu tivesse as mesmas habilidades de hacker, com certeza faria o mesmo.

Fred miou de novo quando o sinal ficou verde.

Josh olhou pelo espelho retrovisor antes de acelerar.

— Se você se segurar até chegarmos em casa, o papai vai te dar um brinquedo novo.

Merda. Ele tinha que parar de dizer essas coisas. Não só estava me fazendo querer ter filhos, mas querer tê-los logo.

Eu me aproximei dele e passei um dedo por seu bíceps.

— E o que a mamãe vai ganhar?

O volante rangeu nas mãos de Josh. Ele lançou um olhar incisivo para mim e para o banco traseiro, abaixando o tom de voz.

— O papai vai contar à mamãe mais tarde, quando não houver mais ouvidos delicados por perto.

Abri um sorriso e me aproximei mais.

— Tenho certeza de que traumatizar os filhos é nossa responsabilidade como pais. Ajuda a construir caráter.

Ele grunhiu e se remexeu no assento.

— Continue falando assim e teremos que triplicar os contraceptivos.

Olhei para baixo e vi o contorno de sua ereção pressionando a perna da calça. Aquilo tinha que ser desconfortável. Talvez se eu abrisse o zíper do jeans e desse uma "ajudada", ele se sentiria melhor.

Comecei a estender o braço, mas ele segurou meu pulso.

— Aly — disse ele, a voz baixa e ameaçadora. — Vamos chegar na sua casa em menos de um minuto.

— Não consigo esperar tanto tempo — respondi, desvencilhando-me do seu aperto.

Ele me impediu novamente.

— Bem, vai precisar, porque tem alguém na entrada.

Levantei a cabeça rapidamente. Era verdade, havia um SUV de luxo que eu nunca tinha visto estacionado em frente à minha casa. Eu ainda estava proibida de entrar em contato com meu tio, então esperava que fosse um dos meus primos vindo me atualizar sobre tudo o que acontecera nas últimas 24 horas, e não um policial disfarçado.

Josh estacionou ao lado do veículo grande, mas deixou o motor ligado.

— Não tem ninguém dentro — falei para ele, espiando o banco vazio do motorista. — Deve ser um primo. É melhor esses idiotas não terem feito uma cópia das minhas chaves e distribuído entre a família. Não quero ter que trocar as fechaduras.

Josh franziu o cenho para o veículo.

— A pergunta que importa é, a pessoa ficou aqui esperando até que uma hora você chegasse em casa ou sabia que estávamos voltando?

Dei de ombros.

— Vamos colocar a mão no capô quando sairmos e, se ainda estiver quente, teremos a resposta. Pronto?

Josh balançou a cabeça e apontou para o colo.

— Vou precisar de um minuto. Por algum motivo, não acho que seus parentes mafiosos iriam gostar da minha ereção tanto quanto você.

Abri um sorriso.

— Nunca se sabe.

Josh deu uma risadinha e esticou o braço para colocar uma mecha de cabelo atrás da minha orelha.

Fechei os olhos e me apoiei em sua mão.

— Estive me perguntando uma coisa. Talvez possa responder enquanto esperamos.

— Posso tentar.

Abri os olhos.

— Como tudo isso aconteceu?

Ele franziu o cenho.

— Isso o quê?

Indiquei nós dois.

— Eu e você. O Tyler te contou que terminou comigo e você decidiu dar em cima de mim daquele jeito bizarro?

Ele sorriu e afastou a mão.

— Tyler me mostrou a mensagem que você mandou pra ele.

Fiquei boquiaberta.

— Mentira.

Josh assentiu.

— E ele não reconheceu suas tatuagens?

— Não. Já deve ter notado que meu colega de apartamento é mais do que um pouco egocêntrico.

Eu me recostei no banco, lembrando-me de como Tyler pareceu grato por Josh ter um pouco da atenção voltada para mim agora, e isso me fez pensar. E se Tyler já soubesse do perfil de Josh esse tempo todo, e quando mandei aquela mensagem, ele decidiu dar uma de cupido?

— O que foi? — perguntou Josh. — Está com aquele mesmo olhar inquieto que Fred fez quando roubou a fatia de bacon.

— Não é nada — falei. Tyler era provavelmente egocêntrico demais para planejar algo tão diabólico. — E o que aconteceu depois que ele mostrou a mensagem?

Agora era a vez de Josh assumir uma expressão inquieta.

— Eu, hã, talvez tenha passado horas procurando você em meio aos meus comentários e lendo tudo o que você já me mandou. — Ele virou a cabeça, esfregando a nuca. — E depois eu decidi ver se você só falava da boca pra fora ou se realmente estava tão interessada no lance da máscara quanto eu.

— Quem imaginaria que algumas semanas depois, você teria uma namorada como resultado — falei.

Josh voltou a olhar para mim, fixando seu olhar no meu.

— Na primeira noite em que observei você no hospital, eu sabia que queria que isso fosse mais do que a pegação fetichista que eu tinha planejado.

Fiquei toda derretida com a confissão.

— E lá estava eu, pronta para atirar em você. Deve ter ficado apavorado quando me viu vasculhar a casa depois que invadiu.

Ele deu uma piscadinha.

— Sim, mas dizem que é possível descobrir muito sobre uma mulher pela forma com que ela segura uma arma, e eu estava mais...

Um miado alto ecoou pelo carro.

Eu e Josh trocamos um olhar nervoso.

Abri o cinto de segurança.

— Depois você termina essa frase. O sr. Xixizinho aqui parece estar desesperado.

Desci do carro e peguei a bolsa de transporte de Fred, tomando cuidado para não balançá-lo demais ao correr para a porta da frente. Havia uma segunda caixinha de areia na lavanderia, e assim que abri o zíper da bolsa, ele saiu correndo até ela.

Segui-o para dentro de casa, cautelosa. Estava cheirando a água sanitária e pinho artificial. Meu piso de madeira brilhava como se tivesse acabado de ser polido.

O quanto a equipe do meu primo havia limpado? Brad ficou principalmente no chão da cozinha e depois foi arrastado pela sala, mas já estava no saco de snowboard a essa altura. Pela forma que minha casa estava brilhando, parecia que todas as superfícies haviam sido limpas. Excesso de cuidado? Se fosse, eu não ia reclamar. Isso me livraria de ter que fazer faxina por um tempo.

Josh entrou depois de mim, carregando nossas bolsas e a caixa de areia. Virei-me para ajudá-lo, me perguntando onde estava a visita.

Josh se aproximou de mim e baixou o tom de voz.

— O capô ainda está quente. Depois vou precisar dar uma olhada nas nossas coisas e no meu carro para procurar um rastreador.

Filho da puta. Por que todos esses stalkers recentemente? Era algo comigo? Eu estava emitindo algum tipo de feromônio estranho e atrativo? Ou eu estava passando pelo Mercúrio retrógrado de novo?

Deixamos nossas coisas perto da porta de entrada e fomos procurar o meu mais recente invasor. Como esperado, meu primo Junior estava sentado à mesa da cozinha, bebendo café de um copo de papel para viagem. Ele era a imagem cuspida e escarrada do pai, baixo e magro, com feições marcantes que eram mais surpreendentes do que bonitas.

Seu olhar foi de mim para Josh, e ele arqueou uma sobrancelha escura.

— Pelo jeito, você fez a barba e não usa mais óculos.

Josh soltou um palavrão atrás de mim.

Entrei no meio dos dois homens, deixando Josh atrás de mim.

— O que está fazendo aqui?

Eu gostava de quando Josh invadia meu espaço e desafiava meus limites, mas pelo jeito ele era uma exceção. Se fosse qualquer outra pessoa, eu ficava irritada, quase homicida — inclusive com minha família.

Junior levantou-se, abrindo os braços.

— Isso é jeito de cumprimentar seu primo mais velho?

Encarei-o, não fazendo nenhuma menção de que aceitaria seu abraço.

— Depende. Você apontou ou não apontou uma arma para o meu namorado ontem?

Ele abaixou os braços e teve a decência de parecer constrangido.

— Foi um mal-entendido.

— Sua cara está prestes a ter um mal-entendido com o meu punho — falei, avançando na direção dele.

Ou, pelo menos, tentei avançar. Consegui dar apenas um passo antes de um puxão na minha jaqueta fazer com que eu atingisse o peito de Josh de costas. Ele envolveu os braços ao meu redor como se me abraçasse, mas pela forma que seus músculos ficaram tensos, percebi que isso tinha mais a ver com contenção do que com afeto.

— Me solta — falei.

— Até poderia, mas que exemplo eu estaria dando para nosso filho se deixasse você espancar um parente na frente dele?

Olhei para trás de Junior e vi Fred saindo da lavanderia e vindo até nós.

— Que ele não deveria levar desaforo para casa, nem mesmo de parentes.

Junior franziu o cenho, olhando ao redor do aposento.

— Filho? Não sabia que... — Ele viu Fred pelo canto do olho e virou-se para encará-lo. Pareceu mais confuso ao voltar a olhar para nós, indicando Fred com o dedão. — Estão falando do gato?

— Sim — disse Josh. Não falou "dã", mas ficou muito claro.

Junior fez uma careta.

— Fãs de gato são tão estranhos.

Josh tensionou os braços.

Suspirei.

— O que você quer, Junior?

— Precisamos do seu namorado.

— Para quê?

— Para o mesmo de antes — disse Junior. — Hackear o computador de Brad.

Josh fez um pequeno som de reflexão.

— Não é um pouco arriscado voltar tão cedo para aquela casa depois que a polícia esteve lá?

Junior assentiu.

— Sim, e é por isso que não vamos. Temos outra equipe para as missões furtivas. Vão entrar de fininho na casa hoje, e você pode hackeá-lo remotamente. — Ele levantou as sobrancelhas. — Não é?

— Não é tão simples assim — respondeu Josh. — O computador do Brad tem senha? Quão protegida é a rede dele? Que tipo de software ele usa?

Junior deu de ombros.

— Como caralhos vou saber?

Josh relaxou os braços ao meu redor.

— Foram perguntas retóricas, mas dependendo das respostas, o trabalho pode ser mais difícil e exigir diferentes ferramentas. Vai ser mais rápido se eu estiver lá.

Fiquei tensa.

— Não gosto dessa opção.

Meu primo pareceu preocupado ao olhar de mim para Josh.

— Nem eu.

Josh soltou uma risada seca.

— Acredite, não era assim que eu queria que minha noite terminasse. — Seus braços me apertaram novamente, puxando-me contra ele para que pudesse dar um beijo no topo da minha cabeça.

Fechei os olhos e me inclinei para trás, desejando que estivéssemos sozinhos, que toda essa porcaria acabasse para que eu e Josh pudéssemos seguir com nossas vidas. E talvez eu devesse me sentir culpada ou egoísta por isso — um homem havia morrido, e eu só estava preocupada em como aquilo era inconveniente — mas não conseguia me forçar a sentir nada além de uma leve preocupação de que tudo isso acabaria explodindo na nossa cara. E que jeito melhor de garantir que isso não aconteceria do que um hacker de alto nível apagando nossos rastros?

Soltei um suspiro profundo e abri os olhos.

— Josh tem razão. Ele precisa estar lá, e eu vou com ele.

Junior balançou a cabeça.

— Não. Nem pensar. Isso não é trabalho para mulher.

Eu me inclinei para trás nos braços de Josh.

Acima, ouvi meu namorado inspirar fundo e expirar fazendo um som de *ooh* que parecia mais com crianças no parquinho. Ele afastou uma de suas mãos e a abriu na minha frente.

— Esse é o momento em que você tira os brincos, né? — disse ele. — Posso segurá-los enquanto você acaba com ele.

Olhei de lado para ele.

— E aquele seu ponto sobre de não usar violência na frente do bebê?

Josh tinha uma expressão impassível.

— Mudei de ideia. Às vezes, temos que dar o exemplo.

Virei de volta para o meu primo assim que os braços de Josh me soltaram.

Para o seu crédito, Junior pareceu perceber que tinha feito merda. Ele levantou as mãos como quem se rende e deu um passo para trás.

— Ei, não quis dizer dessa forma. O que eu quis dizer é que meu pai vai arrancar meu couro se eu deixar você participar.

Dei um passo na direção dele.

— Eu vou junto.

Ele balançou a cabeça.

— Aly, você não pode. É sério. Os caras da equipe são da pesada. Você não deveria ficar perto deles.

Outro *ooh* soou atrás de mim, seguido por um som de mastigação. Olhei por cima do ombro e vi Josh nos encarando com toda a atenção. Ele havia pegado um saquinho individual de pipoca da caixa de comida que havia preparado e estava comendo-a com o tipo de alegria de quem assiste a um episódio de reunião de *Real Housewives.*

Balancei a cabeça para ele, me acalmando instantaneamente — o que provavelmente fora seu objetivo — e virei de volta para o meu primo.

— Eu trabalho perto de gente da pesada todo dia, Junior. Sei me virar. Dê um jeito, porque se o Josh vai, eu também vou.

A expressão de Junior ficou sombria, e por um segundo, ele ficou igualzinho ao pai depois de eu contar a Nico sobre o corpo de Brad.

— Tudo bem. Mas você vai ficar no carro.

Assenti. Isso eu aceitava, e pelo olhar de Junior, eu o havia forçado até o limite.

— O que mais aconteceu?

O rosto do meu primo assumiu uma expressão evasiva.

— Como assim?

— Com a situação do Brad. Acharam o carro dele?

— Sim — respondeu Junior.

Mais sons de mastigação ecoaram pela sala. Josh ainda parecia estar aproveitando o espetáculo, enquanto eu estava ficando irritada novamente.

— E? — falei.

Junior deu de ombros.

— E o quê?

— Se livrou dele?

Junior revirou os olhos.

— Não, deixamos bem onde estava.

Apertei a ponte do nariz e ignorei a tentativa ruim de Josh de conter o riso.

— Junior, por favor, nos atualize sobre o que está acontecendo com o encobrimento da morte de Brad.

O idiota abriu um sorriso largo.

— Bem, já que pediu com tanta educação. — Ele voltou a se sentar e tomou um gole de café antes de indicar as cadeiras a sua frente. — Sentem-se, por favor.

Tentei não ranger os dentes ao me sentar. Josh parecia estar se divertindo até demais ao meu lado. Seus olhos iam de mim para Junior como se estivesse assistindo a uma partida de tênis. Estava começando a achar que Josh não só gostava de ser aquele a me provocar, mas adorava ver os outros me incomodando também. Por quê? Ele era contrariador por natureza ou simplesmente gostava de me ver brava?

E qual era o limite? Eu havia percebido o momento em que Greg o ultrapassou quando gritou comigo na cozinha de Nico. Josh havia se transformado de um golden retriever tranquilo e amável para um cão do inferno em um piscar de olhos.

Vê-lo bravo daquele jeito só confirmou ainda mais o quanto ele e o pai eram diferentes. Em vez de olhos frios e sem vida, os de Josh pareceram um inferno em chamas, a promessa de vingança brilhando tanto que até meu primo mais novo e mais sarcástico percebeu o perigo e se apressou em se desculpar.

Junior abaixou o café e ergueu o olhar para mim.

— O carro de Brad estava há alguns quarteirões de distância — disse ele. — Conseguimos entrar enquanto estava escuro sem disparar o alarme. Um dos nossos caras o levou até um desmanche que temos, e lá ele será desmontado e suas peças serão vendidas separadas.

Pisquei, impressionada. Os policiais teriam um trabalhão tentando investigar isso.

Ao meu lado, Josh se inclinou para frente.

— Não estão preocupados com as câmeras das casas próximas?

Junior deu de ombros.

— Não. Brad estacionou entre dois postes de luz para que não fosse notado, o que também ajudou nossos caras. Considerando o quanto ele se esforçou para cobrir os rastros até chegar aqui, tenho certeza de que colocou a máscara no segundo em que desceu do carro, então se alguma câmera o filmou de passagem, seria praticamente impossível identificá-lo. E, no fim das contas, os policiais teriam que saber que Brad estava por aqui para exigirem ver os registros das câmeras das pessoas.

Assenti.

— E é por isso que precisamos de acesso ao computador de Brad.

Junior levantou um dedo.

— E é por isso que seu namorado precisa de acesso. Você não vai sair da van.

Lancei um olhar fulminante para ele.

— Eu sei, imbecil.

Junior fungou.

— Desnecessário.

Josh colocou outra pipoca na boca, sorrindo ao mastigar.

— Isso é tão divertido.

Revirei os olhos e voltei a me concentrar no meu primo.

— E o corpo de Brad?

A expressão de Junior ficou séria.

— Nada. Essa é a única informação que não podemos ter.

Franzi o cenho.

— Como assim?

Ele deu de ombros.

— Meu pai tem dois caras a quem seria capaz de confiar sua própria vida para lidar com isso.

— Está falando daqueles dois brutamontes que foram buscar o corpo do Brad enquanto limpavam o carro? — perguntei, lembrando-me dos homens que pegaram a bolsa que continha o corpo no porta-malas de Josh e sumiram sem dizer uma palavra. Eles estavam na meia-idade, tinham um bom porte físico e vestiam roupas discretas. Nada neles chamava a atenção — de modo que eu não achava que poderia identificá-los em uma fila de suspeitos, o que provavelmente era a intenção. Entrar, sair, ser esquecido.

— Eles mesmos — disse Junior. — Só eles sabem o que aconteceu com Brad, mas falo por experiência própria que não precisa se preocupar. Ninguém nunca encontrou uma pessoa depois daqueles dois fazerem o trabalho deles.

Eu me remexi na cadeira e troquei um olhar com Josh. Seu ar de divertimento havia sumido, e ele também não parecia feliz com essa notícia.

— Não é melhor se soubermos o que aconteceu? — perguntei.

Junior balançou a cabeça.

— Não. Dessa forma, se o pior acontecer, vocês não terão como dizer à polícia onde o corpo está. Sem corpo, sem prova de homicídio. É bem difícil ser condenado apenas com base em provas circunstanciais quando advogados da máfia estão te representando. Eles já livraram os nossos de acusações bem piores.

— Ainda não gosto da ideia — falei.

Junior soltou uma risada.

— Vai se acostumar.

Eu duvidava muito.

Ele mexeu o café distraidamente e olhou para além de mim, sua expressão tornando-se conturbada e distante, como se não visse mais minha casa, e sim uma lembrança reprimida.

— E confie em mim quando digo que às vezes é melhor não ficar sabendo de certas coisas.

Estremeci. Só Deus sabia o que ele já tinha visto com um pai como o dele. Até onde eu sabia, Nico não era tão ruim quanto o pai de Josh, mas provavelmente estava perto.

As aparentes peculiaridades e o charme de Nico não me enganavam, porque eu nunca esqueceria os olhares assustados que meus pais e avós compartilhavam quando alguém o mencionava. Família não teme família sem motivo nenhum, especialmente quando se tratava de alguém como minha mãe, que não tinha medo de quase nada.

— Ah — disse Junior. — Quase me esqueci. Meu pai quer que você vá jantar com a gente.

Fiquei tensa.

— Hã... não, obrigada?

Junior balançou a cabeça.

— Não tem escolha, menina.

— Tenho, sim — respondi. — E não sou uma menina.

Sua expressão transformou-se em pena.

— Você deve um favor a ele, esqueceu? E o pagamento para tudo isso é jantar com a família uma vez por mês.

Virei-me para Josh, arregalando os olhos.

— Estou sendo tratada como uma personagem de *Gilmore Girls*?

Ele assentiu.

— Aham. Ele está dando uma de Emily para cima de você.

Junior olhou entre nós dois, confuso.

— Do que porra estão falando?

Não me dei ao trabalho de explicar e nem tentei argumentar. Se a Lorelai conseguia aguentar algumas horas com a mãe pelo bem da Rory, eu podia aguentar um jantar com Nico e seus filhos. Meu tio era ruim, mas Emily Gilmore fazia-o parecer um anjo em comparação.

— Eu vou — falei.

Josh pigarreou e me lançou um olhar incisivo.

Balancei a cabeça.

— Ah, não. Não vou te forçar a se juntar à minha desgraça.

Ele apertou meu joelho por baixo da mesa e se virou para Junior.

— Estaremos lá.

Tentei conter meu pequeno sorriso de satisfação e provavelmente falhei miseravelmente.

Junior uniu as mãos.

— Ótimo. Se está tudo resolvido, precisamos ir.

Dei uma olhada no relógio.

— Não é nem uma da tarde.

Ele assentiu.

— Sim, mas o sol vai se pôr em algumas horas, e o plano é fingir que a casa de Brad é a última que atenderemos. Precisamos estar lá por voltas das 17h30, e agora que vocês também vão, é preciso fazer algumas mudanças.

Eu era uma mulher crescida. Não ia fazer um biquinho porque em vez de fazer sexo fetichista com meu namorado, tínhamos que ir ajudar a consertar a bagunça que causamos.

Josh fez contato visual comigo, seus olhos brilhando de divertimento ao estender a mão e acariciar minha bochecha com o dorso dos dedos.

— Lembre-se de que vamos ter as duas próximas semanas só para nós quando isso acabar.

Junior fingiu vomitar e se levantou.

— Vocês dois são nojentos — falou por cima do ombro ao ir até a porta de entrada.

Ignorei meu primo e me inclinei para mais perto de Josh. Ele me puxou da minha cadeira até o seu colo e me envolveu com seus braços grandes. Enfiei o rosto em seu pescoço, respirando fundo. Ele cheirava a sabão em pó e pipoca de cheddar, e por um momento, me permiti ficar quieta em seu abraço e viver esse momento breve e perfeito nos braços do meu namorado.

Deixei de lado minha ansiedade em relação à essa noite e meu medo em relação ao que os próximos dias e semanas trariam. Independentemente do que acontecesse, eu e Josh daríamos conta, e talvez fosse porque eu estava em seus braços, mas apesar da seriedade do que havíamos feito e do risco real de sermos presos se nossos crimes fossem descobertos, senti que, juntos, eu e ele podíamos enfrentar qualquer coisa.

22

Josh

Junior abriu a traseira da van da empresa de energia e indicou para que entrássemos. Eu não tinha certeza, mas parecia muito com aquela em que eu estivera antes, e depois de ser ameaçado com uma arma, fiquei receoso em ter que entrar ali de novo.

Estávamos em uma viela próxima a um complexo industrial na periferia da cidade, protegidos do sol que se punha pelos edifícios ao redor. Era aquele momento estranho do crepúsculo em que a luz do dia se esvaía e, apesar dos postes de luz já estarem acesos, não estava escuro o suficiente para que ajudassem muito, deixando-nos em um mundo sombrio e nebuloso.

Semicerrei os olhos para a porta aberta da van, mal conseguindo distinguir a equipe de seis homens à qual nos juntávamos. *Nao* eram os mesmos caras de antes. Pareciam mais com algo saído de um filme militar. Apesar das diferenças de idade, raça, e estatura, havia uma similaridade entre eles que indicava um grupo coeso de pessoas que tinham treinado e trabalhado juntas por tanto tempo que nem precisavam mais se comunicar porque simplesmente *sabiam* o que aconteceria em seguida.

Tomei coragem e entrei no carro, ignorando a forma quc aquelcs homens faziam meus pelos se arrepiarem. Um dos bancos tinha um espaço vazio próximo à porta, então me sentei e assenti para os outros.

— Obrigado por deixar a gente ir junto.

Só o que recebi como resposta foi um único grunhido e vários olhares vazios.

— Não, vocês estão certos — falei. — É melhor manter o mistério.

Vi um movimento pelo canto do olho e me virei para ver Aly subir. Coloquei-a ao meu lado no banco para poder sussurrar:

— Aposto vinte dólares que consigo fazer um deles rir até o fim da noite.

Ela abriu um sorriso.

— Fechado.

Junior se sentou na nossa frente, e a forma que seu olhar foi de mim para Aly fez parecer que ele percebeu a forma que eu a posicionei perto da porta, usando meu corpo para protegê-la dos outros. Um movimento sutil de sua cabeça indicou que ele aprovava, então se virou para o homem ao seu lado e disse algo que não escutei porque o motor foi ligado.

Coloquei as mãos com luvas de Aly nas minhas e as soprei.

— Está com frio?

Seus olhos formaram ruguinhas quando seu sorriso transformou-se de divertimento para outra coisa. Algo cheio de afeto e carinho.

— Não, estou bem.

— Bem, eu estou congelando — falei como desculpa para colocar o braço ao seu redor e trazê-la para mais perto.

Ela cutucou minhas costelas.

— Mentiroso.

Dei um beijo em sua testa, ignorando todo mundo e aproveitando a distração que ela fornecia. Eu não conseguia me lembrar da última vez que fiquei tão nervoso. Talvez na noite que invadi a casa dela pela primeira vez?

Junior disse que o pai tinha mandado alguém vigiar a casa de Brad depois da nossa primeira tentativa de invasão e, segundo essa pessoa, os policiais ainda não tinham voltado. Ainda estavam esperando que o mandado de busca fosse aprovado. Os advogados da família Bluhm estavam resistindo, mas Nico achava que eles perderiam a batalha logo, e era por isso que estávamos aqui agora. Amanhã poderia ser tarde demais.

Aly olhou para os outros homens da van atrás de mim. Todos no veículo estavam vestidos com o uniforme da empresa de energia. Estávamos até usando crachás que pareciam oficiais no pescoço — até mesmo Junior e Aly, que ficariam para trás com o motorista e o "cara do computador" enquanto o resto de nós entrava. Os crachás eram nossa única forma de identificação, e Junior disse que seriam aprovados caso alguém os verificasse. Eu me senti um pouco melhor ao saber que tanto preparo tinha sido dedicado a isso, mas nenhuma quantidade de planejamento aliviaria o peso do nervosismo do meu estômago.

Eu estava prestes a invadir a casa do homem que tinha assassinado, e parte de mim tinha medo de isso ser uma emboscada. Disseram que a máfia tinha dado um jeito no corpo de Brad, no carro e em qualquer evidência de DNA que pudesse ter restado na casa de Aly, mas só o que tínhamos para confiar era a palavra deles. Não parecia absurdo pensar que alguém como Nico poderia ter segundas intenções ou pelo menos um plano B caso as coisas dessem errado, e eu não tinha deixado de notar que seria o bode expiatório perfeito.

Infelizmente, não havia muito que eu pudesse fazer em relação às minhas suspeitas. Se eu não apagasse todos os possíveis rastros de Aly do computador de Brad, ela ficaria vulnerável, e preferia arriscar a mim mesmo do que colocá-la em perigo.

Mantive nosso equilíbrio quando a van avançou, segurando Aly com mais firmeza para me certificar de que ela não escorregaria até a porta. Ela apertou minha perna em um agradecimento silencioso, e percebi o quanto eu estava surtando porque, pela primeira vez, seu toque não me deixou instantaneamente duro.

Ela se inclinou para frente ao meu lado, o olhar fixo no primo.

— O que vamos fazer se a polícia estiver lá de novo?

Junior balançou a cabeça.

— Não estarão. Temos uma equipe de vigia.

— E se aparecerem enquanto estivermos lá? — pressionou ela.

— Escaparemos com todo mundo antes que cheguem na casa de Brad — disse ele. — E como eu disse, temos gente de vigia.

— E se passarem despercebidos pelo seu pessoal?

Junior revirou os olhos.

— A casa de Brad fica em um condomínio fechado. Só há uma rua de acesso, e temos três carros posicionados na estrada que leva até ela. Se os policiais aparecerem de qualquer um dos lados, teremos bastante tempo para fugir.

Aly semicerrou os olhos.

— Os vizinhos de Brad não vão achar suspeito se uma van de serviço sair cantando pneu da entrada da casa dele?

Um músculo se contraiu na mandíbula de Junior, e ele respondeu devagar, como se estivesse tentando manter a calma.

— Não vamos sair cantando pneu de lugar nenhum. Sairemos em uma velocidade comum.

O olhar de Aly se voltou para a frente da van.

— Como pode ter certeza depois do jeito que seu último motorista entrou em pânico?

Junior balançou a cabeça.

— Não é o Vinny no volante hoje. Agora, dá para parar com o interrogatório? Já pensamos em tudo isso.

Aly se apoiou em mim de lado.

— Foi mal, estou nervosa e o melhor jeito de diminuir minha ansiedade é sabendo a maior quantidade de detalhes possível.

Junior soltou um suspiro, a irritação diminuindo.

— Eu sei, mas eu e você não temos muito mais a fazer do que ficar aqui com cara de paisagem.

Ela franziu o cenho para ele.

— Não estou nervosa por *nós*.

Bati o joelho no dela.

— Fofo da sua parte, mas tenho certeza de que nossos novos amigos vão ficar bem apesar de parecerem tão delicados. — Olhei para eles e vi que não consegui nem uma contração de lábios com esse comentário. Esses caras seriam mais difíceis do que eu previra.

— Também não estou falando deles — disse Aly e fez uma careta. Ela se inclinou para frente novamente, olhando para além de mim. — Sem ofensas.

Ela recebeu um aceno de cabeça de um deles e nada mais. Ah, como deve ser bom ter tanto autocontrole. O silêncio estava tomando conta da van, e a vontade de acabar com a tensão com outra piada era quase forte demais para resistir.

Por sorte, Aly me salvou de mim mesmo ao entrelaçar nossos dedos e olhar para mim.

— Você vai ficar bem?

Meu coração ficou quente e derretido ao encarar seus grandes olhos castanhos. Ela parecia tão preocupada, as sobrancelhas unidas, o lábio inferior entre os dentes. Se não tivéssemos uma plateia, eu teria avançado e a beijado para afastar a preocupação.

No lugar disso, levantei minha mão livre e coloquei seu cabelo atrás do ombro.

— Vou ficar bem. Se der merda, não tente esperar por mim. — Eu me abaixei e encostei a testa na dela, abaixando o tom de voz para que só ela pudesse me ouvir. — Pode não ter notado, mas sou bom em sair de fininho. Consigo escapar de lá se precisar.

Rugas se formaram nos cantos de seus olhos.

— Então vamos torcer para que nada aconteça, porque não sei se conseguiria te deixar para trás.

— Ei, pombinhos — chamou Junior. — Hora de colocar o microfone.

Relutantemente, virei-me na direção oposta de Aly e peguei uma engenhoca de plástico fino do cara ao meu lado.

— Microfone de garganta — disse ele, colocando o próprio.

Olhei para o que estava na minha mão e me perguntei se eles perceberiam se eu "acidentalmente" esquecesse de tirá-lo depois e acabasse levando-o comigo. Parecia ser um equipamento militar, o colar tão fino que eu provavelmente nem sentiria quando o colocasse. Um cabo quase transparente e discreto levava até um pequeno fone. Nunca tinha visto nada igual, e a vontade de abri-lo para entender como funcionava era grande.

— Aqui — disse Aly, pegando-o de mim. — Vou te ajudar a colocá-lo.

Eu me virei para ela em um consentimento silencioso, usando sua presença para me acalmar, tentando dizer ao meu coração acelerado que tudo ficaria bem. Os homens na van eram profissionais, e a estratégia deles era boa. Eu só precisava entrar, limpar o computador de Brad e sair. Eles cuidariam do resto, e se tudo corresse de acordo com o plano, essa operação demoraria menos de meia hora.

— Abaixa — disse Aly.

Obedeci, respirando fundo quando ela colocou o colar por cima da minha cabeça. Nessa distância, eu conseguia sentir o cheiro de seu xampu, e isso me transportou de volta para o banho que compartilhamos. Depois do sexo espetacular, eu a virei de costas e lavei seu cabelo, ensaboando os fios e massageando seu couro cabeludo enquanto ela ficava completamente relaxada em minhas mãos.

— Levanta a cabeça — disse ela, e eu obedeci novamente. Seus dedos ágeis ajustaram o colar no meu pescoço. — Como está?

Soltei um chiado.

— Um pouco apertado.

Ela sorriu e afrouxou-o.

— E agora?

— Perfeito — respondi. *Assim como você*, pensei em acrescentar, mas me contive ao me lembrar da nossa plateia. Essa mulher tinha uma forma de fazer com que eu me esquecesse de onde estava, e nunca tinha me sentido mais grato por isso do que agora.

Ela encostou no meu queixo.

— Vira a cabeça.

Fiz o que ela disse e acabei encarando o Junior.

— Lembra o que deve fazer? — perguntou ele.

Assenti.

— Deixar a Equipe A ir na frente e não encostar em nada além do computador.

Aly colocou meu fone no lugar e eu levantei a mão para ajustá-lo até que estivesse confortável.

— Estamos quase chegando — disse o cara na outra ponta do banco de Junior. Ele tinha um notebook aberto e equilibrado nos joelhos. Era o cara do computador que ficaria para trás para monitorar nosso progresso e nos ajudar com o que fosse preciso, incluindo cortar a energia por tempo o suficiente para que entrássemos na casa de Brad sem sermos vistos e desativássemos o sistema de segurança por dentro.

Junior pareceu inquieto na nossa frente.

— Certeza de que consegue fazer isso?

Abri um sorriso.

— Vai ser mamão com açúcar.

NA VERDADE, NÃO FOI MAMÃO COM AÇÚCAR. Mal havia se passado dez minutos de operação e já tínhamos encontrado vários problemas. O primeiro foi que a casa de Brad possuía gerador, e assim que o capanga de Junior cortou a energia, ele entrou em ação com um ruído. É claro que o sistema de segurança estava conectado a ele, e eu assisti com o maxilar tenso enquanto o "hacker" se atrapalhava tentando desativá-lo remotamente, repetindo para que eu calasse a boca e o deixasse se concentrar quando eu tentava avisar que tinha uma forma mais rápida.

O segundo problema surgiu ao nos aproximarmos da propriedade. Um punho erguido no começo da nossa fila de cinco homens indicou para que parássemos. Aguardei, minha respiração formando vapor no ar frio da noite, enquanto o líder se esgueirava até o canto da casa. Ele se abaixou e pegou algo que eu não consegui ver de onde estava porque os vizinhos de Brad não tinham geradores, então estava completamente escuro entre as casas.

O homem fez um movimento como se lançasse algo, e um segundo depois, holofotes iluminaram o quintal de Brad como fogos de artifício.

Nós nos prensamos contra a lateral da casa para nos mantermos nas sombras.

Alguém soltou um palavrão, a voz alta no meu ouvido por causa do fone.

— O que foi? — perguntou Junior. — O que aconteceu?

— Falamos para manter a linha desocupada — esbravejou alguém com ele, e a vontade de soltar um *ooh* foi tão forte que precisei morder a língua.

— As luzes estão conectadas ao gerador — disse o líder. — Teremos que desativá-las remotamente. — Ele se virou e gesticulou para o cara que estava na minha frente. — Traga o bloqueador de sinal.

O homem baixo correu para frente, pegando um instrumento que parecia um radar de velocidade de seu cinto de ferramentas estilo Batman. Vê-lo apontá-lo cuidadosamente para o canto da casa e depois apertar um botão que apagou as luzes na hora foi uma das coisas mais legais que já vi, e me perguntei se as habilidades de batedor de carteira que eu tinha desenvolvido durante minha breve fase rebelde na adolescência serviriam para roubar o aparelho dele.

Pelo jeito, eu me transformava em um cleptomaníaco perto de tecnologias avançadas, mas quem poderia me culpar? Um bloqueador mágico que apagava luzes com um único botão? Não existia nenhum nerd de tecnologia que não ficaria com vontade de fazer a limpa no meu lugar.

— Vamos — disse o líder.

Mantive a mão apoiada na parede ao avançarmos, perguntando-me como ele conseguia ver por onde ia depois daqueles holofotes arruinarem nossa visão noturna. A resposta "não consegue" veio um segundo depois, quando ele tropeçou em algo enterrado na neve e caiu de cara nos arbustos.

Os sons que surgiram na linha enquanto ele tentava se soltar foram tão altos que eu quase arranquei o fone do ouvido.

— O que está acontecendo? — perguntou Junior, ignorando o pedido anterior de silêncio. — Parece até que está numa briga. Tinha alguém esperando vocês lá dentro?

Não consegui deixar de responder.

— Nosso corajoso líder acabou de cair de cara em um monte de azaleias, mas já está saindo. Ele parece estar com vergonha. — O homem se virou na minha direção e, mesmo na escuridão, pude ver que me encarava com frieza. — Ops, agora ele parece estar puto.

Uma risadinha ecoou do outro lado da linha.

Vitória!

— Aly, você me deve vinte dólares.

— Não contou — disse ela. — Foi o Junior.

— Mantenham a linha desocupada — esbravejou alguém.

Cobri o telefone e cutuquei o cara que estava mais próximo a mim.

— Te pago dez dólares se rir da minha próxima piada. Preciso ganhar uma aposta contra minha namorada.

— Ei! — disse Aly. — Eu ouvi isso. Sem trapaça.

O líder apontou para mim.

— Pela última vez, mantenha a *porra* da linha desocupada.

Fiz uma saudação e fingi passar um zíper nos lábios.

Conseguimos entrar na casa sem outros problemas, mas assim que a fechamos a porta atrás de nós e avançamos mais um pouco, o terceiro problema nos atingiu. Os homens à minha frente pararam abruptamente e trocaram olhares, e me senti um pouco melhor por não ser o único que reconhecia o cheiro nauseante de um corpo em decomposição.

O líder apontou para os dois caras atrás dele.

— Descubram o que é esse cheiro. — Ele se dirigiu para os próximos dois da fila. — Encontrem o celular.

Assim, só eu e ele ficamos para trás. Ótimo. Fiquei com o mais ranzinza como minha babá.

— Vamos achar aquele computador e descobrir se você é tudo isso mesmo — disse ele, virando-se para a grande escadaria à nossa direita.

Eu o segui escada acima, tentando não ficar boquiaberto com a riqueza exibida. Meu salário não era nenhuma mixaria, mas eu nunca conseguiria o tipo de dinheiro de Brad. A escadaria era cercada por painéis de madeira escura, acima dos quais pendiam pinturas emolduradas em ouro que provavelmente custavam mais do que o meu carro. No teto, um lustre cheio de cristais refletia a luz da lua que entrava pelas janelas altas, lançando um brilho prateado em meio à escuridão.

O plano era atravessar a maior parte possível da casa no escuro. Lanternas tradicionais podiam ser vistas pelas janelas pelos vizinhos, mas tínhamos luzes infravermelhas caso fosse absolutamente necessário. A minha estava em meu cinto de ferramentas, e eu estava louco para testá-la. E sim, esse era outro equipamento de espionagem que provavelmente "sumiria" até o fim da noite. Aly tinha ficado tão excitada com nossa conversa sobre futuras práticas com máscara que eu pressentia que podia dar uma boa utilidade para todas essas ferramentas com ela.

— Todos entraram, certo? — perguntou o homem que ficou para trás com Aly e Junior.

O cara na minha frente confirmou.

— Então, quando todos estiverem prontos, vou religar a energia — respondeu ele.

Chegamos ao topo das escadas e nos abaixamos para o caso de alguma luz próxima se acender.

— Pronto — disse o líder.

Os outros times repetiram a resposta, e todos os equipamentos da casa apitaram quando a energia voltou. Um brilho suave nos iluminou quando uma luz distante se acendeu no andar de baixo, mas por sorte, nenhuma perto de nós tinha sido deixada acesa.

O líder se virou e me lançou um olhar. Ele era um cara branco de média estatura, o cabelo quase todo grisalho. Assim como Brad, ele tinha o tipo de rosto que não se destacava na multidão, e eu podia apostar que sua habilidade de se misturar o tornara um ótimo soldado no passado. Talvez fosse por isso que era tão irritadiço — seus dias como militar tinham acabado, e a vida de civil não combinava com ele.

Nossos microfones de garganta eram conectados a pequenas baterias presas ao cinto de ferramentas, e ele abaixou a mão e desligou o interruptor de transmissão.

— Precisamos ficar abaixados.

Desliguei o meu também e assenti.

— Sem problemas.

Ele encarou a forma como eu estava dobrado feito um pretzel, o olhar preocupado, claramente desconfiando das minhas habilidades.

— Treino perna duas vezes por semana — falei. — Eu consigo.

Ele soltou uma risadinha de desdém e ligou o microfone de volta. Com um gesto para que eu o seguisse, ele se virou e avançou pelo corredor, os joelhos dobrados e a coluna curvada para que pudesse passar por baixo do parapeito das janelas.

Suspirei, sabendo que minha altura estava me atrapalhando, e segui atrás dele, ficando em quatro apoios sempre que chegava a uma janela e correndo por baixo como um personagem de *Teen Wolf*.

Vasculhamos todos os aposentos que encontramos, e foram muitos. Durante a reunião de mais cedo, Junior dissera que essa era uma casa de oito quartos, dois escritórios, uma biblioteca, uma sala de estudos e vários banheiros. Havia até uma sala de degustação de vinhos na adega, mas quando Aly perguntou se podíamos pegar algumas garrafas já que

Brad não teria como dar falta delas, recebeu um olhar de reprovação do primo e um "não" enfático.

Encontramos o que parecia ser o escritório de Brad no meio do corredor. O homem que estava comigo fechou as cortinas e a porta enquanto eu ia até o computador. Eu estava ligando o aparelho quando o quarto problema apareceu.

— Hã, temos um problema aqui embaixo — disse alguém, e pela primeira vez, a máscara de frieza que todos eles compartilhavam parecia estar cedendo.

— Qual? — perguntou o líder.

— Tem dois montes enormes de areia para gato no chão do porão, e o cheiro está vindo deles.

— Que porra é essa? — perguntou Junior. — O Brad tem um tigre ou algo assim?

— Não — falei. — A areia serve para disfarçar o cheiro dos corpos em decomposição e absorver os líquidos que são liberados.

Só quando as palavras saíram da minha boca percebi que provavelmente tinha deixado escapar demais sobre mim mesmo.

O líder inclinou a cabeça na minha direção, franzindo o cenho.

Dei de ombros, tentando parecer agir naturalmente.

— Assisto a muitos documentários de *true crime*.

Ele me observou por um bom momento antes de falar.

— Todos para fora.

Franzi o cenho.

— Acabei de conseguir ligar o computador.

Ele indicou a porta com a cabeça.

— Para fora. Assim que os policiais encontrarem esses corpos, o mandado deles vai passar de uma simples busca para uma investigação completa. Cada superfície será analisada. Não podemos arriscar deixar nada para trás.

— Só preciso de cinco minutos — falei.

Ele balançou a cabeça.

— Nós vamos embora. E se você for inteligente, vai com a gente.

Com isso, ele saiu pela porta.

Merda.

— Josh? — perguntou Aly. — Você vai com eles?

Olhei da porta para a tela do computador, pronto para que eu digitasse uma senha. Meu cabelo estava coberto pelo boné que continha o logotipo da empresa de energia. Eu usava luvas de couro, então não haveria marcas ou fios a serem encontrados. Nossas botas eram de uma marca tão popular que provavelmente milhares de pessoas na cidade a possuíam, tornando-as praticamente impossíveis de serem rastreadas.

A probabilidade de ser pego era similar à de ser morto por uma toupeira: baixa, mas não inexistente.

Respirei fundo.

— Vou ficar. Te encontro no ponto de encontro assim que der.

— Vou ficar com você — disse Aly.

Houve tantos gritos de "não" para essa declaração que mal ouvi o meu próprio entre eles.

A voz de Aly surgiu tão clara quanto o dia depois disso.

— Nem tentem me impedir.

O primo dela não estava aceitando.

— Meu pai vai me matar se eu deixar você sair dessa van. Ei! Onde você acha que... volta aqui!

O som de uma briga surgiu na linha, seguida por um grunhido alto e depois silêncio.

Eu tinha quase medo de perguntar, mas me forcei a dizer as palavras.

— O que aconteceu?

— Sua namorada — disse Junior entre sons ofegantes — acabou de dar um chute no meu saco e sair correndo.

— Ah, então ela é *sua prima* quando está sendo boazinha e *minha namorada* quando se comporta mal? Entendi.

— Dá pra parar de brincadeira? — esbravejou Junior. — Pelo jeito você vai ter visita.

— Podemos pará-la — comentou o líder.

— Nem pensar — falei, de repente completamente sério. — Se alguém sequer encostar um dedo na Aly, vou transformar a vida de todos vocês em um inferno. E não pensem que não sou capaz de limpar suas contas bancárias e colocar merdas ilegais nos seus computadores e celulares.

Eu estava feliz com Aly no momento? Nem um pouco, porra. Mas isso não significava que aceitaria que outra pessoa a segurasse à força.

— Entenderam? — falei, minha voz tão ameaçadora que eu mal a reconheci.

— Entendido — disse o líder.

— Junior? — pressionei.

— Tá, tudo bem — resmungou ele.

Soltei um suspiro de alívio.

— Alguém conseguiu encontrar o celular de Brad?

A resposta foi um “não” imediato.

Merda. Não podia ir embora sem tentar encontrá-lo. Pelo menos, a maior parte dos *softwares* de hacking que eu trouxe era automatizada. Eu poderia ativar todos os aplicativos e vasculhar a casa enquanto eles faziam seu trabalho.

— Aly, linda — falei. — Pode me encontrar nas sombras lá fora? Não quero que entre na casa já que você não está tão coberta.

Ouvir sua doce voz na linha foi um alívio.

— Posso, mas anda logo. Está um gelo aqui fora.

— Vou ser rápido — respondi.

— Estamos indo — disse Junior. — Vamos manter os carros à paisana onde estão e esperar por vocês no ponto de encontro. Não vamos mais conseguir ouvir vocês quando estivermos fora do alcance, então estão por conta própria. Só usem os celulares descartáveis como último recurso.

— Entendi, obrigado — falei. — Vou ser o mais rápido possível, Aly.

— Sei que vai — disse ela, a confiança total em sua voz me atingindo direto no coração.

— Vou ficar um pouco quieto para terminar isso.

O tom dela ficou doce como mel.

— Como vou conseguir sobreviver ao silêncio?

Uma risada surgiu na linha, indicando que os outros ainda estavam ao alcance.

Fiquei tenso.

— Por favor, digam que foi o Junior.

— Não — disse ele. — Acho que isso significa que você deve vinte dólares a ela.

Aly soltou um gritinho de comemoração.

Eu grunhi e voltei ao trabalho.

A primeira coisa que fiz foi pegar um pen drive do cinto de ferramentas e conectá-lo a uma entrada USB. Eu tinha colocado nele minha IA de geração de senhas favorita, e foram necessários menos de dez segundos para que fizesse login no sistema de Brad. Em seguida, abri um arquivo que vasculharia todo o seu histórico de navegação, adicionei como palavras-chave cada variação do nome de Aly que consegui pensar e também seu endereço, e apertei “executar”. Não importava se ele tinha usado Firefox ou um navegador discreto que prometia ser impossível de rastrear. Minha ferramenta de rastreamento encontraria todos os dados que eu buscava.

Depois disso, abri outro *software* útil que um amigo hacker tinha criado. Ele o chamava de Camada de Tijolos, e não, eu nunca pedi para que ele explicasse o significado do nome.

O programa procurava por arquivos ocultos e discos rígidos. Quando começou a rodar, levantei-me da cadeira e saí do aposento, tomando cuidado para me manter o mais abaixado possível e fora de vista ao atravessar o corredor à procura do celular de Brad. Eu estava ciente de que seria mais fácil fazer isso em duas pessoas, mas, se eu não conseguisse encontrar o celular de Brad e alguma evidência digital de Aly estivesse lá, poderia ser desastroso se os policiais encontrassem algum vestígio físico dela dentro da casa.

O final do corredor estava escuro o bastante para que eu decidisse acender a lanterna, lembrando-me da instrução de mantê-la apontada para o chão o tempo todo. O feixe de luz vermelha funcionou como esperado. Eu mal conseguia ver muita coisa com ela, então duvidava que alguém perceberia o brilho do lado de fora das janelas.

Fui espiando pelas portas conforme passava, mas os quartos adiante pareciam ser para visitas. Finalmente, bem no final do corredor, na parte mais escura das sombras — porque, é claro que seria ali — encontrei o quarto de Brad. À primeira vista, ele não possuía muita coisa que se destacava, apenas pequenos indícios de que era mais habitado do que os outros, mas segui minha intuição, e assim que entrei e vi um par de sapatos abandonado perto da cama, vi que estava no lugar certo.

Junior falou que Brad morava sozinho e que quase nunca recebia visita, e agora eu sabia que isso provavelmente tinha algo a ver com os cadáveres no porão. A ideia me fez estremecer. Eu estava dentro de uma casa com dois cadáveres, e só Deus sabia quantas pessoas tinham morrido dentro dessas paredes.

Um arrepio percorreu minha espinha. Era como se alguém tivesse pensado em encostar em mim, mas mudado de ideia no último segundo.

Virei-me rapidamente. Não tinha ninguém ali.

É, essa casa com certeza era assombrada. O que minha mãe tinha me dito para falar se um dia eu encontrasse um fantasma?

— Não te desejo mal — sussurrei.

— Com quem está falando? — perguntou Aly, fazendo me pular de susto.

Coloquei a mão no peito, tentando reaprender a respirar.

— Hã, ninguém, desculpa. Estou procurando o celular do Brad.

— Quer que eu vá ajudar?

— Não. Por favor, fique aí fora.

— Ok.

— Aly — resmunguei.

— Falei ok! Mas vai logo. Meus dedos do pé estão começando a formigar.

— Poderia ser pior — falei, voltando a vasculhar o quarto. — Você poderia ser o filho de um serial killer preso na casa de um assassino, com suas duas últimas vítimas alguns andares abaixo de você enquanto tenta não surtar ou deixar que as memórias de infância façam você sair correndo e gritando de onde está.

Aly ficou em silêncio por tanto tempo que pensei que seu fone de ouvido tivesse perdido a transmissão.

— Aly?

A voz dela saiu tão baixa que mal consegui ouvir.

— Acho que alguém acabou de estacionar na entrada.

Apaguei a lanterna, o medo e a adrenalina pulsando por minhas veias.

— Consegue conferir?

— Sim — sussurrou ela. — Estou tentando ir até a frente da casa, mas a neve faz barulho e não quero que escutem eu me aproximando.

— Espera. Acho que esse quarto tem vista para a entrada.

Eu me esgueirei até a janela e me inclinei apenas o suficiente para conseguir ver o lado de fora, e — merda! — havia um carro bem abaixo de mim.

— Fique onde está — falei a Aly. — Tem alguém aqui.

— Saia daí! — Ela meio sibilou, meio sussurrou.

— Já estou indo — falei, correndo de volta para o escritório. — Só preciso limpar o computador de Brad.

— Não, Josh. Você tem que sair daí. E se te pegarem?

— Não vão — respondi. — Junior mandou alguma mensagem dizendo se o pessoal dele viu a polícia?

— Não, mas pode ser um carro à paisana, ou um dos amigos ou parentes de Brad. Josh, *saia* daí.

— Vou sair assim que terminar. Se precisar, saio pela janela.

Eu realmente não queria sair pela janela, mas quando contornei a mesa de Brad e vi a *quantidade* de coisas relacionadas à Aly que teria que apagar do histórico de pesquisa, percebi que poderia acabar tendo que fazer isso.

Tentando ganhar mais tempo, fechei e tranquei a porta do escritório antes de começar a limpar o navegador que Brad usara para procurar por ela. Ele tinha dois ocultos, e uma olhada rápida mostrou que havia mais do que o suficiente ali para condená-lo aos olhos da polícia, então deixei-os intactos e apaguei o outro. Ele também possuía um disco rígido criptografado, então eu logo o descriptografei e rodei meu software de busca nele também. Não havia nenhum rastro de Aly ali, e eu não me dei ao trabalho de vasculhar mais o conteúdo; eu tinha pouco tempo e pressentia que o que estivesse lá provavelmente me traumatizaria. Eu já tinha traumas o suficiente, obrigado.

— Josh? — sussurrou Aly. — O que está acontecendo?

— Xiu — falei, aguçando os ouvidos. — Acho que estou ouvindo alguém lá fora.

Sua única resposta foi um barulho baixo e nervoso. Eu sentia o mesmo. Passos ecoaram no corredor quando fiz um último teste de diagnóstico, procurando por Aly em qualquer lugar que pudesse ter deixado escapar.

Anda, anda, implorei conforme os passos se aproximavam. A barra de progresso do programa parecia se arrastar quando começaram a mexer na maçaneta. Quem quer que estivesse lá fora, deve ter vindo direto para esse escritório ao entrar na casa. Será que estavam atrás do mesmo que nós — o computador de Brad? Se sim, por quê? E o que fariam quando colocassem as mãos nele?

— Está trancado — murmurou uma voz masculina. — Vou arrombar.

Merda, merda, merda.

A voz que respondeu era feminina.

— Não. Vai parecer suspeito demais quando cumprirem o mandado de busca. Acho que ele guarda uma chave na mesinha de cabeceira.

O homem fez um barulho de irritação.

— Se ele fugiu do país, vou deserdá-lo, Vivian. Juro que dessa vez é verdade.

O aperto no meu coração diminuiu. Eram os pais de Brad do outro lado da porta? Eu me lembrava vagamente que o nome da mãe dele começava com V e o assunto de deserdá-lo só poderia vir de alguém com poder para tal, como o pai dele.

— No meio tempo — disse o homem. — Também vou demitir a faxineira. O cheiro daqui é como se o lixo não tivesse sido tirado há semanas.

Era estranho eu considerar um bom sinal que os pais de Brad não reconheciam o cheiro de corpos em decomposição?

O barulho deles se afastando foi um alívio tão grande que quase desmoronei, mas resisti e, confiando nos meus instintos, conectei outro pen drive no computador de Brad e comecei a fazer uma cópia completa do sistema, incluindo os discos rígidos, históricos de pesquisa e tudo mais. Se seus pais planejavam esconder as evidências de seus crimes ao destruir o computador, eu daria um jeito de enviar os arquivos de backup para a polícia sem ser pego.

O problema é que isso levaria vários minutos. Peguei uma cadeira e a apoiei embaixo da maçaneta como vira Aly fazer tantas noites atrás. Por garantia, peguei um candelabro de base larga e, com cuidado, coloquei-o na parte de baixo da porta como uma trava. Pelo menos todas as antiguidades de seu escritório sofisticado tinham alguma utilidade.

Dei uma olhada na tela do computador e vi que ainda precisava ganhar mais tempo, então quando ouvi passos se reaproximarem da porta, fui até ela e segurei a maçaneta, rezando para meus dedos darem conta do recado.

O som de metal contra metal preencheu meus ouvidos quando a chave foi introduzida do outro lado. A pressão na maçaneta indicou que alguém tentava girá-la, mas cerrei os dentes e a mantive no lugar. A pressão aumentou e o suor começou a brotar da minha testa enquanto eu tentava colocar toda a força do meu corpo nos dedos.

— Merda, essa não é a chave certa — disse o homem, o pai de Brad?

— Como assim? — perguntou Vivian.

— Não está funcionando.

— Deixa eu tentar. Talvez esteja colocando muita força.

— Ok — resmungou o homem. — Tente enquanto procuro por outra.

Ele se afastou com passos pesados e eu me mantive firme enquanto a mulher tentou abrir a porta gentilmente e, quando isso falhou, tentou forçá-la ainda mais que seu parceiro.

— Josh, estou ouvindo vozes — disse Aly. — Por favor, fique bem. Preciso que fique bem.

Guardei suas palavras com carinho enquanto a mulher dava um último impulso. Meus dedos começaram a ficar úmidos dentro das luvas de tanto apertar e eu não sabia por quanto tempo ainda conseguiria aguentar antes que ficassem tão escorregadios que eu deixaria a maçaneta escapar.

Finalmente, a pressão parou e a mulher soltou um suspiro baixo do outro lado da porta antes de retirar a chave e ir atrás do homem que eu presumia ser seu marido. Fiquei parado ali, chocado por alguns segundos, minha circulação latejando nos ouvidos. Puta merda, tinha dado certo.

Saindo do torpor, voltei ao computador, quando a barra de progresso do programa finalmente tinha chegado a cem por cento. Retirei os pen drives e apaguei todos os traços da minha invasão. Quando os passos se reaproximaram, desliguei o computador e comecei a abrir a janela do escritório.

Um barulho de chave indicou que meu tempo tinha acabado.

A lua tinha se erguido acima das árvores, provendo iluminação suficiente para que eu identificasse um espaço de três metros até a pérgola abaixo. Era melhor do que nada. Rezando silenciosamente para qualquer entidade que pudesse estar ouvindo, eu me pendurei para fora da janela e abaixei o máximo possível, agarrando o peitoril da janela com os dedos. Respirei fundo e olhei para baixo uma última vez, tentando atingir a viga mais próxima ao me soltar.

Por ter me pendurado, a queda foi de poucos metros, e atingi a viga do modo que planejara, sentindo uma explosão momentânea de vitória antes que minhas botas escorregassem por causa da neve. Foi a porra de um milagre eu não ter gritado de susto ou grunhido de dor ao cair como um pinguim do jogo Quebra Gelo. Minhas canelas foram as primeiras a bater na viga, impulsionando meu corpo para frente de forma que minhas costelas a atingiram em seguida. O impacto me jogou para trás com tanta força que bati o ombro direito na viga oposta até finalmente escorregar entre elas e cair no pátio como um saco de batatas.

Fiquei sentado ali, tonto, por vários segundos, tentando entender qual parte do meu corpo doía mais. Por sorte eu não tinha batido a cabeça e perdido a consciência. Aly era forte, mas não o suficiente para arrastar um homem inconsciente de cem quilos pela floresta coberta pela neve.

Um puxão no meu braço fez com que eu olhasse para cima, deparando-me com seu rosto assustado.

— Temos que ir — sussurrou ela.

Com ela me puxando e minhas tentativas ruins de me levantar, conseguimos me colocar de pé. Aly colocou meu braço sobre seu ombro e tentou me levar até a floresta que fazia fronteira com o quintal de Brad, mas eu resisti.

— Liga para o Junior — falei com dificuldade. — Fala para o capanga dele ligar o alarme de novo.

— Não temos tempo para isso — insistiu ela.

Segurei seu queixo com a mão livre e olhei para ela com uma expressão de súplica.

— Por favor, confie em mim.

Ela assumiu uma expressão de teimosia, mas tirou o celular descartável do bolso e ligou.

— Oi. Não, não estamos bem. Tem alguém aqui. Precisamos que ligue o alarme. — Junior tentou conseguir mais informações, mas ela balançou a cabeça. — Não sei. Anda logo, porra.

Um segundo depois, ela desligou.

— Pronto.

Peguei uma cadeira de jardim próxima e a bati contra as portas de vidro que davam para o pátio.

— O que está fazendo? — sussurrou Aly ao mesmo tempo que sibilou.

Bati a cadeira contra elas novamente, com força o suficiente para quebrá-las, com força o suficiente para disparar o alarme.

Joguei a cadeira de lado e me virei para Aly.

— Temos que correr.

Ela não precisou ouvir mais nada, entrando debaixo do meu braço e correndo tão rápido que tive dificuldade em me manter de pé conforme ela me levava até as árvores.

— Ei! — chamou uma voz masculina atrás de nós. — Voltem aqui!

Conseguimos chegar à floresta, onde tivemos que desacelerar porque as sombras eram mais densas sob os galhos cobertos de neve.

Aly deu uma olhada para trás.

— Quer me contar o que foi aquilo?

— Acho que eram os pais de Brad na casa — falei. — Eles foram direto para o computador dele. E posso apostar que dariam um jeito de encobri-lo de alguma forma.

— E então? — pressionou ela.

— E então que, nesse estado, quando o alarme de uma casa dispara, tudo o que a polícia precisa para entrar em um imóvel sem um mandado de busca é dizer que acredita que um crime foi cometido.

Os olhos de Aly se arregalaram quando ela entendeu.

— Você acabou de dar a desculpa que buscavam para entrar no recinto.

Assenti.

— Quando chegarem e sentirem o cheiro dos corpos, a família Bluhm vai estar acabada.

Ela se virou para mim e me puxou para dar um beijo forte em meus lábios. O sorriso que iluminou seu rosto foi tão grande que era como se o sol tivesse despontado em meio à escuridão.

— Você é a porra de um gênio.

Inclinei-me e beijei-a de verdade, com língua e a quantidade necessária de amassos.

Ela pareceu sem fôlego quando me afastei, e eu abaixei a mão e entrelacei meus dedos nos dela.

— Só sou um gênio se não formos pegos.

O tesão se esvaiu de seu rosto em meio segundo.

— Porra. Verdade. Os policiais já devem estar a caminho e acabamos de deixar pegadas na neve para seguirem.

Juntos, saímos correndo noite adentro como os criminosos que nos tornamos.

23

Aly

Agora eu tinha a resposta para a pergunta: quão legal é correr pela floresta durante a noite no inverno?

Tão legal quanto ter o Hannibal Lecter como ginecologista.

Meus pés estavam encharcados por causa da neve, eu tinha tantos arranhões no rosto causados pelos galhos baixos que pareceria que arranjei briga com um ralador, e, mesmo com a temperatura abaixo de zero, eu suava pelo esforço. Estava com calor e congelando ao mesmo tempo, e, entre a infinidade de desconfortos físicos, o medo e a adrenalina que corriam pelas minhas veias, eu estava tão incomodada e tensa que sentia que estava pronta para cair no choro. Eu queria um banho quente, canja de galinha caseira e me enrolar em todos os cobertores da minha casa enquanto me enroscava no sofá.

Josh parecia ainda pior do que eu. Não conseguia parar de olhar para ele sob a luz da lua, com medo de que desmaiasse de repente. Eu havia contornado a casa bem na hora que ele caiu pela pérgola feito uma bolinha de pingue-pongue, e apesar de ele ter jurado que não havia batido a cabeça, ainda estava preocupada. Por causa dos meus pacientes, eu sabia que às vezes, em uma queda como aquela, tudo acontecia tão rápido que não era possível ter certeza do que foi atingido até que os hematomas surgissem.

Ainda bem que ele conseguiu sair da casa antes de ser pego. Eu havia tentado fingir que estava tranquila enquanto ele estava lá, mas por dentro estava surtando. Pensar em Josh preso na mansão de Brad enquanto duas de suas vítimas estavam em algum lugar lá embaixo me dava náuseas.

Eu não sabia os detalhes dos horrores pelos quais Josh havia passado com o pai, mas considerando as revelações de Tyler e os comentários misteriosos de Josh, estava claro que ter um pai serial killer era um pesadelo. Saber que havia corpos por perto pode tê-lo traumatizado novamente, e os olhares que eu continuava lançando em direção a ele eram tanto por causa de sua saúde mental quanto física.

Não fazia ideia de como ele tivera o bom senso de disparar o alarme depois de tudo pelo que passou, mas isso me fazia vê-lo com ainda mais admiração. Não só meu namorado era engraçado, gentil e gostoso, como também inteligente pra caramba. Nunca havia me sentido tão atraída por alguém na vida, e se não fosse o medo real dos policiais que corriam na floresta atrás de nós, teria o feito parar, ficado de joelhos em frente a ele e mostrado o quanto eu o estimava.

Ele olhou para mim, o rosto coberto por causa do boné, escondendo sua expressão.

— O ponto de encontro é depois da próxima subida — disse ele, mantendo o tom de voz baixo.

Respondi no mesmo tom.

— Acha que ainda estão esperando por nós?

A voz de Junior surgiu nos fones, fazendo com que pulássemos de susto.

— Nós... aqui... onde... estão?

Eu e Josh trocamos um olhar e aceleramos o ritmo ao subir o morro. A van deveria estar ao alcance do sinal.

— Está nos ouvindo? — perguntei, quase em um sussurro.

— Não... vocês... ouvindo?

Soltei um suspiro de frustração e continuei subindo. A neve era espessa, e apesar da superfície estar congelada, abaixo estava fofo e eu e Josh não parávamos de enfiar o pé nela, quase tropeçando. Minhas pernas reclamavam a cada passo. Eu estava começando a parar de sentir meus dedões, o primeiro sinal de queimadura de gelo. Precisávamos chegar à van e dar o fora dali.

— E agora? — perguntou Josh.

— Melhorou — disse Junior. — Estão me ouvindo?

Se não fosse pelo medo de me ouvirem, eu teria dado um gritinho de comemoração.

— Claramente.

— Têm policiais por toda a parte — disse Junior. — Vocês dispararam a porra do alarme?

— Explicamos depois — falei. — Onde você está?

— Estacionado perto do ponto de encontro. Tivemos que tirar a van daqui por causa da idiotice que vocês fizeram, então entrei em um dos carros que estava de vigia. Quando chegarem na estrada, virem à direita e procurem por um SUV preto em uma entrada de carros escura.

Fiz uma careta. O plano exigia discrição e sigilo, mas agora qualquer vizinho que tivesse visto a van na casa de Brad antes da chegada dos pais dele acharia suspeito e contariam aos policiais. Pelo menos, a van não estava lá quando os pais de Brad chegaram. Junior havia herdado o talento de enrolação do pai, mas eu duvidava que isso funcionaria com riquinhos metidos.

Não, a situação não era ideal, mas, na minha opinião, ainda era melhor ter os policiais vasculhando a área do que permitir que os pais de Brad encubram mais de seus crimes.

— Onde estão? — perguntou Junior.

Contive um palavrão quando enterrei o pé na neve de novo.

— Estamos indo pelo...

Josh pegou meu braço e me puxou para baixo.

— Viatura.

Uma nova onda de adrenalina me atingiu quando um holofote passou pelas nossas cabeças, iluminando a floresta como se fosse Ano Novo. Eu e Josh nos abaixamos na lateral da colina, e agradeci aos céus por estarmos tão próximos ao topo e ainda termos conseguido nos esconder. Mais alguns metros e teríamos sido expostos.

O feixe de luz percorreu a floresta mais uma vez antes de voltar para uma segunda e mais lenta inspeção. Eu pressionei o corpo contra a neve, as pedras e galhos caídos me cutucando, as roupas ficando encharcadas. Nem respirei de tanto medo que estava de não perceber um barulho alertando que alguém havia descido do carro e ia na nossa direção.

Josh pegou minha mão, e eu me virei apenas o suficiente para que pudesse ver seus olhos. O castanho profundo que eu conhecia havia desaparecido. Agora, eles estavam quase pretos, com um toque de frieza que indicava determinação. Ele não havia segurado minha mão para me acalmar; mas sim para que pudesse me colocar de pé ao menor sinal de problema.

Eu compartilhava do sentimento. Nós *não* seríamos pegos. Se para isso precisássemos voltar correndo pela floresta, tudo bem. De repente, havia tanta adrenalina correndo pelas minhas veias que eu sentia que poderia correr uma maratona.

O holofote atravessou as árvores novamente, de forma ainda mais lenta, trazendo um branco ofuscante para a noite. Um estalo chegou aos meus ouvidos, e meu coração disparou. Josh aperto minha mão, os dedos quase tremendo com a necessidade de fugir.

— Espera — sussurrei, reconhecendo o que era o som: os pneus rangendo sobre o pavimento coberto de neve pelo qual o carro passava. Devíamos estar mais perto da estrada do que eu pensara, já que conseguíamos escutar o som.

Josh soltou uma respiração trêmula quando o holofote se afastou, trazendo nossa parte da floresta de volta à escuridão.

— Merda — esbravejou Junior. — Para trás! Para trás!

Ele deve ter visto a luz e percebido que os policiais iriam na direção deles em seguida.

Josh e eu permanecemos onde estávamos, parados como estátua enquanto ouvíamos os sons que vinham dos fones sem poder fazer nada.

— Vira! — gritou Junior.

Não conseguimos ouvir a resposta.

— Não ligo pra porra da pintura do seu carro — disse Junior. — Dê ré no meio das árvores se precisar.

Um ruído de arranhão surgiu tão alto na linha que me fez estremecer. Adeus, pintura.

— Desliga o motor — gritou Junior.

Levantei a cabeça apenas o suficiente para conseguir ver o holofote atravessando a floresta a alguns metros de nós. As árvores eram mais densas ali, mais coníferas do que de folhas largas. Com sorte, seriam densas o bastante para esconder um carro. Forcei a vista, observando o bosque em busca de qualquer sinal de luz refletida em metal. Não vi nada.

Olhei para baixo e fiz contato visual com Josh.

— Está vendo eles? — sussurrou.

Balancei a cabeça, mas sua expressão permaneceu preocupada. Sabíamos da mesma coisa: não era só porque eu não podia ver o carro desse ângulo que os policiais não podiam vê-lo do deles.

Seu olhar passou por mim, e pela expressão desfocada em seus olhos, percebi que ele não via mais a floresta ao nosso redor. Ele estava pensando em outro plano de fuga caso Junior e seu motorista fossem pegos.

Agucei os ouvidos enquanto Josh pensava em ideias, mas eu só conseguia ouvir a respiração entrecortada do meu primo. O holofote passou por onde ele estava de forma similar à nossa, e eu mantive meu olhar fixo nele, procurando por algum sinal do carro ou alguma interrupção na iluminação que pudesse indicar que alguém havia descido da viatura para procurar entre as árvores.

— Não vejo você daqui — falei para Junior. — E também não vejo ninguém na floresta.

— Continue prestando atenção — disse ele, um tom grave em sua voz que eu nunca havia escutado antes.

Até aquele momento, Junior fora impertinente, metido e mandão, mas agora ele soava assustado, e isso me lembrou de que ele não era tão mais velho do que eu. Pela primeira vez desde que conheci meu tio e primos distantes, senti uma pontada de algo parecido com dever familiar surgindo em algum lugar do meu estômago. Eu não queria que Junior fosse pego. E não só porque eu e Josh teríamos que achar outra forma de sair dali, mas porque eu não gostava da ideia de Junior algemado em uma cela.

Quase xinguei. Que momento ótimo para essa reação sentimental. Perfeito mesmo. Se os policiais fossem até o carro estacionado, eu teria que fazer algo a respeito, e realmente não queria. Eu já havia me arriscado demais para uma noite. Porra, para uma vida inteira.

Por sorte, não foi preciso. O holofote seguiu adiante, investigando cada vez mais longe até que a floresta o cobriu quase por inteiro.

— Porra — disse Junior. — Essa foi por pouco.

— Passaram por você? — perguntou Josh, sentando-se.

— Sim — respondeu Junior. — Vão ter que vir até aqui pela floresta. Pode ter mais policiais na rua.

Levantei-me e comecei a me limpar.

— Aumenta o aquecedor. Eu e Josh precisamos nos aquecer ou vamos ter queimadura de gelo.

Josh demorou mais a se levantar, movendo-se de uma forma lenta que fez eu me perguntar o quanto havia se machucado. Quando ficou ereto, ele se agigantou sobre mim, parecendo mais uma grande sombra do que qualquer outra coisa por causa da minha péssima visão noturna. Ele segurou minhas mãos e se aproximou o suficiente para que fizéssemos contato visual.

— Você está bem?

— Meus dedos dos pés estão dormentes — respondi.

— Merda. Não deveria ter feito você esperar do lado de fora.

— Não, você estava certo — falei. — Seria arriscado demais se eu entrasse. Agora, vamos. Temos que ser rápidos.

Juntos, caminhamos tropeçando pela vegetação rasteira. Comparado ao resto da floresta, era mais densa tão próxima à estrada, e eu não parava de tropeçar por causa da dormência que subia pelas minhas pernas. Na segunda vez que quase caí, Josh me pegou no colo como uma noiva.

Ele soltou grunhido de dor e eu me remexi, tentando me soltar.

— Eu sou muito pesada — protestei. — E você está ferido.

Ele balançou a cabeça, o maxilar contraído em teimosia, o olhar concentrado no chão conforme colocava um pé na frente do outro.

— Estou bem. E não está muito longe. Você está mais segura em meus braços do que de pé.

Entrelacei os dedos atrás de seu pescoço e dei um beijinho em sua bochecha.

— Sempre me sinto mais segura em seus braços.

— Eca — disse Junior, arruinando o momento.

Quaisquer sentimentos de carinho familiar que eu ainda sentia em relação a ele desapareceram.

Apesar de Josh insistir que estava bem, chegar até o SUV ainda foi difícil. Ele se movia com cuidado, ou por causa dos ferimentos ou pelo medo de tropeçar e nos levar de volta à neve. Precisamos parar várias vezes durante o caminho, uma vez porque Junior pensou ter visto alguma coisa e outras duas porque nós pensamos ter ouvido algo. Esses momentos passaram de forma dolorosamente lenta enquanto eu e Josh prendíamos a respiração e aguçávamos os ouvidos.

Fiquei tão aliviada quando finalmente chegamos ao SUV que quase comecei a chorar de soluçar, e pela respiração trêmula que Josh soltou, percebi que ele estava tão feliz quanto eu por termos conseguido.

O motorista, um homem mais velho chamado Jimmy que ajudara a encontrar o carro de Brad no bairro, tinha alguns cobertores nos fundos do veículo que usava para cobrir os bancos quando os cachorros estavam no carro. Ele explicou isso em um tom baixo e rouco ao abrir a porta traseira para nós, desculpando-se pelo cheiro de cachorro molhado, mas eu estava tão grata que não me importei nem um pouco se fediam, e agradeci-lhe sinceramente por nos deixar usá-los.

Eu e Josh tiramos os sapatos e meias e cobrimos os pés com os cobertores enquanto Jimmy saía do meio das árvores e voltava para a estrada. Havia aquecedores abaixo dos bancos da frente e eu falei para Josh não se aproximar muito de primeira, já que precisávamos aumentar a temperatura do corpo lentamente. Em seguida, tiramos as jaquetas encharcadas e nos secamos o máximo possível enquanto contávamos ao meu primo tudo o que aconteceu após a equipe dele desistir da missão.

Junior não ficou satisfeito por termos disparado o alarme, nem mesmo depois de Josh ter explicado o porquê o fizera. Para ele, era melhor que a família de Brad se desfizesse das evidências do que deixar que qualquer atenção fosse voltada à empresa de energia ou ao seu pai.

Josh me lançou um olhar desapontado conforme meu primo nos rechaçava por nosso comportamento, e eu inclinei a cabeça para perto dele e abaixei o tom de voz ao dizer:

— Falei que não eles não eram pessoas boas.

Quando finalmente chegamos à rodovia, minha preocupação em relação ao destino dos nossos pés começou a diminuir. Os dedos de Josh não haviam ficado totalmente dormentes, apenas formigavam, então ele estava em segurança. Os meus haviam ficado pálidos o suficiente para levantar preocupação, mas agora que uma sensação desconfortável de queimação surgia neles, soube que tive sorte depois da quantidade de tempo que passaram gelados e molhados.

O celular de Junior tocou ao nos aproximarmos da entrada do bairro industrial. Ele levantou um dedo para todos no carro e levou o telefone ao ouvido.

— O quê? — Uma ruga surgiu entre suas sobrancelhas conforme ouvia o que a pessoa do outro lado da linha dizia. — E estão cooperando? — Vários segundos se passaram até que ele assentiu e voltou a falar. — Entendido.

Ele abaixou o celular e se virou para mim e Josh.

— Os policiais acharam os corpos.

Soltei um suspiro de alívio.

— Graças a Deus.

— A mãe de Brad desmaiou quando contaram a ela — continuou Junior. — O pai dele deixou os policiais circularem livremente pela casa. Pelo jeito, não sabiam como o filho era um merdinha sádico.

Josh assentiu ao meu lado.

— Percebi quando não reconheceram o cheiro dos corpos. Acharam que a faxineira tinha esquecido de tirar o lixo.

O olhar de Junior se fixou nele.

— E como *você* reconheceu?

Josh abriu a boca, mas eu o interrompi.

— Não é da sua conta. E como assim, os pais não sabiam? Eles estavam lá à procura do computador de Brad.

Com relutância, Junior tirou os olhos do meu namorado e voltou a olhar para mim.

— Alegaram que estavam tentando encontrá-lo. Eles supõem que ele tenha fugido da área depois que o mandado de prisão foi aprovado.

Eu me recostei no assento.

— Isso é bom para nós, não é?

Junior assentiu.

— Não encontramos o celular dele, mas um dos nossos caras pegou sua carteira. Vamos colocar alguém de sua altura e peso para usar o cartão de crédito próximo à fronteira para fazer parecer que ele fugiu para o Canadá. Isso deve manter a polícia e a família ocupadas por um tempo.

Eu e Josh compartilhamos um olhar de alívio. Esse era o melhor cenário possível. Os crimes de Brad seriam expostos. Não parecia provável que a família impediria uma investigação sobre isso. Os policiais pensariam que ele fugiu do país, e assim não teriam motivo para procurar por um corpo.

Puta merda. Conseguiríamos mesmo sair impunes depois do que fizemos? Parecia que sim, mas eu não queria trazer azar ao pensar muito a respeito.

No lugar disso, fui para mais perto de Josh enquanto meu primo se virava novamente para frente e continuava sua ligação. Josh colocou um braço ao redor dos meus ombros e arrumou o cobertor para cobrir nós dois. Ele se aproximou e esfregou o nariz no meu cabelo, logo acima do minha orelha. Fechei os olhos e estava começando a relaxar quando ele falou, baixo o bastante para que só eu ouvisse suas palavras.

— É a segunda vez que quebra uma promessa que fez para mim, Aly. Espero que consiga aguentar as consequências.

Meus olhos se arregalaram. Merda. Eu tinha dito que ficaria para trás e não consegui cumprir essa promessa. De novo. Mas, em minha defesa, houve fatores atenuantes em ambos os casos. Ele sabia disso, certo?

Queria comentar isso, me defender, mas essa não era a hora. Josh era uma pessoa racional — na maior parte das vezes. Talvez eu pudesse convencê-lo a ouvir a voz da razão quando estivéssemos sozinhos. Qualquer pessoa faria o mesmo no meu lugar. Mais do que isso, *ele* teria feito o mesmo, mas eu até já podia ouvir seu argumento, "É, mas eu não teria prometido ficar para trás em primeiro lugar".

Era de se pensar que eu teria aprendido depois da primeira quebra de confiança, mas *nãoo*, precisava ter repetido. Para ser honesta, eu nem conseguia culpar Josh por ficar bravo. Confiança era a base de qualquer relacionamento bom, e eu tinha quebrado a nossa logo no início. Talvez pudesse achar uma forma de consertar as coisas ao me desculpar. Ao dizer a ele que não faria isso de novo.

Mas, por Deus, uma grande parte de mim estava empolgada demais com a ideia de ser punida para dizer qualquer coisa. Diferente de mim, ele não fizera nada para quebrar minha confiança até agora, e eu pressentia que qualquer coisa que ele planejasse seria tão prazerosa quanto torturante.

Os próximos vinte minutos passaram como um borrão enquanto eu sonhava com todas as maneiras perversas que meu namorado poderia usar para corrigir meu mau comportamento. Imaginei chicotes e correntes, a mão dele em minha garganta e grampos nos meus mamilos. Antes de Josh, minha vida sexual era o sinônimo de baunilha, mas com as redes sociais, os livros pervertidos que eu lia e o pornô fetichista a que eu assistia, era fácil imaginar todas as deliciosas punições que me aguardavam, e pensar nelas era muito melhor do que pensar na noite que tivemos.

Eu provavelmente não era a única perdida em pensamentos, porque a viagem de volta ao armazém passou praticamente em silêncio. Assim que estacionamos nos fundos do edifício onde havíamos começado a noite, Josh falou para eu esperar ali e saiu do SUV para preaquecer seu carro para que eu não ficasse com frio de novo. À primeira vista, o gesto era uma fofura, mas havia um brilho animalesco em seu olhar que me fez sentir como se estivesse sendo caçada.

— Ei — disse Junior.

Desviei o olhar da sombra de Josh andando pela noite e me virei para o meu primo. A julgar pela expressão do Junior, ele parecia estar tentando chamar minha atenção a um tempo.

— Sim?

— Lembra o que deve fazer caso os policiais apareçam fazendo perguntas?

— Dizer a eles que não sei de nada — falei.

— E se insistirem?

— Exigir um advogado.

Junior assentiu.

— Isso. Vou mandar nosso cara te ligar amanhã para que saiba quem vai te representar.

— Obrigada por tudo — falei. Afinal, se não fosse pela ajuda da minha família, eu e Josh provavelmente teríamos sido pegos. Quando pensava dessa forma, jantar com eles uma vez por mês parecia um preço pequeno a se pagar.

Junior deu de ombros.

— Você é da família. É isso o que fazemos pela família.

Era tão simples assim para ele?

— Mesmo assim, obrigada.

— De nada — falou ele, parecendo desconfortável. Ele olhou para fora da janela, em direção ao carro de Josh. — Como ele sabia qual é o cheiro de um cadáver?

Eu não tinha o direito de contar a história de Josh, mas era a segunda vez que Junior fazia a pergunta, e eu pressentia que se eu não dissesse nada, ele começaria a investigar o passado do meu namorado. Eu faria qualquer coisa para evitar isso, para o meu bem e o de Josh.

Mentir não era meu forte, mas tentei o meu melhor.

— Ele encontrou um cervo apodrecendo na floresta quando criança e ficou traumatizado. Disse que nunca esqueceria o cheiro.

Junior fez uma careta.

— Aposto que não.

— Como seus homens sabiam? — perguntei, querendo virar o jogo.

Ele me encarou fixamente, parecendo mais do que nunca com o seu pai.

— Como você acha?

Foi minha vez de fazer uma careta. Não era para menos que eu ficara arrepiada assim que coloquei os olhos neles. A princípio, ficar para trás na van pareceu ser a coisa mais fácil do mundo, porque significava que eu poderia colocar uma distância segura entre mim e a equipe de ex-soldados com seus olhares sem vida.

Fiquei igualmente feliz em ficar para trás com Josh quando eles desistiram da missão, decidindo que era melhor enfrentar a raiva do meu namorado do que ficar presa com eles em uma van. Agora, vendo Josh sair do carro e ir até a minha porta, eu me perguntei por que havia tomado aquela decisão. Junior estaria comigo se eu tivesse ficado no carro, e não duvidava de que ele atiraria em qualquer um que tentasse alguma gracinha comigo. Será que eu havia ficado para trás porque, no meu subconsciente, parte de mim queria aumentar meu castigo? Ou simplesmente não conseguia aguentar a ideia de abandonar meu namorado?

Balancei a cabeça para clarear a mente. Talvez meu subconsciente tivesse desempenhado um pequeno papel, mas minha reação havia sido automática. Josh ficaria para trás, então eu ficaria também. Fim de papo. Jamais me perdoaria se eu o abandonasse e algo acontecesse. E, no fundo, parte de mim se perguntava se deixá-lo para trás era o plano desde o princípio. Afinal, Josh era o responsável pela morte de Brad. Se não fossem os corpos no porão, será que a equipe teria achado outra desculpa para desistir prematuramente e deixá-lo se virar sozinho e, com sorte, ser pego?

A ideia me fez estremecer. Se eu não tivesse saído da van naquele momento, será que meu primo teria nos mandado ir até o ponto de encontro? Ou será que teria tentado me segurar e deixar Josh para trás?

Talvez eu estivesse sendo paranoica ou mesquinha por pensar essas coisas dos meus parentes, mas meus instintos diziam que eu tinha certa razão e, até agora, eles não haviam me decepcionado. Eu podia até ter amolecido um pouco o coração em relação aos meus parentes mafiosos, mas nunca confiaria neles, especialmente em relação ao bem-estar do meu namorado, e isso provavelmente tornaria nossos futuros jantares tão divertidos como correr na floresta em uma noite de inverno.

Josh abriu minha porta, tirando-me dos meus pensamentos sombrios. Seu olhar encontrou o meu, o brilho pálido dos holofotes distantes cobrindo metade de seu rosto de luz e metade de sombra, trazendo lembranças de sua máscara.

— Pronta?

Assenti e estendi os braços. Só precisei dar uma olhada em Josh para perceber que independentemente das consequências ou motivos por trás das minhas ações, eu não mudaria minha decisão de ficar com ele. Nossos destinos estavam entrelaçados, para o bem ou para o mal.

Ele se inclinou e me pegou do banco, com cobertores e tudo, e eu envolvi seu pescoço com meus braços, segurando firme.

— Valeu, Junior — falou ele para a cabine.

— Vão ficar nos devendo essa — respondeu meu primo.

Josh assentiu.

— Sabem onde me encontrar.

Com isso, ele se virou e foi em direção ao carro, ajeitando-me quando o alcançamos para que pudesse abrir a porta e me colocar no banco. Ele até mesmo o colocou para frente para que meus pés ficassem mais próximos do aquecedor. Abaixando-se, ele ajeitou o cobertor ao meu redor.

— Tudo bem? Confortável?

— Eu ficaria bem mais confortável se dissesse o que me espera — falei.

Seu sorriso pareceu feroz sob a luz da lua. Não achei que fosse um bom sinal ele não ter me respondido, fechando a porta e contornando o carro para ir até a dele, mas a forma com que ele mancava fez eu me perguntar se ele estava em condições de aplicar um castigo.

Minha parte enfermeira assumiu o controle quando ele se sentou no banco do motorista.

— Independente do que tenha planejado, quero dar uma olhada nas suas costelas quando chegarmos em casa. Não pense que não reparei como está ofegante.

Ele me lançou uma piscadinha safada.

— Só está procurando uma desculpa para me ver sem camisa.

— Sempre — retruquei. — Mas falando sério, você bateu as costelas?

Ele deu partida no carro e saiu da vaga devagar.

— Você simplesmente me deixa sem fôlego, Aly.

Quase grunhi. Isso não era um não.

— Josh, se você me carregou por aí com uma costela quebrada, também vai receber uma punição.

Um sorriso enorme surgiu em seu rosto, e pelo brilho travesso em seu olhar, eu sabia o que ele diria em seguida.

— Que...

Coloquei uma das mãos em sua boca.

Ele lambeu minha palma, o único alerta que tive antes de ele me morder. Com força.

Soltei um gritinho e afastei a mão.

— Delícia — completou ele.

24

Josh

Citando uma das minhas séries favoritas, "Tudo doía, e eu estava morrendo".

Ok, talvez não literalmente, mas é o que parecia. Minhas canelas latejavam. Uma dor profunda e pulsante irradiava do meu ombro direito até o meu cotovelo. Apesar de ter evitado as perguntas de Aly, eu com certeza tinha batido as costelas.

Provavelmente não estava em condições de ensinar uma lição à minha namorada por não ter cumprido sua palavra, mas eu diria isso a ela? Nem pensar. A forma como ela se sobressaltava sempre que me mexia rápido demais, como se esperasse que eu avançasse a qualquer segundo, era muito satisfatória.

Estendi o braço para alcançar a maçaneta da porta da frente um pouco mais rápido do que o necessário, e ela recuou tanto que quase caiu de lado em um vaso de plantas. Ah, isso estava bom demais. Tão bom que comecei a considerar adiar a punição que tinha planejado e me concentrar em uma guerra psicológica.

— Tudo bem, linda? — perguntei, me segurando para não sorrir. — Parece um pouco nervosa.

Ela me lançou um olhar irritado que não deveria ser tão fofo.

— Só quero entrar logo.

Verdade. Por mais divertido que fosse atormentá-la, não podíamos nos demorar aqui fora. Nossas roupas estavam molhadas, e precisávamos tirá-las e ver se estávamos com algum ferimento que pudesse precisar de tratamento.

Coloquei a chave na fechadura e abri a porta para Aly, indicando para que ela fosse na frente. Ela passou por mim de lado, os olhos semicerrados e o corpo tenso como se estivesse se preparando para um ataque. A vontade de avançar foi grande, mas a reprimi. Tínhamos passado por uma noite infernal, e a última coisa de que ela precisava era outra onda de adrenalina quando sua resposta ao estresse entrasse em ação.

Um miado agudo atingiu meus ouvidos quando fechei a porta atrás de nós. Fred saiu correndo do quarto de Aly com a cauda erguida e a boca aberta para anunciar o quanto ficara bravo por o termos deixado sozinho. Talvez fosse a hora de começar a pensar em adotar um irmãozinho para ele, alguém para lhe fazer companhia enquanto eu e Aly estivéssemos trabalhando ou curtindo um tempinho de mamãe e papai a sós.

Antes de conhecer a Aly, nunca tinha me permitido pensar em como seria ter minha própria família — tinha medo demais de transmitir meus genes para isso —, mas sentia como se eu já estivesse formando uma com essa mulher. Agora que confiava em mim mesmo perto de coisas pequenas, não conseguia tirar a ideia de um filhotinho peludo da cabeça. Parecia o próximo passo mais óbvio, e eu já podia imaginar: nós quatro aconchegados no sofá, Aly tomando vinho e eu massageando seus pés enquanto conversávamos sobre nosso dia, os gatos aninhados entre nós.

Na minha frente, Aly se abaixou e pegou Fred.

— Nem demoramos tanto assim.

Fred bateu a cabecinha no queixo dela com tanta força que ouvi um baque com o impacto.

Deixei eles terem um momento a sós de reencontro enquanto tirava a jaqueta e desamarrava as botas. Quando os alcancei, Fred ronronava tão alto que poderia acordar os mortos, os olhos fechados de satisfação enquanto amassava pãozinho no ombro de Aly.

Acariciei entre suas orelhas, sorrindo quando ele me recompensou com um miadinho de boas-vindas.

— Ele deve estar carente depois de toda a movimentação dos últimos dias.

Aly abraçou-o com mais força.

— Pobrezinho.

— Vou ligar o chuveiro — falei, abaixando-me para beijar sua testa. — Precisamos ficar limpos e aquecidos.

Ela se virou para mim, as pupilas dilatadas e as bochechas coradas, e eu sabia que ela estava se lembrando da última vez em que tomamos banho juntos.

Quase grunhi. Mais do que qualquer coisa, eu queria estar dentro dela de novo. Eu tinha passado metade da noite aterrorizado com a possibilidade de ser pego e de ter que ver minha namorada sendo algemada. Precisava me reassegurar de que ela estava segura, que estava bem, e nada faria isso tão bem quanto tê-la em meus braços, gemendo meu nome.

— Não demore — falei antes de me afastar dela.

Coloquei o celular na pia do banheiro antes de ligar o chuveiro. Aumentei o volume até o máximo porque estava paranoico depois da invasão de Brad e queria ouvir caso algum dos alarmes recém-ativados da porta disparasse. Não gostava do fato da família de Aly ter as chaves da casa dela. Eles pareciam tão ruins com limites quanto eu, e eu não confiava em suas intenções. Talvez eu pudesse convencer Aly a trocar as fechaduras, caso ela ainda não tivesse tomado essa decisão. Considerando os olhares cautelosos que lançou para Junior na viagem de volta até o armazém, ela confiava nele ainda menos do que eu.

Deixei a porta entreaberta e tirei minhas roupas úmidas, colocando-as no chão de azulejos. Dei uma olhada no espelho e parei o que estava fazendo. Um roxo escuro surgia do lado direito do meu corpo. Eu sabia o suficiente sobre primeiros socorros para perceber que era um mau sinal, então respirei fundo para ver a gravidade da situação. Senti um desconforto nas costelas, mas a dor não foi tão intensa quanto na vez em que meu pai chutou meu flanco com botas com ponta de ferro, então não achava que alguma estivesse quebrada.

Levantei o olhar e quase estremeci. Eu tinha ficado tão obcecado pela Aly recentemente que esquecera de cortar o cabelo, e com a forma como estava longo e as olheiras de exaustão sob meus olhos, a semelhança ao monstro que me gerou era assustadora.

Sem conseguir mais me encarar, afastei o olhar e entrei no banho.

Porra, que noite horrível. Não fazia ideia de como consegui manter a calma na casa de Brad por tanto tempo. Se não fosse pela necessidade de apagar Aly do disco rígido dele, eu duvidava que teria conseguido chegar ao computador.

O cheiro adocicado e nauseante de decomposição tinha me transportado para minhas memórias de infância mais terríveis, e respirei pela boca por todo o tempo que passei na casa de Brad para evitá-las. Eu poderia jurar que ainda sentia um vestígio de decomposição na minha pele, e precisando ficar limpo, peguei a barra de sabonete e comecei a me esfregar.

Eu ainda estava fazendo isso quando Aly entrou no banho comigo, e por mais que quisesse tê-la em meus braços, não conseguia parar.

— Josh? — disse ela, colocando a mão no meu pulso.

— Ainda sinto o cheiro em mim. — Deixei escapar.

Pela forma com que seu rosto se contraiu, ela não precisava perguntar para saber do que eu estava falando. Ela tirou o sabonete da minha mão e se aproximou, colocando o nariz no meu peito.

— Está com cheiro de limpinho.

— Certeza? — perguntei, odiando como minha voz parecia frágil.

Ela ficou nas pontas dos pés e cheirou meu pescoço. Em seguida, levantou meus braços e fez mesma coisa.

— Nada além de limão e verbena.

Inclinei a cabeça na direção da barra amarela em minhas mãos.

— Esse é o aroma?

Ela assentiu e colocou-o na saboneteira, pegando minhas mãos ao se virar de volta para mim.

— Você reconheceu o cheiro dos corpos por causa de algo relacionado ao seu pai?

Apertei seus dedos, acalmando-me com seu toque.

— Sim.

— Quer conversar a respeito?

Levantei a cabeça, olhando além dela, e as palavras começaram a escapar antes que eu pudesse impedi-las.

— Foi no verão em que fiz 11 anos. Por algum motivo, meu pai me levou com ele para a cidade. O carro estava com um fedor horrível, tão ruim que mesmo abrindo todas as janelas durante a viagem, eu estava quase vomitando quando ele finalmente estacionou. Perguntei a ele de onde vinha o cheiro, e ele disse que tinha atropelado um guaxinim na noite anterior e alguns pedaços deviam ter ficado presos ao chassi e estavam apodrecendo devido ao calor. Na época, eu fazia tudo o que podia para que ele gostasse de mim, então fui até o porta-malas para encontrar algo que pudesse usar para limpar o carro. Antes que eu pudesse abri-lo, meu pai me empurrou com tanta força que caí no asfalto.

Levantei o braço esquerdo, dobrando-o para mostrar meu cotovelo a Aly.

— Foi como consegui essa cicatriz.

Ela se aproximou e deu um beijo na cicatriz, a expressão cheia de empatia.

— Sinto tanto por isso ter acontecido com você.

Eu assenti e deixei meu braço cair de volta na lateral do corpo.

— Na época, eu já estava acostumado com a raiva dele, mas naquele dia ele pareceu assustado, ajudando-me a levantar quando as pessoas pararam para olhar, falando que foi um acidente e se desculpando como nunca tinha feito antes. Em vez de entrar na loja, ele me mandou voltar para o carro para me levar de volta para casa e cuidar dos meus arranhões. Porém, em vez disso, ele me deixou na rodovia e sumiu por dois dias. Não sei bem para onde foi depois disso, mas quando voltou, o carro estava tão limpo que parecia novo, e o cheiro tinha sumido.

Aly deu um passo para mais perto e envolveu os braços na minha cintura com cuidado para evitar meus quadris, os peitos pressionados contra minha barriga.

Ela estivera pelada esse tempo todo?

Espera, claro que estava. Estávamos no banho. Meu Deus, eu odiava o jeito como as lembranças do meu pai ainda me controlavam tanto, cegando-me para o que estava ao meu redor.

— Acha que uma das vítimas estava no porta-malas? — perguntou Aly.

Abracei-a com força e apoiei o queixo em sua cabeça.

— Sim. Meu pai estava bem ativo naquele verão. Só queria saber o dia exato em que aconteceu.

— Por quê?

— Porque várias mulheres que ele é suspeito de ter assassinado ainda estão desaparecidas. Se a data coincidisse com um dos desaparecimentos, isso poderia trazer algum tipo de desfecho à família ou ajudar os policiais a achá-la. Já até tentei hipnose para trazer os detalhes à tona, mas não deu certo. Eu me sinto um idiota por não conseguir me lembrar.

Aly se afastou, franzindo o cenho

— Sabe que não é sua culpa, não é? Que não deveria se sentir culpado quanto a isso? Você era uma criança, e sua mente provavelmente reprimiu o máximo possível para te proteger.

Assenti e a puxei de volta.

— Eu sei, mas isso não melhora as coisas.

— Eu entendo — disse ela. — Sinto o mesmo em relação ao acidente de carro. Não a parte das lembranças, mas a culpa. Por mais que eu saiba que a culpa não foi minha, não consigo afastar a sensação de que foi minha responsabilidade.

— Temos uma bagagem e tanto, né?

Aly segurou o riso.

— Foi mal. Não tem graça.

Segurei seus ombros e fui para trás o suficiente para conseguir encará-la.

— Que foi?

Ela franziu o nariz.

— Acabei de ter um flashback da noite passada e da bagagem literal que estava conosco.

Abri um sorriso.

— Entendi, é uma piada obscura.

O humor sumiu de seu rosto tão rápido quanto surgira.

— Fiquei tão preocupada com você essa noite.

Suas palavras atingiram meu coração em cheio.

— Também fiquei preocupado com você.

Ela balançou a cabeça, gotas de água escorrendo pelo rosto.

— Não, é sério, Josh. Eu não consegui te deixar pra trás. Não só porque não suportava a ideia de te deixar trancado sozinho naquela casa com as vítimas de Brad, mas porque não confiava que Junior cumpriria a palavra e te buscaria depois.

Ah, então ela também tinha medo de que me fariam de bode expiatório, ou no mínimo, de que eu era convenientemente dispensável. Isso não era nem um pouco assustador.

Até agora, eu estava considerando minha desconfiança como paranoia, mas saber que minha namorada tinha chegado à mesma conclusão fazia a ameaça parecer maior. Eu teria que ser mais cuidadoso ao redor de sua família a partir de agora. E sem dúvida teria que fazer todo o possível para conquistar a simpatia de Nico.

Afastei o cabelo de Aly de seu rosto, colocando os dedos na sua nuca para trazê-la para mais perto. Ela se aproximou de bom grado, os lábios se separando como se inconscientemente se preparasse para um beijo.

Inclinei-me e encostei a testa na dela, sentindo um arrepio na espinha ao lembrar-me de como senti medo quando ela disse que ficaria para trás.

— Deveria ter ido com eles, mesmo que estivesse me colocando em risco.

Seus olhos brilharam de teimosia, e ela tentou se afastar, mas eu a segurei com mais força e a mantive onde estava. Ela soltou uma respiração entrecortada, e não deixei de notar o fato de que, apesar de parecer irritada, seus mamilos estavam rijos.

— Não é assim que funciona — disse ela. — Você não pode se sacrificar por mim. Não estamos na Idade Média e eu não sou nenhuma donzela em perigo.

— Você ficou na van para que não tivesse evidências suas na casa, Aly.

— Eu sei — respondeu ela.

— E se um vizinho tiver te visto? E se um fio de cabelo seu tiver caído e os policiais o encontrarem?

Rápida feito um raio, ela se inclinou e se virou, desvencilhando-se de mim.

— Meu cabelo estava preso em uma trança — disse ela, afastando-se o máximo que o box permitia. — E eu só cheguei perto da casa para ajudar você a se levantar do chão do pátio. A probabilidade de encontrarem qualquer evidência minha é bem menor do que de encontrarem uma sua.

Balancei a cabeça, acabando com a distância entre nós.

— Meu cabelo estava coberto, e eu estava de luvas.

— Pode ter deixado fibras de tecido para trás.

Levantei seu queixo para facilitar o contato visual.

— Análise de fibras é tão confiável quanto respingos de sangue hoje em dia, e nossas roupas eram feitas de poliéster comum por uma razão. Qualquer fibra deixada pode ter vindo de qualquer lugar.

Ela bufou.

— Ok. Sinto muito por não ter cumprido minha promessa, mas não me arrependo de ter ficado para trás.

Virei-a, abraçando seus ombros para que pudesse me abaixar e falar as próximas palavras diretamente em seu ouvido.

— Eu não estava tentando me sacrificar por você, e a última coisa que te considero é uma donzela em perigo. Só quero te manter segura. E sinto muito se isso é sufocante, mas me importo com você, Aly. Aposto que Tyler te avisou que eu costumo exagerar em relação às pessoas com quem me importo.

— Ele falou algo assim.

Percebendo que sua pele estava começando a ficar arrepiada, eu a trouxe de volta para debaixo da água.

— Acho que estamos em um impasse, então. Nós dois faremos o que for necessário para manter o outro em segurança, mesmo que isso deixe a outra pessoa brava.

Ela segurou meu antebraço e deu um beijo no que estava mais próximo.

— Prefiro que se importe demais do que de menos.

Abracei-a mais forte.

— Eu também.

Permanecemos daquela forma por alguns segundos, a água correndo sobre nós e esquentando nossa pele fria da noite até eu sentir que o calor finalmente tinha chegado até meus ossos, afastando os últimos vestígios do frio.

Aly ainda não tinha se lavado, então eu soltei os braços e peguei o sabonete. Eu aceitaria qualquer desculpa para tocá-la, para dar prazer a ela, então me prolonguei esfregando-o nas suas costas, com a intenção tanto de relaxar seus músculos tensos quanto de lavá-la. A espuma deslizou por sua pele e eu observei enquanto ela deslizava até sua bunda perfeita.

Meu pau deu sinal de vida conforme a imagem da minha namorada nua finalmente afastava a escuridão que ainda permanecia. Nós tínhamos conseguido sair de lá. Estávamos bem. Estávamos em segurança. Eu não sabia quanto tempo isso iria durar, então planejava aproveitar o tempo que tínhamos ao máximo, fossem semanas, anos ou o resto de nossas vidas.

Voltei a acariciá-la com o sabonete, minha mão livre seguindo o caminho em uma longa faixa de músculos.

Aly soltou um gemido baixo e inclinou a cabeça para frente.

— Isso está tão bom.

— Ótimo — falei, a voz saindo mais rouca do que pretendia.

Ela se virou para mim, os lábios entreabertos conforme seu olhar descia da minha boca até meu pau ereto. Mas parou no meio do caminho, prestando atenção no meu flanco.

— Certo, não posso mais ignorar suas costelas.

Passamos os próximos cinco minutos registrando nossos ferimentos. Depois de umas cutucadas doloridas, Aly finalmente concordou que minhas costelas provavelmente não estavam quebradas, apenas contundidas. Meus ombros e canelas estavam na mesma situação, e Aly, em seu modo enfermeira, disse que eu teria que fazer compressas de gelo quando saíssemos do banho, o que me fez querer adiar esse momento o máximo possível. A ideia de colocar qualquer coisa gelada na minha pele depois do tanto de frio que passei mais cedo era detestável, mas, pela expressão obstinada da Aly, se eu tentasse discutir com ela de novo, perderia.

Por sorte, nenhum arranhão que conquistamos no rosto ou pescoço causados pelos galhos de árvore eram profundos o bastante para exigir pontos. Mas eram feios, e fiquei feliz por ter outra desculpa para ficar confinado na casa da Aly durante as próximas duas semanas enquanto nos recuperávamos.

Ela deu um passo para trás depois de examinar o último dos meus arranhões, mordendo o lábio inferior de um jeito que me enlouquecia.

— Não acha que nos safamos fácil demais?

— Fácil demais? Não — falei, indicando minhas costelas. — Mas parte de mim ainda está esperando o pior acontecer.

Ela franziu o cenho e começou a se ensaboar. Fiz o possível para manter o contato visual, mas caramba, os peitos dela estavam bem ali, cheios de espuma, e eu já podia senti-los preenchendo minhas mãos, quentes, escorregadios e sensíveis a todos os meus toques.

— Talvez seja porque não fomos nós que resolvemos tudo — disse ela, inconsciente da direção dos meus pensamentos. — Pelo menos, para mim é isso. Estou acostumada a estar sempre no controle. O fato de que eu tenho que simplesmente confiar no meu tio e primos distantes depois de dizerem que fizeram a parte deles não faz sentido para mim. Quero saber onde o corpo está, para quem vão vender as partes do carro de Brad e exatamente como planejam fazer os policiais pensarem que ele fugiu para o Canadá.

— Você pode tentar agradar ao Nico com vinho no jantar e perguntar a ele.

Ela assentiu.

— Não é uma má ideia. Quero muito saber como o Junior já sabia todos aqueles detalhes sobre a investigação.

— Policiais corruptos — falei. Era a resposta mais lógica.

Sua expressão tornou-se pensativa.

— É o que eu acho também.

Sem conseguir me conter, estendi o braço e acariciei seu ombro.

— Por mais que eu odeie a ideia de policiais corruptos, ter alguém de dentro pode nos ajudar. Se continuarem a informar Junior sobre a investigação, vamos ficar sabendo se encontrarem algo que aponte para sua família ou para nós. Dependendo do nível de corrupção, talvez até escondam as evidências.

Aly fez uma careta.

— Não gosto de tirar proveito desse tipo de coisa. É muito parecido com o que Brad fazia.

Apertei seu ombro.

— Prefere ser presa?

— Não — respondeu. — Simplesmente não gosto, e sim, sei que isso me torna uma hipócrita.

Abri um sorriso.

— Uma grande hipócrita.

Ela afastou minha mão com um tapa.

Segurei seu pulso e a puxei para perto.

— Mas uma hipócrita gostosa.

A resposta dela saiu abafada por causa da forma que amassei seu rosto contra meu peito.

— Vou presumir que acabou de me chamar de gostoso também.

Ela colocou a mão atrás de mim e beliscou minha bunda com tanta força que me fez pular para frente, fazendo meu pau ficar preso entre nossas peles escorregadias. Achei que ela se afastaria e faria algum comentário sarcástico, mas ela se remexeu contra mim no lugar disso. Meu desejo por ela retornou com tudo, todos os outros pensamentos abafados pela lembrança de como foi bom colocar meu pau em sua boceta apertada e molhada.

— Aly — falei, dando um passo para trás. — Quero tanto você, mas se eu não comer alguma coisa logo, vou acabar desmaiando.

Ela pareceu meio decepcionada, mas logo se recuperou e balançou a cabeça;

— Não, você tem razão. Eu também.

Ergui a mão e acariciei sua bochecha.

— Além disso, não tenho orgulho de admitir, mas estou com tanta dor que acho que não consigo te venerar do jeito que merece agora.

Ela assentiu, com uma expressão compreensiva.

— Posso esperar até que se sinta melhor. Sei que vai valer a pena. — Ela levantou a mão para mostrar os dedos. — Além disso, estou toda enrugada, então acho que podemos sair daqui.

Virei-me para que ela não visse meu sorriso. Será que eu deveria ter me sentido mal por mentir para minha namorada? Talvez. Mas eu tinha um pressentimento de que quando eu a acordasse em algumas horas, ela estaria mais do que disposta a me perdoar por isso depois.

25

Aly

Um barulho me acordou no meio da noite. Eu estava tendo um ótimo sonho com… alguma coisa. Já estava desaparecendo conforme eu abria os olhos, mas acho que envolvia cerveja gelada e uma praia quente. O que eu não daria por uma viagem ao Caribe no meio do inverno. Eu tinha um dinheiro guardado. Talvez, em algum momento das próximas duas semanas eu e Josh pudéssemos escapar para…

Meu teto estava todo vermelho. Por que meu teto estava vermelho?

Puta merda, minha casa estava pegando fogo?

Tentei me levantar, mas um puxão nos meus braços me fez cair de volta na cama. Levantei a cabeça em pânico e congelei. Havia algemas pretas de seda nos meus pulsos, e as cordas ligadas a elas iam até minha cabeceira, presas por uma série complexa de nós que pareciam impossíveis de desfazer.

O medo invadiu meus pulmões, deixando-me sem ar. Josh não estava ao meu lado na cama. Estávamos abraçados quando caí no sono, com Fred em cima de nós. Agora, ambos haviam desaparecido, e eu ainda devia estar meio dormindo porque só pude pensar que Brad não estava morto de verdade e invadira minha casa para terminar o que começara.

— Ah, que bom — disse uma voz grossa e modulada. — Você acordou.

Levantei o olhar.

Lá estava ele, sentado em frente ao pé da cama e iluminado pela luz vermelha que costumava usar nos vídeos: o Homem Sem Rosto. Sua máscara parecia mais ameaçadora do que eu me lembrava, as maçãs do rosto mais acentuadas, os olhos escuros mais profundos.

Seu corpo enorme fazia minha poltrona parecer minúscula, como se fosse feita para crianças. Por que eu nunca tinha percebido como as tatuagens dele eram sinistras? Figuras retorcidas e sombrias subindo por seus braços como pesadelos saídos do inferno.

Uma de suas mãos segurava uma faca de aparência maligna que eu nunca tinha visto antes, de lâmina curva e afiada — algo feito para esfolar presas. A forma como ele a segurava tão casualmente, parcialmente balançando em seus dedos enquanto a girava distraído, fazia-a parecer ainda mais ameaçadora. Só alguém acostumado com armas as segurava com tão pouco cuidado, como se conhecesse a ferramenta tão intimamente que ela havia se tornado uma extensão de seu braço.

É só o Josh, tentei dizer a mim mesma, mas saber disso não ajudou a acalmar meus batimentos acelerados.

O meu namorado engraçado e gentil havia desaparecido. Em seu lugar, estava um homem que irradiava perigo. Com a máscara, era como se ele se tornasse outra pessoa. Ou talvez isso não fosse verdade. Talvez ainda fosse o Josh com quem eu havia passado a me importar tanto, e usar a máscara permitia que ele revelasse um lado mais sombrio de sua personalidade que ele mantinha escondido durante o dia. Um lado que ansiava pelo meu medo tanto quanto pelo meu desejo.

Ele ergueu a faca e a apontou para mim, inclinando a cabeça para o lado de um jeito tão desconcertante e quase bizarro, por ser um gesto tão incomum ao Josh. Observei-o mais uma vez para me certificar de que aquele era mesmo meu namorado, e não um estranho mascarado que invadira minha casa. Os hematomas nas costelas confirmaram sua identidade, mas meu coração continuou acelerado.

— Abra as pernas — disse ele.

Olhei para baixo e encontrei os lençóis reunidos na minha cintura. Eu ainda estava usando o conjunto de regata e short pretos de seda que vestira para dormir, e estava grata por isso. Já era ruim o bastante eu ter continuado dormindo enquanto era amarrada, se também não tivesse acordado enquanto era despida, precisaria marcar uma consulta em uma clínica do sono para descobrir o que diabos tinha de errado comigo.

O tom de voz do Homem Sem Rosto não abria espaço para argumentos, então eu me apoiei nos cotovelos e lentamente abri minhas pernas dobradas. Ele se aproximou apenas o bastante para que pudesse puxar os lençóis de cima delas, e minha pele já estava tão sensível que senti cada milímetro do algodão deslizar por mim como mãos me explorando.

O que ele ia fazer comigo?

Ele se levantou em um movimento rápido. A luz vermelha deve ter sido colocada no chão, em algum lugar próximo ao pé da cama, porque ele dividiu o feixe de luz, seu corpo enorme fazendo sombra na parede como um Bat-Sinal sexual.

É só ligar que ele chega lá — trocadilho intencional.

A ideia me deu vontade de sorrir, mas eu pressentia que isso só me enrascaria, e eu já estava bem enrascada para começo de conversa. Esse não era o momento de provocar o homem que havia me amarrado. Talvez depois que isso acabasse e eu descobrisse no que sua retaliação implicava, pudesse começar a agir com rebeldia, mas, até lá, eu era covarde demais para adicionar mais punições à lista.

Ele girou a faca novamente, e meu olhar foi para ela. Até então, só havíamos conversado brevemente sobre as fantasias sexuais que tínhamos em comum, mas não chegamos a definir até onde cada um estava disposto a levá-las, e pensar que eu e ele poderíamos ter limites diferentes de repente me deixou nervosa.

Sem palavras de segurança, lembrei a mim mesma. Se ele exagerasse, eu poderia simplesmente pedir para parar. Depois de tudo pelo que passamos, eu confiava que ele cumpriria a promessa de que pararia.

Ele colocou um joelho na cama, entre minhas pernas abertas. A mão que não segurava a faca foi parar ao lado do meu quadril, e ele se inclinou para frente, apoiando-se sobre mim. Porra, como ele era grande. Seus ombros eram tão largos que bloqueavam minha visão do teto. Músculos se contraíram em seu peito e tronco ao se equilibrar. De alguma forma, ter ficado tanto tempo perto dele recentemente havia feito eu me acostumar com nossa diferença de tamanho, mas olhar para ele agora deixava claro o quanto ele era grande.

Um vislumbre de metal me fez descer o olhar para a arma que ele segurava. Eu estava amarrada, com um homem mascarado brandindo uma faca pairando sobre mim. Essa era uma fantasia que eu tinha há meses, mas a realidade era muito diferente. Sim, eu estava excitada. Não estava usando calcinha por baixo do short de seda e já sentia o tecido molhado com meu desejo. Mas também estava com mais medo do que achei que sentiria. Eu só podia contar com o meu instinto para confiar em Josh e na sua persistência de que não queria me machucar. Que ele gostava do momento em que meu medo se transformava em tesão. Se eu estivesse errada, isso poderia acabar em desastre para mim.

Isso só me deixava mais molhada para ele.

O limite acentuado do medo levou meu desejo a um terreno sombrio e aguçou meus outros sentidos, tornando minha pele tão sensível que cada centímetro do meu corpo estava se tornando uma zona erógena. O Homem Sem Rosto ergueu a faca e passou a ponta no interior da minha coxa, e eu estremeci abaixo dele, contendo um gemido.

Ele observou os movimentos da lâmina antes de levantar seus olhos sem alma até os meus.

— Você fica linda quando está assustada.

Meu Deus, isso era problemático.

E eu amava.

A única coisa que manteve parada abaixo dele foi o perigo da faca. Se não fosse por ela, estaria me contorcendo. Minha boceta latejava, e eu precisava de algo para aliviar o desconforto, uma fricção em meu clitóris, ou melhor ainda, seu pau monstruoso me preenchendo. Eu nunca esqueceria a dor aguda ao me acomodar ao redor dele, tentando receber algo tão grosso e duro no meu corpo. Eu ainda estava um pouco dolorida da nossa primeira vez, e sabia que isso faria a segunda ser muito melhor — mais dolorosa a princípio, mas puro êxtase quando ele enfiasse em mim até o fim e eu me entregasse ao prazer.

Ele respirou fundo acima de mim, sem dúvida vendo o claro desejo no meu rosto. Eu costumava pensar que era ruim o fato de expor todas as minhas emoções tão abertamente, mas a forma como ele reagia a elas fazia eu nunca querer mudar.

A faca subiu mais um centímetro, afiada o bastante para arder, mas não para cortar a pele. Prendi a respiração conforme ela se aproximava cada vez mais do meio das minhas coxas, meu olhar indo dos seus músculos contraídos, passando pelas tatuagens retorcidas e de volta para o vazio profundo de suas órbitas oculares. Esse era o momento mais sexy e apavorante da minha vida, e me manter imóvel em meio a ele era uma completa tortura, o que provavelmente era a intenção. Eu deveria ter imaginado que minha tortura seria tanto psicológica quanto física.

— Não se mexa — disse ele.

Fiquei imóvel, chegando até a prender a respiração quando a faca se moveu contra mim, a lâmina para cima quando ele a deslizou sob a barra do meu short. Senti um puxão ao redor da minha coxa quando o tecido foi esticado, e então um suspiro baixo preencheu o quarto quando ele ergueu a faca, cortando a seda. O som era perturbadoramente similar ao de um bisturi abrindo a pele, e isso levou meu medo a um novo nível.

Olhei para baixo e vi o lado direito do short cair. Ele levou a faca para minha outra coxa e cortou aquele lado em seguida. Só havia um pequeno pedaço de tecido ainda me cobrindo, e enquanto eu observava, ele usou a ponta da faca para abaixá-lo até me expor a ele. O ar frio atingiu a pele quente e molhada das minhas dobras, trazendo arrepios.

Com um giro, ele posicionou a faca com a lâmina apontada para baixo, os dedos ao redor do cabo. Então ele apoiou o punho na lateral do meu corpo, colocando o peso do corpo nele ao levantar a mão livre. Essa mão foi diretamente para o meio das minhas coxas, apalpando minha boceta. A vontade de me esfregar nele era tão grande que choraminguei ao tentar contê-la. A mão dele estava tão quente, tão perto de onde eu precisava.

— Você está encharcada — murmurou ele, parecendo estar sofrendo com meu tesão tanto quanto eu.

Tentei levantar os braços, querendo tocá-lo, mas eu estava tão dominada pelo desejo que havia esquecido das malditas amarradas, e acabei caindo de costas. Assim que atingi o colchão, ele colocou os dedos dentro de mim. Fiquei tão surpresa pela intrusão repentina que minha coluna se arqueou da cama, e um suspiro escapou da minha boca. Ele não me deu nenhum tempo para me acostumar, enfiando os dedos o mais fundo possível, a palma da mão pressionando contra meu clitóris conforme usava a mão para me foder.

Eu me contorci, ao mesmo tempo tentando me afastar e me aproximar. Era muito e rápido demais, mas por mais repentina que fosse a invasão, já sentia algo ficar tenso dentro de mim. Não. Não era possível que eu já estivesse tão perto de gozar.

Ele colocou um terceiro dedo, sons úmidos e viscosos tomando conta do quarto, quase alto o bastante para abafar meus suspiros constantes. Os movimentos dele eram bruscos, impiedosos, estocando com tanta força que meus peitos balançavam e meus calcanhares se debatiam nos lençóis enquanto eu tentava achar alguma forma de me segurar. Ele estava me fodendo como se estivesse bravo comigo, como se a intenção não fosse me fazer gozar, e sim me estimular ao máximo no menor tempo possível, e isso me deixava apreensiva quanto ao que viria em seguida.

A última vez que ele controlou meu orgasmo quase me matou, e ele estava de bom humor naquela ocasião. Nem conseguia imaginar o tamanho da tortura agora que ele estava decidido a me ensinar uma lição.

Eu deveria estar com medo, e talvez estivesse, mas a ideia de ser dominada dessa forma, completamente sem controle, era mais empolgante do que qualquer coisa. Foi o bastante para acabar com a minha resistência momentânea a ele; meus calcanhares relaxaram quando parei de tentar afastar os quadris e, no lugar disso, os impulsionei para irem de encontro com a palma de sua mão.

Pelo jeito, era isso o que ele estava esperando. Assim que comecei a me contorcer em sua direção, ele retirou os dedos, fazendo minha boceta se contrair no vazio. Não pude impedir que um sibilo de frustração escapasse dos meus lábios. Eu precisava dele. O choque da privação era demais para aguentar. Como ele ousava fazer isso comigo de novo, me deixando tão desesperada?

Eu mal podia esperar para que ele deixasse tudo ainda pior.

Os dedos que haviam estado dentro de mim brilhavam sob a luz vermelha. Ele se sentou nos calcanhares e levantou a máscara apenas o bastante para que pudesse colocar a mão por baixo dela. Um som de sucção indicou que ele estava usando a língua para limpar meu líquido. Meus músculos se contraíram com a ideia, eu queria vê-lo, mas isso me foi negado, levando minha frustração a outro nível. Aqueles dedos seriam mais úteis fora da boca dele e dentro de mim. Por mais chocante que tivesse sido, eu precisava senti-los estocando em mim novamente.

— Quero ver — falei, a voz rouca com o tesão.

A princípio, não achei que mostraria, mas então ele levantou mais a máscara, o suficiente para que eu visse seus lábios. Ele colocou a língua para fora, girando-a pecaminosamente ao limpar cada gota minha dos dedos. Quase gozei só com aquela imagem.

Com um puxão, ele colocou a máscara de volta no lugar, e eu só tive tempo o suficiente para perceber o volume em seus jeans escuros antes que ele segurasse meus calcanhares, arrastando-me até que eu estivesse deitada na cama. Meus braços se esticaram acima da minha cabeça, as cordas estalando quando alcancei o limite das amarras. Ele afastou uma das mãos, pegando algo que eu não conseguia ver na borda do colchão.

Sua mão retornou ao meu campo de visão, segurando o que parecia ser um plug anal pequeno, o silicone azul-escuro estreito na ponta, engrossando no meio antes de voltar a diminuir e acabar em uma base ampla. Então, ele se moveu entre minhas pernas, levantando um dos meus joelhos até meu peito. Ele roçou a ponta arredondada do plug na minha barriga, descendo-o e umedecendo-o no meu sexo.

— Você está tão molhada que nem vai precisar de lubrificante — falou, a voz deliciosamente rouca por causa do modulador. Suas cavidades oculares escuras estavam concentradas no meio das minhas pernas conforme ele enfiava o brinquedo na minha boceta devagar.

— Estou sempre molhada para você — arfei, afastando mais a outra perna para que ele tivesse um melhor acesso. O plug era mais estreito do que eu gostaria, mas meus músculos internos, loucos por algum tipo de fricção, contraíram-se ao redor dele mesmo assim.

Ele emitiu um som baixo de aprovação, girando o plug dentro de mim para cobri-lo com meu tesão. Então ele o retirou, deslizando a ponta até minha bunda. Fiquei com medo de ele ser agressivo depois da maneira como me dedou, mas ele se prolongou ao enfiar o plug, dando-me um tempo para me ajustar quando arfei com o desconforto inicial. Pensei que não teria problemas até chegar na parte mais grossa, e tudo se contraiu, meu corpo resistindo a aceitá-lo.

O Homem Sem Rosto desceu a mão, a ponta do dedão tocando meu clitóris. Minha cabeça foi para trás conforme ele o massageava em círculos, parando para dar um leve peteleco antes de o circular novamente.

Ai, puta merda, aquilo era bom.

Ele repetiu o movimento, enfiando o plug mais fundo conforme meus músculos relaxavam com o prazer. Quando a parte mais larga entrou, foi mais fácil aceitar o resto, e quando percebi, o brinquedo estava totalmente dentro. Ele afastou o dedão e eu me senti preenchida e vazia ao mesmo tempo. Minha vagina continuava a se contrair, desejando que algo a ocupasse, e eu podia sentir o plug a cada espasmo dos meus músculos.

Ele pegou algo do colchão e ergueu para que eu visse. Era um quadradinho de plástico, parecido com um tipo de controle…

Um clique alto foi meu único alerta antes que o plug na minha bunda começasse a vibrar.

Soltei um gritinho, os pés se arrastando contra as cobertas novamente, pega desprevenida pela sensação repentina. Caralho, eu nem sabia que vibradores anais *existiam*.

Duas mãos grandes surgiram nas minhas coxas, segurando-as com firmeza, forçando-me a ficar parada e *sentir*, e porra, como senti. Nunca estivera tão consciente daquela parte do meu corpo antes. Também nunca havia percebido como as coisas ficavam próximas do lado dentro. De alguma forma, parecia que a vibração na minha bunda também atingia minha boceta, e apesar de ter achado sexo anal só levemente prazeroso antes, agora eu realmente estava aproveitando. Mais do que aproveitando. Se ele continuasse nesse ritmo e me estimulasse de qualquer outro jeito, eu gozaria tanto que provavelmente teria um *squirt*.

Com outro clique, o vibrador foi desligado, deixando-me ofegante. As mãos em minhas coxas subiram até meus quadris, e antes que eu entendesse o que estava acontecendo, o quarto girou quando ele me virou de bruços. Um empurrão na minha cintura fez com que meu rosto pressionasse contra o colchão, a bunda para cima e as cordas tão apertadas que não pude fazer muito além de virar as mãos e segurá-las como apoio. Meu coração, que já estava acelerado, disparou.

O que ele estava fazendo lá atrás? O que faria em seguida?

Uma de suas mãos surgiu entre minhas omoplatas, pressionando-me para baixo com mais força. Virei o rosto para não sufocar, tentando olhar para trás, mas não vendo nada além de uma faixa longa de uma coxa coberta por jeans quando o Homem Sem Rosto se posicionou atrás de mim.

Por favor, me come, eu queria implorar, mas tinha um pressentimento de que ele estava tão hostil no momento que se recusaria apenas para me desagradar.

Ouvi um clique e tentei me preparar, mas — *ai, caralho*, não acho que havia alguma forma de me preparar para a sensação de algo vibrando na minha bunda. Em meio ao som do brinquedo e minha respiração entrecortada, mal ouvi o som do zíper de seus jeans se abrindo. Isso significava alguma coisa, eu sabia que significava, mas estava tão distraída com o que acontecia dentro do meu corpo que não percebi o que era até que a mão me prendendo se ergueu e meus quadris foram puxados para trás, me enfiando direto no pau do Homem Sem Rosto.

Dei um grito, minha vagina se contraindo ao redor dele, pontos de luz surgindo atrás das minhas pálpebras fechadas enquanto eu tentava me acostumar com a mistura de prazer e desconforto. Sim, eu ainda estava dolorida, mas qualquer uma que já tenha sido fodida com força entende a deliciosa dor aguda de ser preenchida de novo antes de estar preparada. Talvez não fosse assim para todo mundo, mas para mim, esse era um tipo bom de dor. O que tornou tudo ainda melhor foi que, com a adição do plug, eu nunca estivera tão preenchida na vida, e sabia pela forma como tentava me ajustar ao redor do Homem Sem Rosto que ele não havia entrado nem pela metade.

— Tenho que conseguir confiar em você — rosnou ele.

E então ele deu um tapa tão forte na minha bunda que meu corpo inteiro ficou tenso, o som ecoando em meus ouvidos. Com um grunhido, ele saiu completamente de dentro de mim, tendo que empurrar meus quadris para frente por causa do tanto que minha vagina estava contraída ao redor dele.

Fiquei paralisada.

Ele realmente tinha me dado *um tapa* durante o sexo.

Nunca tinha levado um tapa na vida. E ele não se conteve. Batera tão forte que ainda estava ardendo. Não achei que deixaria marcas, mas sem dúvida minha bunda estava tão vermelha quanto o rubor que surgia em minhas bochechas, aquecendo meu rosto em uma mistura inesperada de vergonha e constrangimento. E não porque meu namorado estava cumprindo sua ameaça de me castigar. Mas por causa do quanto eu havia gostado.

Atrás de mim, ele havia ficado completamente parado, como se esperasse minha reação. Sim, ele estava sendo um babaca controlador no momento, mas no fundo, eu sabia que ele estava tentando não entrar em pânico, com medo de que tivesse se deixado levar pelo momento e ido longe demais.

Ele desligou o vibrador, e a mão que segurava meu quadril amenizou.

— Diga alguma coisa.

Como resposta, empurrei minha bunda contra ele.

— Acho que ainda não aprendi minha lição.

O modulador de voz transformou sua respiração pesada em algo mais parecido com um rosnado.

Arqueei a coluna.

— De novo.

Seus dedos apertaram meu quadril. Um ruído preencheu o quarto antes que ele me penetrasse novamente, ainda mais fundo dessa vez, e com seu pau e o plug, eu estava tão cheia que meus dedos do pé se dobraram entre os lençóis. Senti ele se mover logo antes de me dar outro tapa na bunda, um pouco mais leve que o primeiro, mas forte o bastante para arder. Apesar de estar preparada, fiquei tensa, e ele ligou o vibrador no mesmo momento em que saiu de dentro de mim.

Meus olhos se arregalaram, uma onda profunda de tesão me atingindo. A sensação de seu pau deslizando para fora de mim enquanto cada músculo do meu corpo se contraía, combinada com o vibrador voltando a funcionar, era diferente de qualquer coisa que já senti. O prazer era incomparável, se ele continuasse por muito tempo, eu provavelmente acabaria rasgando os lençóis com as unhas.

Eu me sentia selvagem, arrebatada.

Desesperada.

— Segure-se nas cordas — disse ele, desligando vibrador.

Segurei-as com toda a força enquanto ele entrava em mim de novo, batia na outra nádega e saía quase que completamente de mim, ligando o vibrador de novo com o movimento. Luzes surgiram na minha visão. Enfiei o rosto nos lençóis e gritei contra eles.

Ele começou um ritmo: dentro, tapa, fora, vibrador. Eu me perdi na sensação, tornei-me outra pessoa com ele, não era mais a Aly, mas uma versão selvagem dela, empurrando os quadris para trás, gemendo, implorando e me desculpando, despreocupada e totalmente desinibida pela primeira vez na vida.

— Porra — grunhiu o Homem Sem Rosto. — Consigo sentir a vibração.

Ele parou de desligar o vibrador depois disso, deixando-o ligado conforme seus quadris impulsionavam para frente, indo até o fim a cada estocada implacável.

Quanto mais aquilo continuava, mais fora de controle nós dois ficávamos. Soltei as cordas para fincar as unhas nos lençóis. Meu homem mascarado enfiou os dedos no meu cabelo e levantou minha cabeça. Em vez de me bater a cada estocada, seus impulsos ficaram intermitentes, e a inconstância deles fazia cada um ser ainda melhor, ainda mais doloroso.

Ainda mais prazeroso.

Eu me sentia sensível e exposta, todas as camadas da minha humanidade retiradas para expor o animal sob a superfície. Ela queria ser fodida, com força, cada parte tão completamente cheia a ponto de o resto do mundo ser esquecido, não sobrando nada entre ela e o homem atrás dela. Da próxima vez que fizéssemos isso, eu pediria para ele me amordaçar. Queria gritar quando gozasse, e eu odiava o fato de não poder fazer isso porque eu tinha vizinhos próximos o bastante para ouvir e provavelmente chamar a polícia, pensando que eu estava sendo assassinada. Pelo menos, se eu tivesse algo enfiado na boca para abafar o barulho, poderia ceder ao desejo.

O pau dele começou a inchar dentro de mim, e eu quase chorei de alívio. Estive contendo meu orgasmo o máximo possível, querendo chegar ao limite junto com ele.

— Goza para mim, Aly — disse ele, puxando meu cabelo até doer. — Deixa eu sentir essa boceta perfeita sufocar meu pau.

A outra mão dele soltou meu quadril, e um segundo depois, senti o frio do metal contra minha garganta. Ele havia pegado a faca de volta.

A onda de medo que me atingiu foi o que bastou para me levar ao limite. Espasmos se espalharam pela minha vagina, os músculos se contraindo, tentando levá-lo mais fundo. A poucos milímetros de distância, o vibrador continuava a pulsar, tirando o ar dos meus pulmões e fazendo lágrimas escorrerem dos meus olhos. Eu nunca havia me sentido assim antes, e faria qualquer coisa para me sentir dessa forma novamente. Ele havia oficialmente me arruinado para qualquer outra pessoa.

O Homem Sem Rosto grunhiu atrás de mim, seus quadris perdendo o ritmo conforme seu pau se alargava, atingindo um ponto tão fundo que fiquei sem ar. E então eu gozei, chorando de soluçar, agradecendo enquanto xingava até seus antepassados.

Eu jamais o perdoaria por fazer isso comigo.

Mal podia esperar para que fizesse de novo.

— Porra, Aly! — gritou ele.

A faca caiu de seus dedos, e suas mãos retornaram aos meus quadris conforme suas estocadas se tornaram furiosas e desesperadas. Senti-lo gozando dentro de mim só prolongou o meu orgasmo, uma sombra preta surgindo nos cantos da minha visão, um zumbido baixo preenchendo meus ouvidos. Será que eu ia desmaiar?

Quando sai do torpor, minhas mãos não estavam mais presas, e eu estava deitada molenga nos cobertores, recebendo carinhos e carícias por ter aceitado minha "punição" tão bem. Seus toques eram suaves na mesma medida em que foram duros, e suas palavras estavam cobertas de aprovação conforme me dizia como eu fora linda, que nenhuma de suas fantasias jamais se compararia ao que havíamos acabado de fazer.

Estiquei o braço e tirei a máscara dele, e o Homem Sem Rosto tornou-se Josh novamente, o cabelo bagunçado e os olhos castanhos me encarando, cheios de admiração.

— Era o dorso da lâmina contra sua garganta — disse ele. — Você nunca esteve em perigo.

— Eu sei — respondi, porque é claro que não estive.

— Aly, isso foi incrível.

Entrelacei os dedos nos dele.

— Infelizmente, vamos ter que usar o diálogo para resolver nossos problemas como adultos racionais, porque se a intenção era prevenir que eu quebrasse minhas promessas novamente, sinto dizer, mas deu errado.

O peito dele se levantou com uma risadinha.

— Tem certeza? Porque pareceu arrependida pra caralho lá pela metade.

Abri um sorriso.

— Estava mais arrependida por não estar arrependida.

Ele levantou a mão livre e deu um tapinha de leve na lateral da minha bunda.

— Garota má.

— Acho que estou me apaixonando por você. — Deixei escapar.

Talvez fossem os hormônios, ou talvez fosse a forma como ele deu vida às minhas fantasias tão bem. Ou talvez fosse a maneira como ele conseguia me fazer rir mesmo nas situações mais estressantes. A forma como ele entrou na minha vida como se sempre tivesse pertencido a ela. O modo como ele tratava o meu, não, o *nosso* gato como se fosse uma criança. A bobeira despreocupada dele. Sua beleza. Sua inteligência. A forma que ele olhava para mim como se eu fosse seu universo. E sim, até mesmo a sua forma obcecada de rastrear cada movimento meu. Até a forma que ele havia me observado, stalkeado e caçado.

Ele abriu um sorriso.

— Se só precisou de uns tapinhas para fazer você dizer isso, deveria ter te deitado de bruços nos meus joelhos assim que nos conhecemos.

Ele chamava aquilo de *uns tapinhas*? Caramba, saí no lucro.

Fiquei de me lembrar de não irritá-lo de novo. Pelo menos, não até eu me sentir pronta para encarar mais dor do que aquilo durante o sexo.

Levantei a mão e acariciei seus lábios com o dedão.

— Eu estava nervosa demais no estacionamento naquela noite para deixar você chegar perto da minha bunda.

Seu olhar ficou sombrio.

— Não estou falando daquela vez.

Ah. Ele estava falando da primeira vez que nos vimos em seu apartamento, vários meses atrás. Será que a obsessão dele começara naquela época?

Enquanto eu observava, ele separou os lábios e colocou meu dedão na boca, girando a língua ao redor antes de morder a ponta. O sorriso que surgiu em seu rosto quando o afastei era malicioso. Em um piscar de olhos, ele me deitou de bruços e posicionou os quadris entre os meus para que eu sentisse seu pau ficando duro novamente.

Ele se inclinou e me beijou, e depois de ser impedida de tocá-lo por tanto tempo, poder colocar minhas pernas e braços ao redor dele parecia a melhor recompensa do mundo.

Rugas se formaram nos cantos de seus olhos escuros quando ele se desvencilhou do beijo e se afastou para olhar para mim.

— Acho que também estou me apaixonando por você.

Um calor se espalhou pelo meu corpo, o ardor do prazer misturado a uma felicidade pura. Apesar de ainda estar dolorida, eu precisava dele de novo. Agora.

Abracei seu pescoço com mais força e o trouxe para perto, enchendo--o de beijos até ele me dar o que eu queria, me penetrando com cuidado dessa vez, as estocadas profundas, gentis e tão alucinantes quanto antes.

Só saímos do quarto um bom tempo depois, de banho tomado e morrendo de fome depois da nossa maratona de cardio.

Paramos assim que abrimos a porta. Fred estava sentado do outro lado, parecendo abalado. Seus olhos estavam arregalados e vidrados ao olhar para além das nossas pernas em direção à cama bagunçada como se soubesse exatamente o que acontecera ali.

Josh se aproximou.

— Acho que é oficial, traumatizamos nosso filho.

Levantei a mão para um bate aqui.

— Conquista parental desbloqueada.

26

Josh

— Como estou? — perguntei a Aly.

Ela parou antes de tocar a campainha para me olhar de cima abaixo.

— Gostoso. Quer dar o fora daqui e se divertir sem roupa?

Coloquei a mão sobre sua boca.

— Xiu! E se tiver câmeras aqui fora?

Sua resposta foi levemente abafada pela palma da minha mão.

— Então isso vai ensinar minha família enxerida a não escutar conversas que não tem a ver com eles.

Três semanas tinham se passado desde a noite em que invadimos a casa de Brad. No dia seguinte, vasculhei meu carro atrás de rastreadores, e Aly ainda estava puta por eu ter achado um. Fomos direto para a loja de ferramentas depois disso e trocamos suas fechaduras.

Tirei a mão de sua boca e ajeitei meu paletó, desconfortável em roupas tão formais.

— Preciso conquistar a simpatia do seu tio, lembra?

Ela soltou um suspiro.

— Sim. Desculpa. Vou tentar manter a decência pelo seu bem.

— Boa garota — falei, sem conseguir me segurar.

A boca dela se abriu, um rubor surgindo em suas bochechas que não tinha nada a ver com constrangimento e tudo a ver com tesão.

Tentei não deixar isso subir a nenhuma das minhas cabeças. Estávamos transando tanto que começamos a implementar pausas obrigatórias para evitar assaduras. Eu tinha medo de que ela ficasse insensível a mim, mas o fato de que ainda conseguia excitá-la em um piscar de olhos com só duas palavras fazia eu me sentir melhor em relação ao que seu vestido vermelho estava me fazendo sentir. Nem era tão apertado ou revelador, mas eu nunca tinha visto tanto da sua pele exposta em público, e estava reagindo igual a um adolescente no primeiro baile escolar.

— Você está linda — falei para ela.

Ela abriu um sorriso para mim.

— Foi o que você falou. Deveríamos fazer isso alguma hora, só nós dois. Nos arrumar e sair para um jantar legal.

Esfreguei a nuca, sentindo calor mesmo com o frio que fazia lá fora.

Aly percebeu meu desconforto e voltou a falar.

— Vou achar um lugar legal com pouca iluminação e uma mesa nos fundos onde ninguém além do garçom vai nos ver. E se começarem a te olhar estranho, ou você não se sentir bem, podemos ir embora.

— Não sei — falei, ainda hesitante.

Ela revirou os olhos.

— Olha, eu não queria falar nada para não inflar seu ego, que já é um perigo de tão enorme, mas você sabe que as pessoas que param para te encarar não fazem isso porque acham que te conhecem de algum lugar, certo?

Franzi o cenho.

— Por quê, então?

— Por você ser tão gostoso.

Pestanejei. Ela estava falando sério? Isso acontecia? Eu sabia que era mais atraente do que um cara comum, mas o suficiente para fazer as pessoas pararem para olhar?

Voltei a prestar atenção na minha namorada, procurando algum sinal de que ela estava brincando ou exagerando, mas sua expressão estava séria. Ah, cara. Se ela realmente estivesse certa, eu me divertiria tanto com isso.

Aly percebeu o sorriso que se abria em meu rosto e bufou.

— Sabia que não deveria ter dito nada. Vai ficar insuportável agora, não vai?

Virei o rosto de um lado para o outro.

— Qual você acha que é meu melhor lado? Vou precisar saber para quando começar a mandar meu portfólio para as agências de modelo.

Ela bateu no meu braço e tocou a campainha.

A porta se abriu tão rápido que Nico provavelmente estava bem do outro lado. Ouvindo nossa conversa?

Que constrangedooor.

Nico abriu os braços e saiu para a varanda conosco.

— Aqui está minha garota.

Aly me lançou um olhar de pânico enquanto seu tio a abraçava. O excesso de intimidade dele a deixava tão desconfortável quanto sair em público me deixava, e eu sabia que ela só aguentava isso pelo meu bem. Eu teria que achar uma forma de agradecer-lhe mais tarde. Talvez fosse o momento de finalmente ceder e deixá-la usar o plug em *mim* para variar.

— Certo, cara — falou uma voz feminina melódica. Olhei para a porta da frente e vi uma mulher pequena, de pele clara e cabelo castanho-claro. — Não precisa exagerar e assustar a menina. — A forma com que pronunciava os erres deixava seu sotaque irlandês claro. Devia ser a infame Moira.

Nico soltou a Aly e se virou para a esposa.

— Não pode me julgar por estar feliz em receber nossa sobrinha de volta à família.

— Hã — disse Aly. — Não é bem isso.

Moira indicou para que entrássemos.

— De qualquer forma, entrem. Está um frio de rachar os beiços aqui fora.

Eu e Aly trocamos olhares e seguimos o casal para dentro. De acordo com o que ela me contara sobre a tia, eu sabia que sua família tinha ligação com o Exército Republicano Irlandês, e que ela e Nico tinham se conhecido ainda na adolescência, quando a máfia italiana estava tentando estabelecer relações com o Exército. Os pais deles fizeram alguns negócios juntos, e o cortejo deles foi estilo Romeu e Julieta, mas com um resultado melhor.

Aly só tinha interagido com sua tia algumas vezes, e disse que foi o suficiente para que, relutantemente, passasse a gostar da mulher. Moira tinha um senso de humor inteligente e não levava desaforo para casa, mesmo que fosse de seu marido. Eu tinha acabado de conhecê-la e já percebera o que Aly queria dizer.

Moira segurou a porta para que eu passasse, sem esconder a forma impressionada com que me olhava, e decidi que Aly talvez tivesse razão sobre minha aparência, no fim das contas.

Moira olhou para a sobrinha em seguida e deu uma piscadela.

— Se deu bem, hein.

Aly entrelaçou o braço com o meu, parecendo a Mona Lisa com um sorriso cheio de segredos.

— Você nem imagina.

As sobrancelhas de Moira se ergueram, seus olhos verdes brilhando de interesse ao subirem lentamente até os meus.

Nico escolheu esse momento para pigarrear, e me senti tão grato que poderia tê-lo abraçado. Independentemente do motivo de eu atrair tanta atenção, isso ainda me fazia sentir prestes a ter um ataque de coceira.

Ele fechou a porta atrás de nós e levantou um braço, indicando para que seguíssemos para dentro da casa na frente dele.

— Temos vinho e Moira preparou uma bela tábua de frios.

Ela soltou uma risadinha.

— Não esperem coisa demais. São só uns queijos chiques e bolachinhas em uma tábua.

Seu marido revirou os olhos.

— Estou tentando te elogiar.

— Então seja mais claro — retrucou ela. — Da próxima vez, fale algo sobre como minha bunda é bonita.

Nico pareceu escandalizado.

— Não na frente das crianças.

Aly passou pelo casal, me arrastando junto, mas não nos afastamos rápido o bastante para não ouvir a resposta de Moira.

— Chamar esse homem de criança é a mesma coisa que chamar a estátua de Davi de pedaço de mármore. Pare de tentar infantilizá-lo porque ele faz você sentir coisas estranhas na barriga.

— Moira! Por Deus. Ele não faz *não*.

Aly riu ao meu lado enquanto nos apressávamos pelo corredor, tentando esconder a risada o máximo possível e falhando completamente.

— Coisas estranhas na barriga. Aquela mulher é uma lenda.

Não vi tanta graça.

— Isso porque eu deveria conquistar a simpatia dele.

Ela apertou meu braço.

— Vai ficar tudo bem. Ameacei contar tudo para a polícia se ele trair você.

Parei no meio do caminho, fazendo-a parar comigo.

— Quando fez isso?

— Há uma semana. Lembra quando foi para sua casa pegar algumas coisas?

Assenti.

— Vim aqui enquanto estava lá e dei uma bronca nele sobre o rastreador, sobre a quantidade de cópias de chave que fez e sobre nos manter no escuro sobre tudo.

— E como foi? — perguntei.

Ela deu de ombros.

— Ele disse que contaria tudo essa noite, mas veremos se vai mesmo cumprir a palavra.

— Vai — disse alguém. Ao nos virarmos encontramos Junior na curva do corredor. Ele indicou para trás. — Estamos aqui se quiserem se juntar a nós.

Eu estava prestes a jantar com o clã inteiro. Nico, Moira, os filhos e todas as namoradas deles. Ótimo. Incrível. Mal podia esperar.

Por que minha mão estava tão úmida de repente?

Aly apertou meu braço.

— Já estamos indo.

Junior assentiu e desapareceu no corredor de novo.

Aly me arrastou até um lavabo próximo, que mal tinha espaço para nós dois. Estávamos tão próximos que eu tinha uma visão desobstruída do seu decote. Por mais estranho que fosse, ajudou a desacelerar meu coração. Na noite passada, eu tinha descansado minha cabeça ali depois que ela me fez gozar tanto que tive uma visão de Deus, e passei vários minutos com a orelha pressionada contra sua pele, ouvindo o ritmo constante de seu coração. Eu quase conseguia ouvir o *tum-tum, tum-tum* agora.

Ela segurou minhas mãos, seus olhos arregalados e suplicantes.

— Não precisa fazer isso.

Eu teria inclinado a cabeça e a beijado se não fosse pelo risco de borrar seu batom vermelho.

— Obrigado, mas se vai ficar aqui, também vou. Terei que achar uma forma de aguentar.

— Certeza? — perguntou ela.

— Absoluta — respondi.

Ela estava linda essa noite, seu cabelo longo caindo em ondas soltas, sua beleza natural acentuada pela maquiagem e pelo vestido. Caramba, aquele vestido. Mal podia esperar para vê-lo caído sobre seus pés mais tarde. Eu tinha tido um vislumbre do conjunto de lingerie que ela usava por baixo, de seda preta e renda. Uma imagem minha cortando-o em pedaços veio a minha mente, mas a fantasia provavelmente nunca seria realizada. Pelo jeito, lingerie chique era um item caro, e a Aly ficara um pouco chateada depois que cortei um outro conjunto dela.

Talvez ela deixasse eu me safar se comprasse mais para ela depois.

Ela balançou a cabeça para mim.

— Está pensando em sexo, não é?

Abri um sorriso.

— Sexo bem safado.

— É, você vai ficar bem.

Com isso, ela me empurrou para fora do banheiro, e nós nos juntamos à família dela em uma sala de estar elegante. Tudo nessa casa era elegante, eu estava começando a perceber. O teto era alto, com vigas brancas se entrepondo e formando um padrão de quadrados. Uma lareira de pedra ocupava a maior parte da parede à direita, e um fogo crepitante tinha sido aceso nela, deixando a sala quentinha. No centro, embaixo de um lustre de cristal, havia três sofás brancos em volta de uma mesa circular cheia de bebidas e aperitivos.

Eu estava esperando um grande grupo, mas apenas três dos primos de Aly estavam lá com os pais, Greg não estava presente. Eu era o único namorado ali, e não sabia o que pensar a respeito disso. Esses jantares eram para ser só para família e eu estava me intrometendo? Ou as namoradas dos meninos tinham sido excluídas porque falaríamos de negócios?

— Tinto ou branco? — perguntou Nico, indicando os decantadores de vinho.

— Branco — disse Aly.

Dei uma olhada nos sofás impecáveis e pedi a mesma coisa.

Nico entregou uma taça para cada um de nós.

Aly tomou um gole do dela e direcionou o olhar para o patriarca da família.

— Como está a investigação?

Seu segundo primo mais velho, Alec, ergueu as sobrancelhas.

— Que tal um cumprimento primeiro?

Aly não deu atenção a ele, ainda focada em Nico.

— Você disse que nos atualizaria hoje.

Ele lhe dirigiu um olhar de reprovação.

— Não falamos sobre negócios antes do jantar.

— Parece baboseira — disse Aly.

Moira interveio.

— Parece, mas é uma tradição. Comes e bebes primeiro. Somos mais gentis quando estamos embriagados e de barriga cheia.

— É — disse Alec. — Tem gente que fica irritada quando está com fome.

Aly franziu o cenho.

— E o que fazemos enquanto isso? Trocamos gentilezas e fingimos que não estamos esperando essa conversa acontecer?

Moira encostou a taça na da sobrinha.

— Entendeu rápido.

Aly me lançou um olhar de frustração.

Tomei um grande de gole de vinho para não precisar dizer nada. Covarde? Totalmente, mas eu sabia que não deveria me intrometer nos dramas familiares alheios e queria manter a aprovação de Nico pelo máximo de tempo possível. Só esperava que ninguém passasse dos limites com Aly, porque minha bandeira de paz só ficaria hasteada até certo ponto.

Também entendia a frustração da minha namorada. Brad estava em todos os noticiários. O filho de um casal mega rico se revelou um estuprador e talvez assassino em série — até o momento, apenas os dois corpos do porão tinham sido encontrados, três eram necessários para receber o título de assassino "em série". Ele era suspeito de outras mortes, e estavam planejando escavar o quintal e vasculhar a floresta por onde escapamos em busca de outras vítimas.

Nico cumpriu sua palavra, e um homem parecidíssimo com Brad foi visto em uma câmera de segurança tirando dinheiro de um caixa eletrônico próximo à fronteira canadense. Os agentes de trânsito do local estavam em alerta máximo, e o passaporte dele tinha sido sinalizado. Ele não foi mais visto, mas todas as noites os noticiários lembravam as pessoas de que havia um assassino à solta, e a cidade inteira estava preocupada, perguntando-se se ele realmente tinha fugido ou se sua família o estava escondendo em algum local próximo.

Os pais dele estavam presos em casa por causa da atenção da mídia, e os advogados estiveram particularmente ocupados evitando perguntas e tentando atrasar a investigação policial. Pelo jeito, a boa vontade inicial do casal Bluhm foi devido ao choque, e agora eles estavam fazendo tudo o que podiam para salvar sua reputação na visão do público e se afastar o máximo possível do que o filho tinha feito.

O caso estava recebendo tanta atenção que, por mais que eu e Aly estivéssemos desesperados para saber o que estava acontecendo, não voltei a hackear o sistema da polícia. Com isso, Nico era nossa única fonte de informação.

Ele gesticulou para Aly com a taça.

— Como estão as coisas no trabalho?

Ela o encarou.

— Seu informante não tem te atualizado sobre minha vida?

Nico abriu um sorriso.

— Greg está ocupado com suas próprias responsabilidades.

— Que seriam? — perguntou Aly.

— Faxina, é claro — respondeu Nico, parecendo perplexo.

Aly olhou ao redor.

— Onde ele está hoje?

— Ocupado — disseram todos os primos dela ao mesmo tempo.

Ah é, nada suspeito.

Aly deu atenção a isso.

— Com o quê?

O sorriso de Nico desapareceu.

— Já te disseram que você não é muito boa em conversa fiada?

— Me conte sobre a investigação e eu tento melhorar — retrucou Aly.

Escondi meu sorriso com outro gole de vinho. Ela o fez cair direitinho.

O resto da conversa antes do jantar não foi muito melhor. Aly e Nico passaram a maior parte do tempo trocando farpas. Moira usou piadas pertinentes para tentar trazê-los de volta a um terreno mais seguro várias vezes, mas nenhum dos dois estava cedendo; estavam envolvidos demais na batalha por dominância. Junior tentou me salvar em meio a isso, falando sobre o último jogo de futebol, mas nunca me interessei por esportes, então a conversa paralela acabou rápido.

Por mais desconfortável que a situação fosse, eu estava orgulhoso da Aly. Minha parte complacente teria sido gentil apenas para deixar todos tranquilos, mas ela se manteve firme. Não estávamos aqui porque ela realmente queria passar tempo com a família; tínhamos sido obrigados. E por mais engraçada que Moira fosse, e por mais receptivos que seus filhos estivessem sendo, todas essas pessoas eram criminosas. Tinham se livrado de um corpo de uma forma tão fácil que indicava anos de experiência.

Isso fazia eu me perguntar de quantos outros tinham se livrado. Quantas famílias estavam por aí, de coração partido, procurando por um ente querido que nunca voltaria para casa? A máfia não "dava um fim" apenas em outros mafiosos e bandidos que os irritava. Tinham como alvo comerciantes que não queriam pagar pela proteção imposta pela máfia. Iam atrás de autoridades do governo e líderes de comunidade que tentavam enfrentá-los. Ou se livravam de inocentes que testemunhavam seus crimes.

E Nico era o cara que garantia que ninguém nunca os encontrasse.

O luxo que nos cercava tinha sido construído sobre os ossos das vítimas. Meu pai era um monstro, mas pelo menos ele nunca lucrou com seus crimes. Ele os cometeu porque era doente, porque crescera em uma família abusiva e sofrera várias lesões no lobo frontal que alteraram suas funções cerebrais. Eu não estava criando desculpas para suas ações, mas havia um motivo para ele ser como era.

Isso fazia eu me perguntar qual era a desculpa de Nico. A mãe de Aly dissera que eles tiveram uma criação rígida, mas estável. Os pais não batiam neles. Nico tinha simplesmente se envolvido com pessoas ruins. Mas eu me perguntava se era só isso. Eu tinha feito tanto tempo de terapia e pesquisado tanto sobre transtornos de personalidade antissocial que desconfiava de pessoas charmosas como Nico automaticamente. Ele era naturalmente sedutor, ou será que tinha traços de sociopatia?

— Amor? — perguntou Aly. — Tudo bem?

Pisquei e voltei a mim. Todos estavam indo jantar, dando-nos um momento a sós.

— Sim, foi mal. Me distraí por um segundo.

Ela franziu o nariz e abaixou o tom de voz.

— Foi mal por aquilo. Deve ter sido constrangedor.

Eu me aproximei o suficiente para acariciar seu braço.

— Não se desculpe. Você fez bem. Estou orgulhoso por ter se mantido firme e não ter fingido que isso é algo que não é.

Ela abriu um sorriso para mim.

— Obrigada.

A vontade de dizer que eu a amava era quase irresistível, mas essa não era nem a hora e nem o lugar. Quase deixei escapar ontem durante o café da manhã e no dia anterior, quando ouvi Aly no banho, cantando desafinada uma música da Mariah Carey, mas por mais que uma grande parte minha achasse que ela sentia o mesmo, uma parte menor tinha dúvidas, me impedindo de dizer as palavras. Não é que eu não me considerasse digno de amor; só não conseguia acreditar que seria tão sortudo de ter o amor *dela*.

O jantar foi um pouco melhor do que o coquetel. Estávamos ocupados demais enchendo a barriga para conversar, e Aly e Nico estavam sentados tão longe que teriam que levantar a voz para continuar com as implicâncias. A breve conversa que tivemos teve como foco assuntos mais tranquilos, como o quanto a comida estava boa, como o tempo estava uma porcaria, e os planos de Moira de derrubar o banheiro principal e transformá-lo em um spa.

Recostei na cadeira no final, sem conseguir comer mais nada, sentindo-me quente, sonolento e satisfeito. Fazia sentido eles esperarem até o fim do jantar para ter conversas sérias. Seria difícil ficar irritado quando eu só conseguia pensar em como um cochilo pós-jantar seria bom.

Aly colocou o guardanapo ao lado do prato e se virou para Nico, que estava de pé na ponta da mesa.

— Agora?

Ele suspirou.

— Sim, tudo bem.

Moira colocou a mão em cima da dele.

— Quer um café?

A expressão dele se tornou gentil ao olhar para ela, e comecei a me questionar sobre a questão da sociopatia ao ver o afeto em seus olhos.

— Sim, por favor. — Ele se virou para nós. — Aceitam?

Lembrando o que Junior dissera sobre a vaidade de barista de Nico, assenti.

— Nunca diria não para um daqueles macchiatos.

Ele abriu um sorriso.

— Os da Moira são ainda melhores do que os meus. — Ele olhou para esposa. — E a bunda dela é linda.

Os filhos deles soltaram um grunhido em uníssono e começaram a pedir licença da mesa, levando os pratos para a cozinha.

Moira, no entanto, pareceu empolgada.

— Ele aprende — disse ela, aproximando-se para dar um beijo na bochecha do marido.

Quinze minutos depois, eu e Aly nos juntamos a Junior e Nico em seu escritório com nossos cafés. Era o único lugar da casa em que eu senti que poderia relaxar. As paredes eram cobertas de painéis de madeira escura. Uma iluminação suave irradiava de um lustre preto. Sob nossos pés, um tapete persa gasto cobria a maior parte do piso cinza. A mesa de Nico ficava no centro da sala, mas as duas cadeiras em frente a ela pareciam tão confortáveis quanto o sofá escuro encostado na parede à direita, e decidi que não me importaria em sentar onde Aly escolhesse. O couro significava que mesmo que um pouco de café escorresse da minha caneca, seria fácil de limpar.

Aly decidiu pelo sofá e eu me sentei ao seu lado enquanto Nico e Junior viravam as cadeiras para nos encarar.

Quando se sentou, Nico tomou um gole de seu espresso antes de levantar o olhar para Aly.

— Não encontraram nenhum vestígio de vocês ou de nossa equipe na casa.

O alívio me atingiu com tanta força que precisei apoiar a caneca no joelho para não derramar o líquido.

Aly apertou o meu ombro e, pela força, eu sabia que ela estava tão emocionada quanto eu.

— E a van?

Junior abriu um sorriso.

— A empresa de energia confirmou que foi apenas uma visita técnica de rotina, e os registros que enviaram aos policiais confirmaram.

— E as pegadas que todos devem ter deixado? — insistiu Aly.

— Que pegadas? — perguntou Junior. — Os caras varreram a neve quando estavam indo embora.

Eu me obriguei a relaxar os dedos ao redor da caneca.

— Então só ficaram as nossas?

Nico assentiu.

— Lembra que mandamos você usar um tamanho menor?

— Sim — respondi. — Achei que fosse para não haver uma correspondência com meu tamanho real. — Eu tinha feito a mesma coisa na noite em que invadi a casa de Aly.

Nico assentiu.

— O tamanho que você usou era o mesmo de Brad.

Quase caí para trás.

Minha mente estava a mil por hora enquanto eu me lembrava de todas as outras instruções que recebi naquela noite, como queriam que eu hackeasse o computador de Brad fazendo parecer que tivesse sido ele quem fizera o login, e a instrução para que eu descriptografasse tudo que pudesse dar trabalho aos policiais, como o disco rígido secreto dele.

Aly soltou meu ombro e se inclinou para frente.

— Está me dizendo que a polícia acha que era Brad quem estava no escritório naquela noite?

Nico assentiu.

— E um comparsa. Por isso o boletim de ocorrência diz para procurarem por dois homens. Sorte a nossa que você tem pés grandes para uma mulher.

Aly fez uma careta.

— Valeu pelo elogio?

Nico a dispensou com a mão.

— Não foi o que eu quis dizer.

Franzi o cenho.

— E o celular de Brad? A polícia encontrou?

— Ah, isso — falou Nico, parando para terminar o resto do espresso. — Sim, encontrou. Brad fez uma pesquisa básica sobre Aly nele pouco tempo depois de receber alta do hospital, mas ela não foi a única. A maior parte de sua pesquisa era sobre outra enfermeira, chamada Erica Willet.

Aly soltou uma respiração trêmula.

Segurei o joelho dela.

— Essa é a sua colega que se encaixava no perfil dele?

A expressão dela era de preocupação ao se virar para mim.

— Sim.

Acariciei sua pele coberta pela meia-calça, querendo tranquilizá-la. Se não fosse pela plateia, eu a teria colocado no meu colo. A necessidade de tê-la em meus braços quando ela estava chateada só crescia a cada dia — mais uma prova do quanto eu estava apaixonado.

Ela se virou para Nico.

— Os policiais vão me interrogar?

Ele balançou a cabeça.

— Acho que não. Já que não encontraram nenhum vestígio seu, não há por quê. Pelo contrário, talvez queiram falar com você para entender em que estado mental ele estava naquela noite, mas acho que vai demorar semanas, se isso acontecer. Estão ocupados demais indo atrás de outras pistas e investigando denúncias de mulheres desaparecidas. Cerca de vinte putas desapareceram na cidade nos últimos quatro anos.

— Trabalhadoras do sexo — corrigiu Aly.

Recostei no sofá, perplexo.

— E os policiais não se preocuparam com isso antes?

Nico ergueu uma sobrancelha para mim.

— Deveria saber mais do que ninguém o quanto a polícia se importa pouco com putas. — Ele levantou uma mão. — Foi mal. Trabalhadoras do sexo.

Fiquei completamente parado. Merda. Ele sabia sobre o meu pai.

Aly abaixou a mão e entrelaçou os dedos nos meus.

— Só vou dizer isso uma vez. Essa é a última referência desse tipo que você faz.

O olhar de Nico se fixou nela.

— Então você sabe?

Junior olhou entre os dois.

— Sabe do quê?

Nico não tinha contado a ele? Porra, graças a Deus.

— Nada — disse Aly, encarando o tio. — Certo?

Ele manteve contato visual com ela por um bom tempo. Parecia que outra luta por dominância estava acontecendo entre eles, dessa vez, silenciosa.

— Sou a única família que você ainda tem além dos seus filhos — lembrou ela.

Ele franziu o cenho, mas finalmente assentiu.

— Tudo bem.

Aly soltou a respiração.

— O que mais está acontecendo que deveríamos saber?

Pelo jeito, muitas coisas. Uma equipe de vinte pessoas tinha sido formada para assumir a investigação, incluindo a polícia local e agentes do FBI. A prioridade principal era encontrar Brad, e em segundo lugar, encontrar suas vítimas. A polícia estava vasculhando a cidade, finalmente investigando os casos de pessoas desaparecidas com os quais deveriam ter se importado para começo de conversa. O histórico da infância de Brad foi exposto e um psicólogo criminal estava usando-o para ajudar a traçar um perfil mais completo de seus crimes e possíveis intensificadores.

Suas vítimas passadas estavam sendo entrevistadas novamente. Juízes e advogados estavam sendo intimados em relação aos antigos acordos judiciais. Um dos analistas do FBI estava examinando os registros telefônicos enquanto buscavam locais de sepultamento e tentavam achar alguma correspondência entre seus dados de GPS e as áreas onde mulheres desapareceram.

Era um caso enorme e, por causa disso, o nome de Aly era só mais um em meio a um oceano de informações, facilmente ignorável.

Quanto mais Nico falava, mais eu começava a acreditar que conseguiríamos nos safar do que tínhamos feito. Brad tinha deixado o celular para trás quando foi à casa de Aly. Ele tinha desativado o GPS do carro. A casa dela e o meu carro tinham sido completamente limpos. Mesmo que a câmera de um vizinho o tivesse visto se aproximando da casa de Aly, não havia nenhuma evidência física de que um dia ele se aproximara de nós.

Junior jurava que ninguém jamais encontraria o corpo de Brad. O carro dele tinha sido desmontado até só sobrar o chassi, e as peças estavam espalhadas entre outros veículos por toda a cidade. Porra, a polícia achava que Brad ainda estava vivo. Quando Nico disse que planejava manter isso assim, com várias aparições no Canadá planejadas para os próximos meses, meus ombros começaram a relaxar pela primeira vez desde a noite em que Brad invadira a casa de Aly. Graças a Deus, porque eu estava começando a desenvolver um torcicolo sério no pescoço, e minha aparência de parar o trânsito seria totalmente arruinada pelas rugas de expressão.

Eu sentia que estávamos totalmente a salvo? Não. Mas sentia que podia parar de olhar por cima do ombro a cada cinco segundos e, por isso, eu sempre seria grato a Nico.

Conversamos por quase uma hora, Aly enchendo o tio e o primo de perguntas até que Nico apertou a ponte do nariz e pediu para que ela parasse, dizendo que ela estava lhe causando uma enxaqueca. Ele prometeu entrar em contato se algo mais surgisse, e foi só então que Aly se levantou e disse que estava pronta para ir embora. Nico nos convidou para ficar para a sobremesa, mas ela recusou.

Ela parou para usar o lavabo no caminho até a saída, e eu recolhi nossos casacos e esperei por ela na porta da frente com seu tio.

Era a segunda vez que eu ficava a sós com ele, e tentando diminuir um pouco o desconforto de mais cedo, estendi minha mão.

— Mais uma vez, obrigado por tudo.

Ele ignorou minha mão, chegando até a colocar as mãos nos bolsos enquanto me observava.

— Fiz isso pela minha sobrinha. Não por você.

— Sei disso, mas ainda assim sou grato.

Sua expressão ficou séria.

— Não confio em você.

— Ok — falei, porque o que mais poderia fazer?

Ele deu um passo para perto, e apesar de ter metade do meu peso, parecia que planejava continuar avançando, esperando que eu recuasse. Seu olhar se tornara frio, e havia um brilho cruel nele que me fez sentir como se estivesse vendo Nico, o mafioso, pela primeira vez.

— Se você fizer qualquer mal para a minha sobrinha…

Soltei uma risada.

Em minha defesa, eu a segurei o máximo possível. Meu Deus, ele era tão previsível. Eu estava preparado para puxar o saco dele desde que continuasse civilizado, mas tive a sensação de que isso não duraria, por esse motivo tinha seguido o exemplo de Aly e preparado um plano B.

— Olha — falei. — Tenho certeza de que esse papo funciona com a maioria das pessoas, mas você sabe quem é meu pai. Nada do que disser vai chegar nem perto do que eu passei com ele. — Tirei o celular do bolso e o balancei na frente dele. — Além disso, gravei toda a conversa que tivemos no escritório e enviei um backup para um servidor privado que possuo, então estamos quites. Você tem provas contra mim, e eu tenho provas contra você. Nunca me ameace, e sem dúvida, não tente me chantagear por ter me acobertado, ou vou destruir sua organização inteira por dentro.

Levantei o celular e apertei na tela para deixar meu ponto claro. Todas as luzes na casa piscaram. Perto dali, o alarme da porta da frente começou a apitar. Nico correu até ele e digitou a senha antes que pudesse disparar.

— Querido? — chamou Moira de dentro da casa. — O que foi isso?

Respondi por ele.

— Deve ter sido uma queda de energia!

Então voltei a atenção para Nico e fiz algo que não fazia há anos. Fui para aquele lugar frio e sombrio da minha mente onde eu costumava me esconder quando meu pai estava em seus piores momentos. Não existia dor ali, nem emoção. Eu não dava a mínima para ninguém ou nada quando estava lá, nem para mim mesmo, e sabia que isso se refletia na minha expressão, porque esse era o mesmo lugar que eu tinha ido quando aterrorizei a ex tóxica de Tyler todos aqueles anos atrás.

— Não me importo com você, de qualquer forma — falei para Nico. — E sua família parece legal, mas não ligo para eles também. Eu não perderia nem uma noite de sono se todos vocês desaparecessem amanhã. E não, eu não estou te ameaçando, só expondo os fatos. Entende o que quero dizer?

— Que você é um psicopata, igual ao seu pai — provocou Nico.

— Nao, nao cheguei nesse nivel. Consigo me importar com *algumas* pessoas. E me importo com a Aly. Farei o que for necessário para protegê-la, irei tão longe quanto precisar. Com minhas habilidades, eu seria um aliado muito melhor do que um inimigo. Então, vou oferecer minha mão mais uma vez, e podemos tentar recomeçar essa conversa — estendi a mão entre nós. — Obrigado por tudo o que fez.

O rosto de Nico parecia carregado de raiva, o rubor que surgia em suas bochechas indicando um poço de ódio. Eu teria que ter muito cuidado perto dele e de seus filhos a partir de agora, mas se meu pai tinha me ensinado alguma coisa, era que valentões como Nico só respondiam a ameaças e violência, e eu nunca mais deixaria alguém como ele me intimidar.

Aguardei por vários segundos, ainda naquele estado emocional reservado, mantendo contato visual com Nico enquanto o deixava decidir se queria ser meu amigo ou meu inimigo. Parte de mim torcia para que ele fizesse a escolha errada. Fazia tempo que eu não tinha a chance de realmente exibir minhas habilidades como hacker, e a ideia de vazar crimes da máfia para o FBI, um de cada vez, me fez abrir um sorriso.

Acho que foi esse sorriso que ajudou na decisão de Nico. Ele estremeceu e, com uma careta, finalmente apertou minha mão.

— De nada.

— Sou muito grato por tudo o que fez para manter sua sobrinha em segurança — falei para ele, e era verdade.

Ele franziu o cenho.

— Você é todo fodido da cabeça, não é, garoto?

Uma respiração profunda anunciou a chegada de Aly.

— O que acabou de dizer para o meu namorado?

Em um piscar de olhos, voltei a mim mesmo, meu sorriso se tornando mais sincero do que assustador ao soltar a mão de Nico e me virar para encarar sua sobrinha.

— Ele estava só brincando — falei. — Fiz uma piada idiota. Certo? — perguntei a ele.

Seu olhar foi de mim a Aly.

— Certo.

Dei um tapinha em seu ombro.

— Agradeça Moira pelo jantar novamente. Estava uma delícia.

Aly franziu o cenho ao nos alcançar, percebendo que havia algo de errado.

— Pronto? — perguntou ela.

— Pronto — falei antes de me virar para seu tio. — Mal posso esperar para repetir isso mês que vem.

Nico pareceu um pouco enjoado com a ideia, mas conseguiu se despedir de Aly e nos levar até a porta sem deixar nada transparecer.

— O que diabos falou para ele? — perguntou ela no caminho até o meu carro.

— Falei que a bunda dele era bonita.

Aly se engasgou com o ar.

— Que foi? — falei. — É mesmo.

Destravei as portas e entramos. Ela se virou para mim quando dei partida no carro, os olhos semicerrados.

— Você o ameaçou, não foi?

— Sim, mas em minha defesa, foi ele quem começou.

— Não ia tentar conquistar a simpatia dele? — perguntou ela.

— Pelo jeito, ele não tem nenhuma.

Ela deu um soquinho no meu braço.

— Ficou maluco? Sabe o que ele poderia fazer com você?

Eu me virei para encará-la.

— A questão é, sabe o que eu poderia fazer com ele?

Isso a fez hesitar. Pude ver ela encaixando as peças ao pensar em tudo o que sabia sobre minhas habilidades com tecnologia.

— Mas os riscos…

Estiquei a mão e afastei o cabelo de seu rosto, procurando uma desculpa para tocá-la.

— Sei quais são os riscos, mas não acho que vá chegar a esse ponto. Nico é esperto. Ele sabe que uma trégua entre nós é melhor do que levar caos ao próprio mundo só para provar que tem mais colhões.

Ela estremeceu.

— Eca. Nada de falar dos colhões dos meus parentes.

— Mas entende o que quero dizer. A ameaça foi só uma ameaça. Ele precisava perceber que não pode me ameaçar como faz com todo mundo. E também precisava saber que não pode me tirar da sua vida só porque não sou italiano o suficiente para o gosto dele.

Seu olhar passou dos meus olhos para a minha boca e subiu de novo.

— Tinha que esperar até que eu saísse da sala para isso? Teria gostado de ver você dar uma de alfa para cima dele.

Ergui uma sobrancelha para ela.

— Alfa, é? Tirou isso de um dos seus livros de pornô?

Ela revirou os olhos.

— O nome é romance erótico, e me ensinaram tanto sobre mim mesma quanto o seu TikTok mascarado.

— Ah, é? — perguntei. — Tipo o quê?

— Tipo que, quando estivermos naquele Airbnb que reservamos nas montanhas, quero que me persiga e me coma na floresta como um animal.

Foi minha vez de me engasgar com o ar. Aham. Eu com certeza poderia fazer isso por ela.

— Falando do meu TikTok — falei. — Quer segurar a câmera para mim de novo essa noite? As pessoas parecem estar gostando do novo conteúdo desde que começou a ajudar.

Ela grunhiu e se virou para colocar o cinto.

— Desde que não me agradeça publicamente de novo. Ganhei uns mil seguidores novos desde quarta-feira.

— Sabe que as pessoas pagam por esse tipo de crescimento nas redes sociais, Aly — falei, sem conseguir evitar o tom provocador na voz.

Ela se virou para mim, séria.

— Sei, mas também pagam para que os novos seguidores os ameacem? Porque é só isso que conquistei.

— Eles só querem ter certeza de que você está me tratando bem. Ainda não confiam em você por causa daquela vez que me magoou.

Ela revirou os olhos.

— Se ao menos soubessem o que realmente aconteceu.

Abriu um sorriso.

— Provavelmente achariam sexy.

Ela suspirou.

— Tem razão. Quem eu quero enganar? Estou vivendo a fantasia deles. Sempre serei a inimiga.

Segurei sua nunca e a puxei para perto. O carro mal tinha aquecido, e nossa respiração se condensava entre nós.

— Ei — falei.

Ela me olhou nos olhos, a poucos centímetros de distância.

— Sim?

— Eu te amo — falei, sem conseguir mais me segurar.

— Eu sei — respondeu.

— Sabe?

Ela assentiu, seu cabelo fazendo cócegas na minha testa.

— Sim, na última semana você anda dizendo isso enquanto dorme.

— Ah.

— Ei — disse ela.

— Sim?

— Também te amo. E não importa o que aconteça, vamos enfrentar juntos. Não há nada que me prenda aqui. Se for necessário, podemos imitar o Brad Falso e fugir do país.

— Vamos torcer para que não chegue a esse ponto — respondi. — Mas se chegar, também estou dentro. Posso trabalhar de qualquer lugar ou me tornar um hacker autônomo. Temos alternativas.

Ela abriu um sorriso.

— Ok, mas podemos escolher um lugar quente? Já cansei desse frio.

— Como quiser, linda — falei, aproximando-me para beijá-la.

EPÍLOGO

Aly

Eu avancei pela vegetação rasteira com a mesma elegância de um búfalo asiático. Galhos estalavam sob meus calcanhares. Pássaros piavam acima, anunciando minha presença. Ignorei tudo e continuei correndo.

O momento não pedia discrição; pedia velocidade. Eu estava sendo caçada, e se quisesse ter qualquer chance de escapar do meu destino, precisava colocar o máximo de distância possível entre eu e o homem que me perseguia.

O sol do meio do verão estava forte no céu azul-centáurea, assando a floresta com seu calor. O suor despontava da minha testa enquanto eu pulava um tronco caído e continuava correndo. As árvores estavam carregadas de folhas, seus galhos baixos prendendo-se no meu cabelo e roupas como se tentassem me desacelerar, e o ar estava tão úmido que eu o sentia em mim como um cobertor pesado.

Dei mais um impulso de velocidade, a bravata correndo por minhas veias. Josh não ia me pegar. Por que diabos eu fizera aquela aposta com ele? Deveria estar maluca no momento ou com a capacidade mental reduzida por causa do sexo.

Isso sequer existia?

Há seis meses, eu não acreditaria que era possível, mas desde então, eu conseguia me lembrar de várias vezes em que fui comida tão bem que, por um momento, esqueci como fazer coisas básicas, como andar sem ajuda ou resolver contas simples de matemática.

A aposta era clara: se Josh me pegasse nos próximos vinte minutos, eu perderia.

Eu realmente não queria perder. Se perdesse, teria que aparecer pela primeira vez em um de seus vídeos sedutores, e ele teria licença poética completa sobre como seria essa aparição. Conhecendo-o, ele usaria isso como mais uma chance de me provocar, e ou eu morreria de vergonha, ou me tornaria a mulher mais odiada da internet pela segunda vez em menos de um ano.

Nem por cima do meu cadáver.

Talvez literalmente, se eu não começasse a prestar mais atenção para onde estava indo.

Derrapei até parar um pouco antes de uma encosta. Um olhar rápido sobre a beirada revelou uma longa e íngreme descida para um desfiladeiro rochoso. Meu coração quase parou quando percebi o quanto cheguei perto de ter um dia péssimo.

Dei uma olhada para trás. Merda. Devo ter saído da trilha principal e ido parar em um percurso de caça de alguma forma. Voltar pelo mesmo caminho me custaria minutos preciosos que eu não podia desperdiçar, então segui em frente, indo por outro percurso de caça paralelo ao desfiladeiro e mais acima na colina. Precisei desacelerar pela proximidade com a beirada. Um passo em falso e eu cairia, mas me consolei com a ideia de que se eu precisava ter cuidado, Josh também precisaria.

Por mais que eu não quisesse perder, parte de mim mal podia esperar para que ele me alcançasse e a perseguição realmente começasse. Ele havia me dado uma vantagem de cinco minutos. Segundo ele, para ser justo. Afinal, ele havia crescido no interior, e suas lembranças mais queridas eram de quando passava tempo com o padrasto quando acampavam. Rob era um garoto do campo, e Josh havia aprendido muito com ele sobre como encontrar animais e sobreviver se um dia se perdesse na floresta.

Eu não sabia nada sobre sobrevivência na natureza, mas tinha duas coisas a meu favor: velocidade e estamina. Fui velocista no time de atletismo do ensino médio, e participei de campeonatos estaduais no último ano. Josh não sabia, mas nos últimos três meses, deixei de ir à academia duas vezes por semana, e fui para uma pista de atletismo no lugar disso. Eu alternava entre distâncias curtas e longas, esforçando-me ao máximo, porque não pretendia facilitar as coisas para ele.

Sim, eu queria ser caçada e fodida na floresta, mas queria ter a experiência completa acima de tudo. Queria a perseguição. Queria fazer Josh *merecer* o direito de me dominar. Considerando o brilho faminto que surgia em seus olhos sempre que discutíamos os planos para hoje, ele queria isso tanto quanto eu, e mal podia esperar para vê-lo deixar seu lado mais sombrio entrar em ação.

Não estabelecemos muitas regras, mas as que tínhamos concordado eram rígidas, e se qualquer um as quebrasse, perderia. Em primeiro lugar, não se podia trapacear. Estávamos com rastreadores para o caso de nos perdermos, e prometemos que só os conferiríamos caso Josh não me encontrasse dentro de uma hora. Jogo sujo também estava proibido. Não podíamos jogar areia nos olhos um do outro ou tentar criar armadilhas — não que eu saberia como fazer algo do tipo.

A última regra era que só a penetração contaria como vitória. Se ele me alcançasse, eu ainda poderia vencer se conseguisse manter seu pau longe de mim até que o tempo acabasse.

Oficialmente, isso era quase consentimento dúbio, mas eu mais do que concordava, então talvez pudesse ser considerado consentimento dúbio consentido? Além disso, Josh deixara claro que eu só precisava pedir para ele parar, e ele o faria. Como sempre.

Parte de mim torcia para que acabássemos em uma briga acirrada por dominância. Eu amava imaginar ele me subjugando fisicamente, e nós havíamos nos divertido tanto com controle de orgasmo que tentar afastá-lo só me deixaria mais molhada.

Não que eu já não estivesse encharcada.

Fiquei lubrificada e pronta para a ação assim que pisei na floresta, virando-me para mandar um beijo de despedida para Josh e falar para ele não pegar leve comigo só porque eu lhe causava borboletas no estômago.

Ele soltou uma gargalhada e me mandou correr, e a visão de seus olhos escurecendo de desejo me fez disparar pela floresta.

A princípio, eu queria fazer isso à noite para realmente dar vida ao sentimento de medo, mas decidimos que era perigoso demais. O risco de tropeçar em algo e contundir o tornozelo ou desmaiar não valia a pena.

Um barulho me afastou dos meus pensamentos lascivos, e por um momento de parar o coração pensei que Josh havia me encontrado, mas era apenas um esquilo pulando pela lateral de uma árvore próxima. Voltei a dar atenção para a trilha estreita, suspirando de alívio quando ela começou a desviar do desfiladeiro e se expandir o suficiente para que eu pudesse acelerar.

A trilha continuou a subir, indo na direção das encostas das montanhas. Subi uma pequena ladeira e desci rapidamente pelo outro lado, assustando um cervo e seus filhotes ao chegar à base.

Um riacho atravessava o centro da depressão, e decidi pular sobre ele em vez de tentar encontrar uma passagem mais fácil. Meu pé ficou preso em uma raiz quando cheguei do outro lado e quase caí de cara na terra.

Parei por um segundo para recuperar o fôlego e me certificar de que não havia machucado nada. Quando cheguei à conclusão de que havia escapado ilesa, segui em frente, levantando o relógio para ver a hora. Quase soltei um gritinho ao ver que estava no meio do mato há quinze minutos. O cronômetro só começaria oficialmente quando Josh entrasse, então, tecnicamente, estávamos na metade da caçada. Ele estivera no meu encalço pelos últimos dez minutos e, apesar de eu não o ter visto ou escutado, não podia afastar a sensação de que ele estava se aproximando.

Ele era enorme, e já havíamos nos exercitado juntos na academia de seu prédio o suficiente para que eu soubesse que ele era rápido para seu tamanho. Eu babava ao vê-lo correr empurrando um trenó sled de 130kg de um lado ao outro da academia, e mal podia imaginar como seria mais rápido sem todo aquele peso o atrapalhando.

Agucei os ouvidos e comecei a ter mais cautela em relação a onde colocava os pés, evitando o máximo de galhos possível. Sempre que pensava em florestas, imaginava-as repleta dos cantos dos pássaros, mas era assustadoramente silencioso tão fundo entre as árvores, o que tornava o som da minha caminhada ainda mais evidente. As folhas caídas do ano anterior cobriam a trilha, estalando sob meus calcanhares. Os galhos farfalhavam conforme eu abria caminho entre eles.

A parte positiva era que, se eu estava fazendo barulho, alguém com quase cinquenta quilos a mais do que eu provavelmente faria ainda mais, mas fazia tempo que eu aprendera que não deveria subestimar meu namorado, então permaneci atenta, aguardando algum sinal de que ele estava por perto.

Não ouvi nada além dos sons que eu mesma estava fazendo e de um eventual esquilo tagarela ou um gaio-azul irritado. O silêncio estava me deixando paranoica. Comecei a imaginar mãos surgindo dos arbustos, passos invisíveis me perseguindo. Um arrepio percorreu minha espinha, fazendo parecer como se alguém tivesse acabado de respirar perto da minha nuca. Virei a cabeça com tudo, mas não vi ninguém.

Ainda bem que não fizemos isso à noite, porque já era exasperador o bastante em plena luz do dia. Meu coração estava acelerado. A adrenalina percorria minhas veias, incentivando-me a seguir em frente e subir em rochas caídas, onde precisei me agarrar em mudas para me impulsionar para cima.

Por que diabos fui escolher esse caminho? A caçada estava deixando de ser uma corrida e parecendo mais com uma escalada, e apesar de ter uma ótima resistência em terrenos planos, minhas pernas já estavam começando a queimar com o esforço. Isso fazia eu me sentir ainda mais desequilibrada, assustada e nervosa, como um coelho com uma raposa em seu encalço.

Na esperança de poupar minhas pernas doloridas, virei à esquerda próximo ao topo de outro morro e abandonei a trilha para seguir correndo ao lado de seu cume largo. Nessa altura, a floresta antiga era mais conífera do que de folhas largas, e a submata era esparsa o suficiente para que eu visse centenas de metros à frente. Os troncos dos pinheiros erguiam-se ao meu redor como palitos de fósforos, vazios até o dossel bem acima. Eu conseguiria ver Josh bem antes de ele me alcançar.

Era perfeito.

Desacelerei o passo, grata pelas folhas finas de pinheiro que cobriam o chão da floresta, abafando meus passos. O momento de ser veloz havia passado. Agora era hora de ser furtiva. Se eu tivesse sorte, escutaria Josh se aproximando e conseguiria me esconder ou descer a montanha, deixando a gravidade fazer a maior parte do trabalho e guardando minha energia para quando chegasse ao terreno plano e pudesse correr novamente.

Eu podia até ter me tornado a presa, mas era uma presa esperta, e faria meu caçador se esforçar para me alcançar.

Um estalo alto ecoou pelas árvores.

Eu me virei e quase soltei um grito.

Josh estava a menos de trinta metros de distância, segurando um galho quebrado nas mãos. Não me orgulhava disso, mas eu havia sido pega tão de surpresa que congelei. De onde caralhos ele tinha surgido?

Ele saiu das sombras e deu um passo na minha direção, parecendo enorme e sinistro em suas roupas escuras. Ele havia ficado ainda maior desde que começamos a namorar? Seus bíceps tensionavam contra as mangas da camiseta. Músculos tensos subiam por seus braços. Assim como eu, ele estava vestindo calças de corrida para proteger as pernas de arranhões, e elas estavam apertadas em suas pernas grossas.

É, ele com certeza estava maior. Eu havia comprado aquela camiseta para ele há dois meses, e pela forma como ela estava esticada em seu peito, ou ele havia ganhado peso ou ela havia encolhido na máquina de lavar.

O filho da mãe não estava nem respirando com dificuldade. Ele havia se aproximado de mim tão discretamente que quebrou um galho de propósito para me dar uma chance justa. Enquanto eu observava, ele o jogou no chão, um sorriso de vitória surgindo em seu rosto lindo.

Era como se ele estivesse zombando de mim.

Ah, nem a pau.

Saí em disparada, tão irritada quanto temerosa. Eu havia feito todo aquele esforço para tornar isso bom para nós dois, e o desgraçado me encontrou assim que parei de correr.

Sua risada me perseguiu pela floresta.

Era tarde demais para me esconder, tarde demais para estratégias. Corri seguindo apenas meu instinto, meus braços balançando ao meu lado enquanto esgotava minhas últimas reservas. As árvores passavam ao meu redor como um borrão. Meus pés voavam pelo chão da floresta. Vi um amontoado denso de arbustos e segui em sua direção.

— Ah, não, nem pensar! — gritou Josh, seus pés pesados no chão ao me perseguir.

Por mais que estivesse me esforçando, ouvi ele ganhando vantagem sobre mim. Olhar por cima do ombro para ver quão perto ele estava era tentador, mas eu temia que desacelerar por sequer meio segundo seria o meu fim. Cada passo poderia ser o meu último. Meus ombros ficaram tensos enquanto eu me preparava para um ataque por trás.

Corre, porra, falei para mim mesma, enfrentando a dor para dar um último impulso em direção à liberdade.

Um rosnado atingiu meus ouvidos ao me aproximar do matagal.

Puta merda, será que eu ia conseguir?

Meu olhar se voltou para um percurso de caça quase invisível abrindo caminho no matagal denso, tão estreito que deve ter sido feito por coelhos. Era a única saída que eu via, e não tinha tempo para procurar por outra rota.

Seja o que Deus quiser.

Avancei direto, abaixando a cabeça para evitar galhos mais altos e erguendo os braços para proteger o rosto. Espinheiros ficaram presos nas minhas calças. Meus braços arderam com os espinhos que arranharam minha pele. Um estrondo ecoou atrás de mim, seguido por um grito de frustração. Era estreito demais para Josh me seguir.

Triunfo e expectativa me atingiram ao prosseguir.

Parte de mim queria que a caçada durasse para sempre, enquanto outra parte mal podia esperar para que a briga começasse. A umidade cobria minha calcinha. Meus peitos pareciam cheios no top esportivo, desejando o toque de Josh. Apesar dos meus esforços para vencer, meu corpo estava preparado para perder, tornando-se macio e flexível.

Saí do outro lado do matagal denso, encontrando a luz do sol e um declive. O matagal não era tão profundo, mas era largo, e Josh perderia segundos preciosos contornando-o. Segundos que eu pretendia usar a meu favor.

Avancei mais, meio correndo, meio escorregando colina abaixo em direção à depressão com o riacho. Em algum lugar atrás de mim, Josh provavelmente havia contornado o matagal e podia me ver escapando. Ele tinha a vista como vantagem, sabendo o quão rápido teria que correr para me alcançar. Eu precisava agir por puro instinto, colocando a última gota de energia que tinha em fugir sem rumo, torcendo para que fosse o bastante.

Ele não podia me pegar. Ainda não. Parecia que uma hora havia se passado desde a última vez que olhei o relógio, mas eu sabia que era por causa do caos da perseguição. Não podia arriscar olhar novamente. Só podia torcer para que minhas pernas aguentassem o suficiente para que eu alcançasse a linha de chegada.

Meu cabelo chicoteava ao meu redor, sendo puxado pelos espinhos. Eu podia sentir a ardência das bolhas se formando nos meus calcanhares. Cada respiração que eu dava era mais irregular do que a anterior. Eu conseguiria. Só precisava aguentar mais um pouco, e então venceria.

Uma figura escura surgiu das árvores à minha esquerda, e dessa vez eu realmente gritei quando Josh me atingiu pela lateral, me pegando pela cintura como um maldito *linebacker*. Eu havia dito para ele não pegar leve comigo, e porra, como eu me arrependia agora. Todo o ar dos meus pulmões escapou da minha boca de uma vez ao cairmos no chão. Ele conseguiu girar no ar, aguentando a pior parte da queda, mas ainda doeu pra caralho. Pedras arranharam minha pele. Minha cabeça bateu no chão.

— Merda — grunhiu. — Aly, você está…

Dei uma cotovelada em sua barriga.

— Beem — chiou ele, os braços se afrouxando ao meu redor.

Eu me debati para me livrar dele e fiquei de pé com dificuldade, tentando conter o arrependimento que surgia. Torcia para não o ter machucado demais. O objetivo era se divertir sendo selvagens; não realmente ferir um ao outro.

Um apertão forte como aço surgiu no meu tornozelo, e só tive tempo de perceber que Josh havia me segurado antes de um puxão cruel tirar minha perna do chão e me lançar girando para frente.

Filho da puta.

Atingi o chão, apoiando a maior parte do peso do meu corpo nas mãos e joelhos.

Aiiii.

Não deixei a dor me atrasar, virando de costas enquanto Josh me puxava em sua direção. Ele parecia estar puto e excitado ao mesmo tempo, e isso fez meu coração acelerar ainda mais.

Eu tinha que escapar, mas porra, a vontade de desistir era grande.

Foi mal, lindo, pensei, erguendo a perna livre.

Os maravilhosos olhos castanhos de Josh se arregalaram quando ele percebeu que eu estava prestes a chutar seu peito. Lancei o pé para baixo, mas ele me soltou e rolou de lado bem a tempo de desviar do meu golpe. Girei para a outra direção e me levantei. Ele já devia estar um passo adiante, porque pegou meu braço e me virou de volta.

Eu estava quase me soltando quando ele segurou minha nuca e me trouxe para frente, colocando a boca na minha. Foi quase minha perdição. Meu corpo o reconhecia como principal fornecedor de orgasmos. Hormônios sexuais correram pelas minhas veias, meu hipotálamo causando a inundação. Apesar da vontade de me soltar, meus lábios se abriram por instinto, recebendo-o.

Ele girou a língua contra a minha, me empurrando em uma árvore.

Gemi em sua boca, fincando as unhas na sua camiseta ao trazê-lo para mais perto.

Sua ereção pressionou contra minha barriga, longa e dura e…

Merda! O que eu estava fazendo?

Pisei em seu pé.

Ele soltou um palavrão e deu um pulo para trás.

Eu me virei e saí correndo colina abaixo.

E com isso, a caçada estava de volta.

A floresta era mais densa aqui, árvores de folhas largas se espalhando, seus ramos mais baixos me atingindo conforme eu passava correndo. Ainda bem que eu tinha a próxima semana de folga. Ia precisar de todo esse tempo para me recuperar depois disso. Eu já conseguia sentir os hematomas do nosso pequeno conflito surgindo em minha pele, e tinha certeza de que estava com mais arranhões do que na noite em que fugimos da casa de Brad.

Não. Não pense nele, falei a mim mesma. *Pensamentos sobre ele não são permitidos aqui. Isso é apenas para mim e Josh.*

O som da perseguição chegou aos meus ouvidos, e... Josh estava rindo?

Sorri enquanto cambaleava em disparada pelos últimos metros da colina. Ele estava certo; isso era incrível pra cacete. Podia ter ficado um tanto irritada por ele ter me encontrado tão rápido, mas isso só me fazia querer melhorar minha estratégia para a próxima vez. Talvez eu pudesse fazer um curso de sobrevivência e aprender a navegar pela floresta como um fantasma.

O som de água corrente indicou que o riacho estava logo à frente. Eu o vi um segundo depois, parecendo mais largo do que da primeira vez em que o atravessei. Não tinha problema. Eu estava indo tão rápido que tinha certeza de que conseguiria pulá-lo novamente.

O problema era que Josh estava se movendo mais rápido ainda. O estalo de um galho indicou que ele estava a apenas alguns centímetros de distância quando seus dedos seguraram a parte de trás da minha camisa. Eu me virei, tentando me libertar, mas seu impulso o levou contra mim. Seus braços grandes seguraram minha cintura, e nós tropeçamos, nossos pés se entrelaçando, e caímos.

Direto na porra da água.

Fria! Merda, como era fria!

Apesar de ter poucos centímetros de profundidade, era como se eu tivesse sido lançada em um lago ártico. A nascente do riacho deveria ser no alto das montanhas, onde a neve ainda cobria os picos mais altos.

Saí gaguejando, com a boca cheia de água. Jamais perdoaria Josh se eu pegasse giárdia.

Ele pegou meu tornozelo e me puxou para perto. Minha bunda bateu em uma dezena de rochas no caminho. Tentei chutá-lo, mas ele pegou meu outro pé no ar, os dedos me apertando e os bíceps se contraindo enquanto se esforçava para me manter parada. Sua demonstração de força foi impressionante pra caralho.

Eu precisava escapar, ou já era.

Parei de lutar e avancei. Ele não estava esperando. Atingi diretamente seu peito, derrubando-o de volta na água. Suas mãos me soltaram, e comecei a me arrastar para longe, mas ele pegou a perna da minha calça, abrindo um furo enorme nela ao me puxar de volta.

Espirramos mais água conforme ele tentava segurar minha pele escorregadia e eu tentava me desvencilhar dele. Devíamos estar ridículos. Como dois salmões se debatendo por aí enquanto tentavam descobrir para onde o rio subia. Ainda bem que esse pedaço da floresta era afastado o bastante da civilização e éramos os únicos seres humanos em quilômetros, e não havia nada além de criaturas confusas da floresta para testemunhar nossa idiotice.

Eu estaria dando risada se não fosse o risco real de ter que fazer uma participação no próximo vídeo de Josh. As pessoas eram *cruéis* na internet. E um pouco assustadoras. Havia uma discussão em um de seus comentários sobre onde morávamos baseado nos vislumbres da cidade que viam pelas janelas. Depois disso, paramos de filmar perto delas, mas isso não significava que os stalkers haviam parado de tentar nos encontrar.

Eu faria tudo o que pudesse para evitar dar mais informações a eles, e era por isso que precisava escapar. Agora.

Consegui escapar de Josh por tempo o suficiente para virar de barriga para baixo e me arrastar para frente de quatro. Mal havia conseguido chegar à margem lamacenta do riacho antes de ser derrubada de novo. Dessa vez, Josh usou todo o peso do seu corpo, achatando-me feito uma panqueca. Eu me debati embaixo dele, tentando afastá-lo, mas com a lama escorregadia e o fato de ele ter quase cem quilos, era uma causa perdida.

Em tempo recorde, ele conseguiu pegar meus dois pulsos e segurá-los acima da minha cabeça, mantendo-os no lugar com uma de suas mãos enormes.

Merda. Eu ia perder.

Uma série de golpes de jiu-jitsu surgiram em minha mente, mas todos causariam ferimentos sérios, e por mais que eu quisesse vencer, nunca conseguiria machucar Josh dessa forma. E ele também não faria isso comigo, percebi. Josh era mais habilidoso do que eu em artes marciais, mas ele ainda não havia usado nenhum golpe contra mim, e foi por isso que recorremos a uma briga de tapas como dois amadores.

Ainda assim, eu não estava pronta para desistir, então balancei os quadris para o lado, tentando tirá-lo de cima de mim.

Ele enfiou os dedos no buraco da minha calça e a rasgou para cima, dilacerando-a até a cintura. Sem nenhuma cerimônia, minha calcinha foi afastada para o lado, e eu mal tive tempo de perceber o que estava acontecendo quando ele avançou em mim com uma estocada brutal.

Soltei um grito, tanto de surpresa quanto alívio.

Josh ficou imóvel atrás de mim, cada parte de seu corpo tensa.

— Cansou de lutar ou quer que eu te dê outra chance? — Ele balançou os quadris para frente ao fim da pergunta, mostrando o que eu perderia se tomasse a decisão errada.

O som alto de um alarme surgiu ao nosso redor, nossos relógios apitando juntos. Meu tempo tinha acabado. Ele havia vencido com segundos de sobra e eu não teria outras chances.

Em vez de responder em voz alta, desliguei meu alarme e arqueei a coluna, levantando os quadris o suficiente para que ele entrasse mais um centímetro. Minha boceta se contraiu ao redor dele, tentando trazê-lo mais para dentro. Queria que fosse forte, selvagem. Ele havia me caçado como uma presa, e agora eu queria que ele me fodesse até acabar com o último vestígio de resistência do meu corpo.

Ele grunhiu, a mão que segurava a minha afrouxando, mas sem me soltar.

— Você foi tão bem, linda.

Com um ímpeto dos quadris, ele me penetrou com mais força, mais fundo, e apesar de já estarmos fazendo isso há meses, ainda parecia que ele me partiria ao meio.

— Amei te perseguir — disse ele. — Amei como estava sorrindo o tempo todo.

Estava? Mesmo enquanto estávamos brigando? Caramba, eu precisava aprender a controlar minhas expressões.

Com outra estocada, Josh entrou até o talo. Parecia que ele estava perto de me atingir na garganta. Eu amava. Amava me sentir tão preenchida que mal conseguia respirar, mal conseguia pensar além da primeira pontada de desconforto e da forma como meu corpo precisava se esforçar para tomá-lo por inteiro.

— Você está encharcada, Aly — disse ele, a voz rouca de tesão. — Gostou de ser caçada?

— Gostei — gemi.

— Gostou de ser perseguida como uma presa.

Não era uma pergunta, mas mesmo assim respondi.

— Gostei.

— Abra as pernas para mim, então. Mostre o quanto gostou de ser pega.

— Me obrigue — falei.

Ele congelou por meio segundo, mas pela forma como seu pau pulsou dentro de mim, soube que ele gostou da ideia. A mão que me segurava pressionou com ainda mais força, enquanto a outra apertou meu quadril. Ele me puxou para cima com ele ao mudar nossa posição, e então usou os joelhos para afastar ainda mais os meus, um depois do outro.

E então ele começou a se mover, entrando mais fundo, com mais força. O ângulo fazia eu sentir cada centímetro dele me penetrando. Minha boceta estremeceu, um tremor atravessando minha espinha. A forma como ele me segurava me deixou quase sem nenhuma vantagem. Eu só conseguia mexer a pélvis e empurrar para trás conforme seus movimentos ficavam mais rápidos.

Seus quadris batiam contra a minha bunda. Estávamos ajoelhados na margem do riacho, a água correndo por nossas pernas, espremendo a lama com os joelhos. O aroma da floresta preenchia meu nariz, o cheiro de pinheiro misturado com terra e folhas caídas. Minhas costas estavam quentes onde o sol me atingia.

Sim. Era isso o que eu queria. Ser encurralada como um animal ao ar livre, sem nenhuma inibição e nenhum pensamento em minha mente além de como meu namorado me comia bem.

— Mais forte — falei.

Josh segurou meu cabelo e o usou para me puxar para cima, seus dedos emaranhados nas mechas conforme suas estocadas tornavam-se doloridas. Minha boca se abriu enquanto eu encarava a floresta ao nosso redor de olhos arregalados. A luz do sol lançava feixes pontilhados no chão da ravina. Musgo estava grudado nas rochas próximas. O som da nossa respiração pesada preenchia o ar.

Havia algo tão primitivo naquilo, tão *certo.*

Achei que queria fazer isso por causa das coisas que li em romances de fantasia envolvendo lobisomens, mas agora me perguntava se meus desejos tinham um significado mais profundo, se eram mais instintivos. Era assim que nossos ancestrais transavam, de forma selvagem e desesperada em intervalos raros entre caçarem e serem caçados, dando tudo de si porque não sabiam se sobreviveriam para ver o próximo amanhecer.

De uma forma estranha, fazia sentido desejar isso, e eu me sentia a mulher mais sortuda do mundo por ter um namorado disposto a dar vida à minha fantasia.

— Eu te amo — falei, jogando os quadris para trás.

Josh grunhiu, os dedos apertando meu cabelo.

— Eu também te amo, mas não fale isso de novo, ou vou gozar.

Abri um sorriso.

— Eu te amo.

Ele estocou em mim com tanta força que eu deslizei um centímetro para frente na lama.

— É sério, Aly.

— Eu te... — Outra estocada implacável me deixou sem ar. Elogios e palavras de devoção começaram a escapar da minha boca conforme ele me fodia, levando-me cada vez mais perto do limite. — Te amo tanto. Amo ser sua presa. Amo como me dominou tão fácil. Amo que seu pau é quase grande demais. Amo senti-lo aumentando ainda mais dentro de mim logo antes de você gozar.

As estocadas de Josh tornaram-se frenéticas. Gemi, quase maluca de desejo conforme minha boceta se contraía ao redor dele. Tremores atravessavam todo o meu corpo. Enfiei os dedos na lama, tentando encontrar algum apoio, desesperada para me manter firme através do prazer que se formava dentro de mim. Geralmente, eu precisava de mais do que isso para chegar lá, como estimulação no clitóris ou nos mamilos, mas Josh estava me fodendo tão fundo que logo causaria meu tipo favorito de orgasmo: o de fazer o cérebro perder a coerência, a espinha arquear, os joelhos tremerem, os peitos balançarem e a boceta ficar encharcada.

E então ele puxou ainda mais minha cabeça e mordeu meu pescoço.

Eu não estava esperando por isso, e a pontada breve de dor combinado com o arrepio de sentir dentes afundando na minha pele me levou a um novo patamar, sons desesperados e frenéticos escapando dos meus lábios. Minha mente ficou vazia. Meus ouvidos foram tomados por um zumbido enquanto eu lançava os quadris para trás. Eu estava gozando. Estava gozando com tanta força que só podia me contorcer, minha vagina tão contraída que Josh mal conseguia se mover.

E então ele atingiu o orgasmo também, o pau aumentando, ficando mais duro, o calor me preenchendo conforme ele gozava fundo dentro de mim. A sensação prolongou meu orgasmo, ou talvez tenha causado um segundo. Só sabia que nunca tinha me sentido tão bem por tanto tempo, e queria que isso nunca chegasse ao fim.

Nós nos acalmamos lentamente, juntos, a respiração acelerada como se ainda estivéssemos correndo. Josh estava deitado nas minhas costas, a testa apoiada na minha coluna. O som de suas exalações preenchendo meus ouvidos. Sentia seu coração batendo contra minhas costelas.

Eu nunca me sentira tão conectada a alguém antes, nunca amei alguém como o amava.

— Casa comigo — falei.

Josh ficou tenso.

— O quê?

O pânico me atingiu, afastando o efeito residual dos hormônios sexuais e me trazendo de volta para a realidade com tudo. Ai, merda. Merda, merda, merda.

Josh saiu de dentro de mim, o calor dos nossos orgasmos escorrendo por minhas coxas. Era por isso que as pessoas não deveriam falar logo depois de gozarem. Falavam mais do que deveriam ou diziam coisas idiotas que seus parceiros não estavam prontos para ouvir.

— Desculpa — falei, levantando-me com dificuldade e tentando puxar minha calça arruinada de volta para o lugar. Meus dedos estavam escorregadios por causa da lama e eu estava tremendo tanto que mal conseguia segurar o tecido molhado.

Josh estava quieto atrás de mim.

Merda! O que eu fui fazer?

Eu me virei para ele, esperando o pior, e encontrei-o ajoelhado no chão da floresta. Uma de suas mãos estava erguida, algo nela refletindo a luz do sol e brilhando.

Coloquei a mão na boca e dei um passo incrédulo em sua direção. Josh estava segurando uma aliança. Uma aliança maravilhosa com uma pedra de rubi no centro, parecendo uma grande gota de sangue cercada por pequenos diamantes. Era perfeito.

— Alyssa Cappellucci — disse ele. — Aceita se casar comigo para que eu passe o resto dos meus dias perseguindo você?

Abaixei a mão, sorrindo, a alegria substituindo o pânico.

— Achei que as pessoas se casavam porque queriam parar de perseguir alguém?

Ele balançou a cabeça, a expressão séria pelo que pareceu ser a primeira vez desde que começamos a namorar.

— Não é o meu caso.

— Nem o meu — falei, alcançando-o em dois passos e me abaixando para abraçar seu pescoço. — Sim, eu aceito.

Dez minutos depois, estávamos limpos e saindo da floresta. Eu havia nos levado para tão longe da trilha principal que tivemos que usar o GPS para encontrar nosso Airbnb.

Por causa da forma frenética que corri pela floresta, não consegui ver grande parte da paisagem que me cercava, e ao seguirmos para a trilha, demorei-me admirando-a. Esse terreno fazia parte de um parque estadual que não era explorado há pelo menos cinquenta anos. As árvores eram enormes, seus galhos esticando-se bem alto de forma a bloquear o céu azul com o dossel que formavam. Riachos como aquele em que nos debatemos estavam espalhados pela floresta, alguns apenas filetes de água, outros fundos o bastante para que houvesse pontes sobre eles.

Fiz um agradecimento silencioso para qualquer deus que pudesse estar ouvindo por ter vivido isso. Por estar livre e não atrás das grades. A polícia nunca apareceu para me entrevistar, apesar de terem feito algumas perguntas a Erica. Conforme prometido por Nico, as aparições de Brad prosseguiram até algumas semanas atrás, parando próximo a um aeroporto particular nos limites de Quebec. A teoria predominante era de que a família Bluhm havia fretado um jatinho e levado o filho para um país que não o extraditaria para os EUA.

Eles estavam sendo detonados pela mídia, e há muito tempo a cidade havia se voltado contra eles, forçando-os a ser nada mais do que prisioneiros dentro da própria casa. Eu até teria me sentido mal se não fosse pelo fato de que a) a casa deles era uma mansão de quase dois mil metros quadrados e b) mesmo que fossem inocentes agora, eles haviam acobertado muitos dos antigos crimes de Brad. Eu considerava isso um castigo merecido por todos os seus pecados passados.

Eu não achava que algum dia pararia de temer que o que fizemos acabaria tendo consequências, mas não deixava mais isso tomar conta dos meus pensamentos. Eu estava livre. Estava apaixonada. E determinada a aproveitar isso pelo maior tempo possível.

Respirando fundo, ergui o rosto para o céu. Por mais sufocante que o calor tenha sido durante a corrida, eu estava grata por ele agora, porque ajudou a secar nossas roupas encharcadas.

— Da próxima vez que fizermos isso, deveríamos trazer mochilas — falei.

Josh inclinou a cabeça para o lado.

— Para guardar brinquedos eróticos?

— Para trocas de roupa e um kit de primeiros socorros.

Ele ergueu uma sobrancelha.

Revirei os olhos.

— Ok, sim, para brinquedos eróticos.

Ele abriu um sorriso, parecendo feliz consigo mesmo, e entrelaçou os dedos nos meus. Não deixei de notar o olhar que lançou para minha mão. Ou melhor, para a aliança que estava nela.

— Devíamos consumar nosso noivado quando voltarmos.

— Preciso de um banho primeiro — falei. — Estou com areia do rio em lugares indescritíveis.

Ele soltou uma risadinha.

— Eu também. E é melhor você dar uma olhada nesse meu corte. Parece grave. — Ele levantou o outro braço e dobrou o punho para dentro como se estivesse posando. Havia um pequeno arranhão na parte interna de seu bíceps. — Está vendo? Bem aqui. — Ele flexionou, fazendo os músculos aparecerem. — Viu? — Flexionou de novo.

Foi minha vez de dar risada.

— Vi. Parece que pode ser fatal. É melhor a gente correr.

Ele deu um tapa na minha bunda.

Eu estiquei o braço e passei a mão em sua virilha.

Quando voltamos para o Airbnb, estávamos nos agarrando como um casal de adolescentes no primeiro encontro. De alguma forma, Josh conseguiu destrancar a porta em meio aos beijos.

Eu a empurrei e levei as mãos para a barra da minha camiseta, mais do que pronta para me livrar das roupas molhadas.

Congelamos ao ver o que nos aguardava.

A cabana era pequena, apenas um espaço aberto com a sala de um lado e uma minicozinha do outro. O banheiro ficava nos fundos, atrás de uma porta, e a cama *queen size* em que Josh mal cabia ficava no mezanino acima.

Alguém havia espalhado papel higiênico no lugar inteiro.

Que merda era essa? Algum tipo de pegadinha?

Meu Deus.

Eu e Josh trocamos um olhar de pânico.

— Os gatos! — disse ele, correndo para dentro.

Meu coração acelerou quando o medo me atingiu. Se alguma coisa tivesse acontecido com eles, eu seguiria os passos de Josh e mataria alguém.

Ele parou tão rápido na minha frente que esbarrei em suas costas. Balancei a cabeça para afastar os pontos de luz da vista e olhei ao redor para ver o que o fizera parar tão de repente. Ali, sentada em um ninho de papel higiênico, estava Maud, nossa filha rebelde de doze semanas.

Ela soltou um miadinho para nos cumprimentar, colocou um monte de papel na boca, e saiu em disparada para o banheiro, deixando uma enorme trilha de papel no caminho.

Fui para o lado de Josh, observando-a partir.

— Vamos pegar um filhotinho fêmea, disse ele. Ela vai ser tão fofa, disse ele. Fred precisa de alguém com quem brincar para não se sentir sozinho.

Como se invocado, Fred pulou de trás da porta do banheiro com as patas erguidas e atacou Maud. Os dois saíram rolando e escorregando pelo chão, até que Fred saiu correndo com ela em seu encalço, ainda espalhando papel higiênico por aí.

— A culpa é sua — falei para Josh.

A cabana era tão pequena que Fred não tinha como ir para nenhum outro lugar além de para cima, e enquanto observávamos, ele escalou a cortina mais próxima. Mal tive tempo de perceber que talvez estivesse dando comida demais para ele antes que um estalo ecoasse pela sala, e a haste da cortina caiu no chão, enterrando os gatos no tecido. Dois montinhos surgiram sob dela, correndo de um lado para o outro e tentando usar as garrinhas para se libertarem.

— Bem — falei. — Minha avaliação de hóspede cinco estrelas já era.

Josh colocou o braço nos meus ombros e me trouxe para perto.

— Se realmente estivesse brava, daria um fim nisso. Não minta. Está amando.

— Não exagera — falei.

— Não é exagero. Porra, espero que nosso futuro clã de filhos seja maluco igual.

Quase engasguei.

— Quantos filhos tem em um clã?

— Sei lá — disse ele, esfregando a nuca. — Uns oito?

Sabia que minha vagina não podia falar, mas jurava que havia escutado ela soltar um gritinho de medo.

— Que tal dois?

— Sete — disse Josh.

— Não é uma negociação.

Ele tirou o braço dos meus ombros e se virou para me encarar.

— Ok, seis. Mas esse é o mínimo que estou disposto a aceitar.

— Dois — falei, contendo um sorriso.

Ele cruzou os braços.

— Cinco. Essa é minha última oferta.

— Se continuar, vai ser nenhum.

Ele se aproximou e balançou as sobrancelhas.

— Me imagine segurando uma criança em um braço e um bebê no outro.

Ah, não. Não, ovários. Abaixem as armas.

Ele se aproximou ainda mais.

— Sem camisa.

Merda. Eu com certeza teria os filhos desse homem gigante.

Ele deve ter visto sua vitória na minha expressão, porque acabou com a distância entre nós e me pegou no colo, me beijando até ficarmos sem fôlego enquanto Fred tentava escalar a outra cortina e puxava um dos lados da haste direto da parede.

Foi um caos total.

Foi o melhor dia da minha vida.

Mal podia esperar por mais milhões de dias iguais.

Agradecimentos

Esse é um livro que nunca teve pretensão de virar um livro. Era apenas uma ideia que surgiu na minha mente enquanto eu navegava pelas redes sociais um dia. Sem pensar muito, compartilhei e costurei um vídeo de um homem mascarado e falei, "Ok, pensem comigo. É um romance". Mais de cem mil pessoas assistiram a esse vídeo e exigiram que eu trouxesse a ideia para a realidade, e agora aqui estamos nós.

Tenho tantas pessoas a agradecer, começando por esse primeiro público. E especialmente aos assinantes do meu Patreon, que leram os capítulos de *Na Escuridão* conforme eu os escrevia e me motivaram até o "Fim".

Minha mãe, por sempre apoiar minha escrita. É melhor que nunca veja isso porque está proibida de ler esse livro — por motivos óbvios — mas mãe, se por alguma reviravolta infernal do destino você ESTIVER lendo isso, não vou bancar sua terapia.

Meu marido, por sempre me encorajar a seguir meus sonhos, sejam eles quais forem, e por ser o melhor parceiro e amigo que eu poderia ter. Vários dos meus protagonistas masculinos são inspirados nele ao menos em partes, e em *Na Escuridão*, Josh herdou seu senso de humor irritante. E sim, ele é tão hilário (e, às vezes, irritante) na vida real quanto na ficção.

Minha agente, Jill Marr, por embarcar de cabeça na ideia desse livro desde a nossa primeira videochamada. Ela me abriu os olhos para todas as possibilidades e foi com tudo assim que eu fiquei pronta. Jill, você é incrível, e me sinto tão grata pela forma como apoia e incentiva meus livros e minha carreira.

Por fim, Zando e Slowburn, em especial Hayley Wagreich e Sierra Stovall. Obrigada por darem uma chance para uma publicação independente e enxergarem seu potencial. Obrigada por serem tão receptivas, prestativas e animadas em relação a esse livro. E obrigada por colocarem mais romance no mundo com sua editora. É uma honra fazer parte dessa equipe.

Sobre a Autora

Navessa Ally mora na praia de Chesapeake Bay com o marido e seus gatos mimados. Ela publica seus livros em formato de séries no seu site através do Patreon. Para se atualizar sobre seu trabalho mais recente, ler cenas bônus exclusivas e agraciar os olhos com artes +18 de seus personagens, visite: patreon.com/navessaallen.

Impressão e Acabamento | Gráfica Viena
www.graficaviena.com.br